지중해지역원 번역시리즈 ❶

Duelo en el paraíso 낙원의 결투

내가 아벨을 지키는 자입니까?

지식곳간
BookSpain
북스페인

Duelo en el paraíso 낙원의 결투
내가 아벨을 지키는 자입니까?

후안 고이티솔로 지음
임주인 옮김

지식곳간
BookSpain
북스페인

"이 저서는 2007년 정부(교육과학기술부)의 재원으로
한국연구재단의 지원을 받았습니다"

지은이 | 후안 고이티솔로
옮긴이 | 임주인
펴낸이 | 최병식
펴낸날 | 2009년 9월 22일
펴낸곳 | 주류성출판사 · 북스페인
        서울시 서초구 서초동 1308-25번지 강남오피스텔 1309호
        전화 | 02-3481-1024 / 전송 | 02-3482-0656
        e-mail | bookspain@hanmail.net

책 값 | 15,000원
ISBN 978-89-91482-18-0 04870

이 책은 북스페인이 저작권자와의 계약에 따라 발행한 것이므로
본사의 허락없이는 어떠한 형태나 수단으로도 이 책의 내용을 이용할 수 없습니다.

✱ 북스페인은 주류성출판사의 번역서 전문 브랜드입니다.

✱ 잘못된 책은 바꿔 드립니다.

Duelo en el paraíso 낙원의 결투

내가 아벨을 지키는 자입니까?

제1장

　떡갈나무가 무성한 산기슭에서 들려온 총성은 불길한 징조를 예언하고 있었다. 마르띤 앨로세기는 총성에 놀라 졸다가 벌떡 일어나 앉았다. 불과 두 시간 전에 친구들과 헤어졌기에 마르띤은 친구들이 자신을 찾는 소리는 아닐까 잠시 생각해 보았다. 마르띤은 전혀 눈에 띌 염려 없는 동굴 깊은 곳에 있었지만, 얼른 총을 주워들고 총알을 장전하였다.

　남쪽으로 난 낙원 길에서 들려온 총소리는 군인들의 사격 소리라기보다는 서툰 사냥꾼이 사정거리 안에 들어온 사냥감을 보고 당황하여 급하게 쏜 총소리에 가까웠다. 학교에도 보루에도 사람은 없었다. 그날 새벽, 날이 새기 전 포병 부대 병사들이 남아있던 무기들을 모두 부순 뒤, 정부군 부대의 소형 트럭을 타고 국경지대로 향하는 피난민 행렬에 합세했다.

사실 탈영은 쉬운 일이었다. 군대 내의 무정부상태는 모든 명령체계에 악영향을 끼치게 된다. 아무도 다른 사람이 하는 일에 대해서 신경을 쓰지 않는 것 같았다. 각자 자기들 살 궁리만 하고 있었다. 그날 아침, 군인들은 해병대에서 온 두 명의 안달루시아인과 함께 피난민 소년들이 다니는 학교와 바다 사이의 젖은 모래밭을 2킬로미터 정도 행군했다. 그들과 함께 강어귀에 보루를 파기 위해서였다. 학교 마당에는 무기와 양식, 그리고 군복까지 가득 실은 소형 트럭이 대기하고 있었다. 하사관은 비행기가 우리를 보지 못하게 하는 것이라며 유칼리와 소나무 가지들을 트럭 위에 올려놓았다.

마르띤은 얼마동안 지내는 데 필요한 것들을 준비해 두었다. 그의 배낭에는 항복하게 될 때를 대비하여 필요한 서류와 양식이 들어있었다. 모든 것들을 다 챙긴 뒤 현관에서 도라의 침실이 있던 쪽을 훑어보았다. 거기에는 그녀의 짐 가방과 옷이 들어있는 거울 달린 옷장과 화장대, 화장수와 빗 등이 고스란히 남겨져 있었다. 뿐만 아니라, 기둥이 칠보로 장식되어있는 용수철 침대도 있었다. 테이블에는 그녀가 온종일을 걸려서 만든 장미가 담긴 낡은 화분이 놓여있었다. 마르띤은 손을 뻗어 장미를 찌부러뜨렸다. 시들어 말라 있던 장미꽃잎들이 항아리 주변에 지저분하게 흩어졌다. 마르띤은 그것들을 외투 주머니 속에 넣었다. 장미가 남긴 모든 것이었다. 도라가 그에게 선물했던 작은 자기로 된 천사인형은 그의 다른 소지품들과 함께 보루에 남겨 놓았다. 나머지 물건들과 함께 챙기는 것을 잊었던 것이다. 그렇지 않았더라면 천사는 핑크색과 푸른 색 날개를 달고서 날아오는 수류탄과 함께 자유롭게 하늘을 향해 날아가 버렸을 것이다.

트럭은 안달루시아인과 중사를 싣고 여덟 시에 출발했다. 마르띤은 트럭이 덜컹거리면서 낙원 길을 통과하는 소리를 듣고서 트럭이 모퉁이를 지나 사라질 때까지 긴장을 늦출 수가 없었다. 그로부터 두 시간 이상이 흘렀다. 동굴까지 자동차들의 경적 소리가 들려오고 차량을 포기한 채 도망가야만 하는 피난민들의 원성이 들려왔다. 그럼에도 불구하고 아우성 소리는 멀어져 가는 운송 차량들의 소리에 맞추어 점차 작아졌다. '선발대가 다가오고 있군' 그는 생각했다.

바로 전날, 학교에 다니던 어린이들은 피난민들이 배수구에 버리고 간 마차에서 물건들을 약탈해갔다. 주변에는 색깔과 모양이 서로 다른 온갖 종류의 차들이 모여 있었다. 25년 산 레마울드의 낡은 차에는 갈기갈기 찢겨진 가죽 망토와 노란 페인트칠이 되어있는 라디오가 있었다. 또 어떤 것은 약간 긁힌 정도의 새 차로 그 속에는 차 주인이 너무 놀란 나머지 버려두고 떠난, 방석과 모포, 아이들의 장난감 차, 문이 열린 채 버려져 있는 새장(날아라, 날아라, 비둘기들아!)과 식료품을 담은 가방들

9

(그 속에서 '다리오' 란 이름의 소년은 매실과 앵두로 가득 차 있는 칠면조 구이를 발견했다), 솜이 몸 밖으로 튀어나온 인형들(딸들이 그 인형을 갖고 놀지 못하게 하라구!)이 널려 있었다.

그날 아침에는 학교에서 이상한 장면이 목격되었다. 안달루시아 병사 중 하나가 트럭을 검문하던 육군 중위에게 욕지거리를 퍼부은 것이었다. 그는 키가 크고 건장했는데 중위가 소매에 그려져 있는 별을 상기시키려고 하자 너털웃음을 터트리며 말했다.

–당신의 별은 내겐 아무런 의미도 없어. 이제 나처럼 별 볼일 없는 주제에. 괜히 두들겨 맞기 전에 빨리 도망가는 편이 나을걸.–

그는 허리춤에서 연발권총을 꺼내 엄지손가락으로 쓰다듬었다. 중위는 자기의 차로 돌아가고 군인들은 손뼉을 치며 웃어댔다. 도망가면서 모든 군인들이 용기를 잃어갔다. 시간이 지남에 따라 덩치가 큰 것들은 운반하기 편한 작은 것들로 교체되어갔다. 자동차를 건질 수 있으리라 확신했던 바르셀로나 주민들은 국경지대 근처에 자동차를 버리고 치마나 재킷의 주름 속에 보석을 넣어 꿰맨 뒤 길을 떠났다.

'만약 그것마저도 도망하는 데 방해가 된다면 모조리 버릴 거야' 마르띤은 생각했다.

보트의 한 쪽 구석에 버려둔 돈 주머니가 있었다. 정숙하게 보이는 여인이 운전수들에게 자신을 태워주기만 하면 자신의 몸을 주겠다고 제안했다. 이 모두가 예상치 못한 불가사의한 일들이었다. 퇴각하는 길에 모든 것들은 그 가치를 잃어버렸는데, 인간 역시 그러했다. 인간의 존재가치는 외적인 어떤 것으로도 증명할 수 없는 뼈와 가죽으로 된 생물로 전락해버린 것이다.

총성이 고작 300미터 앞에서 들려왔지만, 마르띤은 나가기 전에 망설였다. 찻길이 숲 가장자리에서 벗어나 있어 쉽게 표적이 될 수 있었던 것이다. 염주 알처럼 엮인 차량 행렬에서 차 안에 누가 있는지를 정확히 알아낸다는 것은 거의 불가능에 가까웠다. 퇴각하면서 다이너마이트로 다리를 날려버리려는 정부군인지 아니면 국민군의 선발부대인지 알 수 없는 노릇이었다.

마르띤은 총과 탄약통, 그리고 야전 군복 등의 장비를 가지고 왔다. 그는 동굴입구에서 벼랑까지 뻗어있는 숲 지대를 관찰할 수 있었지만 왼쪽에서는 어떤 일이 일어나고 있는지 알 수가 없었다. 그에게는 군인들의 발자국 소리가 이끼와 소나무로 뒤덮인 양탄자를 걷는 소리처럼 들렸다. 그는 몸을 숨기려는 생각을 완전히 포기한 것은 아니었지만 동굴입구를 위장하고 있는 나뭇가지를 손가락으로 가르고 바깥을 살펴보았다.

그날은 온화하고 조용하였다. 태양은 정점에 다다라 있었고 나무 밑둥치에 짧은 그림자가 드리워져 있었다. 나뭇잎 위에서 영롱하게 빛나던 이슬은 밤기운과 함께 사라져버렸다. 하얀나

11

비는 마르띤의 어깨까지 날아올라 느릿느릿 날갯짓을 했다. 마르띤은 동굴입구를 곁눈질하면서 길 아래로 몇 발자국 걸어 내려갔다.

일이 예상대로 되어가는 것 같지 않았다. 퇴각하는 군인들이 마을까지 통하는 다리를 여전히 날려버리지 않았고, 국민군 선발부대는 아직 학교까지 진군하지 못했다. 마르띤은 골짜기에 살아있는 것이라곤 아무 것도 남아있지 않다는 것을 알고 있었다. 그럼에도 불구하고 총소리가 들렸고, 그 뒤를 이어 알 수 없는 그러면서도 다소 도발적인 발자국소리가 들려왔다.

알 수 없는 불안감이 야기한 전율이 그의 전신을 타고 흘렀다. 그는 소리 나지 않게 오솔길을 천천히 이동하다가 속삭이는 목소리를 듣고 다시 방어태세를 취했다. 마치 자기가 사냥꾼의 접근에 놀라 그를 경계하며 덤불 속에 몸을 도사리고 있는 동물이 된 것 같았다.

마르띤은 금작화 덤불 속에 몸을 숨긴 채 산기슭 아래를 재빨리 훑어보았다. 또 한 번의 총성이 울렸고 그 소리에 놀란 새들이 날갯짓을 하며 솟구쳐 올랐다. 마르띤이 본 것은 그게 전부였다. 그는 새들이 날개를 펴고 악센트 형으로 무리지어 날아가는 것을 바라보았다.

총성이 끝난 뒤 마르띤은 그 소리를 따라가기로 결심했다. 주변이 너무 조용해서 오히려 불안해진 그는 동굴에 남겨둔 총

12

을 가지러 되돌아섰다. 마르띤은 자신의 경솔함을 저주하면서 되돌아가려는 순간, 복숭아 가지 사이에서 소년의 머리를 보았다. 온갖 색깔로 얼룩져있는 소년의 머리는 덤불 속에 깊이 감추어져 있었다. 마르띤은 단호하게 그 쪽으로 다가갔다.

-에끼, 이 녀석아!-

배속의 태아처럼 몸을 움츠리고 있던 소년은 놀란 눈초리로 그를 바라보았다. 마치 소년이 발작을 일으켜 물감을 자신의 얼굴에 뿌린 것 같았다. 푸른 색, 초록색, 황토색, 오렌지색이 세계지도처럼 그의 뺨에 얼룩져 있었다. 짙은 검은 눈썹은 아이의 놀란 눈에 그늘을 드리우고 있었고, 바짝 마른 입술은 하얗게 질려 있었다.

-도대체 여기서 뭘 하고 있는 거지?-

그가 물었다.

소년은 발을 웅크리고 나뭇잎처럼 벌벌 떨고 있었다. 마르띤은 소년이 허리춤에 탄약통을 차고 어깨에 군인용 배낭을 메고 있는 것을 보았다.

-너, 조금 전 총성이 울리는 것을 듣지 못했니?-

마르띤이 소년의 머리에 한 손을 올리자 소년은 선인장처럼 온몸을 곧추세우면서 덕지덕지 색칠한 얼굴에 험상궂은 표정을 지었다. 그림이 그려져 있는 눈 주위에 눈물 한 두 방울이 맺혀서 반짝이는 것이 눈에 띄었다.

-내가 그런 게 아니에요. 맹세할 수 있어요.-

소년은 말을 더듬거렸다.

소년은 겁에 질려 미친 듯 몸부림치기 시작했다.

-전 아무 짓도 하지 않았어요. 절 놓아 주세요.-

마르띤은 그 소년이 마을 학생들 중 하나라는 것을 알고 있었지만, 이름은 기억나지 않았다. 마르띤은 그 소년이 남아있던 친구들과 함께 도망가지 않은 이유를 물어보고 싶었지만, 그에게서 어떤 정보를 얻어내는 게 불가능해 보일 정도여서 그냥 보내주었다.

소년은 악마와 같은 제스처를 하면서 도망했다. 덤불로 몸을 숨기기 전에 멈추어 서서 검은 물체를 마르띤을 향해 던졌다. 마르띤은 숨 쉴 틈도 없이 땅바닥으로 몸을 던졌다.

마르띤은 그 물체가 무엇인지 잘 알고 있었다. 근육이 갑자기 긴장되면서 거의 졸도 직전이었다. 갑자기 살기 위한 노력을 포기하고픈 생각이 밀물처럼 몰려와 그의 모든 감각을 파고들었다.

마르띤은 그렇게 엎드린 채 감히 손가락 하나도 움직이지 못했다. 머리를 소매로 감싼 그의 귓전에 똑딱똑딱 초를 알리는 시계소리가 들려왔다. 마르띤은 얼마간 그것을 세고 있었다. 마침내 상체를 일으키고 팔꿈치로 몸을 기댄 채 거무스레한 물체를 힐끗 쳐다보았다. 그 물체는 체코산 수류탄으로 5미터도 채

안 되는 거리에 떨어져 있었다. 소년은 안전핀을 제거하는 것을 잊었던 것이다. 덕분에 마르띤은 목숨을 구할 수 있었다. 식은 땀이 등줄기를 타고 흘러내렸다. 그는 관절이 뻣뻣하게 굳어지면서 간담이 서늘해지는 것을 느꼈다.

–되먹지 못한 녀석 같으니라고!–

손과 코에 생채기가 나서 피가 약간 흘렀다. 그는 폭발하지 않은 수류탄을 쳐다보고는 수류탄 너머로 아이가 도망간 곳을 응시했다. 정말 어이없고 믿기지 않는 사건이었다. 이성적으로 도저히 이해할 수 없는 일이 눈앞에서 일어난 것이다. 그는 손을 털어내며 잠시 상황을 정리해 보았다.

우선 아이들이 전혀 눈에 띄지 않았고, 총소리나 아이의 도주, 그리고 수류탄을 던진 행위 등에서 어떠한 논리적인 연결고리도 발견할 수 없었다. 그는 그 지역 아이들을 오래 전부터 잘 알고 있었다. 여러 차례 트럭 뒤쪽에 아이들을 태워서 마을로 데려다 주었고, 어떤 날에는 예하부대에 배급해주고 남은 빵을 나누어주기도 했다. 거기서 몇 미터쯤 떨어진 곳에서 끈이 풀어져 있는 탄약상자를 발견했다. 마르띤은 땅에 무릎을 꿇고 상자에 코를 대고 냄새를 맡았다. 땅에서 화약 탄 냄새가 났다. 그는 연필로 '집행은 10시가 될 것이다' 라고 적혀있는 종이쪽지를 발견했다. 그는 무언가 더 적혀있는지 보려고 종이를 뒤집어 보았지만 뒷면에는 아무 것도 씌어있지 않았다. 그가 무릎을 꿇고, 손바닥 위에 종이를 올려놓는 순간, 뒤쪽에서 총알이 날아왔다. 탄환은 고작 몇 미터 떨어진 곳에서 발사된 것이었다. 몇 초 후, 그러니까 마르띤이 자신에게 무슨 일이 일어났는지 살펴볼 겨를도 없이 총성은 발자국 소리와 외마디 소리에 뒤섞여 메아리치면서 부채꼴로 퍼져나갔다. 이는 마치 학교가 파한 후 동물의 포효 소리를 흉내내면서 뛰어나오는 아이들 소리 같았다.

마르띤은 잠시 인디언들이 공격해오는 서부 영화의 한 장면을 보는 듯한 착각에 빠졌다. 그러나 이내 그 아우성들이 잦아들더니 아무 일도 없었던 것처럼 고요해졌다.

무성한 나뭇가지 사이로 스며드는 태양빛이 세상을 빛과 그림자로 나누어버렸다. 새들은 떡갈나무의 숲 위에 앉아있고 마르띤은 한참 동안 새들이 노래하는 것을 듣다가 일어났다.

정각 열 시 반, 다이너마이트 폭발소리로 후방부대가 다리를 날려버렸음을 알았다. 마르띤은 푸르게 반짝이는 창공으로 솜사탕처럼 솟아오르는 연기구름을 지켜보았다. 그와 때를 같이하여 벼랑 건너편에서 따발총 소리가 선발대의 도착을 알렸다. 따라서 이제 이곳은 어느 누구의 땅도 아니었다.

이 구역에서 누군가 도망한 흔적이 보였다. 마르띤은 지근지근 밟혀있는 풀과 군화자국 그리고 '집행은 열 시에 있을 것'이라고 적힌 또 다른 쪽지를 보았다. 마르띤의 등장으로 당황한

16

소년들이 그에게 총을 쏜 것이었다.

'나는 곧 자유를 잃게 될 것이다. 나는 포로가 될 거야.'

마르띤은 생각에 잠겼다.

미래를 대비해 늘 계획을 세우던 도라가 생각났다.

'전쟁이 끝나는 날, 항상 그랬던 것처럼 멀리 내다보고 미래를 위한 원대한 계획을 세워야지.'

하지만 지금은 단지 현재만을 생각하기로 했다. 그는 국민군이 도착하리라고는 상상조차 하지 못했다. 그녀가 그와 함께 있었더라면 그녀에게 말해줬으리라.

'이봐, 중요한 것은 전쟁이 끝나야 한다는 거야. 약간의 평화가……'

그러나 도라는 그 때 이미 죽고 없었다. 조만 간 마르띤은 그녀를 기억에서 잊게 될 것이다. 순간 그는 20미터도 채 안 되는 거리에 있는 시커먼 형체를 발견하고 소스라치게 놀랐다. 그는 왜 지금까지 그것을 보지 못했는지 이해가 안 갔다. 첫 눈에도 사람의 머리임을 알아챌 수 있었는데, 심장이 멎을 것 같은 공포가 엄습했다. 아벨은 위로 입을 향한 채 깊은 꿈속에 잠겨 있는 것처럼 보였다. 몸의 윤곽을 따라서 손으로 더듬어보았다. 누군가 그의 셔츠 위에 양귀비 가지를 꺾어 올려놓았다. 오른쪽 관자놀이에 콩알 크기의 구멍이 나 있었는데, 그곳에서 아직까지 피가 흐르고 있었다.

마르띤이 그를 살펴보려고 어깨로 받치면서 앉혀보았다. 마르띤은 아벨이 이미 죽어있다는 사실을 알았지만, 여전히 그의 죽음이 실감나지 않았다. 24시간 전 만해도 그는 분명 생생하게 살아있었다. 그는 아이들과 함께 갈대밭 근처를 뛰어다니며 위쪽으로 난 산책로도 거닐었다. 그런데 지금, 아벨은 죽어 있다. 아니 누군가 그를 죽였다.

'주여, 이 아이는 이제 겨우 열두 살밖에 되지 않아요!'

그는 아벨의 손을 자신의 손으로 꽉 쥐면서 기어이 소년이 죽은 이유를 밝혀내겠다고 다짐했다. 아벨의 외모에서 그의 죽음을 확인하려 했지만 도저히 믿어지지 않았다. 얼굴에 경련의 흔적은 없었다. 유일하게 관자놀이에만 상처가 나 있었다.

암살자들은 연필로 똑같이 쓴 여러 장의 선고문을 공처럼 둥글게 말아서 아벨의 주위에 던져놓았다. 마르띤은 양귀비 가지를 주워 전에 있던 것과 같은 위치에 도로 올려놓았다.

'이런 망나니 같은 것들! 망나니 떼거리들!'

그들은 아벨의 왼손에 빨간 꽃을 올려놓았는데 그 모양이 흡사 천사가 꽃을 붙잡고 있는 것 같았다. 다른 손에는 아까 쓴 선고문과는 다른 필체로 '신은 결코 죽지 않는다'라고 씌어진 쪽지가 쥐어져 있었다. 마르띤이 마른 나뭇잎을 모아 침대처럼 만들고 그 위에 아벨을 눕혔다. 아벨은 차가운 인형처럼 누워있었다. 그의 관자놀이에서 흐른 피를 제외하면 그가 상처를 입었다는 어떠한 흔적도 찾아볼 수 없었다. 그의 얼굴은 창백했고, 금발 머리는 온통 헝클어져 있었다.

숲은 그 어느 때보다도 고요했다. 군인들은 낙원 길의 피난 행렬 속으로 사라져 버린 것 같았다. 기이한 적막감은 마르띤과 죽은 소년, 그리고 그늘 속에 몸을 숨기고 있던 어린 암살자들을 실타래처럼 엮어 갔다. 게다가 소년의 덕지덕지 칠한 얼굴에서부터 나무 밑둥치에 나뒹굴고 있는 실크 마스크에 이르기까지 참담한 범행의 단서들이 거미줄보다 더 섬세하게 엮여 있었다. 해가 구름 사이로 숨어버리는 것과 같은 미세한 움직임에도 마르띤은 평온을 잃고 재앙에 대한 공포감에 몸을 떨었다. 마르띤은 슬픔을 억누르면서 걸음을 멈춘채 오래된 떡갈나무를 넋을 잃고 바라보았다. 껍질이 벗겨지고 뒤틀려있는 나무들이 이 엄청난 범죄에 대해 항의라도 하듯 가지를 하늘을 향해 치켜들고 있었다. 그가 숲에 정신을 너무 빼앗긴 탓인지 눈을 부비고 나서야 제정신으로 돌아올 수 있었다. 그는 마치 사물들이 자신을 위해 살아있는 것 같은 착각에 빠졌다. 태양빛이 금빛으로 나뭇잎을 물들이고 있었다. 매미들은 단조로운 노래를 멈추고 조용히 나무에 매달려 있었다. 마르띤에게 숲의 적막은 마치 백일하에 드러난 소년들의 죗값을 숲 전체가 함께 나눠지려는 것처럼 느껴졌다.

기관포들이 차도를 따라 덜커덩거리며 다시 발사하기 시작했다. 기관포 소리를 듣고 마르띤은 국민군 군인들이 다리에 도착해서 지뢰 때문에 퇴각하지 못한 사람들에게 총을 쏘아대는 것으로 생각했다. 공화당을 지지하던 자들은 퇴각 직전에 자신들의 기지 중심부를 파괴해버렸다. 배급 식량이 가득 든 사발과 나무그릇, 콩이 든 냄비, 기생충이 득실대는 배설물 흔적으로 보아 당시 포로들의 소탕작업이 얼마나 긴박했나를 알수 있었다. 마르띤은 마을에 숨어있을 이웃들을 생각해보았다. 주민들은 구멍에 눈을 갖다 대고 포로와 피난민 행렬을 바라보고 있을지도 모른다. 어쩌면 이들은 지하실에서 임시변통으로 국민군 깃발을 만들어놓고 정부군의 종말을 축하하고 있을지도 모른다.

아이들은 나름대로 격렬한 전쟁 분위기에 들떠 피비린내 나는 전쟁놀이에 몰두하고 있었다. 차도의 가장자리에는 죽음의 흔적들이 널려 있었다. 전투기에서 난사하는 기관총에 맞아 죽어간 군인들과 길가에서 총살당한 포로들, 목덜미에 탄환이 박힌 채 쓰러진 탈영병들의 시체가 즐비했다. 아이들은 물을 만난 생선들처럼 아우성을 지르면서 주검들 사이로 이리저리 돌아다니며 그 중 나이 든 소년이 시키는 대로 죽은 이의 옷을 벗겨 입거나 전쟁의 포획물을 자신들의 비밀 장소에 차곡차곡 쌓아두었다.

전쟁은 때로 어떤 이들에게는 빵 부스러기를 흘려놓기도 한다. 트럭을 훔친 아이들은 실려 있던 설탕 포대를 가지고 눈싸움을 하고 있었고, 아직 핏물이 튀겨있는 대령의 두건은 곧 아이들의 작은 머리에 씌워졌다. 소년들이 전쟁통에 밀수품을 운반하는 과정에서 구한 여러 부대의 깃발 장식이 눈에 띄었다. 마치 거인나라에 들어온 작은 체구의 걸리버들이 수류탄의 얼개를 배우고, 다이너마이트를 터뜨려 새들을 죽이는 것 같았다.

그날 아침, 마르띤은 이 소년들 중 하나가 자신의 동료를 암살했을 거라고 생각했다. 어느 누구도 소년이 죽은 이유를 밝혀내지 못하겠지만, 시체는 바로 자신의 팔위에 있었다. 마르띤은 시계를 보았다. 열 시 십 분전이었다. 시계는 몇 분쯤 전에 멈춘 것 같았다. 마르띤은 태엽을 감았다. 그는 그곳을 떠나야 할지 머물러야 할지 갈피를 잡지 못하고 있었다. 처음엔 그곳을 떠나려 했지만 그럴 수가 없었다. 도무지 사건의 실마리를 잡을 수 없었기 때문이었다.

국민군 선발부대가 점차 가까워지는 듯 하더니 1킬로미터나 800미터쯤 떨어진 곳에서 다시 총성이 들려왔다. 마을은 선발대로부터 얼마 떨어져 있지는 않았지만 선발대원들이 총을 쏜 것 같지는 않았다. 퇴각부대는 다리를 폭파한 뒤 마을 주민들을 소개시킬 준비를 거의 마쳐가고 있었다. 황토색 전투기가 주민들에게 총을 쏘아 대면서 그들의 위치를 국민군 선발대에 알리고 있었다.

마르띤은 죽은 아벨의 손에 쥐어져 있던 '신은 죽지 않는
다' 라는 전단의 의미를 풀어보려고 했다. 아벨은 죽음의 순간
에 이르러 그 전단만이 유일한 구원책인 것처럼 손에 꼭 쥐고
있었다.

'누가 이 전단을 썼을까?' '암살자?' '자비로운 한 영혼?'
'아벨 자신?' 마르띤은 그의 마음 밖으로 환영을 몰아내 버렸
다. 피로와 권태는 무쇠 투구처럼

단단하게 그의 머리를 짓눌러 왔다. 그는 더 이상 생각할 수
도 어떤 결정을 내릴 수도

없었다.

'도라가 살아있었더라면…'

그는 중얼거렸다. 갑자기 인생이 권태롭고 무의미하게 느껴
졌다.

두 팔로 어린아이의 몸뚱이를 안고 학교로 통하는 오솔길로
들어섰다. 완만한 비탈길이었지만 마르띤은 발걸음을 재촉했
다. 숲에는 다시 침묵이 흘렀다. 아이들은 자신의 죄가 돌이킬
수 없는 결과를 초래한 것에 놀라 악마처럼 변한 것 같았다. 어
쩌면 스스로 악마로 변하려고 했는지도 모를 일이다. 마르띤의
머릿속에는 자신이 어릴 때 잘못을 저질러놓고 양심의 가책에
서 벗어나기 위해, 아니면 아버지의 눈이 무서워 나무나 닭, 침
팬지로 변하려 했던 기억이 떠올랐다. 그런 작은 사건들이 그의

기억 속에 오래도록 각인되어 있었는데, 이제 와서야 자신이 그렇게 행동한 까닭을 알 수 있을 것 같았다. 그것은 호기심이었다. 그러나 이상한 일은 그날 일어났다.

교차로가 전찻길과 마주치는 모퉁이를 돌아서자 지름길이 나왔다. 마르띤은 산 복숭아 관목 뒤로 뒷걸음질했다. 빨강색, 노란색의 거대한 깃발을 몸에 두른 늙은 여인과 함께 다른 여인이 차도를 향해 걸어오고 있었기 때문이다.

마르띤은 그들이 서로 깃발을 빼앗으려고 몸싸움을 하는 것을 놀란 눈으로 지켜볼 뿐이었다. 두 여인은 서로 주먹을 주고받으면서 깃발을 서로 차지하겠다고 싸웠다.

－내가 찾은 거잖아. 깃발은 내 것이니까 넌 만질 권리도 없어.－ 왼쪽에 있는 여인이 말했다.

그녀는 발목까지 오는 유행 지난 긴 코트를 입고 있었는데, 거기에는 연 보랏빛 유리알 장식이 달려 있었다.

－뭐, 네 것이라고? 언제부터 이 자투리가 네 것이 되었냐? 이건 내 꺼야, 내 것이고말고, 넌 벽장에서 그것을 꺼내왔을 뿐이야.－

다른 쪽 여인이 소리 질렀다.

－이걸로 깃발을 만들 생각을 한 건 나라고! 네게 천을 달라고 했을 때 너는 이 천을 어디다 쓸 건지조차 몰랐잖아!－

첫 번째 여인이 소리 질렀다.

-그게 어디에 쓸 거냐고 물었을 때 넌 대답해 주지도 않았어.-

-거짓말이야. 내가 말해주었지만 너는 귀를 틀어막고 내 말을 듣지 않았어.-

-이기주의자 같으니라고. 바로 그게 너의 본성이야, 다른 사람들이 고생할 때 이익만 챙기는 이기주의자!-

그녀는 둥지에서 아기 새가 떨어지듯 조금 앞으로 나와 털썩 주저앉으며 울음을 터뜨렸다.

-내 말 좀 잘 들어봐, 루시아. 마지막으로 부탁할게. 그 깃발을 내게 줘.-

-다시 말하지만 깃발은 내 꺼야. 내가 아이디어를 제공했고 일도 내가 했어. 널 버려두지 않고 내 뒤에 따라오도록 해 준 것만 해도 감사 해야지. 내가 바보만 아니었다면 강제로라도 너를 집에 붙들어 두고 나오는 건데.-

그의 언니가 말대꾸를 했다. 그러나 황토색 코트를 입은 루시아의 동생은 기를 쓰고 깃발에 매달렸다.

-너는 그것을 손에 넣을 수 없을 거야. 맹세컨대 너는 그것을 얻을 수 없어. 13년 동안 내가 너의 몸종으로 있어왔는데 이젠 네가 날 몸종 부리듯 하는 데 질려버렸어. 이제 난 말할 거야. 장군에게 이야기해서 진실을 밝힐 테야. 그에게 너와 너의 정치적 이념, 그리고 나를 어떤 식으로 다루었는지에 대해서 다

이야기 할 테야. -

루시아는 길 한가운데 우두커니 서 버렸다. 그녀의 얼굴은 납빛에 가까웠다. 깃발로 몸을 감싼 그녀는 마르띤으로부터 불과 몇 미터도 안 되는 거리에 서 있었다.

-거짓말이야! 네가 말한 것은 모두 거짓말이야. 넌 내 동생이야. 그런 식으로 말하지 못하게 혼내줄 거야. -

그녀는 소리쳤다.

-난 직접 대령을 찾아가 이렇게 말할 거야. 네가 얼마나 이기주의자인지, 또 네가 급진주의자들과 얼마나 친했는지도 말할 거야. 그들을 위해서 네가 어떻게 노래를 불렀는지 말해서 널 체포하게 할 거야. 그들은 너를 감옥으로 보낼 거야. 내 말 듣고 있어? 너를 이 나라에서 추방시켜 버릴 거라고. -

루시아의 눈은 분노로 충혈 되었고 동생의 마지막 말은 거의 들리지도 않았다. 그녀는 넓은 챙이 달린 모자를 깊숙이 눌러써서 괴상한 까마귀처럼 보였다.

-야바위꾼 같으니라고. 네가 한 모든 말은 거짓이야. **필요하다면 가장 유능한 변호사를 살 거야.** -

루시아는 말했다.

그들은 아이들처럼 맞붙어서 밀고 당기며 싸우기 시작했다.

-놔! -

-그렇게는 못해. -

25

–그것 놓으라고 했어.–

–천만에.–

루시아의 동생은 울다가 딸꾹질을 시작했다. 그녀는 라이벌의 강력한 저항 앞에서 평온을 잃고 쓰러져 울어버렸다. 루시아가 계속 걸어가자 그녀는 흐느끼며 언니의 뒤를 따랐다.

–내가 이렇게 빌잖아, 루시아. 네 평생에 한번이라도 좋은 일 좀 해봐. 깃발의 한 쪽 끝은 내가 잡고 가게 해줘. 네가 다른 쪽을 잡고 가서 장군에게 말해. 나는 거기 가서 아무 소리도 하지 않을 게. 네가 이겼어.–

채 2분도 되지 않는 시간이었지만 마르띤이 받은 충격은 수년 간 지속될 것만 같았다. 마르띤은 자매의 다툼을 지켜보는 데 정신이 팔려 그동안 시간이 멈추고 숲이 마비되어 버린 것 같았다.

마르띤은 길을 재촉했다. 떡갈나무 숲이 못된 마술을 부리는 것처럼 믿겨지기 시작했다. 수 천 가지 소리가 어우러진 듯한 침묵이 그를 괴롭혔다. 그는 큰 소리로 웃어서 침묵을 깨고 싶은 야릇한 충동을 느꼈다. 학교 쪽으로 난 길에 접어들면서 마르띤은 다시 멈춰 섰다. 아이들 중 하나가 학교에 숨어있으면 어쩔까 두려웠다. 소년들은 어디서건 그에게 총을 쏠 수 있었고, 여기서 벗어난다 해도 팔에 소년을 안고 오솔길을 걸어가는 것은 스스로 표적이 되는 것이나 다름없는 일이었다. 그래서 마르띤은 도라와 함께 거닐었던 다른 오솔길을 따라 정원으로 가기로 결정했다. 부엌에 사용하지 않는 문을 통하면 눈에 띄지 않고 정원까지 무사히 지나갈 수 있었다.

학교가 가까워짐에 따라 숲이 점차 성기어지더니 그 틈새로 덩굴나무에 싸여 있던 학교가 모습을 드러냈다. 자동차들이 주차되어 있는 마당 입구에는 적십자 포스터가 붙어있고 공화국의 깃발이 중앙 발코니에서 나부끼고 있었다. 그는 앞이 훤히 트인 곳에서 학교의 외관을 살펴보았다. 미모사가 현관 밑에서 노랗게 봉우리를 터트리고 돌멩이 위로 흩어져 있는 유리조각들이 햇빛을 받아 빛나고 있었다. 떡갈나무로 만들어진 문은 반쯤 열려 있었고, 수도꼭지는 계속해서 물을 콸콸 쏟아내고 있었다. 마르띤이 그때처럼 뼈에 사무치게 고독하다고 느껴 본 적은 없었다. 학교는 텅 비어 죽은 거나 진배없었다. 새들은 예외로 하더라도 수 킬로미터 안에는 아무도 살지 않는 것 같았다. 마르띤은 왼쪽으로 돌아 비둘기 집 쪽으로 난 길을 따라 내려갔다. 마르띤은 자신의 가슴 쪽으로 몸을 웅크리고 있는 아벨을 안고 어렵잖게 금속 문을 열고 안으로 들어갔다.

다시 도라에 대한 추억이 환영처럼 그를 따라다녔다. 모퉁이마다 그녀의 실루엣이 드러났다. 방의 문지방에서 나타난 그녀의 환영은 비록 미소는 띠고 있지 않았지만 매력적이었다. 그는 열려 있는 문틈으로 들어오는 햇살을 가로지르며 응접실에 다다랐다. 소파 위에 아이의 몸뚱이를 눕혔다. 아벨의 사지가 굳어지기 시작해 억지로 팔과 다리를 펴야만 했다. 마르띤은 아벨을 처음 발견했을 때처럼 양귀비 가지를 아벨의 가슴 위에 다시 올려놓았다. 그리고 기도하는 자세로 아벨의 손을 가슴 위에 포개 놓았다. 집에서 습한 냄새가 났다. 학교에서 흔히 들을 수 있는 아이들의 잡담소리나 소란스러움은 전혀 들리지 않았다. 이런 침묵이 마르띤에게는 오히려 그 어떤 폭발음보다 더 크게 귓전을 울려댔다. 밖에서는 태양이 무심하게 빛나고 있었다. 마르띤은 격자창을 통해 호랑이 가죽으로 된 낡은 카펫에 비치는 햇빛을 바라보았다. 벽은 온통 정치적 선전물로 가득 차 있었다. 옷걸이에는 방독면이 걸려 있었다. 바로 전 날, 아이들은 버려진 트럭을 약탈해 숲 속으로 타고 달렸다. 그들은 들소와 코끼리로 분장하고 숲을 달리면서 방독면의 고무를 무기 삼아 무시무시한 놀이를 했다.

책상 위에는 군인들에게는 잘 알려지지 않은 상표의 담배 갑이 놓여있었다. 마르띤은 손바닥 위에 담배를 한 움큼 털어놓고 인색하게도 한 개비만 피워 물었다. 그는 기다리고 또 기다렸다. 그의 몸 전체가 기다림으로 인해 긴장되어 있었다. 현관에 있는 시계가 똑딱거리는 소리가 들렸다. 그는 기계적으로 자신의 손목시계를 쳐다보았다. 이제 겨우 열 시 반밖에 되지 않았다. 국민군 선발대는 다리를 지나 쥐엄나무 언덕을 따라 조심스럽게 나아가고 있었다. 마을은 거기서 일직선으로 6킬로미터 정도 되는 거리에 위치하고 있어서 어쩌면 오후 1시쯤이면 도착할 수 있을 것 같았다.

상념에 젖어있던 그는 길에서 들려오는 엔진 소리에 깜짝 놀라 일어났다. 순간적으로 창 쪽으로 다가가 블라인드 사이로 밖을 살폈다. 군인들과 기관포를 실은 차 한 대가 천천히 학교로 다가서는 것이 보였다. 충격을 받았는지 펜더 부분이 푹 파이고 먼지가 뒤덮인 구식 독일산 자동차였다. 자동차가 적십자 홍보 포스터 옆을 지날 때 군인들 중 하나가 큰 소리로 웃으면서 탄약통을 비우고 있었다.

－꼭 거품을 건지는 체 같은데.－

누군가 말하는 소리가 들려왔다. 마르띤은 창에서 멀리 떨어져 현관까지 발돋움하여 갔다. 마르띤은 현관에서 문 뒤로 몸을 숨기고 차가 멈추기만 기다렸다. 군인들이 잡담하며 웃는 소리가 들려왔다. 얼룩으로 더럽혀진 차가 속도를 내더니 몇 야드 떨어진 곳에서 터덜거리는 엔진 소리가 들려왔다. 이어 자갈길 위로 군화들이 삐걱대며 지나가는 소리를 들었다.

'지금이다' 그는 생각했다. 그는 폐허가 된 현관을 가로질러 팔을 높이 올린 채 밖으로 나왔다.

마르띤의 갑작스런 등장은 순간적인 혼란을 불러왔다. 앞서 가던 병사는 복병이 없는지 살피며 건물 벽쪽으로 몸을 붙였다.

29

다른 병사들은 총의 격침을 잡아당기며 날쌔게 차에서 뛰어내려 부채모양으로 산개했다.

-걱정 마시오. 나쁜이오.-

마르띤은 조용한 음성으로 말하면서 손을 내리지 않았다. 그의 말과 행동은 모두를 안심시키기에 충분했다.

-학교는 비어 있소. 여섯 시간 전에 주민들이 학교를 떠났고 학교는 비어 있소.-

마르띤은 반복해서 말했다.

엔진이 윙윙거리는 소리가 들렸다. 그러자 병사들의 눈이 모두 오토바이를 타고 오는 하사에게로 쏠렸다.

마르띤은 오토바이가 서는 동안 하사를 유심히 바라보았다. 하사관은 의뭉스럽게 빛나는 눈과 솔 모양의 금발 콧수염에 적갈색 피부를 가진 작은 체구의 남자였다. 하사는 오토바이에서 내리자마자 공화국 깃발이 펄럭이는 발코니로 눈길을 돌렸다. 그리고는 주머니에서 야전용 라이터를 꺼내 입술 사이에 물고 있던 담배에 불을 붙였다.

-아이들을 보았는가?-

그가 물었다.

담배에서 뿜어내는 옅은 연기가 얼굴에 피어오르는 동안 무표정하게 물었다.

-그들은 학교에서 제멋대로 날뛰고 있소. 오늘 아침 포병 중

대 하사관이 그들을 실어 나를 트럭이 대기하고 있다고 말해주었지만, 지금은 아무것도 보이지 않습니다.-

마르띤은 대답했다.

이제 태양이 완전히 그 모습을 드러내 눈을 제대로 뜰 수조차 없었다. 하사관은 마지못해 가까이 다가와서 그가 무기를 지니지나 않았는지 조사하기 시작했다.

-나는 비무장이오.-

마르띤은 대답했다. 마르띤은 하사관의 눈길을 피하려 하지 않았다.

-좋아, 손을 내려.-

마르띤은 호주머니에 손을 깊이 쑤셔 넣었다.

핸들을 잡고 있는 운전수를 제외하고 부대원이 모두 마르띤 주위로 모여들었다.

-동료들은 여덟 시에 모두 떠났소. 우리들은 망을 보면서 밤을 지새웠습니다. 하사관은 우리를 모두 데려가려 했지만 동틀 무렵 나는 그들과 떨어져 혼자 숲에 남게 되었소.-

마르띤이 설명했다.

-그들은 몇 명이오?-

하사관은 물어보았다.

-일곱 명이요. 하사관까지 포함하면 여덟 명이요. 모두가 같은 중대에 소속되어 있소.-

-그리고 다른 사람들은? 모두 떠났소?-

-그렇게 믿고 있습니다. 숨어 있는 것이 아니라면 말이요. 내 생각에 그들은 멀리 가지는 못했을 것 같습니다.-

하사관은 콧수염의 끝자락을 신경질적으로 문질러댔다.

-당신들이 아이들을 책임지고 있었소?-

마르띤은 대답하기 전에 잠시 머뭇거렸다. 그는 피난 간 아이들의 대부분이 이룬, 푸엔떼라리아, 산 세바스티안 출신이어서 바스크어 악센트를 구사하는 하사관이 소년들 중 한 명과 친척일 수도 있었기 때문이다.

-아니오. 나는 수비대의 소총병이었어요. 나는 일 년 반 전에 신병들을 훈련시키기 위해 여기에 배치되었소. 그리고 나서 한 번도 이곳을 떠나지 않았소.-

마르띤이 대답했다.

-누가 아이들을 보살폈지?-

하사관이 물었다.

-적십자 요원들이 교사 한 명을 지명해서 여기 남겨두었는데, 그가 어디 있는지는 알 수 없군요.-

마르띤은 대답했다.

-아이들이 배회하고 다닌다고 하지 않았소?-

-그렇습니다. 하사관님, 아이들이 저쪽으로 달려가는 것을 본지 아직 한 시간도 채 안 됩니다.-

-어느 쪽으로 갔소?-

마르띤은 건물 벽 끝에 붙어 있는 풍신기 쪽으로 몸을 돌렸다.

-북쪽입니다.-

-순찰대를 보내야겠소. 그 지역은 곳곳에 지뢰가 설치되어 있는 위험지역이오. 사고가 날 수 있소.-

한 육군하사가 말했다.

-당신이 직접 가서 중위에게 지시하시오.-

하사관은 부대원들을 향해서 말했다.

-너희들은 그동안 집 주변을 샅샅이 조사하도록. 수뇌부들이 여기서 주둔하기로 결정했으니까 방도 정돈해 놓도록 하고.-

그리고는 마르띤에게 말했다.

-당신은 나를 따라오시오. 당신에게 하고 싶은 말이 있소.-

하사관은 마르띤의 팔뚝을 이끌어 목재 벤치가 있는 곳으로 데려갔다. 거기서 몇 미터 떨어지지 않은 곳에 있는 수도꼭지에서는 쉴 새 없이 물이 쏟아져 나오고 있었다. 햇빛을 받아 영롱하게 빛나는 물방울은 주변의 벽돌담을 적시고 있었다. 하사관은 셔츠에서 가죽으로 된 담배쌈지를 꺼내 마르띤에게 건넸다.

-한대 피시오.-

-정말 감사합니다.-

하사관은 마르띤에게 불을 붙여주고 마르띤은 손으로 불꽃이 꺼지지 않게 감쌌다.

몇 분 동안 두 사람은 조용히 담배를 피우고 있었다.

-저 건물 안에 죽은 소년이 한 명 있소. 오늘 아침 숲에서 그 시신을 발견했소.-

마르띤이 갑자기 입을 열었다.

그가 하사에게 얼굴을 돌리는 순간, 하사의 얼굴에 혈관이 불거져 나오는 것을 보았다.

-소년이…, 죽었다고?-

그가 물었다.

마르띤은 담뱃재를 바지 위로 떨어뜨리면서 대답했다.

-네, 살해되었습니다. 아니 처형되었죠. 저, 뭐라고 불러야 될지 잘 모르겠지만…. 사전에서는 어떻게든 설명하고 있겠죠.-

마르띤은 그에게 도움을 청하는 눈빛을 던졌다. 그러나 마르띤은 그가 자신의 말을 듣고 있지 않는다는 것을 눈치챘다.

-죽은 소년에 대해 아는 게 있소?-

하사가 걸걸한 목소리로 묻자 마르띤은 이마에 흘러내리는 머리칼을 머리 뒤로 넘기면서 대답했다.

-아벨이라는 소년입니다. 그리고 그는 도망간 소년들의 친구였지요. 아이는 자기 이모할머니와 함께 저기 정면에 보이는

주택에서 살았어요.-

하사는 한동안 침묵을 지키다가 한 숨을 쉬며 말했다.

-나는 아이들 중의 하나인 산또스 에밀리오의 아버지요.-

그는 마치 마르띤과 얼굴을 마주 대하기 두려운 듯, 제라늄 꽃봉오리 쪽으로 고개를 돌렸다.

-밤색 눈과 금발 머리를 하고 있는 그 아이는 다리에 큰 생채기가 나있소. 그리고 걸을 때 약간 절어요. 피부는 까무잡잡해요. 걔 어머니가 적십자로부터 아들이 여기 있다는 편지 한 통을 받았소.-

'금발 머리에 다리에는 생채기가 나있고 약간 절면서 피부는 가무잡잡한 아이라…'

마르띤은 그를 기억해내려고 애를 썼지만 소용이 없었다.

-유별나지 않아서 그런지 기억이 잘 안 나네요. 아이들 중 몇은 이름까지 알고 있지만 모두 다 아는 것은 아닙니다.-

-그 아이는 애아바르 출신이요. 그 애가 집을 나올 때가 여덟 살이었으니까 지금은 열한 살쯤 되었을 거요. 그 아이와 함께 집을 나온 친구는 고아로 에밀리오와는 형제처럼 지냈소.-

-사무실 어딘가에 학생들 이름을 적어놓은 서류가 있을 거에요. 만약 원하신다면 학생들을 돌봐주던 여선생이 있던 곳을 알려드릴 수도 있어요.-

마르띤은 일어나려고 했지만 하사관은 벤치에 못 박힌 듯 그

35

대로 앉아있었다.

　-나중에 우리는 그 아이가 프랑스로 간 사실을 알게 되었소. 아내는 적십자와 연락을 취하면서 에밀리오가 이 학교에 있다가 가출한 것 같다는 소식을 들었소.-

　그때 문 앞에 머리를 짧게 깎은 병사 한 명이 나타났다. 그는 하얗게 질린 채 그들을 향해 달려왔다.

　-하사님!-

　그가 외쳤다.

　-응접실에 한 소년이 관자놀이에 상처를 입은 채로 죽어있어요.-

　병사는 손으로 제스처까지 해가면서 실감나게 말했지만, 말을 듣는 하사관과 마르띤이 별 반응을 보이지 않자 의아한 표정을 지었다.

　-우리는 이미 알고 있었네, 알고 있어. 들어가서 계속 조사해보도록.-

　산또스는 말했다.

　병사는 잠시 그들을 멍청하게 바라보다가 다시 학교로 돌아갔다.

　침묵이 흘렀다. 하사관은 물방울 위에 태양빛이 반사되는 것을 바라보면서 손가락으로 담뱃재를 털어내었다.

　-좋아.-

하사관이 갑자기 입을 열었다.

 -만약 당신이 그 리스트가 어디 있는지 안다면 찾아오시오. 소위도 관심을 보일 것이요.-

 마르띤은 수돗물에 담배꽁초를 던졌다. 그리고 집으로 들어가기 전 하사관이 턱을 괴고 앉아있는 벤치 쪽을 바라보며 생각했다.

 '내 이름은 마르띤 엘로세기고, 나는 소총병이다. 그리고 20분 전 포로로 투항했다.'

 그러면서 속으로 너털웃음이 터져 나오는 것을 느꼈다.

 찻길에서 멀어질수록 기관총소리가 선명하게 들려왔다.

 ***

 소위 페노사가 접시처럼 생긴 모자를 쓰고 어깨에 반짝이는 별을 달고 있었다. 그는 마르띤 앞에 있는 회전의자에 앉아서 종종 손가락으로 서류철을 건드렸다. 그는 잠시도 가만있지 않고 오른쪽, 왼쪽으로 안락의자의 방향을 바꾸었다. 목 전체에 붉은 상처가 보였다. 마르띤은 소위가 자신의 상처에 관심을 갖게 하려고 일부러 그러는 건 아닐까 하는 생각이 들기 시작했다.

 어떤 병사가 일러준 바에 따르면 페노사 소위가 그날 아침에 기분이 매우 좋았다고 했다. 소위는 열아홉 살의 나이로 군에 들어와 불과 몇 주 전, 베르무데스 대령의 지휘 하에 전투에 참여했다. 소위는 또래의 젊은이들처럼 열정적이어서 전쟁이 너무 빨리 끝나버리면 어쩔까 염려하고 있었다. 공화파 사람들이 무질서하게 퇴각하는 것과, 그들의 사기가 떨어진 것이 그의 전투욕을 더욱 부추겼던 것이다. 다른 이들이 30개월간의 야영생활을 버틴 결과로 승리를 얻었다면, 그에게 승리란 은쟁반에 담겨 있는 기증품과 같은 것이었다.

그는 철조망과 포연을 뚫고서야 얻어지는 힘겨운 승리와 육박전을 통한 반격을 꿈꾸었다. 그러면서도 그는 자신의 젊은 혈기와 미숙함이 다른 고참 병사들에게 용서받아 마땅한 것이라 여겼는데, 그의 이런 방종은 자신의 부하들을 위험에 처하게 하는 결과를 초래하기도 했다. 그는 쿠데타 같은 위기에 걸맞은 그런 인물이었다. 그의 부하들은 그가 퇴각하는 부대까지 쫓아가 기관총을 난사하며 그들을 모조리 섬멸했다고 말했다.

그날 아침, 페노사 소위는 소부대만 이끌고 가서 중대 전체를 섬멸시켰다.

－전 이런 전투는 처음입니다.－

부하가 마르띤에게 당시의 상황을 설명해 주었다.

－나는 그에게서 몇 발짝 떨어진 거리에서 그가 팔 밑에 기관포를 끼고 달려가는 것을 지켜보았어요. 그때 우리는 쥐엄나무

숲 뒤쪽으로 가기 위해 벌판을 가로질러 가고 있었고, 적들은 매복 상태로 이 모습을 지켜보고 있었소. 탄환이 사방에서 '탕,' '탕' 휘파람 소리를 내며 날라 들었지만, 그는 주춤하지 않고 너무나 태연하게 계속 앞으로 나아갔어요. 적군들은 모두 도망갈 눈치만 살피고 있었지요. 그때 한 사람이 도망하자 곧 다른 장교들도 다투어 도망갔어요. 마지막으로 사병들이 도망 갔고요. 내가 도망하는 군인들을 향해서 총을 겨누자 소위는 우리에게 '그들은 내 꺼야. 내게 맡겨'라고 소리치더니 '팝' 하는 소리와 함께 맨 앞의 병사, 그리고 그 다음 병사를 향해서 차례로 탄환을 발사했어요. 적들은 탄환이 날아오는 것을 미처 알아 채기도 전에 탄환에 맞아 쓰러졌지요. 도망하던 병사들은 총소리에 인형처럼 굳어졌고 소위는 그들을 대패로 밀듯 하나 둘 차례로 쓸어버렸어요.—

소위의 대담무쌍한 행위는 도로에서 야전용 망원경을 통해서 그 광경을 지켜보던 육군 중위의 찬사를 받을 만했다. 중위는 페노사 소위를 진심으로 축하해주었다.

—자네는 정말 훌륭했네. 자네의 공훈은 반드시 상부에 보고될 걸세.—

페노사는 베르무데스 대령이 자신이 공을 세우는 장면을 직접 목격하지 못한 것이 아쉬웠지만 대체로 만족스러웠다. 대령은 페노사의 공로를 다소 회의적으로 받아들이고 있었다. 소위는 베르무데스 대령이 그를 신참 정도로밖에 생각하지 않는다는 인상을 받았고, 그 때문에 잠을 설치게 되었다. 어릴 적부터 그를 성가시게 했던 불면증 증세가 다시 재발한 것이다. 사실인 즉, 그의 상관은 다른 사람들이 증언하는 페노사의 공훈을 애써 무시하기 위해서 모른 체 한 것이었다.

중위는 페노사에게 숲을 쏘다니는 피난민 소년들을 찾아내는 임무를 지워서 계곡으로 보내버렸던 것이다. 페노사는 좋은 조짐으로 시작된 하루를 그렇게 끝내 버릴 수는 없었다. 전날 소년들이 훔쳐갔던 트럭을 타고 학교로 가는 길에 페노사는 줄곧 마을에 모여든 국민군 선발 부대만을 생각하고 있었다. 그는 별안간 키가 작고 뺨이 고무공처럼 둥근 한 수녀를 떠올렸다. 그 수녀는 아버지의 시신 앞에서 슬퍼하는 아들에게 성자와 같은 미소를 띠며 웃어주었다.

─신의 영광 속에서 잠든 그대여, 복 되도다. 그대여, 복되도다!─

어린 수녀는 하늘을 향해 팔을 높이 들고 찬송가를 불렀다.

─복 있을 지어다, 그대여!─

소위는 수녀의 팔에서 흘러내리는 옷자락이 꼭 박쥐의 날개처럼 생겼다고 생각했던 것이 기억났다. 페노사는 그 수녀에게 정신이 팔려있었던 것이다. 이제는 그녀를 이해할 수 있을 것 같았다. 그는 전투에 몰입하여 자신도 모르는 사이에 "복 되도다, 그대여!"라고 읊조렸다.

파이프의 재는 바람을 타고 흩어졌다. 그 파이프는 전쟁 중에 페노사의 대모가 보내준 것이었다. 페노사는 보좌관에게 길을 재촉하라고 명령하였다. 페노사에게는 밤까지 학교를 지키라는 임무가 주어졌다. 뿐만 아니라 수뇌부들이 학교에서 밤을 보낼 수 있도록 채비를 해야만 했다. 페노사는 숙소를 꾸미는 일 같이 따분하고 사소한 일에도 최선을 다해야 한다고 다짐했다. 그는 학교가 있는 평지에 도착해서 총알구멍이 나있는 적십자 포스터를 바라보았다. 그의 명령을 하달 받지 못한 병사들은 학교 건물 곁에 있는 목재 벤치에서 마치 도마뱀처럼 햇볕을 쬐고 있었다.

병사들은 소위를 발견하고 벌떡 일어나 부동자세를 취했다. 그들 중 몇 명이 경례를 하느라 이마에 손을 갖다 대자, 하사는 퉁명스런 목소리로 쏘아붙였다.

-언제부터 모자도 없이 인사하라는 규정이 생겼지?-

비야루비아 대령이 말에서 떨어진 신병들에게 내뱉는 경멸 어린 어조를 흉내 내어 다시 물었다.

-누가 손을 내리라고 그랬나?-

양쪽 모두 당황하는 기색이었고, 그 파장은 엄청났다.

그는 심한 근시안으로 협죽도와 제라늄으로 장식된 정원을 훑어보고 있었다. 고요하고 신비한 분위기가 전쟁의 황폐함으로부터 골짜기를 지켜주는 것 같았다. 태양은 자동차들이 주차되어있는 정원과, 덩굴손, 그리고 샘을 비추고 있었다. 지평선에서는 사탕수수의 솜털처럼 생긴 구름들이 천천히 솟아오르고 있었다.

소위는 잠시 얼굴을 돌리고 자연의 비밀스러운 기운 속에 사로잡혔다. 그러나 곧 현실로 돌아왔다. 마르띤은 손을 호주머니에 쑤셔 넣은 채, 창문에 기대어 한가하게 담배를 피워댔다. 페노사는 병사들 중 한 명에게로 되돌아가 손가락으로 마르띤을 가리켰다.

–그가 누구인지 말해줄 수 있겠나?–

산또스는 소위의 질문을 받은 병사의 대답을 가로채 말했다.

–그는 마르띤 엘로세기라는 사람으로, 해안가에 주둔하던 소총 대원이었고 후퇴 시, 소속 부대를 따라가지 않고, 우리를 기다리고 있었습니다.

하사는 다시 마르띤에게 다가가 그를 자세히 훑어보았다.

–포로인가?–

–그렇습니다. 소위님.–

모자가 없었기에 마르띤은 경례를 하지 않았다. 페노사는 화가 나 산또스에게로 되돌아왔다.

–저 포로와 어떤 말을 나눴는지 말해 줄 수 있겠소?–

하사의 눈은 빽빽하게 난 금빛 눈썹 아래에서 푸르고 순하게 빛나고 있었다.

－우리는 소의님이 도착했을 때 마르띤을 심문하고 있었습니다. 그는 피난민 소년들의 학교에 식량공급을 맡고 있었는데, 우리에게 학교사정에 대해 알려주었습니다.－

산또스가 대답했다.

페노사 소위는 군율을 다루는 책 첫머리에 나오는 규정을 인용해가며 말하곤 했는데, 병사들이 전하는 바에 의하면 그는 이 책을 머리맡에 두고 잘 정도라고 했다. 그는 마르띤을 위층에 있는 방으로 보냈다. 페노사의 보좌관은 총검으로 무장한 채, 마르띤과 1미터 반 정도의 거리를 유지하며 따라갔다. 보좌관은 마르띤을 따라가면서 페노사 소위에 대해 좀더 장황하게 설명해주었다. 마르띤은 거의 30분간 감금되어 있었고, 그동안 보좌관은 계속해서 잡담을 했다. 보좌관은 담배 갑으로 꽉 차있는 호주머니에서 담배 하나를 꺼내 마르띤에게 주었다.

전쟁이란 전체적으로 볼 때 반드시 나쁜 것이라고 할 수는 없다. 보좌관은 일개 농군에 불과했지만 전쟁 덕분에 그가 평소 경험할 수 없었던 멋진 순간들을 경험할 수 있었으니까. 정말 그렇다. 그러나 벼룩처럼 불쾌한 사건들도 있다. 까다롭게 구는 사람이 없거나 페노사 소위같이 운이 따라준다면 그래도 참을 수 있다. 그럼에도 불구하고 그는 여전히 전쟁이 멈추기를 고대하고 있다. 왜냐하면 사랑하는 부인과 함께 오두막에 살면서 소중한 아이를 갖기 위해서였다.

　-결혼한 지 이 년이 넘어가도 아직 자식이 없다는 게 웃기지 않아?-

　나중에 소위가 마르띤을 데려오라고 명령하자 보좌관은 사무실까지 그를 호송해갔다.

　거기서 20분 동안 취조를 받으면서 마르띤은 일관성 있게 대답하려고 노력했다. 그러나 그날 아침, 아벨의 사건으로 충격을 받은 마르띤은 마음먹은 대로 잘 되지 않았다. 잡기가 무섭게 손가락 사이로 미끄러져버리는 수은방울처럼 마르띤은 좀처럼 자신의 생각들을 정리해낼 수가 없었다. 도라가 죽는 순간부터 이 세상에서 진실이란 사라져버렸다. 전선의 인근마을, 피난민, 그들은 무엇으로부터, 누구로부터 도망하는가?, 성채의 폭발, 뜬눈으로 지새운 밤, 동굴로의 도주와 자수[…]. 마르띤은 이런 사건들이 어떠한 논리적 근거로 서로 연결되는 지 이해할 수 없었다. 아벨의 죽음과 총성, 그리고 아이들의 도주와 연필로 쓴 전단, 양귀비 가지 등은 마술과 잔인함, 시, 그리고 불행으로 이루어진 꿈의 카펫처럼 현실세계를 뒤집어버리는 수많은 추측과 의미, 그리고 고난의 몸짓 바로 그것이었다.

　열려진 창을 통해 태양이 마르띤의 얼굴을 정면으로 내리비추자 그는 태양이 자신의 얼굴을 따뜻하게 애무하는 것처럼 느꼈다. 소위는 앞에 앉아서 나지막한 음성으로 질문하였다. 소위의 질문에 마르띤은 이름, 나이, 직책, 그가 소속되어 있던 연대와 그가 싸웠던 장소를 기계적으로 대답했다:

'이름은 마르띤 엘로세기, 나이는 스물여섯, 미혼이고 학생이며 제4부대에 소속되어 있었고, 아라곤과 안달루시아, 알바세떼에서 싸웠고 부상당한 적은 없고 저기 보이는 언덕에 배치되어 있는 후방부대에서 일 년간 복무한 적 있음'

그는 소위의 머리 바로 뒤, 벽에 걸려있는 달력을 바라보고 있었다. 2월 6일이었다. 마르띤은 태양 광선을 받아 볼이 뜨겁게 달아오르며 눈썹에 땀방울이 맺히는 것을 느꼈다. 페노사는 매 순간 의자의 방향을 바꾸면서 학교의 조직은 어떻게 구성되어 있는지, 학생들의 수는 얼마나 되는지, 그들의 나이는 몇 살인지, 그들은 어디 출신인지 등에 대해 속사포처럼 질문을 퍼부었다.

마르띤은 그날 아침 있었던 일을 몇 마디로 간략하게 설명했다. 그러나 소위는 여전히 궁금증이 많았고, 어떻게 해서 아이들이 무기를 손에 넣게 되었는지를 물었다. 또 아벨과 함께 사는 여주인이 아벨과는 어떤 관계인지 캐물었다. 마르띤은 아벨이 이모할머니와 같이 살았고, 그 노파는 머리가 약간 정상이 아니라고 말했다. 소위는 비단으로 안감을 댄 노트에 마르띤이 하는 말들을 적고 있었다. 그는 아이들이 아벨을 죽이려는 의도를 본인에게 미리 내비쳤는지에 대해서도 알고 싶어

45

했다. 마르띤은

　-아닙니다, 소위님.-

　이라고 말했을 뿐 어떤 설명도 하지 않았다. 사실 마르띤 역시 그 점을 설명할 수 없었다. 마르띤은 전부터 아벨과 알고 지내는 사이였다는 것도 고백했다. 마르띤은 유리로 된 책상 덮개 위로 햇빛이 반사되어 눈을 뜰 수 없었다. 그래서 의식적으로 눈을 감지 않으려고 노력했다. 마르띤은 창문을 통해 아라베스크 문양을 땅에 새겨놓은 것 같은 나무 그늘 아래 고요하게 잠들어 있는 정원을 응시하고 있었다.

　***

　오늘처럼 반짝이는 온화한 아침이었다. 3월 중순 경 초원은 갖가지 색깔의 꽃으로 치장하기 시작했다. 그들은 소나무 숲에 트럭을 세워두고 식량이 담겨있는 사병용 식량자루를 베개 삼아 잔디에 누워 있었다. 도로의 나무들은 전신주처럼 고요하고 푸른 하늘을 향해 가지를 뻗고 있는데 그 모습이 마치 해부학 책에 나오는 인간의 혈관계 모양 같았다. 나무들 중 한 그루에 정부에서 배포한 포스터가 매달려 있었고 그 아래 한 남자가 잠들어 있었다. 포스터에는 '건달은 폭도다'라는 문구가 씌어있었다. 마르띤은 그것을 졸린 듯 바라보았다. 그 오른쪽으로는 호르디가 모래 한 줌을 가지고 놀고 있었다. 그의 손가락 사이로 한 번에 몇 개씩 모래 알갱이가 빠져나가고 있었다.

—너무 늦었다고 생각하지 않니?—

호르디가 말했다.

마르띤은 호르디가 무언가 초조할 때마다 그랬던 것처럼 계속해서 몸을 움직이고 있다는 것을 눈치챘다. 그러나 마르띤은 움직이고 싶지 않았다. 태양이 반쯤 감긴 그의 눈꺼풀을 비추는 바람에 졸음이 온몸으로 퍼졌다.

—11시가 넘었군.—

그러나 마르띤은 '휴식이 가난한 자에게는 사치'라고 생각했다. 부대에 있는 모든 군인들은 가난하고 비참했다. 하품소리가 나지 않게 손으로 입을 틀어막고 있었다.

—삶이란 항상 이런 거지. 푹신한 풀 침대, 그리고 무한대의 휴식. 아! 물론 한 편에는 여자가 있지. 그러나 내말 잘 들어. 그녀가 그저 그곳에 있다는 것뿐이야. 손을 뻗기만 하면 그녀를 만질 수 있다는 것, 그리고 그녀 역시 네 옆에서 나른하게 잠들어 있다는 것을 느끼기만 하면 되는 거야. 그래서 다른 사람들이 일하고 있는 것을 본다는 것은 놀라운 일이지. 나는 사람들이 겨드랑이에 커다란 서류가방을 끼고 두꺼운 렌즈안경을 끼고 길을 재촉하는 것을 상상하곤 해. 그들은 모든 것에 대해 두려움을 느끼고 있어. 시간과 달력, 그리고 코앞으로 막아서는

47

전철의 문까지도 두려워해. 그들에 대해 생각해보면 적당한 휴식을 취하면서 현재의 순간들이 얼마나 소중한 지를 깨닫는 데 도움이 되지. 다시 말해서 지금 이 시간에도 다른 사람들은 일하고 있는데 너는 온 몸에 햇빛을 받으면서 땅에 뿌리를 박고 자연의 일부가 된 것 같은 느낌말이야. 너는 그녀가 아직 거기서 네게 키스를 하면서 나른하게 잠이 왔다는 것을 알게 되는 거지. 그리고….-

왼쪽 눈을 반쯤 뜨고 그의 친구 호르디를 곁눈질로 바라보았다. 호르디는 계속해서 손으로 모래시계 놀이를 하고 있었지만 초조한 몸놀림은 감추지 못했다.

-너는 용감한 변호사가 될 거야!-

마르띤이 비꼬는 투로 말했다.

-이봐, 계속 쓸데없이 지껄이면 도라에게 다 말해 버릴 거야. 지금은 열한 시도 넘었어. 관할 초소에서 우릴 기다리겠어.-

마르띤은 몸의 방향을 바꾸어 누울 뿐이었다. 그 바람에 옆구리가 햇볕을 받아 뜨끈뜨끈해졌다.

-이봐! 이제 난 네가 내 일에는 아무 관심이 없다는 것을 알게 됐어. 제기랄! 도라에게 다 말해버려. 누가 내 말을 들어주랬나?-

마르띤은 화내는 척하며 말했다.

48

마르띤은 가는 풀잎으로 눈꺼풀을 간질거리는 호르디를 뚫어지게 바라보았다. 마르띤은 호르디가 유별나게 호기심이 강한 타입이라고 생각했다. 두 달 전 주둔지에 배치되었을 때, 호르디는 흑인처럼 일하고, 쉴 새 없이 불평하고, 다시 먹는 게 고작이었다.

'불쌍하군, 어떻게 저런 쓸 데 없는 인간이 다 있담!'

마르띤은 그를 보고 이렇게 지껄여댔다. 그렇지만 호르디와 함께 있으면 늘 평안해졌다. 호르디의 열정과 근면 성실함, 그리고 대식가적인 기질은 자기의 게으른 성질과는 적절한 대비를 이루고 있었기 때문이다. 호르디와 함께 있으면 자신의 한계 따위는 의식하지 않게 되었다.

–그는 나에게 전기를 통하게 하는 것 같아.–

마르띤이 말하곤 했다.

–난 그를 쓸 모 없는 인생이라고 조롱하지만 그가 곁에 없으면 일을 잘 처리할 수 없어.–

호르디는 우직하고 평범한 사람이었다. 그는 하루 종일 누군가를, 그리고 무언가를 중얼거리며 시간을 보내곤 하였다. 여성에 대해서는 경멸과 무관심으로 일관했다.

–난 결코 결혼 따위는 하지 않을 거야.–

호르디는 입버릇처럼 말했다.

그러나 마르띤은 그에게서 매혹적이면서 고상한 면들을 발

49

견하게 되었다. 하늘이 요동치고 먹구름과 함께 태풍이 몰려오
던 어느 날, 호르디는 그의 굵고도 짧은 두 다리로 낙원길이 뻗
어있는 계곡의 끝까지 뛰어갔다. 그리고는 마술에 홀린 듯, 소
나무와 떡갈나무 숲을 사람인양 착각하고 덤벼드는 것이었다.
잔뜩 찌푸린 구름이 그들 위로 위협적으로 몰려왔다. 대기가 짙
어지면서 번갯불이 구름 사이로 나타나 어둠을 깨치려는 찰나,
거세된 호르디는 날카로운 목소리로 외쳤다.

  —이 피라미드 꼭대기에서 흘러가버린 천 년의 역사가 우릴
지켜보고 있다. 전함도 없이 명예를 취하는 것이 명예 없이 전
함을 차지하는 것보다 낫다. 나는 사람들과 싸우러 함대를 보낸
것이지 자연에 대항하고자 온 것은 아니다.—

  공포스런 전율이 강바닥을 뒤흔들었다. 호르디는 바람결에
머리칼을 휘날리며 팽이처럼 사방으로 돌아가며 외쳐대는 것
이었다. 호르디는 어린 시절의 울분을 야생마와 같은 몸짓으로
발산하고 있었다.

  마르띤은 그 광경을 목격했지만 호르디에게 그 행동에 대해
서는 한마디도 묻지 않았다. 하늘이 몸뚱이를 흠뻑 적시고 그
일대를 불꽃 튀는 거대한 저수지로 바꾸어 놓는 동안, 그들은
조용히 트럭으로 돌아왔다. 지금 호르디는 방금 전의 화려했던
순간을 잊은 채, 여느 때처럼 조바심 잘 내는 작은 체구의 호르
디로 돌아와 있었다.

호르디는 팔목시계를 쳐다보더니 원망스런 눈초리로 마르띤
을 바라보았다.

-거의 열 시 반이군.-

-이제 갑니다. 이제 가!-

마르띤의 어머니가 억지로 그를 깨워 학교로 보내던 어린 시
절로 다시 되돌아간 것 같았다. 그 때도 마르띤은 "이제 가요"
라고 말했었는데 그것은 게으름의 순간을 조용히 음미하면서
시간을 벌어보려는 핑계에 불과했다. 어떤 때는 어머니가 방에
서 나올 때 이미 일어나 있는 척 하기도 했다. 그는 시트 사이로
기어들어가 자신의 온기 속에 웅크리고 있었다.

태양빛이 마르띤의 볼을 부드럽게 감싸면서 그의 감은 두 눈
꺼풀 위로 오색찬란한 별빛이 쏟아져 내리는 것처럼 느껴졌다.
그는 기지개를 켰다. 뾰족하고 작은 돌멩이들이 자신의 온몸을
지탱하고 있는 팔과 어깨에 압박을 가해오는 것을 느끼면서 잠
들어 버린 것이다.

-깜빡 잠이 들었었군.-

호르디에게 말했다.

-자고 있었다고?-

-내 팔이….-

마르띤이 몇 초간 팔을 흔들어대는 바람에 나비가 놀라 날아
가 버렸다. 잠시 후 그는 몸을 일으켜 책상다리를 하고 앉았다.

51

마르띤은 그의 외투 소매가 모래로 가득 차 있는 것을 만족스럽게 바라보았다.

　-나는 가끔 우리가 며칠동안 평야에 드러누워 있으면 식물처럼 물을 빨아들이고 선인장처럼 잎줄기와 뿌리를 낼 수 있을지 상상하곤 해.-

　-열 시 반인데 너는 여전히 앉아 있군. 적어도 30분전에 우리는 마을로 갔어야 했어. 거기 가서 선인장에 대해 상상해도 늦지 않아.-

　호르디가 말했다.

　-조용히 해! 난 너처럼 바보 같은 일에 머리를 낭비하진 않아. 난 여기서 뭔가 중요한 일에 열중하고 있는 중이라고.-

　- 나중에 열심히 생각해 보고, 지금은 열한 시 반이고 우린 가야 돼!-

　호르디는 대답했다.

　- 오, 여기였어. 그래, 정확히 여기야. 이런 햇볕에, 이런 온도, 소나무 숲 사이로 보이는 바다…-

　마르띤이 말했다.

　-오늘 오후에라도 도라와 함께 와 봐. 지금은 여기서 꿈꾸고 있을 시간이 없다니까. 관할 초소에서 아까부터 우릴 기다리고 있다구.-

　-야! 난 널 잘 알고 있어. 너 지금 배가 고파서 죽을 지경이

지? 그래서 빵이라도 먹으려고 빨리 가자는 거지? 먼저 갔더라면 지금쯤 따끈따끈하고 바삭바삭한 빵을 먹고 있을 텐데.-

마르띤은 분노가 폭발하는 순간을 기다리며 조롱하듯이 호르디를 바라보고 있었다.

호르디는 그의 피둥피둥 살찐 주먹을 내두르면서 분노로 이글이글 불타는 눈으로 그를 바라보았다.

-맞아, 그래 나 배고팠어. 넌 뭐 특별하게 내세울 거라도 있는 거니?-

-아무것도 없어, 전혀 아무것도.-

마르띤은 조용한 목소리로 말했다.

-내가 배가 고픈 건 인간이기 때문이지. 결국 우린 모두 같은 인간이야. 모든 인간은 무엇인가를 필요로 하지. 네가 여러 여자들과 빈둥거리면서 함께 있기를 원하듯이. 그러나 나는 너의 태양과 빛, 바다와 열기에 대해선 관심 없어. 내가 원하는 것은 점심을 먹는 거야. 난 영양을 충분히 섭취해야 하는 큰 몸뚱이를 갖고 있으니까.-

-좋아, 좋아, 흥분하지 마! 다 좋아, 네 말이 다 맞아 맞다고. 내가 묻고 싶은 건 왜 쓸데없이 관할 초소 핑계를 대느냐는 거야. 처음부터 배가 고프니 빨리 가자고 했으면 벌써 갔을 텐데. 넌 내가 너를 얼마나 사랑하고 마음에 들어하는지 알잖아.-

일주일 전, 다른 동료 병사들 앞에서 마르띤은 호르디에게 도라가 준 계란노른자로 만든 과자를 먹어보라고 권했다. 그러나 실은 다른 동료들의 도움으로 호르디 몰래 계란노른자에 겨자를 잔뜩 칠해 두었었다. 과자를 깨무는 순간, 호르디의 눈에는 눈물이 가득 고였다. 호르디는 분을 참지 못하고 울어버렸다.

그러나 마르띤은 손바닥으로 호르디의 등을 몇 차례 다정하게 쓰다듬은 후 그 자리에서 호르디의 용서를 받아냈다.

―이봐, 화내지마! 이건 친구 사이에 장난일 뿐이잖아. 너 이해하지? 친구 사이에….―

―이봐! 날 가만히 좀 놔둬. 항상 날 괴롭히려 드는 네 놈 때문에 난 너에게 넌덜머리가 나. 내 말 알아듣겠어? 넌더리가 난다고!―

―이봐, 호르디, 원망 말아. 이미 자넨 내가 누구에게나 장난을 친다는 걸 잘 알잖아.―

그가 호르디의 군용 외투에 손을 올려놓으려 했지만, 호르디는 어린애처럼 몸을 비틀었다. 호르디는 눈물이 맺혀 반짝이는 눈으로 더듬거리며 말했다.

―너의 그런 점이 싫어. 넌 나에게 상처를 주고 나를 귀찮게 해. 내가 뚱뚱하고 못생겼다고 해도 이건 내 탓이 아니야. 난 어쩔 수 없는 거야. 나는 그것 때문에 광대처럼 취급 받고 싶지 않아.―

그는 딸꾹질 때문에 더 이상 말을 이을 수 없었다. 마르띤은 이 순간을 놓치지 않고 그의 어깨 위에 자신의 팔을 올려 놓았다.

-좋아, 좋아, 네 말이 맞아. 나는 망나니야, 본의 아니게 너의 고귀한 마음에 상처를 주게 되었군. 나도 그런 나 자신을 부끄럽게 생각하고 있어. 다시는 그러지 않을 거야. 더 이상 짓궂은 짓은 하지 않을 게.-

호르디는 조용히 흐느꼈다. 눈물방울이 그의 코끝에 맺혔다. 마르띤은 주머니에서 손수건을 꺼내 부드럽게 눈물을 닦아주었다.

-이봐, 이봐, 이제 걱정할 것 없어. 내가 여기 있잖아 난 너의 친구야. 웃어봐 이 사람아, 난 너를 잡아먹지 않는다고. 봐, 너는 눈 깜짝 할 새 빵을 다 먹어 치울 수 있잖아. 한 개, 두 개, 세 개까지 아니 네가 원하는 만큼 얼마든지.-

그들은 차도를 향해 걸어갔다. 호르디는 비만에도 불구하고 나무 가치처럼 뼈가 약했다. 그래선지 발목을 자주 삐었다. 마르띤은 주머니에 손을 찔러 넣고 앞서 걸어가면서 발갛게 부푼 풍선 모양을 하고 종종 걸음으로 뛰어오는 호르디를 보려고 뒤를 돌아다보았다.

-이 빌어먹을 장화 같으니라고.-

호르디는 자꾸 중얼거렸다. 마르띤은 호르디가 앉기를 기다렸다가 차의 시동을 걸었다.

매일 아침 그런 식이었다. 그들은 매일 같은 표지판을 보듯 부수적으로 생기는 작은 사건들을 반복되는 습관으로 간주해 버렸다. 그 외의 것들에도 이미 익숙해져 있었다. 껍질이 벗겨져 나간 떡갈나무가 언덕에 일렬로 심겨져 있고, 마을 근처에 있는 옥수수 밭은 하얀 아몬드 나무와 함께 여기 저기 흩어져있다. 굶주린 아이들, 죽었다가 다시 살아온 것 같아 보이는 반백의 노인네들, 그리고 야위고 그을린 피부의 여성들과 그들의 수고로 일군 서로 다른 색깔의 경작지가 눈에 들어왔다.

그 마을에는 젊은이들이 살지 않았다. 그들은 모두 전쟁터로 끌려갔고 얼마 뒤 한 줌의 뼈가 되어 마을로 돌아왔다. 마르띤은 검은 고무로 된 경적을 눌러가며 폐허가 된 거리를 통과해 군부대 건물까지 트럭을 몰아갔다. 거기서 피난민 아이들의 학교와 군부대에 배급할 빵을 모아야만 했다. 그 사이에 호르디는 빵을 세는 일을 맡았는데 보급 담당이 보지 않는 틈을 타서 몇 개의 빵을 밀수업자에게 넘기곤 했다.

그동안, 마르띤은 팔마스와 헤로나 버스가 주차되어 있는 여관으로 걸어가서 우편물을 한 움큼 챙겨왔다.

마르띤은 잡화점과 하늘 아래 모든 것, 비누와 빗자루와 수세미, 그리고 표백제가 든 병, 올리브 몇 배럴과 광택이 나는 작은 알약을 파는 식료품점이 줄지어 있는 좁은 거리를 휘파람을

56

불면서 가로질러 갔다. 그 중 어떤 가게의 문 앞에 더러운 고양이 한 마리가 잠들어 있었다. 그 고양이는 과거 화려했던 시절에 대한 서글픈 추억을 떠오르게 했다. 마르띤은 빨리 귀대하는 것에는 별로 관심이 없었기에 양지에 있는 벤치에 앉아 쉬었다.

여관집에는 한 가지 귀찮은 일이 그를 기다리고 있었다. 편지를 수거하는 일이었다. 먼저 부대의 동료들에게 온 편지를 모아 왼쪽 호주머니에 넣었다. 그리고 나서 교수님과 학생들에게 온 편지를 모아 오른쪽 호주머니에 넣었다. 그리고 가끔 이웃에 사는 누군가에게 온 편지들도 있었는데 이 편지들은 앞의 것들과 구분하기 위해서 다른 호주머니 속에 넣었다. '낙원길'에 사는 주민들은 종종 외국에서 온 편지를 받기도 했다. 필로메나는 편지를 부치는 데 필요한 우표 값을 회신과 함께 학교에 남겨두곤 했다. 하루는 그들이 봉투를 봉하지 않은 채 그냥 가버렸다. 마르띤은 무슨 내용이 있나 궁금해서 견딜 수 없었다. 결국 그는 호기심을 이기지 못하고 편지를 읽어보았다. 로만 혹은 로마노라는 소년이 '웨케이'라는 이름의 소녀에게 보낸 편지였다. 그 편지에는 길이길이 기억에 남을 만한 멋진 표현이 적혀 있었다.

'네가 나에게 전쟁에 대해 얘기해 주었는데 난 아무리 애를 써도 이해가 안 되는구나. 사람들이 내적으로 풍요롭기만 하다면 싸우고 죽이는 게 무슨 의미가 있을까? 난 여기 어머니와 함께 있어서 더 없이 만족스러워. 그래서 아무런 감동을 주지 못하는 일 따위엔 관심이 없지. 별들이 반짝이는 밤, 어머니가 피아노 치는 소리를 듣고 있으면 인류에 대한 사랑이 내 속에서 용솟음치는 걸 느껴.'

여관에 도착했을 때, 여주인이 마르띤에게 이미 분류해 둔 편지더미를 넘겨주었다. 그리고는 그의 팔을 다정하게 잡으면서 무언가 할 말이 있는 듯 의미 있는 미소를 띠었다.

－승객이 있어요.－

여주인은 마르띤을 응접실로 데리고 가서 손가락으로 한 소년을 가리켰다. 그 소년은 열 살이나 열한 살 정도 되어 보였다. 소년은 화사한 피부를 지닌·금발머리를 하고 있었는데 교복차림이 그에겐 어색해 보였다. 그의 옆에는 구두 상자가 하나 놓여있었다. 그 상자가 소년의 짐으로 보이는 것은 색깔 있는 끈으로 묶여 있었기 때문이었다. 그가 여관 여주인에게 이야기하는 소리를 듣자 소년은 갑자기 벌떡 일어나 놀란 눈을 하고 마르띤을 바라보았다.

－저 아저씨와 함께 가거라.－

여인이 말했다.

그녀는 소년이 놀라지 않도록 부드럽게 말을 건네며 소년을 자기 쪽으로 바짝 끌어당겼다.

－아저씨에게 네 이름을 가르쳐 드려야지.－

-제 이름은 아벨 소르사노에요. 그냥 편하게 아벨이라고 불러주세요.-

아벨이 대답했다.

-그 애는 고아에요. 바르셀로나에서 전쟁이 났을 때, 어머니는 기관총에 맞아 죽고 아버지는 발레아레스 호가 침몰할 때 죽었죠.-

-여관 주인이 선생님이 '낙원' 길 가까이에 살고 있다고 말해주었어요. 거기에 살고 있는 에스따니슬라라는 분이 저를 보살펴주실지 모른다는 생각에서 오게 되었어요.-

-물론이지, 얘야, 그럴 거야. 원하면 언제든지 트럭을 태워줄게. 그리고 우리는 이웃이니까, 서로 도와야지. 그렇지 않니?-

마르띤은 얼어붙어있는 소년의 작은 손을 꽉 쥐어보았다. 마르띤은 소년의 손이 올챙이 손이나 도롱뇽 손 같다고 생각했다.

-만나 뵙게 되어 반가워요. 선생님.-

아벨은 말했다.

-나 역시 그래 친구. 한 가지 명심해 둘 것이 있는데 나는 선생님이 아니야. 그냥 마르띤이라고 불러줘.-

-전 약간의 짐을 갖고 왔어요.-

소년은 흔들의자에서 일어나면서 땅에 있는 구두 상자를 손으로 가리켰다.

-그렇지만 아주 작아요. 무릎 위에 놓고 가면 문제 없어요.-

-걱정하지 마. 그건 뒷좌석에 놓아두면 되니까. 나와 함께 방으로 가면서 이야기하자꾸나.-

그는 책상 위에 남겨 둔 편지 뭉치를 들고, 소년의 어깨에 손을 얹었다.

-좋아, 네가 준비되는 대로 떠나자. 우리가 타고 갈 트럭이 저기 모퉁이에 세워져 있어.-

구두상자를 묶은 리본을 잡고서 소년은 정중하게 여관주인에게 악수를 했다.

-제게 친절하게 대해주셔서 감사합니다. 저에게 정말 잘해 주셨어요.-

여주인은 소년을 향해 몸을 구부리고 그의 뺨에 쪽 소리가 나게 키스해 주었다.

-잘 가거라. 마르띤이 올 때 함께 트럭 타고 놀러 오렴.-

-그럴게요.-

그들은 여관 계단을 내려와 각자의 짐을 들고 호르디가 기다리고 있는 오솔길로 가로질러 갔다.

모퉁이에서 아벨은 그녀가 있는 곳을 향해 손을 흔들어댔다.

-안녕히 계세요! 안녕히 계세요!-

마르띤은 어리둥절해졌다.

-어떻게 너는 그녀가 밖에 나와 있는지 알았지?-

아벨은 눈썹 위로 흘러내리는 금발의 고수머리를 쓸어 올리며 말했다.

—여주인은 고아들을 좋아하는 그런 분이에요.—

소년은 침착하게 말했다.

호르디는 이미 운전대 옆 좌석에 앉아서 도넛 한 조각을 씹고 있었다. 마르띤은 소년이 트럭에 올라가도록 도와주고는 두 사람을 소개시켰다.

—아벨, 우린 이 아이를 낙원 길로 데려가야 해. 그리고 이쪽은 호르디, 내 친구야.—

—반갑습니다. 아저씨.—

소년은 말했다.

호르디는 깜짝 놀라 씹고 있던 빵 조각을 도로 꺼내 들고는 소년을 쳐다보았다. 마침내 손을 뻗으며 악수했다.

마르띤은 즐거운 듯 그들을 바라보았다.

—아이! 성가셔.—

그는 호르디를 향해 몸을 돌리면서 말했다.

—자넨 뒷좌석으로 가게나. 우리 세 사람이 앉기엔 너무 좁잖아!—

—아, 아니에요. 그러지 마세요.—

아벨은 소리쳤다.

—제가 짐을 들고 뒷자리로 갈게요. 전 정말이지 뒷좌석이 더

61

좋아요.-

　-호르디가 뒤에 앉을 거야. 그는 차를 타고 자연을 감상하는 걸 좋아하니까 뒤에 타는 게 더 나아. 너는 나와 함께 있으면 돼.-

　호르디는 불만스러운 듯 투덜대면서도 고분고분 트럭에서 내렸다. 트럭으로 올라오느라 한참을 버둥거리더니 차에 올라와서는 지쳤는지 멍하니 있었다.

　-좋아, 차문 닫아.-

　마르띤은 말했다.

　-그렇지. 이제야 자리가 좀 잡혔어.-

　그는 시동을 걸었다.

　-너는 날씬한 사람과 여행하는 즐거움이 무엇인지 몰라. 정말 호르디와 같이 뚱뚱한 사람하고는 이 세상 어디에도 갈 수 없을 거야.-

　트럭은 여관을 뒤로하고 빠른 속도로 언덕을 올라갔다. 소년이 창밖으로 머리를 내미는 바람에 고수머리가 바람에 날렸다. 트럭이 도로의 움푹 파인 곳을 지날 때 심하게 흔들렸다. 그 바람에 구두 상자가 아벨의 무릎에서 떨어졌다.

　-조심해. 감기 걸리지 않게.-

　마르띤은 말했다.

　아벨은 다시 자리에 앉았다. 그러나 구두 상자를 주우려 하지 않았다.

　-아직 멀었나요?-

마르띤은 주머니에서 파이프를 꺼내 담배를 쟀다.

　-여기서 구 킬로미터나 십 킬로미터쯤 남았어.-

아벨은 라이터를 톡 건드려 불이 담배에 옮겨 붙기를 기다렸다.

　-너, 멀리서 왔니?-

　-바르셀로나에서요. 전쟁이 일어나면서 할머니와 삼촌네와 함께 살았어요. 그러다 할머니가 지난달 돌아가시고 삼촌마저 살기가 힘들어졌어요. 그래서 여기로 오기로 결정했어요. 적어도 농촌에서는 먹고 살기가 덜 힘들지 않나요? 도시보다 공기도 좋고요.-

마르띤은 커브를 돌기 전에 브레이크를 밟았다. 바퀴가 끽 하는 소리를 낼 때 아벨에게 물었다.

　-여기 얼마나 머물 생각이니?-

　-저도 잘 모르겠어요. 정확한 계획은 없어요. 저희 삼촌은 아주 좋은 분이에요. 그러나 어렵게 살고 있지요…. 지금이 전쟁 중이라 수입이 거의 없거든요. 숙모는 항상 입버릇처럼 둘은 살겠는데 그 이상은 힘들다고 말씀하세요. 저까지 합하면 둘이 아니라 셋이 되잖아요. 저는 그들에게 짐이 되고 싶지 않았어요.-

마르띤은 더 자세한 것까지 물어보면 아이에게 상처가 될까 봐 입을 다물어버렸다.

아벨은 창문으로 바깥경치를 바라보고 있었다. 경작지가 떡갈나무에서 관목, 그리고 금작화 순으로 바뀌어갔다. 트럭은 커브를 돌 때마다 먼지 구름을 일으키면서 길 가장자리를 뿌옇게 만들었다.

그들이 학교로 통하는 오솔길에 다다르자 앞으로 길이 훤하게 펼쳐졌다. 그들은 이 길을 따라 계속 앞으로 갔다. 집 한 채가 도로를 따라 400미터 쯤 되는 거리에 위치하고 있었다. 도로에서 갈라져 나온 샛길이 집까지 이어져 있었고 그 문은 사슬로 감겨 있었다. 소나무와 관목, 그리고 떡갈나무의 빽빽한 숲이 둥근 아치형 지붕을 만들고 있었다. 그래선지 폐허가 되어버린 주택에 이르는 낙원 길이 온통 그늘로 드리워져 있었다.

－자, 이제 도착했다－

마르띤이 말했다.

－이 계단을 올라가서 테라스로 가는 방법밖에는 없어 보이는데. 그렇지만 초인종을 누르지 않아도 들어갈 수 있을 거야. 원한다면 경적을 울려줄 수도 있는데.－

－아니, 그러실 것까지 없어요.－

아벨이 말했다.

－나 혼자서도 충분히 해 낼 수 있어요.－

아벨은 왼손으로 문을 열며 오른 손으로는 마르띤과 악수
했다.

-이제 제가 사는 집이 어딘지 아셨으니까 시간 나면 들르세
요. 기다리고 있을 게요.- 소년이 트럭에서 내리면서 말했다.

그는 호르디에게 손을 흔들고 되돌아섰다. 그리고는 테라스
를 돌아 정원을 가로질러 가는 데 마르띤이 큰 소리로 외쳤다.

-어이, 짐을 두고 갔잖아!-

아벨은 가던 길을 되돌아와 구두 상자를 받아 들고는 웃음을
터뜨렸다.

-텅 비었어요. 솔직히 돌로 가득 채웠어요. 짐이라도 없으면
태워주지 않을까봐 겁이 났어요. 고민하던 차에 지하실에서 이
가방을 발견하고 아이디어가 떠 오른 거에요.-

동그랗고 광채 나는 그의 눈동자는 빠르게 돌아가는 두 대의
환풍기 같았다. 그는 얼굴에 조용하고 환한 미소를 지었다.

마르띤은 소형 트럭에 앉아 아벨이 왔던 길을 되돌아가는 것
을 지켜보고 있었다. 길옆에는 철쭉꽃이 바람에 휘날리고 있었
다. 그 모습이 마치 하인들이 아벨에게 인사하기 위해 두 줄로
늘어서 있는 것처럼 보였다.

그가 두 번째로 아벨을 본 것은 그로부터 몇 달 뒤로, 여름이
끝나갈 무렵이었다. 마르띤은 도라의 허리를 감싸 안은 채 오솔
길로 내려가다가 귀에 익은 종소리와 말발굽 소리가 나서 뒤돌

아보았다. 망사와 유리알 장식이 달려있는 베일로 얼굴을 가린 여인이 오랫동안 타지 않고 쳐 박아둔 것 같은 구식 마차 한 대를 운전해서 오솔길을 내려오고 있었다. 마르띤과 도라는 놀란 눈초리로 그녀를 바라보았다. 무용수, 운동선수, 어릿광대를 동반한 서커스 단원들이 등장한다 해도 이보다 요란하지는 않을 것이다. 그 여인은 어깨에 비단 숄을 걸치고 하얀 오건디로 된 옷을 걸치고 있었다. 게다가 팔꿈치까지 오는 검은 가죽 장갑을 끼고 있었는데, 그녀의 앞가슴 쪽에는 재스민 무늬가 수놓아져 더욱 환상적이었다. 늙어빠진 암말은 발을 절면서 바삐 마차를 끌고 있었다. 마차가 그들을 지나기 직전에 마르띤은 여관에 응크리고 앉아있던 소년을 발견했다. 소년은 그를 보고 얼른 인사를 했다. 그 마차는 모퉁이를 돌아 갈대와 떡갈나무가 늘어서 있는 길로 사라져버렸다.

마르띤은 소년을 본 다음날을 견딜 수 없을 만큼 무더웠던 날로 기억하고 있다. 태양은 이른 아침부터 작렬했고 부대원들은 비지땀을 흘리면서 더위를 식히고 있었다. 훈련이 끝나고 마르띤은 시에스따를 즐겨보려고 했지만 무더위 속에서 잠을 자고 나니 오히려 몸이 더 무겁고 피곤해졌다. 초원에서 보낸 마지막 날 밤 도라는 그에게 농담 섞인 어조로 물어보았다. 자기와 결혼하기를 원하느냐고. 마르띤은 갑자기 웃음을 터뜨렸다.

-우리가 결혼을? 왜 우리가 결혼을 해야 하지? 지금 우린

더할 나위 없이 행복하잖아. 어쩌면 결혼한 뒤, 행복하지 않을 수도 있는데…. 무엇 때문에 결혼을 해서 모든 걸 망치려 드는 거지?-

그러나 마르띤은 자신의 팔 밑에 늘어져 있는 그녀의 육체가 긴장하는 것을 느끼고 이내 후회했다. 마르띤은 다시 그녀와의 사이를 호전시켜 보려고 하였지만, 이내 포기할 수밖에 없었다. 도라는 멍하니 만사가 귀찮은 표정을 하고 있었다. 마르띤이 헤어질 때 잡은 도라의 손은 마치 세상과 인연을 끊은 사람의 손처럼 차갑게 식어 있었다.

마르띤은 보루에서 약 100미터도 채 떨어지지 않은 해변에 누워있었다. 그는 바위의 움푹 들어간 곳에서 한가롭게 휘파람을 불다가 아벨을 발견했다.

말라비틀어진 개 한 마리가 잠자리를 잡으려고 뛰기도 하고, 허공에 대고 짖기도 하면서 앞서 달리고 있었다. 그 개는 마르띤을 보고 멈추더니 냄새를 맡고는 주인의 의향을 살피려는 듯 아벨에게로 고개를 돌렸다.

-가만있어, 루세로!-

아벨은 마르띤을 보고 망설이지 않고 자연스럽게 다가왔다. 교복을 벗어버린 그는 전보다 키가 더 커 보였다. 아벨은 띠를 두른 이마 위로 흘러내리는 머리를 쓸어 넘기면서 마르띤에게 다가왔다.

-어떻게 지내니?-

마르띤은 그와 악수를 나누고 조심스레 소년의 옆에 앉았다. 그들은 작은 관목과 금작화 씨가 흩어져있는 모래지역에 있었다. 군인들은 그 곳을 은닉처로 사용했다. 태양이 작열하는 가운데 파리 떼가 한가롭게 쓰레기 사이를 윙윙거리면서 날고 있었다. 마치 그들이 오염된 공기와 무더운 햇볕, 그리고 쓰레기의 악취 속에 살아야 할 숙명이라도 되는 듯. 모래밭에 버려진 한 대의 작은 보트는 마치 연체동물의 비늘껍질처럼 가무잡잡한 배 밑창을 드러내었고 몇 마리의 갈매기들이 보트 주위를 천천히 선회하고 있었다.

그의 질문에 소년은 자신의 계획에 대해 상세한 설명까지 덧붙이면서 대답했다. 그의 숙모 아게다의 오래된 라디오가 매일 매일의 전쟁 상황을 알려주는 바람에 전쟁에 참여하고픈 마음이 들었다고 했다. 그는 매일 밤, 마드리드와 세비야의 방송을 들었는데 라디오 아나운서의 보고에 따르면, 전투가 정부군에게 불리한 방향으로 전개되고 있으며, 매일 수천 명이 죽어가서 정부군의 수적 열세가 심각하다는 것이었다. 에스뜨라마두라에서는 국가군들이 16살 된 정부군 포로들을 잡았으며, 만약 이런 추세가 계속된다면 15살, 14살, 13살짜리 소년들까지도 징병될 것이라는 소문이 나돌았다. 아벨은 징병되는 소년의 연령이 열세 살 정도일 거라고 말했고, 필로메나는 아벨이 열네 살은 되어 보인다고 장담했다.

아벨은 사진과 함께 장황한 설명이 곁들여진 독일식 군사 훈련책자에 푹 빠져 있었다. 이 책에서 설명하는 대로 훈련을 하면 단기간에 가슴 근육을 발달시키고 20센티미터 정도 키를 키울 수 있다는 것이었다. 그러나 아벨의 기대와는 달리 훈련의 효과가 금방 나타나지 않자 곧 포기해버렸다. 그럼에도 불구하고 전투에 참가하려는 희망만큼은 포기하지 않았다. 그는 아무 하는 일없이 낙원 길에 머물러 있는 것에 싫증이 난 것이다. 이 지역에는 전쟁이 없었다. 그래서 자신이 무엇인가 할 수 있다는 것을 보여준다는 것이 불가능했다. 한편, 벨치떼에서는 실제로 전쟁이 일어나고 있었다. 병사들을 필요로 했고, 참호와, 철조망, 그리고 포탄으로 인한 분화구가 여기저기 흩어져 있었다. 아벨은 그 나이또래의 소년들이 군대에 입대하기가 어렵다는 것을 알고 있었지만, 잘 훈련된 소년들로 부족한 병력을 메울 필요가 있다고 생각하고 있었다.

아벨은 다락방에서 표지가 없어진 불어 문법책을 찾았는데, 이 책은 에스따니슬라가 젊은 시절 불어를 배울 때 읽던 것이었다. 이 같은 전시에 외국어를 구사할 줄 아는 것, 특히 불어를 말할 수 있다는 것은 아벨이 군에 입대하는 데 매우 유용하게 작용할 수 있었다. 정부군과 국민군, 두 부대에는 모두 외국인 군인들이 있었다. 아벨은 자신이 통역관이 되어 통역도 하고 유사시에 총을 쏘기도 하는 모습을 상상해 보았다. 아벨은 마을도 서관에서 원거리 통신과 연락 법규에 대해 써 놓은 책을 본 적이 있다. 이 책에 명시된 대로 군대 이름의 첫 글자를 새겨 넣은 푸른 군복을 입고, 총알을 막기 위해 특별히 고안된 작은 철모를 쓰고 있는 자신을 머릿속에 그려보았다.

그 것조차 안 될 경우 군에 입대하는 마지막 방편으로 스파이가 되는 것도 고려해보았다. 어느 누구도 열두 살짜리 소년을 의심할 사람은 없다는 점을 이용해 적군의 장교가 그를 조수로 삼을 수도 있으리라 생각했다. 아벨은 밤에 적군의 기밀이 적혀 있는 지도를 훔쳐서 그것을 재킷 안감에 꿰매어 숨기고 다니는 자신을 상상해 보았다. 군사기밀을 폭로한 대가로 정부로부터 훈장을 수여 받고 자신의 이름이 신문에 실려 공적이 한껏 칭송받는 장면을 상상해 보았다. 그는 까딸루냐의 군정부에 편지를 썼는데 마르띤에게 그 초고를 보여주었다.

친애하는 장군님!

전 라디오 방송을 통해서 당신네들이 군인을 얼마나 절실히 필요로 하는지를 알게 되었습니다. 그래서 제가 군인이 될 수 있는 자격을 충분히 갖추고 있다는 것을 말씀드릴 때가 되었다고 생각했습니다. 비록 제가 열 네 살이기는 하지만 불어와 검술을 할 줄 알고 통신 기술도 익혔습니다.

더 이상 말씀드릴 것이 없습니다. 당신의 성의 있는 대답을 기다리면서 이만 줄입니다.

— 아벨 소르사노. —

—사흘 전에 그 편지를 보냈어요. —

마르띤이 편지를 읽는 동안 아벨이 말했다.

—정확히 이틀 되었죠. 그러나 등기로 붙였으니까 어쩌면 내일이면 답장을 받을 수 있을지도 몰라요. 벌써 옷 몇 가지를 챙겨두고 숙모에게는 편지를 써서 제가 왜 전쟁에 참가해야 하는지에 대해 설명했어요. '루세로'라는 강아지도 저와 함께 갈 거에요. 비록 그 점에 대해서는 장군님께 말씀 드리지 않았지만요. 그 개는 제가 알고 있는 동물 중에서 가장 영리해요. 훈련을 받으면 훌륭한 경찰견이 될 수 있을 거에요. —

루세로는 자기 이름을 듣고서 반쯤 감고 있던 눈을 번쩍 떴다. 그리고 꼬리를 가볍게 흔들어댔다.

—루세로는 내가 하는 모든 말을 이해해요. —

아벨이 음성을 높였다.

—이 개가 말만 할 줄 안다면 보통 사람들보다 더 똑똑할 거에요. 이 개는 아주 세밀한 것까지 다 기억해요. 루세로 뛰어봐! —

그의 말에 루세로는 발을 끌며 일어났다.

71

-뛰어!-

아벨이 명령을 내렸다.

-뛰라고 했어!-

루세로는 가볍게 뛰고는 그들 앞에 서서 꼬리를 흔들어댔다.
공중제비를 하고 그 앞에서 꼬리를 흔들면서 머리를 쳐들고 있
었다.

-짖어!-

아벨이 말했다.

-짖어봐.-

그러자 개는 짖었다.

-좋아, 이제 앉아도 돼!-

아벨은 간략하게 자신의 계획을 마르띤에게 말했다. 아벨은
마르띤이 장군으로부터 회신을 받자마자 자신에게 알려서 마
을까지 버스를 타고 가는 데 걸리는 시간을 단축시킬 수 있게
해 달라고 부탁했다. 아벨은 일단 편지가 손에 들어와야 한숨
돌리고 편안히 잠들 수 있을 것 같았다. 왜냐하면 전쟁 시에는
장군의 서신이 가장 확실한 통행허가증이 되기 때문이다. 군인
들이 장군의 서신이라고 하면 부동자세로 격식을 차려 경례를
할 정도로 그 위력은 대단한 것이었다.

태양이 방파제 너머로 막 가라앉으려는 순간, 갑자기 불어온
산들바람 때문에 오후의 무더위가 가시고 썩는 냄새와 똥 냄

새, 그리고 바다 냄새가 물씬 풍겨왔다. 사탕수수 밭에 접해있는 갈대밭까지 그들은 오랜 친구처럼 다정하게 함께 걸었다. 루세로가 앞서 가다가 이따금씩 뒤돌아서 그들을 기다리다가 다시 걷곤 했다. 그들이 폐허가 된 풍차에 다다랐을 때, 마르띤은 부대로 되돌아가고 아벨은 행복감에 도취되어 모래 언덕으로 올라갔다.

그날 이후에도 그들은 종종 만났다. 아벨은 마르띤을 친구로 삼아 그와 함께 자신의 계획에 대해서 의논했다. 라디오는 화염에 쌓인 도시와 폭격, 그리고 육박전에 대해서 보도하고 있었다. 사병들은 전쟁이 몇 달간만 지속되기를 바랐고 아벨은 그의 계획이 실현되지 않을까 두려웠다. 아벨은 군함의 가장 꼭대기에 있는 해군생도인 자신을, 그리고 고난도의 기술을 선보이는 비행조종사인 자신을 꿈꾸고 있었던 것이다.

그토록 기다리던 장군의 회답이 오지 않자, 아벨은 쓰라린 환멸을 느꼈다. 그때부터 그의 관심은 국민군 쪽으로 기울어졌다. 아벨은 자신의 아버지를 수장시켜버린 바로 그 국민군의 스파이 노릇을 자원하고 나선 것이다. 정부군에 대한 믿음이 없어질수록 그의 편지들은 점점 더 장황해졌다. 아벨은 그 편지들을 보내기 전에 검열을 받아야 했기 때문에 군대로 편지를 가져갔다.

마르띤이 아벨을 마지막으로 본 것은 도라의 임신이 임박

했던 초가을이었다. 마르띤은 거의 혼수상태에 빠져서 사경을 헤매는 사람처럼 눈의 초점을 잃고 있었다. 아벨의 이룰 수 없는 계획을 듣는 동안 마르띤의 눈은 내내 허공을 응시하고 있었다. 마르띤은 아벨의 말을 자장가 삼아 듣고 있을 뿐이었다.

어느 날, 아벨은 대양 한가운데 난파된 배보다 자신의 신세가 더 외롭게 느껴졌다. 아벨은 편지에 자신의 이름과 주소를 써서 병에 넣고 마개를 한 뒤, 바다를 향해 던졌다. 마르띤은 한마디 말도 없이 옆에서 그 광경을 바라볼 뿐이었다. 바위에서 그들은 녹슨 병이 산들바람에 곧추 선채, 파도에 휩쓸려 사라져가는 것을 지켜보고 있었다.

아벨이 죽은 지금, 마르띤은 생각해보았다.

'어쩌면 아직도 병이 바다 위를 떠다니고 있을지도 몰라. 섬과 유조선, 그리고 해협 사이를 돌아다니면서 사람들의 도움을 청하고 있을 거야.'

***

그 소년을 마지막으로 본 것이 바르셀로나에 국민군이 들어와 정부군이 북으로 도주했다는 소식이 마을 전체에 퍼진 28일 오후였다.

마르띤은 리베라 장군의 보좌관으로 헤로나에서 두 주를 보냈다. 학교에 도착하자 낀따나 교수로부터 도라가 폭격으로 사망하게 되었다는 것과 빠블로가 마을에서 사라져버렸다는 사실을 전해 듣게 되었다.

그 소식을 접하는 순간 마르띤은 망치로 머리를 맞는다 해도 느끼지 못할 정도로 심한 충격을 받았다. 교수가 그의 맞은편에 앉아서 얘기했기 때문에 교수의 입술 모양을 볼 수는 있었지만 그저 수-수-수하는 단조로운 소리만 반복될 뿐 마치 유리병 속에 갇힌 것처럼 아무 소리도 알아들을 수가 없었다.

방이 그의 주위로 빙글빙글 돌고 있었다. 마르띤은 낀따나가 방금 준 이 빠진 커피 잔도 거의 알아볼 수가 없었다. 마르띤은 자신만의 세계에 고립되어 있는 어항 속 금붕어처럼 멍청해져 버렸다. 스푼을 돌리던 손이 자기의 의지와는 상관없이 저 혼자 빙글빙글 돌다가 없어져버리는 것처럼 느껴졌다.

사물들은 지붕에서 벽, 벽에서 땅으로 돌다가 점차 흔들리던 것을 멈추고 평상시의 자리로 돌아와 있었다. 그제야 수도꼭지에서 떨어지는 물방울 소리와 줄곧 쉬지 않고 이야기하는 교수의 음성이 들려왔다.

-어제 오후에 학교의 모든 소년들과….-

-지금 뭐라고 하셨죠?-

순간 그는 교수가 자신에게 거짓말을 하지 않았다는 것을 확인하기 위해 도라의 방으로 달려가서 텅 빈 장롱과 서랍을 열고 싶은 충동이 밀려오는 것을 느꼈다. 그녀의 침대에 몸을 구부리고 개처럼 냄새를 맡아 보고픈 충동을 애써 자제해야만 했다.

그녀는 죽었다. 학교 역시 비었고 죽어있는 것 같았다. 단지 개수대에 떨어지는 단조로운 물방울 소리와 불길한 새의 울음소리가 간간이 들려올 뿐이었다.

–그러면 아이들은요?–

그가 물었다.

–아이들은 어디 있죠?–

낀따나는 대답 없이 어깨만 움츠렸다.

그의 얼굴에는 주름이 깊이 패여 있고 눈동자는 좁은 눈꺼풀 사이에서 잠들어 있는 것 같았다.

–아! 아이들.–

그는 말했다.

–자넨 이 상황에 내가 아이들의 소재를 파악하고 있다고 생각하는 건가? 오랫동안 학교 선생이었던 나나 자넨 물론이고 그 어느 누구도 고삐 풀린 망아지처럼 나돌아 다니는 아이들을 제어할 순 없어. 도라가 죽은 이후부터 소년들은 죄책감이나 수치를 잊은 채 자신들이 얼마나 악할 수 있는지를 신에게 알리기라도 하듯 도적 떼처럼 날뛰고 있다네. 아이들은 먹고 싶을 때

먹고, 잠자고 싶을 때 자고, 지들 멋대로 하기 때문에 아무도 그
들을 제어할 수 없다네. 당국에서는 이것도 학교라고 나를 보내
서 그 애들의 행실을 바로잡으라는군.-

그가 웃을 때 그물처럼 눈썹 주위로 퍼져있는 가는 주름은
그가 인생을 얼마나 힘겹게 살아왔는지를 말해주고 있었다.

-소년들이 나에 대한 존경심을 다 버렸다는 것을 아는가?
나는 그들에게 하인만도 못하다네. 그들은 나를 노망난 늙은
이라고 부른다네. 내 면전에서 날 비웃는다네. 자네는 그렇다
고 해서 계속 이렇게 앉아 있을 수만은 없지 않느냐고 말하고
싶겠지. 그렇지만 이 상황에 내가 어떻게 했으면 좋겠나? 나는
늙어 70살이나 되었네. 그리고 얼마간의 시간이 흐르고 나서
야 난 더 이상 어쩔 도리가 없다는 것을 알게 되었네. 이렇게
말하는 내 심정을 알아주게나, 마르띤. 소년들은 삼 년 넘게
시체나, 암살, 파괴된 집채와 폭격 맞은 도시에 대해서만 들어
왔고 거기에 너무나 익숙해져 버렸어. 총알과 스류탄은 소년
들의 장난감이 되어버렸고, 학교에서조차 그들은 우두머리와
심복, 스파이와 헌병으로 구성된 공포의 왕국을 만들어가고
있다네. 수염도 나지 않은 뺨과 앳된 얼굴을 보고 있노라면 내
말을 믿기가 힘들 거라는 거 잘 아네. 그러나 이건 명백한 사
실이라네. 그들은 죄인에 대한 처벌 규정을 정해놓고 복종을
강요하는 강압적인 체제를 갖추고 있다네. 밤에는 기숙사가

고문의 장소로 바뀌고 뱀과 표범의 소굴로 변해버린다네. 종종 나는 손톱이 타 들어가 있는 아이들이나 팔뚝을 바늘로 찔린 흔적이 있는 아이들을 보게 된다네. 그러나 그 소년들에게 아무리 캐물어도 친구들이 무슨 짓을 했는지 말해주지 않아. 아무리 온순해 보이는 아이들이라도 행여 다른 소년들의 의심을 받는 것이 두려웠는지 나와는 말하려 하지 않아. 경비원 뻬드로가 집요하게 캐물어서 소년들의 몸에 새겨져 있는 문신의 의미를 밝혀냈지. 그들의 팔뚝에 새겨놓은 용과 반마인, 망치와 화살은 모두 엄격한 계급을 나타내는 것이었다네. 바로 그날 밤, 뻬드로가 정원에서 야간 순찰을 도는 동안 누군가에게 심하게 머리를 얻어맞았다네. 그가 기숙사에 올라왔을 때 소년들이 모두 자고 있어서 그들을 깨울 수 없었지. 소년들은 큰 소리로 잠꼬대를 하는 체 했던 거야. '대천사'로 불리는 한 소년은 베개와 이불로 몸을 감싸고 웃으며 데굴데굴 구르기도 했지. 그 아이들의 교육에 관해서 자네에겐 더 이상 말하지 않는 편이 좋을 것 같군. 그 아이들에게서 예의라고는 눈을 씻고도 찾아볼 수 없다네. 아이들은 저희들끼리는 뱃사람이나 깡패들이나 씁직한 천박한 말을 아무렇지도 않게 주고받는다네. 그들의 유일한 소일거리는 카드놀이와 면도칼 놀이였어. 어제는 한 소년이 내게 와서 상처를 치료해 달라고 하더군. 그 소년의 엉덩이에는 칼로 2센티미터가 넘는 깊이로 벤 자국이 있

었다네. 그 소년에게 누가 이랬느냐고 다그쳐 물었을 때, 소년
은 자신이 진실을 숨기려 한다는 데 대해 전혀 양심의 가책을
느끼기는커녕 비꼬는 투로 동문서답만 하는 거야. 치료가 끝
나자 소년은 고맙다는 말도 없이 가버렸어. 그들 사이에서는
고마움을 나타내는 것이 스스로의 연약함을 드러내는 표현으
로 간주되었기 때문이야. 노인네들은 입 다물고 시키는 일이
나 해야 된다는 거지.−

끈따나 교수는 말을 멈추고 커피를 한 모금 마셨다.

−절대 아이들을 호락호락하게 봐서는 안 되네. 그들은 부수
고, 깨뜨리고, 복도에서 오줌 누는 것을 좋아해. 결국 그들은
머리에 떠오르는 것들을 생각 없이 즉각 행동으로 옮겨. 도라
가 죽은 이후, 상황은 더욱 악화되었네. 그들은 아무 거리낌 없
이 엉뚱한 일을 저지르곤 하지. 아이들에게는 털끝만큼의 두려
움도 없어. 우리는 아이들로부터 돌 세례를 받은 운전수들의
불평을 들어왔지만 어찌할 도리가 없다네. 우리는 계속 그들을
먹여 살릴 수밖에 없어. 왜냐하면 그렇게 할 의무가 있으니까.
그러나 세상사가 다 그런 것처럼 탈출구가 전혀 없는 것은 아
니야. 당국자들에게 소년들을 고발할 수도 있지만 이런 전시에
그런 불평이 먹혀들 리가 없잖은가. 국민군이 아직 도착하지
않은 상태고, 어떤 명령체계도 정착되어 있지 않은 상황에서
우린 그저 기다리는 수밖에 없어. 앞으로 어떻게 될는지.−

그는 커피를 한 모금 마시고 다시 말했다.

-날 믿게, 마르띤, 자네 친구 도라가 우리를 저버린 것은 잘한 일이었어.-

마르띤은 몸을 비틀거리며 학교를 나왔다. 정원으로 나온 그는 자기 집에 온 것처럼 마음이 편안해졌다. 오후가 되었지만 여느 때와 달리 적막했다. 학교에서 들려오는 학생들의 왁자지껄한 소리가 전혀 들려오지 않았다. 두꺼비의 울음소리가 간간이 들려올 뿐 정원과 집은 이상하리만큼 고요했다. 그는 트럭이 주차되어 있는 곳으로 걸어와 시동을 걸었다. 마르띤은 잠보다 강한 그 무엇으로 인해 눈꺼풀이 무거워지는 것을 느꼈다. 도라의 죽음이 그를 무기력하고 공허하게 만들어 버렸던 것이다. 그는 도라 생각에 도저히 마음을 잡을 수가 없었다.

-아! 조심해….-

좁은 커브 길을 도는 순간 하마터면 짐수레를 박을 뻔했다. 그는 먼지투성이 길을 따라 계속 숲으로 달렸다. 길 양옆으로 나무들이 줄지어 늘어서 있었는데 마르띤의 눈에는 이것이 마치 자신의 슬픔을 애도하고 있는 것처럼 보였다.

그가 아벨을 만난 것이 바로 그때였다. 소년은 차도를 따라서 자기 집으로 가고 있었는데 경적 소리에 뒤를 돌아보았다. 마르띤은 몇 미터쯤 가서 트럭을 멈추고 문을 열었다.

-너니?-

소년은 마치 마르띤이 유령이라도 되는 듯 놀란 눈으로 바라보았다.

아벨은 더 창백하고 여위어 있었다. 그는 한 마디 말도 없이 트럭에 올라탔다. 차가 움직이기 시작했는데도 그는 어디로 가는지 묻지 않았다. 가는 동안 아벨은 백미러에 비친 마르띤의 얼굴만 응시한 채 말이 없었다.

무덤은 교외에 위치해있는 언덕 꼭대기에 자리 잡고 있었다. 묘지 입구 몇 미터 앞, 푸른 해초가 떠다니는 둥근 못에서 단조로운 개구리 울음 소리가 들려왔다. 철문은 닫혀있었지만 마르띤은 담장 위로 뛰어올라 담장을 두르고 있는 못에 찔리지 않게 조심스럽게 걸어가며 소년이 기어오르는 것을 도와주었다.

황혼녘이 가까워지자 푸르스름한 빛줄기가 협죽도와 삼목으로 가장자리를 두르고 있는 오솔길과 야생 장미와 가시나무 덤불, 삼나무와 잡초들이 무성한 정원을 비추고 있었다.

-이쪽이에요.-

아벨은 중얼거렸다.

그들은 한마디도 하지 않았지만 서로 약속이나 한 듯 도라의 비문을 향해 함께 걸었다. 5미터가 넘는 흙담에서 바라본 주변 환경은 푸른 하늘에 비단처럼 투명한 구름이 그려져 있는 한 폭의 풍경화 그 자체였다. 태양은 꽃과 무덤, 그리고 오솔길로 새어 나오는 뭐라 형용할 수 없는 빛을 통해 자신의 존재를 드러내고 있었다. 마르띤은 걷는 동안 땅에서 눈을 떼지 않았다. 여기저기 매서운 비바람으로 파손된 무덤이 눈에 띄었고 무덤에서 나온 것처럼 보이는 유골이 햇빛을 받아 빛나고 있었다.

가족에 대한 추억이 담겨있는 꽃다발과, 꽃 관, 시와 사진, 기도문과 헌사품, 그리고 성상이 무덤 주변을 장식하고 있었다. 모퉁이 끝에 자리 잡고 있는 도라의 무덤이 초라해 보였다. 그녀의 이름과 날짜가 적힌 금속 표찰만이 그곳이 무덤이라는 것을 나타낼 뿐, 꽃 한 송이조차 꽂혀있지 않았다.

–만약 그녀가 죽은 사실을 알았더라면….–

마르띤은 흐느꼈지만 더 이상 말을 잇지 못했다.

그는 공기가 물처럼 어둡고 짙어질 때까지 거기에 가만히 있었다. 그는 마치 해변에서 바다 깊숙한 심연까지 걸어가는 듯한 느낌이 들었다.

무덤을 떠날 때가 되자 마르띤은 아벨의 손을 꽉 잡아주었다. 마르띤이 무언가 할 말이 있는 것처럼 아벨에게 몸을 돌렸을 때, 아벨은 밀랍인형처럼 창백한 얼굴로 고개를 떨어뜨렸다.

–빠블로는?–

그가 물었다.

그러나 아벨은 대답이 없었다.

***

'그래, 그게 내가 그와 한 마지막 말이었어. 정확히 말하자면 그는 말하지 않았지. 이틀 전 그 언덕에서 트럭을 몰고 있는데, 그가 나를 교차로까지 쫓아왔어. 그는 다른 소년들과 함께였는데 아파 보였어. 그 뒤 일은 기억나지 않아. 소년들이 그와 함께 있었지. 그 당시 난 아무것도 눈치 채지 못했어. 낀따나 교수가 그 때 어디 있었는지 난 전혀 알 도리가 없었지.'

탁자 위 유리덮개에 반사되는 햇빛 때문에 눈이 멀 지경이었다. 잠시 동안 마르띤은 모든 것이 하얗게 녹아내리는 것 같은 느낌이 들었고 순간 몸의 균형을 잃었다. 그러나 질문들이 포화처럼 쏟아져 나오는 바람에 계속해서 눈을 뜨고 있을 수밖에 없었다. 마르띤은 소위가 그를 취조하는데 얼마만큼의 시간이 흘렀는지 알 수 없었다. 그저 멍하니 소위의 입술이 움직이는 것을 바라볼 뿐이었다.

−나가 있겠소?−

그는 아벨과 도라를 생각하고 있었다. 그 두 사람의 죽음이 부인할 수 없는 현실로 느껴졌다. 소위는 그런 자신의 생각을 읽고 있는 것 같았다.

　-나가 있겠느냐고 물었소.-

　마르띤은 그의 말뜻을 이해해보려고 애를 썼다. 그는 소금기 어린 커튼 뒤로 멀어지는 자신을 느꼈다.

　-내 말이 안 들리나?-

　-문….-

　마르띤은 말을 더듬었다.

　그는 손으로 더듬다시피 앞으로 가 거의 기계적으로 문의 손잡이를 잡았다. 잠시 후, 마르띤은 1미터의 간격을 두고 따라오는 병사의 경호를 받으면서 복도의 어스름한 불빛 속으로 사라졌다.

제장

그 소년은 다리가 허락하는 한 전속력으로 지름길을 내려갔다. 소년은 수류탄의 무시무시한 폭발음이 들리리라고 예상되는 순간마다 손을 귀에 대고 조금 전, 그의 친구들이 도망간 산비탈을 향해 달려 내려왔다.

－기다려, 기다려.－

잡초로 뒤덮인 오솔길은 떡갈나무, 코르크나무, 산딸기의 빽빽한 숲 사이에서 자취를 감추어버렸다. 탄약통이 든 배낭이 계속적으로 그의 신장부위에 부딪히자, 거추장스럽다고 느낀 소년은 더 빨리 달릴 욕심으로 그 배낭을 길 한가운데 내던져버렸다. 소년은 누군가 뒤에서 숨을 헐떡이며 쫓아오는 소리가 들리는 것 같았지만, 감히 뒤돌아 볼 용기가 나지 않았다.

협곡의 아래쪽에 도달하기 전에 숲에서 총성이 반복적으로

들려오자 소년은 잃었던 평온을 되찾을 수 있었다. 귀에 익은 총소리에 소년은 친구 중 누군가 자기를 데리러 올지도 모른다는 생각에서 기다렸다.

몇 발자국 떨어진 곳에서 나무로 엮어져 있는 둥근 천장 밑으로 샘물이 솟아나고 있었다. 대천사는 털썩 무릎을 꿇고 샘 위로 몸을 구부렸다. 여러 색깔의 페인트로 이어 깁기를 해 놓은 것 같은 얼굴에는 아직 공포의 빛이 가시지 않았고, 샘에 비친 그의 얼굴은 울퉁불퉁한 거울에 비친 것처럼 흔들리고 있었다. 회색과 검은 색이 섞인 올챙이 한 마리가 샘의 가장자리에서 물방울을 일으키며 이쪽에서 저쪽으로 헤엄쳐갔다.

그 소년은 손바닥으로 물의 표면을 쳤다. 그는 자신이 미웠다. 거울을 덮어서 영원히 자신을 잊어버릴 수만 있다면 얼마나 좋을까. 대천사는 샘의 가장자리에 걸터앉아 손으로 끊임없이 물 표면을 움켜잡는 것이었다. 그 사이 숲 속에서는 소년들 간의 비밀 신호인 휘파람 소리가 미묘한 연결망을 형성하면서 울려 퍼지고 있었다.

그제야 비로소 소년은 수류탄이 터지지 않았음을 알게 되었다. 그는 거기서 멀리 떨어져서 숨어야만 했다. 어쩌면 바로 이 순간 마르께오와 그의 친구들이 자신을 찾아다닐지 모를 일이었다.

소년이 어떻게 도망할지에 대해서 골몰하고 있는 사이에 다시 폭격이 시작됐다. 기관포들이 차도를 따라 도망하는 피난민들에게 난사되고, 산복숭아나무 사이에서 비둘기 무리가 놀라 요란하게 날갯짓을 하며 낙원 길을 향해서 멀리 날아갔다.

대천사는 일어섰다. 숲 전체가 호젓한 발자국 소리로 가득 찼다. 이 기이한 사냥은 산비탈을 끼고 벌어졌는데, 아마도 이 사냥의 희생자로 그가 지명되었음이 분명했다.

달려가면서 소년은 숲 전체가 살아나서 자신의 진로를 방해하는 것 같이 느껴졌다. 나무뿌리들이 오솔길을 꼬불꼬불 감아 오르고, 음산한 돌풍이 불어와 소년의 얼굴에 떡갈나무 가지들이 와서 부딪치고 가시나무에 셔츠자락이 찢어졌다.

그는 두려워졌다. 아르께오와 마르띤, 그리고 소년들과 병사들에 대한 두려움이었다.

–달려, 대천사야, 달려.–

피에 주려 미쳐 날뛰는 것 같은 주변 상황에 기죽어 있는 자신에게 용기를 주기 위해 큰 소리로 외치며 달렸다. 뒤에서 소년들이 부르는 소리가 들렸지만 그들에게 신경 쓸 틈이 없었다. 소년의 심장 고동소리가 점차 더 커져가면서 다른 소리들을 모두 삼켜버렸다.

아르께오가 밤나무 숲에 나타났을 때 대천사는 자신이 악몽을 꾸고 있는 건 아닐까 하는 생각이 들었다. 그는 도저히 추격자를 당해낼 재간이 없었다. 스스로 한없이 무기력해 보였다.

대천사는 필사적으로 아르께오에게서 도망하고자 했지만 이미 아르께오는 그를 쓰러뜨리고 올라탔다. 대천사는 아르께오의 입김을 느꼈다.

－그래, 도망을 쳐 보겠다구?－

아르께오의 갈고리 같은 손가락이 눈을 찌르자 대천사의 눈에서 눈물이 왈칵 쏟아졌다.

－나, 나는….－

아르께오는 주먹으로 그의 얼굴을 한방 갈겼다.

－비열한 놈, 겁쟁이.－

아르께오는 소년의 가슴 위에 올라타 미친 듯이 그를 때렸다. 만약 아르께오가 그 소년을 죽인다면, 배신자나 겁쟁이를 결코 용납하지 않는 집단이라는 것을 보여주는 좋은 본보기가 될 것이다.

아르께오는 대천사의 가슴팍에 앉아서 무릎으로 그의 팔을 땅에 붙인 채 꼼짝 못하게 내리눌렀다. 알록달록한 페인트 색깔의 얼굴과는 대조적으로 그의 얼굴에 난 상처는 더할 수 없이 창백했다.

입을 쳐들고 쓰러져있는 대천사는 페인트가 덕지덕지 붙어 있는 피로 얼룩진 입술로 숨을 쉬어보려고 헐떡거렸다. 검은 홍옥으로 가장자리를 두른 것 같은 그의 눈은 공포에 질려 아르께오를 응시하고 있었다.

-그에게 수류탄을 더…, 더…, 던졌어요.-

대천사는 말을 더듬었다.

-그래, 던졌어. 그리고 안전핀을 뽑는 것을 잊어버렸지. 지금 우리는 무슨 일이 일어났는지 알고 있어. 그리고 앞으로 너 때문에 우리 모두가 어려움을 겪게 되리라는 것도.-

얼마간 대천사는 아르께오가 자신을 다시 때릴 거라고 생각했는데 예상이 빗나갔다. 군인용 셔츠를 입은 여섯 명의 소년들은 그 두 소년 주위에 원을 그리며 둘러섰다. 아르께오는 그들에게 몸을 돌리고 말했다.

-그 부르주아 새끼가 죽은 뒤에 아무도 시체에 손을 대서는 안 된다고 귀에 못이 박히도록 일러뒀을 텐데…. 이 얼간이가 꽃과 성모상을 갖고 거기까지 꼭 갔어야 했느냐고.-

-야! 그만 둬. 애가 피 흘리고 있는 것이 안 보이니? 그만 때리라니깐, 아르께오. 그건 그 애의 잘못이 아니야.-

대천사는 숨을 몰아쉬며 일어났다.

-치마야, 네 부모님이 너에겐 치마를 입혀놓았어야 했어. 치마를.-

아르께오는 기병총을 주우려고 몸을 굽혔다가 대천사의 어깨를 잡고 흔들었다.

-입 닥쳐. 누가 뭐라고 해도 네 사타구니 사이에는 아무 것도 없는 거나 다를 바 없어.-

-내게 뭐가 없다구?-

대천사는 흐느끼며 얼버무리듯 물었다.

아르께오는 우악스럽게 그를 저지했다.

-잠자코 있으라고 했지?-

사건이 종결되었다고 생각한 아르께오는 다른 소년들에게로 발길을 돌렸다.

-내 명령 없이 총을 쏜 멍청이가 누군지 알고 싶은데.-

소년들 사이에 잠시 침묵이 흘렀다.

-난 아니야.-

잠시 후, 그들 중 한 명이 대답했다.

-난 너보다 더 뒤에 있었어, 그래서 아무것도 보지 못했다고.-

-난 네 옆에 있었어.-

까까머리 소년이 말했다.

-그래 나야, 내가 그랬다고.-

아르께오는 소년들을 경멸하듯 쏘아보았다.

-정말이야, 틀림없이 총이 저절로 발사되었을 거야.-

-내가 보기엔 두루미였던 것 같아.-

그들 중 한 명이 용기를 내서 말했다.

-그래, 그가 마지막으로 무기를 갖고 있었으니까.-

-조용히들 해. 그래, 만약 너희들 중 하나가 한 짓이 아니라

면 어느 누구도 탓할 권리는 없어.-

아르께오가 말했다.

그는 소년들의 혼란에 어떻게 대처할 것인가를 생각하느라 머리를 바쁘게 굴리고 있었다. 아르께오는 아이들의 얼굴에서 불신과 걱정의 빛을 읽어내고는 어떤 희생을 치르더라도 자신의 권력을 회복해야겠다고 다짐했다.

-어느 누구의 죄도 아니다. 이건 우리 모두의 죄야. 그건 지나간 과거야, 과거라구. 지금 우리에게 중요한 건 사건을 해결하는 방법이야.-

아르께오는 걸걸한 목소리로 말했다.

-문제를 해결한다고? 어떤 식으로?-

까까머리 소년이 말했다.

-마르띤을 처치하는 거지. 만약 너희 중 아무도 나를 도와주지 않는다면 나 혼자서라도 해치울 거야.-

아르께오가 말했다.

-우리는 언제나 너랑 함께 할 거야, 아르께오.-

가장 어린 소년이 말했다.

-네가 가는 곳에는 우리들도 갈 거라는 사실을 알고도 남을 텐데. 그렇지만….-

어린 소년은 아래턱을 들었다.

-그렇지만, 뭐?-

아르께오가 짜증스럽게 물었다.

맹수 같은 소년들은 다시 조용해졌다.

-이봐!-

소년들 중 한 명이 말했다.

-우리가 너를 거역하려 한다고 생각지는 마. 그렇지만 지금 우리가 할 수 있는 가장 최선의 방법은 모두 흩어지는 거야.-

아르께오가 얼굴에 난 하얀 상처를 쓰다듬고 있었다.

-흩어지는 거라고 그랬니? 웃기는 소리군.-

멀리서 따발총 소리가 들리는 동안 침묵이 흘렀다.

아르께오는 그 악마 같은 얼굴 위로 부자연스러운 미소를 띠며 말없이 웃었다. 어쩌면 태어나서 단 한 번도 웃어보지 못한 사람처럼 그의 얼굴은 천으로 만든 마스크처럼 변해갔다. 그러다가 언제 그랬냐는 식으로 갑작스레 웃음을 멈추어 버렸다.

-이 멍텅구리야! 조직이 해산되면 우리가 숨을 곳은 아무데도 없다는 것을 모르겠니? 폭도들이 우리들을 개처럼 쫓아다니고 있다고. 숲에서 사냥을 벌여 눈 깜짝할 사이에 우리 모두를 붙잡을 거야.-

그가 소리 질렀다.

그 사이 아르께오의 눈은 자신의 말이 소년들에게 먹혀들고 있는지를 살피려고 바쁘게 움직이고 있었다. 아이들의 얼굴에는 걱정과 두려움의 빛이 역력했다. 그들 중 어느 누구도 감히 그의 시선을 똑바로 응시하지 못했다.

－우리가 반동분자 하나를 죽였기 때문에 그들은 우리에게 벌을 주려 할 거야. 그들은 아마도 우리를 사격 연습용 표적으로 이용할거야. 그들이 우리를 이 가지, 저 가지에 매달아 교수형 시킬 생각이 아니라면 말이지. 여기 우리가 매달릴 나무들은 충분히 있군.－

그는 동작을 크게 하며 숲을 만들어 보였다.

－너는 그렇게 되리라고 생각해?－

가장 작은 소년이 말을 더듬거렸다.

아르께오는 비꼬는 듯 웃었다.

－그러는 넌 무슨 생각을 했니? 그 작자들이 우리에게 초콜릿이 든 빵이라도 줄 거라고 생각했니?－

조금 전 그가 느꼈던 분노는 사라져버렸다. 아이들이 두려워하면 할수록 아르께오는 더욱 거드름을 피웠다.

－그리고 너희들이 아이라고 그들의 올가미에서 쉽게 벗어날 수 있다고 생각지 마! 무슬림들이 이 작업을 맡아서 하지. 그들은 이 일을 하는 데 망설이거나 양심의 가책을 받거나 하진 않아. 너희들이 어리다고 봐 줄 것 같아?－

아르께오는 웃으면서 말을 이었다.

－오! 그런 짓을 하면서 그놈들이 재미있어 할 것 같지 않니? 사람들은 종종 죽기 전에 몇 시간 동안 고함을 지르며 버티기도

하는데, 소년들이 그 중에서 가장 오래 버티지.

까까머리 소년이 나뭇잎처럼 떨며 다 죽어가는 소리로 질문했다.

－넌 그놈들이 포로를 어떻게 죽이는 지 본 거야? 아르께오.

－내가 그것을 보았느냐고? 한 번뿐이겠어 열 두 번이나 봤어. 내가 살고 있던 오껜도에 있던 광장에서 매일 사형이 집행되었어. 먼저 여성들을, 그리고 나중에 남성들을 목매달아 죽이지. 그리고 아이들은 제일 마지막에 죽여. 거기 있는 사람들의 손과 발을 묶어 짐차에 태우고 가서 나무에 매달지. 빽빽한 가지에 어른들을 매달고 아이들은 덜 빽빽한 가지에 매달지. 그들이 죽으면 나무에서 내리고 다음날 죽일 자들을 위해 밧줄을 준비하게 되지. 자, 내가 한 마디라도 지어냈다면 천둥이 나를 반으로 쪼갠다, 쪼개.

그는 숨 쉴 틈도 없이 일사천리로 이야기를 끝내고 자신이 얼마나 이야기를 잘 지어내는 지에 대해 스스로 탄복하고 있었다. 소년들이 머쓱해져 경멸적으로 침을 뱉는 모양에서 아르께오 자신의 이야기가 소년들에게 얼마나 충격적이었는지 짐작해볼 수 있었다.

－어이 얼간이 너! 마르띤이 어느 방향으로 갔지?

아르께오가 대천사를 향해 뒤돌아보며 말했다.

소년은 스웨터 자락으로 눈물을 닦고 있었다.

-아니, 몰라요.-

소년은 머뭇거렸다.

-마르띤이 낙원 길로 가는 걸 보았어요.-

말을 끝내고는 별안간 흐느끼기 시작했다.

-난 아무 짓도 하지 않았어요.-

-주둥이 닥쳐!-

까까머리 소년이 말했다.

그러나 그 소년 역시 막 울음이 터져나오려는 것을 가까스로 참느라 무진 애를 쓰고 있었다. 자신의 술책이 먹혀들었다고 생각한 아르께오는 총의 격침을 잡아당기고 말없이 오른쪽으로 난 오솔길을 따라 내려갔다. 겁에 질린 소년들이 그의 뒤를 따랐다. 두목의 이야기는 그들을 공포 속으로 몰고 갔다. 목둘레에 맞추어 놓은 작은 밧줄은 생각만 해도 무시무시했다. 아르께오는 그들에게로 되돌아왔다.

-너희들 도대체 뭣들 하는 거야?-

소년들은 비굴할 만큼 머리를 조아렸다.

-너와 함께 갈게, 아르께오.-

-그래, 우리 같이 가자!-

-울상이나 짓고 눈물이나 흘리려거든 지옥에나 가라고! 여기 머물러서 군인들이 오기를 기다리는 편이 더 나을 거야.-

그는 자신의 세력이 더욱 공고해졌음을 확신하면서 소년들에게 창피를 주는 데서 짜릿한 만족을 느꼈다.

　-잘 들었어? 겁나거든 뒤에 머물러 있어. 그게 나아.-

　낙원 길 정원으로 통하는 지름길을 그는 잘 알고 있었다. 아르께오는 식지 손가락을 방아쇠에 끼운 채 수목이 무성한 수풀을 헤치며 소년들을 이끌고 갔다. 루시아 자매의 농장 근처에는 넓은 황야가 펼쳐져 있었는데 그 절반 정도는 계단식 휴경지였고 그 속에 금작화와 백리향이 수북이 피어있었다. 그 나머지 길은 아무런 어려움 없이 갈 수 있었다. 코르크 숲을 빠져 나오기 전에 아르께오는 그들이 어디로 가야 할 지 살펴보았다. 북쪽으로는 길에서 꾸준히 차량 소리가 들려왔고 총소리는 마을 쪽으로 집중되면서 소년들에게서는 점차 멀어져 갔다. 낙원 길만큼 적막한 곳도 없었다. 쥐엄나무 언덕과 강가의 모래 바닥에도 군인들의 흔적은 보이지 않았다.

　관목 사이를 지그재그로 지나 소년들은 반대편 개울 숲에 도달했다. 마르띤이 낙원 길로 갔다면 분명 이 곳을 지나쳤으리라. 아르께오는 휘파람 사인으로 아이들에게 숨어있으라는 지시를 내렸다.

　길에서 들리는 자동차 엔진 소리가 300미터쯤 떨어진 근방에서 무슨 일이 일어나고 있음을 알려주었다. 군인들이 가득 탄 트럭 한 대가 조심스럽게 그 집으로 다가서고 있었다.

　비록 거리가 멀어 작게 보였지만 분명 군인들이었다. 따발총으로 중무장한 그들은 차량에서 조용히 내려 빗장이 걸려 있는 건물 주위로 부채꼴 형태로 퍼져나갔다.

　그 때 아르께오는 낀따나를 처형하는 임무를 맡은 소년들에게 이 사실을 알리기 위해 아까와는 다른 소리로 휘파람을 불고는 앞장서서 소년들을 강 아래로 내려 보냈다.

　　***

　트럭은 차도를 향해 난 모래 섞인 오솔길을 따라 천천히 움직이고 있었다. 떡갈나무 숲으로 이루어진 아치형 천장을 통해 햇빛이 금가루처럼 스며들고 있었고 길바닥에는 빛과 그림자로 이루어진 모자이크 무늬가 새겨져 있었다. 상사는 트럭의 펜더 위에 만들어놓은 감시용 의자에 앉아 잠자리가 어지럽게 날아다니는 것을 따분한 듯 쳐다보고 있었다. 군용 트럭의 소리가 점차 커지더니 교차로에 도착했다. 도로에는 그동안 큰 혼란이 있었다. 길에는 마치 태풍이 휩쓸고 지나간 것 같이 배낭과 주전자, 칼집과 수류탄 안전핀, 알루미늄 용기와 군용품이 널려 있었고, 도미노 패, 천으로 만든 인형, 장난감 풍금, 부서진 라디오 수신기, 깨어진 도자기 조각 등 전쟁과는 그다지 상관없는 물건에 이르기까지 일련의 잡동사니들이 나뒹굴고 있었다. 전율스러운 공포가 마을 전체를 뿌리 채 흔들어놓은 것 같았다.

잡초들은 짓밟히고 탔으며 화약 연기가 신부의 베일처럼 인근 나무숲을 뒤덮고 있었다.

길 반대편에서는 어깨에 총을 비스듬히 맨 한 무리의 군인들이 더위와 피로로 지친 얼굴로 군가를 부르고 있었다. 맨 앞에 서 있는 육군 중위는 허리까지 열어젖힌 채, 털이 덥수룩하게 나 있는 근육질 가슴을 드러내고 있었다.

-야! 너희들! 도대체 어디로 가는 거야? 너희들이 통행을 방해하는 것이 안 보여?-

교차로에 트럭들이 멈추었다. 상사가 트럭의 펜더에서 뛰어내려 경례를 했다.

-페노사 소위가 저기 보이는 큰 집으로 가서 소년의 죽음을 가족들에게 알리라고 했습니다.-

중위는 케이스에서 담배를 꺼내 들었다. 그의 얼굴은 갈색 가죽처럼 검게 타 있었고 두 눈은 얼어있는 호수처럼 새파랬다. 육군 중위는 여섯 개의 메달이 달린 은 목걸이를 하고 있었다. 상사는 중위의 왼쪽 팔에 커다란 상처가 있는 것을 보았다.

-좋아, 계속해.-

소년들이 행진하는 군인들 반대방향으로 차도를 거슬러 올라가는 동안, 중위와 군인들은 얼굴이 상기된 채 바짝 마른 입술로 계속 군가를 부르고 있었다.

'라 쿠카라차, 라쿠카라차, 이제 그는 걸을 수가 없다네'

-맙소사! 가사가 너무 우스꽝스러운데.-

상사가 말했다.

상사는 산울타리의 잡초 사이에서 바이올린 케이스를 발견하고는 잠시 기다리라는 손짓을 했다.

-마누라는 평생 바이올린을 원했지.-

하지만 낫 끝으로 케이스를 열고 속을 들여다보고는 곧 실망했다. 소녀의 금발 머리처럼 가는 활 대신에 여러 색깔의 노끈으로 만들어진 초보자용 바이올린이었다. 케이스 안쪽에는 빨간 잉크로 '그녀의 작은 여자 친구 소냐로부터' 라고 적혀 있었다.

-형편없군! 2레알의 값어치도 안 되는 거라고!-

상사가 말하자 병사들이 웃기 시작했다.

-그럼, 뭐가 있을 거라고 생각한 거야? 스트라디바리우스라도 들어있는 줄 알았나?-

상사가 배수구에 바이올린을 던져 넣으려 했지만 군인 중 하나가 그의 소맷자락을 붙잡았다.

-어이! 이것 좀 봐!-

군인은 케이스 안쪽에 붙어있는 사진을 가리켰다. 그 사진 속에는 머리를 풀고 무도회 복장을 한 열 여섯 살에서 스무 살 가량 되어 보이는 예쁜 소녀가 그랜드 피아노 앞에 앉아있었다.

-어이쿠! 나쁘지 않은데.-

병사는 휘파람을 불었다.

병사들이 일제히 사진 속의 소녀를 보려고 몸을 구부리는 바람에 상사는 사진을 보기 위해 몇 초 동안 기다려야 될 지경이었다. 병사들도 차례로 돌아가며 무릎 사이에 바이올린을 올려놓고 조용히 사진을 들여다보았다.

—상사님은 이 아가씨가 마음에 들지 않는 것 같은데요.—

운전병이 말했다.

—설마 마누라가 이 아가씨보다 더 좋다고 말하려는 건 아니실 테고.—

—상사님 좀 봐! 감자기 넋이 나간 것 같아.—

상사는 동료들을 거들떠보지도 않았다.

—입을 다물고 있어야 모기가 들어가지 않을 텐데.—

앞에 가던 병사가 웃음을 터뜨렸다.

—들었지? 자기 마누라에 대해서 우리가 수군거린다고 화가 나신 거라고.—

—얼굴이 붉어 지셨는 걸. 상사님은 그 아가씨를 사모하게 될 거야. 애인을 바꿔치기 하는 것도 나쁘지는 않으실 텐데. 안 그래요, 알폰소 상사님?—

운전병이 웃으며 말했다.

상사는 얼굴을 찡그리고 언짢은 표정을 지어 보였다.

—너희들에게 내가 한 가지 가르쳐 줄까? 이 소녀는 하나도

매력적이지 않아.-

군인들이 모두 한바탕 웃었다.

-자, 내가 보기에 그녀는 별로야….-

-지금 우리더러 그 말을 믿으라는 건가요?-

그들은 교차로에 도착했고, 상사만이 길을 알고 있었다.

-헤이, 여기에 길이 있어.-

그들은 차도 앞으로 난 길에 멈추어 섰다. 근처에는 두 개의 푯말을 묶어놓은 무거운 쇠사슬이 있었다. 상사는 푯말 중 하나에 새겨져 있는 희미한 글자를 가까스로 읽어냈다.

-낙원 길. 바로 여기야.-

그들은 차량이 지나갈 수 있도록 사슬을 제거했다. 그리고 천천히 자갈로 된 오솔길을 따라 올라갔다. 도로 가까이로 난 오솔길을 지날 때 소음이 컸던 것과는 대조적으로 낙원 길 깊숙이 들어갈수록 길거리의 차량 소음이 점점 약해졌다.

그들의 귓전에는 새들이 지저귀는 소리와 편도나무 꽃 위에서 벌들이 윙윙거리며 부산하게 날아다니는 소리만 들릴 뿐이었다.

비탈길이 완만하게 경사져 엔진을 끄고 차가 스스로 미끄러져 가게 내버려 두었다. 모퉁이를 따라가자 덩굴에 뒤덮인 수도원 같은 집이 윤곽을 드러냈다. 바다가 내려다보이는 테라스는 남향으로 나 있고 덩굴과 잡초로 뒤덮여 있었지만, 30년 전쯤에는 웅장한 자태를 자랑했을 것으로 짐작되는 저택이었다. 테라스 난간은 반쯤 망가져 있는 기둥이 받치고 있었고, 소나무 숲이 이루는 낭만적인 그늘 아래 두 개의 비치의자가 놓여있었다. 항아리 모양의 여섯 개의 통에는 희미한 초록색 비늘무늬 그림이 그려져 있고, 통 속에는 꽃잎이 달려있는 가느다란 수국이 자라고 있었다. 그 끝에는 거대한 유칼리 나무 네 그루가 지붕 위로 시원한 그림자를 드리우고 있었다.

테라스로 난 문은 닫혀있고 블라인드가 내려져 있어서 연기 기둥이 솟아오르는 굴뚝만 없었다면 수년 전부터 아무도 살지 않는 집처럼 보였을 것이다. 부서진 기둥과 줄무늬 대리석 계단은 퇴락한 시절과 사라져간 화려함에 대한 기억을 불러일으키고 있었다. 그래서 여기서의 시간은 세상의 시간과는 다른 속도로 더욱 천천히 흘러가는 것 같았다. 이 저택은 오래 된 데다 관리마저 소홀해 건물 구석구석이 점차 활기를 잃어가면서 마침내 인생무상의 고뇌에 찬 증거물로 전락해있었다.

해시계는 벌써 한 시 십오 분을 가리키고 있었다. 분위기는 고요하게 가라앉아 있었다. 네 명의 병사들이 차에서 내려 상사의 말없는 지시에 따라 집 뒤로 나있는 오솔길로 다가갔다. 부자연스럽기까지 한 적막으로 인해 군인들은 복병이 있을지 모른다는 의구심에 전투태세를 갖추고 한 줄로 나아갔다.

마당에는 돌로 된 우물이 있었고 모터가 소리 없이 흔들리고

있었다. 금속과 목재로 된 부엌문은 낡은 구슬로 된 차양으로
가려있었다. 군인들이 집으로 다가가자 황갈색의 고양이 한 마
리가 도망치더니 협죽도 꽃밭 사이로 숨어버렸다.

–이쪽으로!–

상사가 짧게 명령했다.

문은 잠긴 채 닫혀 있었고 손가락으로는 밀리지 않았다. 부
엌 안에서 개 한 마리가 누군가 낯선 자가 왔다는 것을 알고는
초조한 듯 짖어댔다. 군인 중 하나가 '쉬' 라고 소리 지르자 개
가 짖기를 멈추었다. 그 때 주먹으로 문을 두들기던 상사는 노
크 소리에 어떤 반응을 보이는지 들어보려고 벽에 몸을 바짝 붙
이고 기다렸다.

반대편에서 멈칫거리는 발자국 소리가 들려오더니 손톱으로
문을 긁는 소리가 났다.

–아벨, 너니?–

안에서 속삭이는 소리가 들려왔다.

상사는 부하들에게 조용히 하라는 손짓을 하고 반복해서 문
을 두드렸다.

–문 좀 열어주겠소?–

다시 한 번 긴 침묵이 흐르더니 개가 초조하게 울부짖었다.

–누구 있소? 문을 열어달라고 하지 않았소.–

다시 침묵이 흘렀다.

-누구시죠?-

이제는 두 주먹으로 문을 두드렸다.

-빨리 문 열어요. 우리는 무장하고 있다는 걸 경고해 두겠소.-

다시 조용해지더니 곧이어 걸쇠가 삐걱거렸다.

부엌 문 앞에 머리를 한 가닥으로 땋은 교복차림의 소녀가 나타났다. 그녀의 나이는 정확히 알 수 없었다. 무장한 병사들을 보자 소녀는 놀라서 뒤로 물러나더니 레이스가 수놓아진 손수건을 입술에 가만히 올려놓았다.

-가만 있으면 아무 일도 없을 거야.-

상사가 말했다.

그는 부엌 안으로 들어가더니 부하들에게 길을 내주기 위해 비켜섰다.

-네가 이 집 주인이냐?-

소녀는 벽 쪽에 있는 선반에 기댄 채 두려움에 떨며 침입자들을 바라보고 있었다.

-아니에요. 저의 어머니에요.-

그녀는 머뭇거렸다.

-그렇다면 어머니에게 좀 알려주지 않겠니?-

-엄마는 지금 아파요. 편두통 때문에 어제 밤에 심하게 앓으셨어요. 지금은 가슴이 두근거리는 증세가 있어요.-

그녀는 마치 숨이 막히는 것처럼 손을 교복 칼라에 갖다 대고 외마디에 가까운 비명을 질렀다.

　-오! 제발, 엄마를 보지 말아주세요. 엄마는 무시무시한 고통을 겪고 있다구요.-

　-좋아, 됐어.-

상사가 말머리를 잘랐다.

　-엄마가 아프다면 너와 함께 가면 되지 않겠니?-

그는 목소리를 밝게 바꾸었다.

　-너희와 함께 살고 있는 소년에 대한 일이다.-

상사가 말을 건넸다.

소녀의 눈은 자기그릇 가운데 박혀있는 유리구슬 같았다. 그녀는 다시 한 번 손수건을 입에 갖다 대더니 그들을 의심스런 눈초리로 바라보았다.

　-아벨?-

　-그래, 아벨 소르사노.-

　-아벨에게 무슨 일이 있는 거에요?-

뼈와 가죽밖에 남지 않은 그녀의 얼굴에 경련이 일어나고 있어 선뜻 대답하기가 쉽지 않았다.

　-그 아이가 피난민을 수용하는 학교에 있었는데 끔찍한 사고를 당했어.-

상사는 마침내 입을 열었다.

소녀는 묻기 전에 침을 삼켰다.

－많이 다쳤나요?－

병사들은 모두 약속이나 한 듯 시선을 땅에 고정시켰다. 소녀는 병원 간호사처럼 굽이 있는 하얀 신발을 신고 같은 색 스타킹을 신고 있었다.

－그래, 정확히 말하면 다친 것이 아니라…. 우리 부대가 도착하기 전에 아벨이 아이들과 함께 학교에서 나와 무기를 가지고 장난을 치고 있었던가 봐, 그래서….－

상사는 대답했다.

－친구들과 함께요?－

소녀는 물었다.

상사는 그렇다는 표시로 고개를 끄덕였다. 어떤 단어를 써야 할 지 몰라 머뭇거리며 감히 입 밖에 내지 못했다.

－이게 무슨 창피람, 무슨 창피!－

그녀가 말했다. 손수건이 손에서 떨어지자 그걸 주우려고 앞으로 걸어갔다.

－당신들은 아주 친절하시네요. 관심을 보여주셔서 정말 고마워요. 그렇지만 제 생각에 가장 좋은 방법은 그 아이를 그냥 자유롭게 내버려두는 거라고 생각해요. 제 발로 이곳으로 돌아오게 해 주세요. 그렇지 않으면 아벨은 뉘우치지 못할 거예요.－

병사들은 서로 난처한 시선을 주고받을 뿐이었다. 대리석처럼 창백한 그녀는 그들을 뚫어져라 바라보고 있었다.

-아벨은 너무 예민해요. 아마도 다정다감한 성격 탓이겠죠.
그 나이에 그렇게 심한 상처가 쉽게 아문다는 것은 어려운 일이
에요….-

-아벨의 상처에 대해서 얘기하고 싶은데…, 가족 중 누군가
우리와 함께 가서 아벨의 신원을 확인해 주었으면 해요.-

상사는 소녀가 그에게 내민 손을 잡으면서 대답했다.

마치 나방이 불꽃 주위를 맴도는 것처럼 죽음이라는 단어가
목구멍까지 차서 그 말을 내뱉지 않기 위해 신경을 바짝 곤두세
워야 할 판이었다.

-당신이 우리 어머니에게까지 가실 필요는 없겠네요. 그
렇죠?-

소녀는 말했다.

-응, 나도 그렇게 생각해. 아무나 오기만 하면 되거든.-

소녀의 눈은 악의로 빛나고 있었다.

-아무나요?-

-그래, 누구든 상관없어.-

소녀는 이제 긴장이 풀려 있었다.

-그렇다면 필로메나를 보내겠어요.-

그녀는 조심스럽게 치마의 주름을 펴고는 이렇게 덧붙였다.

-잠깐 기다려 주실 수 있으세요?-

폭격이 두려워 지하 창고에 숨어있던 하녀는 병사들을 따라

가라는 말에 투덜거리며 나왔다.

　-그들 중에 무슬림은 없는 거지요?-

　필로메나가 물었다.

　-그래, 아무도 없어요.-

　-아가씨 말은 그들이 다른 지역 출신이라는 거에요?-

　필로메나가 다시 묻는다.

　- 그래요. -

　소녀의 대답에 평정을 되찾은 하녀 필로메나는 조용히 코트를 입었다.

　-그럼, 이제 전쟁은 끝났어요? 아게다 아가씨?-

　소녀는 말없이 물러나 버렸다. 군인들과 대화할 때 심장 고동이 너무 빨라졌기 때문이다. 그녀는 빨간 양탄자가 깔려있는 계단으로 뛰어올라가 그녀의 어머니에게 소식을 전했다. 에스따니슬라는 건물의 남쪽 부분을 차지하고 앉아, 전쟁의 위험에도 불구하고 끝내 그 집을 떠나지 않았다.

　-나는 언제나 존경받을 줄 아는 여자야.-

　그녀는 입버릇처럼 말하곤 했다.

　아게다는 국민군(다시 말해서 팔랑헤당을 지지하는 군대) 병사들이 도착했다는 사실이 어머니에게 큰 사건이 되지 못하리라는 것을 알았지만, 그 사실을 알리고 싶어 죽을 지경이었다. 평화란 정상 상태를 의미하는 것으로, 정상에서 벗어난 것이란

예를 들면, 하루 네 번 음식을 먹는 것이나, 아니면 어떤 사람의 예기치 못한 방문 정도로 생각해볼 수도 있으리라. 그렇다면 이 것과 비교해볼 때, 아벨의 불행은 그들에게 그다지 중요한 사건 이 아니라는 것은 분명했다.

-엄마….-

침실은 텅 비어있었다. 아게다는 차례로 위층 방문들을 열어 보았다. 역시 아무도 없었다. 그녀는 약간 당황하면서 다시 아 래층으로 내려갔다. 그 때 현관문이 열려있는 것을 알아차렸다. 산들바람 때문에 램프의 유리 염주구슬이 흔들리고 있었다.

에스따니슬라는 그 때 한 손에는 장난감 바이올린, 다른 손에 활을 들고, 대리석 계단을 발돋움하여 올라가고 있었 다. 그녀는 표정 하나 변하지 않고 국민군 병사들의 방문을 맞이 했다.

-너도 저 사람들을 보았니? 로마인들 같구나!-

마당에서 방금 주운 바이올린으로 그들을 가리키면서 말 했다.

***

소위는 문서철을 뒤지면서 서류를 조사하고 있었다. 그는 아 침에 부관으로부터 자신의 영웅적인 행동에 대한 사령관의 열

렬한 찬사를 전해들은 터라 행복하고 유쾌한 감정이 얼굴 전체
에 퍼져 있었다.

-소위님….-

페노사는 마르띤의 수감을 책임 진 이비사 출신 군인으로,
여가 시간에 부하들과 함께 어울리는 데에 익숙해져 있던 터라
친아버지와 같은 다정한 표정으로 부하들을 바라보았다.

-뭐지?-

-아이의 가족이 막 도착했습니다, 소위님.

페노사는 파이프의 재를 비우고 머리를 끄덕여 보였다. 소년
에게 일어난 일로 마음이 분주했던 그는 부하에게 나가있으라
는 손짓을 했다. 그러나 갑자기 생각이 바뀌었다.

-소식을 전했는가?-

그가 난처한 표정으로 물었다.

소위는 눈물을 흘리는 사람을 보면 자기도 모르게 두려움을
느낀다. 특히, 울고 있는 여성 앞에서는 무장해제를 당한 것처
럼 무기력하게 느껴질 정도다.

-네, 소위님.-

그는 멍한 표정으로 아이들에게 둘러싸여 있는 여인의 사
진을 바라보았다. 사진의 뒷면에는 '도라' 라는 이름이 적혀
있었다.

-좋아, 지금 내려간다고 전하게.-

그가 계속해서 문서철을 뒤적거리는 동안 부하는 1층으로 내려갔다.

학교에 막 도착한 필로메나는 손수건으로 얼굴을 가린 채 흐느끼고 있었다.

그녀가 트럭에서 내렸을 때, '국민군'이라는 마크를 단, 은빛 날개의 비행기 한 대가 낮은 고도로 언덕을 가로지르면서 비행하고 있었다. 발코니에는 공화군 깃발이 빨강과 황색이 어우러진 국민군 깃발로 바뀌어 있었다. 벤치에 앉아서 햇볕을 쬐고 있던 군인들은 여인이 자기들 앞으로 지나가자 잡담을 멈추고 호기심에 찬 눈으로 바라보았다.

－어머니이신가요?－

병사 중 하나가 큰 소리로 물었다.

제라늄 화분이 놓여있고 손잡이가 떨어져나간 현관은 조용하고 텅 비어있었다. 집은 텅 빈 채, 뒤죽박죽 난장판이 되어 있었다. 사병 한 사람이 이층으로 올라가서 그녀의 도착을 알렸다. 필로메나는 위생병의 부축을 받으며 낡은 사무실로 안내되었다.

사무실은 그녀가 마지막으로 로마노의 편지를 가지러 간 때와 비교해 아무것도 바뀐 것이 없어 보였다. 거실은 좁고 구식이었다. 건물이 세워졌던 당시 유행하던 가구들로 꾸며져 있었기 때문이다. 필로메나는 아벨의 시체를 보자 망연자실하더니 앞으로 천천히 다가갔다.

-오, 아벨!-

병사들은 그녀를 호송해가던 길에 그녀에게 아벨의 죽음을 알려주었다. 그 순간 그녀의 목구멍에서는 그녀 자신이 아닌, 확성기에서나 나올 법한 묘한 괴성이 터져 나왔다. 그녀는 혓바닥이 갈라지고 피가 머리로 역류하는 것 같았다. 이윽고 울음이 터져 나왔다.

병사들은 그녀에게 반복해서 상황을 설명해주었다. 그래도 그녀가 이해하지 못해서 여러 차례 반복해서 설명해야 했다.

-죽었다고요?-

-그래요. 관자놀이에 총알을 맞고 쓰러진 것을 숲에서 발견했소.-

-누가 그를 발견했죠?-

-어떤 군인입니다. 부인, 금방 말씀드렸잖습니까?-

아니었다. 필로메나는 아무 말도 듣고 있지 않았다. 눈물이 솟아나와 그녀의 눈썹을 적시고 있었다. 게다가 약간 사시에 가까운 그녀의 눈 때문에 그녀의 울음은 신비롭게 보이기까지 했다.

-누가 그를 죽였죠?-

-아이들 중 하나겠죠.-

이해할 수 없는 일이었다. 모든 것이 부조리해 보였다. 병사들의 이야기가 머릿속에서 계속 맴돌았다. 그녀는 어지러움을 느꼈다.

-멈춰요!-

그녀는 창문으로 얼굴을 내밀고 토하려 했지만 토할 수 없었다. 병사들은 그녀 쪽으로 몸을 돌리고 동정을 담은 눈으로 그녀를 바라보았다.

-어쩔 수 없는 일이에요. 전쟁 중에는….-

그들이 말했다.

모든 일이 한날 아침에 일어난 것이었다. 그러나 필로메나에게는 마치 몇 십 년이 흘러가버린 것 같았다.

2층에서 내려온 병사는 그녀에게 소위가 곧 내려올 거라고 일러주었다. 그동안 그녀를 작은 시체가 있는 방으로 인도했다. 필로메나는 다시 눈물을 터뜨렸다.

-아벨, 아벨.-

그녀가 흐느꼈다. 슬픔으로 가득 차 어쩔 줄 모르는 표정이었다.

-아벨, 아벨!-

그녀는 손으로 아이의 목을 움켜잡고 있었지만 목에서 나는 소리가 아니었다. 눈에 눈물이 가득 고이는 바람에 아벨의 피묻은 상처와 얼굴, 그리고 몸뚱이를 볼 수가 없었다.

−아벨, 내 영혼과 마음인 아벨, 내 말이라면 그토록 잘 따르던 아벨, 넌 집안의 보석이었어. 누가 네게 이런 짓을 한 건지 말해봐. 어떤 망나니가 네게 총을 쏜 거지? 모기 한 마리 죽이지 못하고, 못된 짓 한번 해 본적 없는 내 아이를 어떤 망나니, 도적, 범죄자들이 죽인 거야, 오, 나를 죽인 거야. 내 영혼의 일부요, 내 심장과 같은 아벨, 누가 나만큼 너를 사랑하겠니? 내게 말해, 누가 널 죽였는지. 성모 마리아께 기도해서 그 추접스럽고 더러운 놈을 죽여 달라고 할 거야. 세상에서 가장 잘생기고 착한 아이, 나의 보석, 나의 왕, 천사 같고 양 같은 착한 나의 아벨을 해친 그를 죽여 달라고 할 거야. 아, 나를 이 아이와 함께 있게 해 줘, 내 영혼의 빛인 너와 함께 있게 날 내버려둬. 변호사, 판사, 대통령도 될 수 있는 앞날이 창창한 어린 너를 죽이다니, 그 더러운 놈에게 대가를 치르게 할 거야. 너무 착해서 온 세상이 다 사랑한 아벨과 함께 있게 날 내버려둬! 사랑하는 아벨, 사람들에게 날 이대로 두라고 말할 거야. 난 이 아이와 일 년도 넘게 어머니와 아들로 지내왔어요. 전쟁으로 부모님을 잃고 아무것도 먹을 것이 없었던 불쌍한 천사였지요. 아침, 점심, 저녁 세 끼니를 빵으로 때워 가며 겨우 죽을 고비를 넘겼으니 말이에요. 그래도 전쟁이 끝나면 끼니 걱정을 덜고 바르셀로나에 가서 장래가 촉망 받는 청년으로 자랄 수 있겠다 싶었는데…. 지금…. 제발 내게 말해줘요. 누가

그를 죽였는지 밝혀 달라고요. 성모 마리아에게 간청하여 그를 죽여 달라고 기도할 테니까. -

***

소위는 삼십 분이나 늦게 나타나더니 그녀에게 아무런 질문도 하지 않고 그냥 앉아있으라는 시늉만 했다. 필로메나는 눈물을 많이 흘린 탓에 눈이 퉁퉁 부어있었고, 고장난 로봇처럼 의자에 털썩 주저앉아 있었다. 그녀는 꿈을 꾸고 있는 것처럼 멍청하게 앉아 자신에게 하는 질문을 가만히 듣고 있었다.
　-이 소년과 당신네들이 함께 살고 있었나요?-

***

물론이었다. 아벨은….
　그 집에서의 아벨의 이야기는 마지막 겨울 볕이 내리쬐는 고즈넉한 아침으로 거슬러 올라간다. 현관에 있는 벽시계는 열 한 시 반을 가리키고 있었다. 그는 막 정복한 땅에 들어서는 개선장군 같았다. 휘파람을 불며 손을 호주머니에 넣은 채 현관문을 활짝 밀어젖히며 들어오는 모습이 마치 '제가 왔어요. 여기 왔다고요'라고 말하는 듯 했다. 개가 그의 손을 핥아주자 그 옆에

서있던 필로메나는 개가 생전 처음 본 침입자를 보고도 짖지 않는 것에 놀랐다. 개 역시 아벨이 그 집을 소유할 권한이 있다는 것을 알고 있는 것 같았다. 개는 부인할 수 없는 이런 사실을 인정하고 꼬리를 흔들어대는 것이었다.

-도냐 에스따니슬라에게 제가 왔다고 전해주시겠어요?-

금발이 부드럽게 흘러내린 아벨의 이마 위로 개의 솜털이 내려앉자 손가락으로 털어내면서 말했다.

-제 대신 이 명함을 전해주세요.-

아벨은 '아벨 소르사노, 학생'이라고 씌어져 있는 명함을 건넸다.

-혹시 부인이 피곤하시다면 다음에 다시 찾아 뵐 거라고 전해주세요.-

필로메나는 그 또래 소년에게서 찾아볼 수 없는 명랑함에 놀라 입을 벌린 채 멍하게 아벨을 바라보았다. 그녀는 몽유병자처럼 손에 명함을 들고 이층으로 올라가 거실로부터 맨 마지막에 있는 방에 다다랐다. 아벨은 현관문을 등지고 서 있어 후광을 등에 업고 있는 것처럼 보였다.

'벽 선반에 올려놓은 성상 같군'

그녀는 속으로 생각했다.

이층은 항상 그랬던 것처럼 어둡고 조용했다. 창문에는 커튼이 드리워져 있고 흐린 거울에는 희미하게 그림자가 비쳤다. 문

꼭대기에 뚫려있는 구멍에서 새어 나오는 한 줄기 광선이 양탄
자를 가로질러 줄무늬를 그려 놓았다.

－들어와요.－

침실의 답답한 분위기 때문에 재채기가 터져 나왔다. 도냐
에스따니슬라는 일본산 비단 기모노를 입고 소파에 드러누워
이마의 땀을 닦고 있었다. 아게다는 창문지방에 앉아 손톱에 매
니큐어를 바르고 있었다. 두 사람 모두 필로메나의 인기척에 미
동도 하지 않았다.

－밑에 한 소년이 기다리고 있어요.－

필로메나가 명함을 건넸다.

도냐 에스따니슬라는 피곤한 표정으로 명함을 받아 들었다.
방안에 어스름한 그림자가 드리워져 있었기에 그녀는 명함을
눈 가까이로 바짝 가져갔다. 그리고는 부채를 부치면서 아게다
에게 그것을 건네주었다.

－맙소사! 이럴 수가!－

에스따니슬라는 그렇게 말했지만, 그녀의 표정에는 어떤 놀
라움의 빛도 보이지 않았다. 아무리 시간을 갖고 관찰해 보아도
그녀의 안면 근육은 어떠한 변화도 보이지 않았다. 그동안 아게
다는 멍청하게 명함을 바라보고 있다가 의심스런 눈초리로 어
머니에게 몸을 돌렸다.

－혹시 그 애가 짐을 가지고 있는지 눈여겨 보았어요?－

-아니요, 아가씨.-

필로메나가 대답했다.

도냐 에스따니슬라가 한숨을 내쉬었다.

-좋아. 끌라우데가 쓰던 방을 그 애가 쓰도록 해 주고, 화장실이 어디 있는지 가르쳐줘. 오는 길에 먼지가 너무 많아서 씻어야 될 테니까.-

더 이상 질문은 없었다. 필로메나가 복도로 나와 걸어가는 동안 사나운 말다툼 소리가 방안에서 들려왔다.

-엄마가 얼마나 경솔한지 아세요? 게다가 얼마나 우스운 줄 알아요? 뭐라고 말하든 지금의 우리 상황은 더 이상 비극적일 수 없는 상황이라구요. 엄마의 할아버지 시대에는…. 나의 할아버지, 항상 나의 할아버지야. 글쎄 그가 어떻게 우릴 도와주는지 한 번 지켜보자구요. 남은 것은 가죽과 뼈. 옷과 신발, 그리고 가발 뿐이라구요. 엄만 아직도….?

그녀가 딸꾹질을 시작한다.

-엄마는 저 아이가 오는 것을 걱정하지 않아도 된다고 했잖아요…. 우리 모두는 몇 달째 음식 같은 음식을 먹지 못해 배고파 죽을 지경인데 여전히 엄마는….-

소년은 현관에서 그림에 정신이 팔려 있다가 필로메나를 보고 편안하게 웃어 보였다. 소년은 교복을 입지 않고 팔 밑에 끼고 있어서 본래 자기 나이보다 더 어려 보였다. 그래선지 그의 말투에서 오는 조숙함이 그의 어린 외모와 대조를 이루었다.

　-도냐 에스따니슬라가 몸이 좋지 않구나. 그렇지만 네가 묵을 방으로 데려다 주라고 말씀하셨어.-

　필로메나는 말했다.

　침실은 수년간이나 잠겨있었던 터라 필라메나는 부엌으로 가서 열쇠꾸러미를 가져와야만 했다. 집을 안내하고 있는 동안 아벨은 조용히 있었다. 조금도 놀란 기색 없이 신중한 표정으로 가구를 살펴보고 있었다.

　-좋아, 다 왔어.-

　필로메나가 창문을 활짝 열고 비단으로 된 무거운 커튼을 젖혔다. 아벨은 그녀와 약간 거리를 두고 따라와 문간에 멈춰 섰다. 침실은 유난히 컸지만 온갖 물건들로 가득 차 있었다. 아무렇게나 벽을 뒤덮고 있는 거울과 그림, 세공품, 촛대 달린 경대가 악몽에서 본 것처럼 사방에 흩어져 있었다. 천장에는 6개의 장난감 배가 저절로 떠 있는 것처럼 보이는 등이 매달려 있었고, 투명 창이 색색으로 꾸며져 있었다. 창문에는 잡초가 난간까지 뒤덮였고 몇 년 전 끌라우데가 가져온 제라늄은 말라있었다.

　-먼지를 모두 털어내야겠다. 이 방은 너무 오랫동안 비어 있었어….-

　필로메나가 미안한 듯 손으로 구석구석 방을 가로지르는 거미줄을 뜯어내며 말했다.

아벨은 개인용 소지품들을 주머니에서 꺼냈다. 편지지를 모아둔 소포와 두 개의 봉투, 그리고 만년필, 학사 증명서, 알루미늄 비누 용기, 주머니칼, 전방의 모습을 담은 공문.

−여기 사시는 분들은 종종 신문을 받아보세요?−

소년이 일이 끝날 즈음 물어보았다.

하지만 그녀의 대답은 분명하지 않았다.

−몇 년 전, 아가씨가 '흑과 백' 이라는 신문을 구독했지요. 그러나 지금은….−

그녀가 말했다.

아벨은 손을 호주머니에 넣었다.

−그렇다면 어떻게 전쟁 소식을 듣고 계시나요?−

그녀는 잘 모르겠다는 뜻으로 어깨를 움츠렸다. 간단히 말해서 그들은 전쟁을 알지 못한다는 것이었다. 학교에서 도망친 소년들과 군인들이 인근에 있었지만 낙원 길 주민들은 전쟁을 실감하지 못한 채 살고 있었던 것이다. 도냐 에스따니슬라는 가장 좋았던 시절을 떠올리며 시간을 보냈고, 아게다는 소설 속의 황태자를 꿈꾸며 살아갔다.

그들은 전쟁으로 인한 굶주림에 관해서만 공감할 뿐, 실제 전쟁에 대해서는 아무런 관심조차 없었다.

−저에겐 아주 중요한 일이에요. 바르셀로나에서는 날마다

라디오를 들었어요. 저희 삼촌은 스페인 지도를 벽에 걸어놓았고 저는 색깔 있는 펜으로 군의 진격상황을 표시하곤 했어요. -

아벨은 주머니에서 꺼낸 봉투 속에서 네 겹으로 접어놓은 스페인 지도를 꺼냈다.

-보세요. -

손가락 하나로 아라곤 지역을 가리켰다.

-마지막 전투가 이 지역에서 있었어요. 국민군이 지난주에 거기 있었는데 지금은 이 지역 전체를 장악했죠. -

아벨은 자신이 가지고 있는 정보에 대해서 상당한 자부심을 갖고 있는 것 같았다. 그는 만족해하면서 지도를 다시 접었다.

그리고는 알루미늄 비누갑을 가지고 와서 그녀에게 화장실까지 데려다 달라고 부탁했다. 거기서 그는 샤워의 수도꼭지를 열어보고 오랫동안 쓰지 않은 문고리를 안에서 잠가보기도 했다. 필로메나는 아이가 안에서 노래하고 뛰고 하면서 새처럼 즐거워하는 소리를 들었다.

***

저녁 식사시간이 되었는데 도냐 에스따니슬라도 아게다도 방에서 내려오지 않자 아벨은 부엌에서 서둘러 밥을 먹어 치울 수밖에 없었다. 필로메나는 테이블 덮개를 깔고 맞은편에 턱을 괴고 앉아서 아벨이 먹는 것을 바라보았다.

　―이제 이쯤에서 만족해야 할 걸. 전쟁 중이라 다른 음식은 없어.―

　그녀는 옥수수 가루를 담은 보시기와 작은 콩 사발을 그에게 주면서 말했다.

　아벨은 김이 나는 접시 위로 몸을 구부리더니 매혹적인 미소를 지으며 그녀에게 감사를 표했다.

　―네! 먹는 것에 대해선 걱정하지 마세요. 실은 우리도 프리커시 보다는 콩이나 밀가루를 먹었거든요.

　만난 지 얼마 되지도 않아 아벨은 그녀가 물어보지 않는데도 자신의 과거를 모두 털어놓았다. 소년은 전쟁이 발발할 당시 부모와 함께 바르셀로나에 살고 있었다. 아벨은 도냐 에스따니슬라 언니 도냐 마리아의 손자로 그녀가 죽고 나서 몇 달 뒤, 도냐 에스따니슬라에게 보내져 같이 지내게 된 것이었다. 착한 여인으로 불리던 도냐 마리아는 아벨이 낙원 길로 찾아오기 보름 전에 죽었다. 그 불쌍한 여인은 공습경보 중에 심장이 파열되어 죽었다. 할머니가 죽자 아벨이 삼촌 가족과 함께 살기를 원치 않아서 도냐 에스따니슬라가 베풀어주는 환대에 그저 따르기로 한 것이었다.

　―그럼 너의 삼촌은? 네가 떠난다고 했을 때 뭐라고 하든?―

　―당연히, 제가 떠나는 걸 알리지 않았죠. 가족에게는 극장에

가겠다고 말하고 역까지 전차로 갔어요. 그 분들을 놀라게 하지
않으려고 베개 밑에 쪽지를 써 놓고 왔어요. -

기분이 조금 나아진 아벨은 필로메나를 바라보면서 차근차
근 말했다.

-기차 시간표를 미리 알아보고 플랫폼에 몰래 끼어들어가
있었어요. 기차는 무임승차 했구요, 헤로나에 도착해서는 저금
통에서 15뻬세따를 꺼내 여관에서 방을 하나 얻었어요. 그랬다
가 오늘 아침 여덟 시에 마을까지 오는 차를 얻어 타고 왔구요.
그리고도 2뻬세따가 남아서 음료수를 사 먹었어요. -

믿을 수 없는 일이었다. 정말 놀라웠다. 필로메나는 어리둥
절할 정도였고, 아이에게 두려움에 가까운 존경심까지 생겨
났다.

-삼촌이 널 데리러 올까봐 무섭진 않았니?-

아벨은 옥수수 수프를 다 먹고 접시에 있던 콩까지 비우고
나서야 고개를 저었다.

-전혀 무섭지 않았어요. -

그는 대답했다.

-모든 걸 완벽하게 계획해 놓았거든요. 게다가 이런 전쟁 통
에는 다른 사람이 무얼 하는지 아무도 신경을 쓰지 않는 법이라
서요. -

2주 전만해도 아벨은 북쪽 역에서 피난민들의 도착을 도와주

었다. 삼촌네 가족은 양식을 구하려 시골을 전전하기도 했었다. 매주 아벨은 삼촌을 만나기 위해 할머니와 함께 역으로 나갔다. 플랫폼의 한쪽에서 군악대 연주소리가 들리자 아벨은 호기심으로 가득한 채 플랫폼으로 들어오는 기차를 향해 달려갔다.

그는 번개처럼 빨랐다. 아벨은 팔꿈치로 사람들을 찌르면서 군중을 뚫고 나갔다. 기차는 깃발과 펄럭이는 천으로 장식을 했는데, 거기 탄 수백 명이나 되는 소년들이 손뼉을 치고 노래를 부르면서 객차 차창 밖으로 고개를 내밀었다.

–저 애들은 누구죠?–

–피난민들이야.–

앞이 훤히 내다보이는 장소에 서서 아벨은 사소한 것 하나도 놓치지 않고 보았다. 기차가 멈추자 아이들이 놀란 짐승 떼처럼 우르르 기차에서 내렸다. 그들은 자신을 맡아준 학교 측의 관대한 처사에 만세를 외치며 기념일을 축하하는 노래를 장단에 맞추어 불렀다. 그들 중 하나가 꽃다발을 가지고 당국자들에게 인사를 하고 시를 낭송했다. 그동안 뒤에서 다른 소년들은 비단으로 된 웃옷을 입고 조용히 서 있었다. 누군가 그들을 꽃과 리본으로 장식하고 있었다. 플랫폼의 중앙은 산들바람에 흔들리는 이삭처럼 무수한 머리들이 마치 한 사람의 머리인양 동시에 움직였다.

시 낭송이 끝나자 어떤 소년이 "우리들은 정말로 행복해요."

라고 말했다.

그의 말은 플랫폼을 열광의 도가니로 몰아넣고 있었다. 여성 감독자는 꽃다발을 받아들고는 아무런 거리낌 없이 까까머리에게 키스를 했다. 카메라 플래시가 터졌다. 잠시 후 소년들의 열렬한 환영을 받던 당국자들은 뒤돌아서 박수갈채를 보내는 군중들에게 미소를 지어 보이더니, 이내 차량에 올라타 빠른 속도로 차량들 사이로 사라져버렸다.

－그럼 아이들은요?－

아벨이 물었다.

－다시 배고픔에 지쳐 자빠지겠지.－

옆에서 한 사람이 대답했다.

아벨은 검정색 베레모를 귀까지 깊이 눌러쓰고 투덜거리며 군중들 사이로 사라졌다.

아벨은 숨이 막힐 것 같았다. 그 장면은 너무나 비현실적인데다 우스꽝스럽기까지 했다.

－그렇다면 그 아이들은….－

이제야 알 것 같았다. 아벨의 곁에 있던 사내가 그에게 말했다.

－악마 같으니라고, 소년들을 모두 굶겨 죽이려는 군.－

세상은 정말이지 공포로 가득 차 있었다. 거기서 각자 자기 생각만 했다. 남을 억압하는 자가 되지 못하면 착취당하는 자로 전락할 위험에 빠지게 되니까. 눈물이 고인 눈으로 아벨은 할머니가 기다리고 있는 플랫폼으로 돌아갔다. 그는 여러 날을 피난민 소년들이 피를 흘리는 악몽에 시달렸다.

그 기억이 아직도 생생하게 떠올랐다. 필로메나가 자신의 말에 관심을 기울이는 것을 보고 마음이 우쭐해진 아벨은 의식적으로 자신을 겸손하게 만드는 작업에 착수했다.

－사실, 이 건 중요한 게 아니에요. 기차에는 자기 집에서 도망쳐 나온 소년들로 가득 차있었어요. 아이들을 앞쪽에 있는 특실에 그들을 태우라고 지시했지만 막상 바르셀로나에 도착해서는 아무도 그들을 배려해주지 않았어요.－

아벨이 설명했다.

그가 이야기하는 사이, 마을 극장의 간판에서 며칠 전에 보았던 장면이 떠올랐다. 끄루스 로하 행 기차에서 소년들이 등에 이름표를 꿰매 매단 채 여행하고 있는 장면이었다. '저의 이름은 아무개입니다.'라고 말하든지 아니면 '저는 아무데 출신으로 얼마만큼의 나이를 먹었습니다.' 혹은 간단하게 자모나 숫자를 들고 있는 장면이었다.

－그 또래 아이들은 모두 전쟁고아들이에요. 아이들의 옷에 적혀있는 숫자는 그들이 다른 소년과 혼동되지 않도록 하기 위한 것이고요. 왜냐하면 그 아이들 중 대부분이 글을 읽을 줄도 모르거든요. 어떤 애들은 부상을 당하기도 하는데, 부상당한 애

들은 특실에 앉아서 여행할 수 있어요.-

아벨은 빵 조각으로 접시를 깨끗이 닦으면서 하녀의 창백한 얼굴을 힐끗힐끗 쳐다보았다.

-맙소사! 그들은 어디로 가는 거지?-

아벨은 조심스럽게 냅킨을 접어서 선반에 올려놓았다.

-제가 듣기로 그들은 배로 이탈리아로 보내진대요. 그런데 제 생각에는 여행 중에 처단될 거에요.-

확신하듯 악센트를 덧붙였다.

-처단된다고?-

필로메나는 외쳤다.

아벨은 잔인한 미소를 지어 보였다.

-그래요. 그들을 바다에 던져버리는 거죠.-

그는 피곤한 듯 기지개를 켜면서 역에 있던 남자를 떠 올렸다.

-언제 원수로 바뀔지 모르는 것들을 다루는 가장 손쉬운 방법은 원수를 제거해버리는 거라고 생각하기 때문이겠죠. 그 원수가 어리면 어릴수록 더 쉬워요.-

필로메나는 앞치마의 한 끝으로 눈물을 훔쳤다.

-그렇지만 그건 비인간적이야.-

-이미 알려진 일이에요. 아이들은 항상 희생되어 왔어요.-

자신의 독창력에 만족한 듯 일어서더니,

127

-괜찮으시다면 이 이야기는 잠시 접어두겠어요 저의 숙모는 여섯 시 이전에 저를 보시는 걸 탐탁찮게 여기셔서 6시까지 산책을 하곤 했어요.-

그는 슬쩍 말머리를 돌렸다.

필로메나와의 대화로 피곤해진 아벨은 혼자 있을 때, 한숨을 돌렸다. 자갈로 된 오솔길은 테라스까지 뻗어있었다. 계절의 잔혹함에도 불구하고 아벨이 앞으로 나아가는 동안 태양은 강렬하게 열을 뿜고 유칼리 나무 그림자는 유니폼처럼 아벨의 몸뚱이에 새겨졌다.

아벨은 샤워를 하고 난 뒤 창문 옆에서 옷을 입으며 강바닥으로 흘러드는 거친 급류로 가장자리가 쓸려나간 떡갈나무를 바라보았다. 그는 강을 가로질러가기로 결심했고, 원정을 위해 필요한 모든 것을 호주머니에 주워 담았다. 코르크 마개와 깡통 따개가 달린 이중 칼날, 할머니가 그에게 선물한 비단 안대와 위험한 원정 때 컴퍼스로 쓰이는 고장 난 체온계.

아벨은 벼랑에서 불어오는 시원한 바람을 폐 깊숙이 삼키면서, 가슴 속에서 심장이 고동치는 것을 느끼며 경탄해 마지않았다. 그는 가상의 적들을 총검으로 찌르면서 노래 부르고 싶은 충동을 느꼈다. 비탈진 오솔길을 따라 몇 분인가를 달려 격류에 도달했다.

골짜기 중앙에 앉아 한가하게 계곡을 살폈다. 그곳은 조용하

고 고즈넉했다. 꼬불꼬불한 언덕 대부분이 소나무와 떡갈나무
로 뒤덮여 있었고 강바닥 반대편은 계단식으로 난 골짜기로 지
금은 휴경지로 버려져 있지만 한때 작물을 재배했던 곳이었다.

30분 후 그렇게 즐겁게 뛰어 내려왔던 오솔길로 되돌아갔다.
불현듯 이곳에서는 친구를 만나 우정을 키워나가기가 어렵겠
다는 생각이 들었다. 낙원 길에서의 생활이 맞지 않는다면 이
생활에서 벗어날 수 있는 돌파구를 찾아야만 했다.

해시계가 5시 30분을 가리켰을 때 아벨이 테라스로 돌아왔
다. 가볍게 불어오는 바람이 가로수로 심겨진 협죽도와 삼나무
의 가느다란 가지들을 흔들어댔다. 잠시 후, 바람이 잔잔해지자
집 주위에서 새들이 날개를 퍼덕거리는 소리가 들려왔다.

***

그 첫날 오후, 아벨이 받은 인상은 이미 그의 일생을 결정짓
고 말았다. 낙원 길에서의 나날은 항상 단조롭고 똑같았다. 아
벨은 슬슬 옛 친구들이 그리워지기 시작했다. 바르셀로나의 아
벨이 살던 마을 근처에서는 날마다 국민군과 정부군과의 전투
가 끊이지 않고 이어졌다. 그러나 그곳과는 대조적으로 에스따
니슬라, 아게다, 그리고 필로메나의 마을에서는 어떠한 전투도
일어나지 않았다. 그들과는 관심사가 너무도 달라서 대화조차

어려웠다.

도냐 에스따니슬라는 온종일 문을 닫고 방안에만 틀어박혀 있었다. 아벨은 그녀를 어쩌다 볼 수 있을 정도였다. 아게다는 첫 날의 언짢은 기분을 떨쳐버리고 친절하고 호의적으로 대하려 하였다. 그러나 갑작스런 그녀의 지나친 친절은 우스꽝스럽기만 했다. 그녀의 얼굴은 도자기처럼 하얗고, 곡선의 짙은 눈썹으로 가장자리를 두른 눈은 활짝 핀 데이지처럼 보였다. 아벨은 될 수 있는 대로 그녀를 피하려 하였다. 왜냐하면 하녀와의 생생한 전쟁 이야기가 단조로운 연애이야기보다 더 즐거웠기 때문이다.

아벨에게는 바르셀로나에서 입고 온 옷 말고는 다른 옷가지가 없었다. 그 집의 여인들은 그에게 필요한 옷을 챙겨주는 것으로 첫 번째 배려를 베풀었다. 잡지 '흑과 백' 후원자의 도움으로 아게다는 버려진 커튼을 재단하는 일을 맡을 수 있게 되었다. 그것이 비단이든 면직물이든 그녀에게는 전혀 중요하지 않았다.

결국 빈곤의 시대에 살고 있던 그들은 중고품을 활용하는 수밖에 없었던 것이다.

허리띠가 있는 여성용 가운을 뒤집어 쓴 꼴이란. 아벨은 가만히 그들의 손놀림을 지켜보고 있었다. 바르셀로나에서 가져온 옷은 마당에 말리고 필로메나가 말한 것처럼 '바르셀로나에 들어가지 않기 위하여 신이 그를 위해 만들어 준' 로마에서 온 오래된 여성용 가운을 입어야만 했다. 그는 옷을 입고는 부끄러워 어쩔 줄을 몰라 하며 유령처럼 하릴없이 복도를 배회하고 있었다. 부엌에서 들려오는 여인들이 수다 소리 때문에 아벨은 밖으로 나가곤 했지만 그것도 잠시, 그는 항상 권태로움에 지쳐 돌아왔다.

  −이건 어디에 쓰려구요?−

  아벨이 탁자 위에 펼쳐놓은 황갈색의 덮개를 가리키며 물었다.

  −재킷을 만들려고. 이리와, 너의 치수를 좀 재어야겠다.−

  팔에 걸고 다니던 줄자를 펴더니 필로메나에게 숫자를 불러주기 시작했다.

  −35, 56⋯, 75⋯, 그리고 38⋯, 55⋯.−

  천에는 꽃과 열매 송이 무늬가 장식되어 있었다. 아벨은 심장이 졸아드는 기분이었다. 거울에 비친 자신의 하얀 실루엣을 쳐다보고 있으려니 기가 막혔다. 마치 넝마를 거친 꼭두각시 같았다.

  −꽃으로 도배를 했군.−

  처량한 목소리로 아벨이 말했다.

  −그래서 싫으니?−

  아게다가 물었다.

-아니. 크고 굉장한 걸.-

필로메나는 탁자 위에 연필을 놓고는 아벨에게 곱지 않은 눈길을 보냈다.

-굉장해 보인다고 말했잖아요. 정말 최고라니까요. 수 천 수 만의 사람들이 자기 치부를 가릴 만큼의 천 조각도 구하지 못하는 것에 비하면 엄청난 거죠.-

-그래도 이건 여성용이잖아요.-

아벨이 말했다.

-남자라면 꽃으로 도배한 옷을 입고 다니지 않아요.-

하녀는 부엌 아궁이에 다리미를 올려놓고 스커트를 문질렀다.

-나는 꽃무늬가 그려진 옷을 입은 사내아이들을 수도 없이 보았어. 갈리시아에서는 모든 아이들이 그런 재킷을 입지. 그들은 일요일마다 교회에 가기 위해 그 옷을 입어.-

-그렇지만 전 한 번도 보지 못했어요. ?-

아벨이 말했다.

-저도 많은 소년들을 보았지만 꽃무늬 재킷을 입은 소년은 보지 못했다고요.-

-그렇다면 넌 근시인가 보구나. 우리 마을에서는 꽤 잘사는 집안 아이들이나 이런 재킷을 입는다고, 그것도 주일 미사에 갈 때만 말이야.-

필로메나가 대답했다.

-로마노는 이런 천을 무척 좋아했는데. 너 입었던 이 여름 옷 기억나지 않니?-

아게다가 물었다. 그녀가 필로메나를 슬쩍 쳐다보며 덧붙였다.

-게다가 우린 지금 전쟁 중이야, 전시에는 상황에 맞춰서 사는 게 중요해. 봐, 내 구두. 자동차 타이어로 만든 거라고. 쓸 만한 것은 고쳐서 쓰면 돼, 아무도 손가락질 하지 않아.-

-그렇지만 저는 임시방편으로는 살기 싫다고요.-

아벨은 거울 속에 비친 자신의 모습이 불행하고 비굴해 보였다.

-전 항상 제 옷을 입을 거예요. 그리고 아무도 그 옷을 벗기지 못할 거예요.-

그는 버드나무로 만든 의자에 앉아서 화난 얼굴로 자신의 벌거숭이 다리를 바라보고 있었다.

-조용해! 교육을 잘 받은 아이라면 결코 "하고 싶어요" 혹은 "하기 싫어요"라는 말을 하는 법이 없어. 전쟁 중에는 있는 것을 잘 활용할 줄 알아야 해.-

아게다가 명령하듯 말했다.

-전쟁….-

아벨은 말꼬리를 흐렸다.

-항상 전쟁이네요. 전쟁 말고는 할 말이 없는 거예요. 저는 한 번도 전쟁을 보지 못했다구요.-

아벨은 고즈넉한 마당을 가리키면서 말했다.

-당신이 말하는 전쟁은 저런 건가요?-

필로메나는 잡아먹을듯 무서운 얼굴로 아벨을 노려보았다.

-맙소사! 이런 망나니를 보았나. 마치 자기 집에서나 하는 짓거리를 여기서 하려 드네. 아무래도 머리가 좀 이상해진 것 같아.-

아벨은 방 안을 이리저리 다니며 말했다.

-여기서는 아무런 일도 일어나지 않아요.-

그는 고집을 부렸다.

-신문은 사진과 전쟁 소식으로 가득 차 있지만 여기서 일어나는 일이라고는….-

필로메나가 아궁이에 놓아 둔 다리미를 자신의 뺨 가까이에 갖다 대고는 기계적으로 치마에 생긴 주름을 다렸다.

-아무 일도 없었다고?-

필로메나는 한탄을 했다.

-모든 사람들이 다 미쳐서 서로를 죽이는 게 네겐 아무 것도 아닌 일처럼 보이니?-

-그래요.-

아벨은 말했다.

-나는 신문에서 전쟁에 관한 모든 내용을 읽어보았지만 여기서는 아무것도 보지 못했어요.-

-그렇다면 넌 뭘 보고 싶은 거야? 하늘에 계신 신?-

아벨은 거울 속에서 증오로 가득 차 있는 자신의 창백한 환영을 보았다.

-폭탄이 투하되는 걸 보고 싶어요, 배와 비행기, 그리고 탱크가 폭발하는 것도요.-

-너 들었니? 이 아인 좀 별난 것 같아. 그렇게 많은 사람이 죽어가고 전 세계가 미쳐 버린 것 같은 때에 저런 말이나 지껄이다니…, 오, 신이여. 쟤 말을 듣지 말아주소서!-

필로메나는 아게다를 돌아다보며 말했다.

-신경 쓰지 마. 얘는 풋내기 코흘리개일 뿐이야, 생각 없이 입에서 나오는 대로 내뱉은 거라고.-

아벨은 흔들의자에 앉아 손가락에 침을 묻혀 다리에 난 상처에 바르고 있었다.

-전 나오는 대로 내뱉지 않았어요.-

그는 말대꾸를 했다.

-저는 전쟁을 겪어보고 싶어요. 세상천지가 탱크와 전투기, 그리고 전투와 폭탄으로 가득 찼으면 좋겠어요.-

필로메나는 가슴에 성호를 그었다.

-왜 그렇게 생각하는지 설명할 수 있겠니?-

아벨은 손톱으로 오래된 딱지를 떼어내 그것을 손바닥 위에 올려놓았다.

–왜냐하면 너무 따분하기 때문이에요. 하루 종일 똑같아요. 아무 일도 일어나지 않아요. 떼루엘에서는 날마다 전투를 했대요. 폐허의 무더기 속에서 군복 상의에 이름표를 붙인 시체더미가 5분마다 쏟아져 나왔어요.–

아벨이 말했다. 필로메나가 놀라며 그를 바라보았다.

–그래서, 네가 전쟁을 원하는 이유가 그저 따분해서라는 거니?–

–그래요. 여기는 매일 똑같아요. 아무런 일도 벌어지지 않아요.–

아벨이 말했다.

필로메나는 아궁이에서 다리미를 꺼내들고 소년의 셔츠 위로 물기 먹은 천을 펼쳤다.

–내가 생전에 들은 이야기 중에 가장 기막힌 거로구나. 따분해서 전쟁을 원한다니. 아니야. 난 한 번도 그런 얼토당토않은 이야기는 들어본 적이 없어.–

–그래, 지루하겠지. 넌 놀거나 공부하거나 네가 원하는 일은 무엇이든지 할 수 있어. 똑똑한 아이라면 지루하게 시간을 보내지는 않아.–

아게다는 말했다.

-노는 거라…. 전 누구와 함께 놀아야 할지 모르겠어요. 게다가 아무것도 배울 것이 없어요. 1학년 책은 이미 다 외어버렸어요. 대수학, 역사와 지리….-

아벨은 중얼거렸다.

-그러면 2학년 것을 공부하기 시작하렴. 다락방에 가면 로마에서 가져온 짐 꾸러미가 있어.-

-교실도 선생도 없는데 제가 어떻게 배울 수가 있겠어요.?

아벨이 빈정대며 말했다

-그리고 그걸 처음부터 끝까지 배운다 한들 도대체 어디다써 먹겠어요?-

-그러면 네가 바르셀로나에 있을 때는 무엇을 하고 있었는지 알려 줄 수 있니?-

소년의 눈은 빛났다.

-아무것도요. 전혀 아무것도 하지 않았어요. 매일 신문 파는 구멍가게까지 가서 전쟁의 새로운 소식을 읽곤 했어요. 그리고 친구들과 매일 전쟁놀이를 했어요.-

-하나님 맙소사! 불쌍한 철부지 같으니라고, 수백만의 사람들이 죽어가고 있는데, 너희들에겐 한낱 장난으로 보이는 거니?-

-조용히 해주세요, 이 애는 잘 알지도 못하면서 엉터리 같은 말만 산더미처럼 떠들어대는군요.-

아게다는 말했다.

-이를 어쩌면 좋아! 만약 신이 듣기라도 하셨다면….-

필로메나는 소리쳤다.

아벨은 스스로에게 언짢아하며 부엌에서 나왔다. 그는 무엇을 생각해야 할지, 무엇을 해야 할지 몰랐다. 스스로 쓸모없다고 여겨질 뿐이었다. 현관에 있는 흐린 거울에 아벨의 모습이 희고 우스꽝스럽게 비쳤다. 램프의 불빛 때문에 얼굴은 길쭉하게 늘어나 있었고 초록색으로 염색한 것처럼 물들어 있었다. 그는 반항하듯 팔을 휘젓고, 머리를 헝클고 무서운 표정을 지어보였다. 여자 옷을 입은 꼬락서니가 불편하고 불행해 보였다. 그는 누군가 다른 사람으로 변화되고 싶었다. 자신이 싫었기 때문이다.

-아벨, 이 빌어먹을 놈아! 너 그러다가 지레 죽는다.-

아벨은 어디선가 들었던 말을 기억해 내고는 큰 소리로 그것을 반복해보았다. 그러고 나니 마음이 한결 가벼워졌다. 거울에 비친 아벨의 얼굴은 입이 비뚤어지고 눈의 하얀 자위가 드러났다. 아벨은 혐오스러운 표정을 지어 보였다. 군인만 될 수 있다면! 아벨은 군인이 운이 좋은 사람이라 생각했다. 전선은 모험으로 가득 차 있고 양 편의 영웅들은 서로 팔을 뻗어 닿을 만한 거리에서 싸웠다. 그리고 비행기는 적의 진지 가까이로 급강하했다가 천문학적인 속도로 자기편 진지로 돌아왔다.

에스따니슬라의 침실 밖에서는 조용히 지내야 했다. 그녀가 너무 예민해져서 조그만 소리가 나도 난리를 칠 태세였기 때문이다. 아벨은 발꿈치를 들고 복도를 가로질러 가서 자기 방에 이르러 가볍게 한 숨을 내쉬었다. 침대는 '흑과 백' 신문들로 뒤덮여 있었다. 그는 잠시 신문을 넘기다가 보던 신문을 접어두었다. 침대에서 한가로이 기지개를 켜다가 코를 베개에 파묻었다.

오후에는 아게다의 침실로 가서 라디오에서 들려오는 최근의 전쟁 소식을 듣곤 했다. 중계방송을 들을 시간에 가까워 잠에서 깼다. 아직 잠이 덜 깬 상태로 아게다의 방으로 향했다.

아게다는 오렌지 색 가운을 입고 앉아 있다가 인기척에 깜짝 놀랐지만, 아벨이 들어오는 것을 보고는 다정하게 미소를 지었다.

-앉아!-

아게다가 그에게 말했다.

천천히 라디오 주파수를 맞추자, 물이 스며들 듯 시끄러운 음악이 간간이 흘러나왔다. '삐릿삐릿' 소리가 윙윙거렸다.

-"우리 군이 계속해서 진격해 들어가고 있습니다…"-

-가만. 바로 거기야.-

아벨이 소리쳤다.

그러나 아게다는 아벨이 아무 말도 하지 않은 것처럼, 그의 말을 무시해버렸다. 뻐꾸기시계가 일곱 시 반을 가리켰다. 아벨은 자신의 시계를 바라보았다.

–이 시계가 이분이나 빠르군.–

그녀가 말했다.

아벨은 깜짝 놀라 그녀를 바라보았다. 그리고 잠시 생각에 잠긴 뒤 아벨은 자기가 아무 말도 하지 않았던 것처럼 행동하기로 결심했다.

–전쟁 성명서가 중계방송 되고 있어요. 제가 보기에는 오늘 아주 중요한 전투가 시작된 것 같아요. 그리고….–

아벨이 말했다.

–전쟁? 항상 전쟁이야. 내가 보기에는 필로메나가 너를 가둬두어야 한다는 말이 옳은 것 같아.–

그녀는 아벨을 돌아다보고는 한숨을 쉬었다.

그녀는 지쳤다는 제스처를 하며 웃다가 화장수가 든 병을 그에게 건넸다.

–머리에 조금 발라볼래?–

그녀는 아벨이 대답할 시간도 주지 않고 화장수를 손바닥에 조금 뿌리더니 소년의 머리와 얼굴에 발라주었다.

–좋아?–

아게다가 물었다.

아벨은 별로 좋지 않았지만 자기도 모르게 콧구멍이 넓게 벌어졌다.

　-냄새가 좋은데, 고마워.-

　그는 침실에서 나와 버리고 싶었지만 소녀의 행동에 무언가 호기심이 생겼다.

　아게다는 바르셀로나 방송국에서 내보내는 라디오 주파수에 맞춰놓고 나풀거리는 자신의 머리칼을 은 손잡이가 달린 빗으로 빗어내리고 있었다.

　왈츠소리가 돌연 침묵을 깨고 들려왔다. 아게다는 왈츠 소리가 어머니의 신경을 거스르게 할까 봐 라디오의 볼륨을 줄였다.

　-이거야.-

　그녀가 중얼거렸다.

　아벨은 약간은 강압적인 그녀의 행동을 보면서, 방에서 나가고 싶다는 욕망과 무언가 신비로운 것을 찾아보고 싶다는 욕망 사이에서 망설이게 되었다.

　-전쟁 소식을 듣고 싶어.-

　그가 요청했다.

　-가만있어.-

　-1분만…. 곧 끝나. 그리고 그 뒤엔….-

　-가만히 있으라고 했지.-

　아벨은 화장대 위에 있는 가위를 쥐고 손톱 하나를 매정하게 잘라버렸다.

-전쟁 소식 따위가 무슨 흥미 거리가 되는지 모르겠어.-

그녀는 중얼거렸다.

아나운서는 두통과 피부 발진에 대한 처방전을 읽어 내려가고 있었다.

-90퍼센트의 알코올 100그램. 90퍼센트 알코올 100그램. 레몬 에센스. 레몬으로 된….-

-바보.-

아벨이 딴전을 피면서 말했다

-바보가 따로 없다니까.-

-조용히!-

아벨의 손톱은 기름 때로 꽉 차 있었다. 아벨은 화가 나 손톱을 씹기 시작했다.

-발진에 듣는 처방이라.-

아벨이 중얼거렸다

-누나는 도대체 어디에 관심이 있는 거예요?-

-조용히 좀 할 수 없어? 귀찮게 하려면 제발 좀 꺼져줘.-

아벨은 이제 막 벗은 구두를 다시 신고 문 쪽으로 다가갔다. 거기에서 그는 나가야 할 지 그냥 있어야 할 지 결정하지 못한 채 서 있었다.

-제발, 문 좀 닫으라고, 바람이 많이 들어오잖아.-

그는 발뒤꿈치를 한 짝씩 돌려놓았지만 못에 박힌 듯 그 곳에 가만히 있었다. 소년은 방에 남긴 했지만 거기서 일어나는 모든 일에 상관하지 않겠다는 듯 팔짱을 끼고 문을 닫았다.

지금 소녀는 '후회, 푸른 꽃, 그리고 철망'라고 적힌 편지 꾸러미를 읽고 있었다. 그녀는 잘 빗겨지지 않는 머리를 손질하는 동안 계속 라디오에 귀를 기울이고 있었다.

－존경하는 세라노 여인은….－

아벨은 하는 수 없이 소녀가 원하는 대로 라디오에 귀를 기울었다.

－저는 스물여덟 살이며 아직 미혼입니다. 시골에서 은둔한 채 조용히 살아가고 있는데 몸이 편찮으신 어머니 때문에 마을에 한 차례씩 방문할 뿐입니다. 몇 달 전부터 인근 부대에서 파견된 한 장교를 알게 되었는데, 그가 제게 관심을 보였어요.－

라디오에 너무 집중한 탓에 아게다의 얼굴은 굳어져 있었고, 아벨은 빗이 그녀의 손가락 사이로 미끄러지는 것을 보고 놀랐다.

아나운서는 '은둔자'라고 서명된 편지를 읽은 후, 해설을 하기 시작했다.

－당신의 조급함을 십분 이해합니다. 제가 당신 곁에서 충고하고 당신의 상한 마음을 치유해 드리지 못하는 점에 대해서 정말 가슴 아프게 생각합니다. 제가 날개를 달고 날아갈 수는 없

지만 지금 전해드리는 몇 마디의 말이 당신이 희망을 갖는 데
도움이 되길 바랍니다. 담대하세요. 그리고 일시적인 절망에 결
코 자포자기해버려선 안돼요….-

아벨은 방송에 마음이 쏠려 자기도 모르게 몽유병 환자처럼
소녀 옆으로 바짝 다가갔다. 아나운서는 달콤한 목소리로 '내
영혼의 딸', '사랑하는'과 같은 다정한 말투로 현명하고 분별
력 있는 충고를 아끼지 않았다.

방송이 끝나 처음과 같은 왈츠가 다시 들려오자 아게다는 라
디오 수신기 옆에서 못 박힌 듯 꼼짝하지 않고 있었다. 마침내
그녀가 스위치를 껐다.

침묵이 흐르는 동안 아게다와 아벨은 감히 서로의 얼굴을 쳐
다볼 엄두도 내지 않았다.

아게다는 카펫 위에 떨어져있는 빗을 발견하고 그것을 주우
려고 몸을 구부렸다.

-너 들었니?-

그녀가 말했다.

그녀는 눈물이 가득 고인 눈을 반짝이다가 갑작스레 웃음을
터뜨렸다.

-내가 바로 그 은둔자야.-

***

그날 오후의 놀라운 광경은 지금껏 어떤 대화로도 알 수 없었던 아게다의 성격을 말해주고 있었다. 낙원 길에서의 삶은 장교나 애인을 동경하면서 미래나 과거로 도피하지 않고서는 도저히 견뎌낼 수 없는 종류의 삶이었다. 아게다 역시 예외는 아니었던 것이다. 도냐 에스따니슬라 역시 아벨이 전투와 참호를 동경하듯 다윗 왕이나 로마인을 동경하고 있었다.

아벨이 계속해서 느껴왔던 불쾌함은 그의 고독이 얼마나 극에 달했는지를 보여주는 것이었다. 이런 점들을 고려해볼 때 아벨이 방황하게 된 원인이 무엇인지 분명히 알 수 있다. 그는 소름 끼치는 고독 속에서 살아왔기에 누군가의 관심과 애정을 필요로 했던 것이다.

온 세상은 애오라지 철저하게 고립되어 있는 인간들 사이의 의사소통의 고리를 통해 연결된다. 어느 날, 사람들은 마르띤이 마차에서 내릴 때 팔에 한 여인을 안고 있는 것을 보았다. 포대의 군인들은 마을 처녀들과 함께 시간을 보냈고 새나 동물들까지 군인들과 어울려 지냈다. (우리란 '나'가 모여 이루어진 복수이고 우리를 이루는 각각의 '나'는 하나의 단편들에 불과하다는 것을 인식한다. 바람보다 더 강한 충격만이 서로가 서로를 맹목적으로 찾고 하나 되게 하는 것이다.)

배고픔의 유령이 바르셀로나에서처럼 호되게 그들을 괴롭혀 왔다. 배고픔과 싸우기 위해서 아게다는 은박으로 된 물건들을 팔고 옥수수나 밀가루, 강낭콩 자루를 들고 돌아왔다. 그러나 식료품 창고는 늘 텅 비어있었다. 아벨은 날마다 그녀들을 따라 먹을 것을 구하러 시골로 갔다. 집에서 500미터 쯤 떨어진 곳에 아무도 돌보지 않는 밤나무 숲이 있었기 때문이다. 아벨이 낚싯대로 밤나무를 흔들어 대는 동안 여인들이 광주리에 밤송이를 담았다.

이따금 밤새 배고픔에 허덕이다 보면 관자놀이와 손목 맥박이 고동치는 적도 있었다. 필로메나가 만든 음식은 날이 갈수록 빈약해져만 갔고 마른 밤송이가 다 떨어질 무렵에는 공기 말고는 먹을 것이 하나도 없을 지경이었다. 아게다가 불평이 맞았다. 식량은 중요한 것이었다. 도냐 에스따니슬라는 작은 참새처럼 먹었지만 나머지 사람들에게도 그만큼만 먹도록 강요할 수는 없는 노릇이었다. 그녀는 접시에 어떤 음식이 있는가에만 관심을 기울였지만, 아벨은 아직 어렸기에 아게다처럼 반항적이었다.

아침나절 아벨이 테라스에서 진실게임을 하느라 소리를 지르는 통에 필로메나는 단잠을 잘 수가 없었다. 그러나 이제 그 놀이마저도 싫증이 났다. 혼자서 카드를 자신에게 나누어 주는 셈이었기 때문이다. 그는 속임수도 쓰고 승리를 조작할 수도 있었지만, 게임이 주는 흥분을 느낄 수 없었다. 바르셀로나에서는 다른 소년들과 '스파이 사냥'이라는 것을 만들었다. 인원은 거

의 열두 명이나 되고, 10살부터 12살까지의 소년으로 구성되어
있었다. 사냥감을 체포하는 마지막 순간은 항상 스릴이 있었다.
반면에 '낙원 길'에서는 그와 놀 친구가 아무도 없었다. 학교에
다니던 소년들은 모두 바스크 사람들이었는데 그들마저 모두
추방되고 없었다.

　-추방되다니요? 그건 무슨 뜻이죠?-

　에스따니슬라가 그들에게 말을 걸지 알라고 하자 아벨이 필
로메나에게 물었다. 여인은 골똘히 생각하더니 이렇게 말했다.

　-그 아이들 중 몇 명은 굶주려 죽을 거라는 얘기지.-

　그녀는 결국 다음과 같이 설명할 수밖에 없었다.

　-그리고 아이들이 묻힐 땅 한 조각 없는 것을 말해요.-

　그때부터 그들에 대해서는 말하지 않았다. 아벨은 일전에 역
에서 만났던 아이들의 입술을 떠올렸다. 그 아이들은 콧물을 흘
리면서 군침을 삼키고 있었다.

　여름이 다가오자 아벨의 삶은 어떤 변화를 겪게 되었다. 그
가 즐겨 다니던 산책로 중 하나에서 만난 어떤 갈리시아 사람과
우정을 꽃피우게 되었다. 정확히 그가 온 지 한 달 뒤 피난민 소
년들 중 하나와 사귀게 된 것이다.

　8월 15일이었다, 필로메나는 그 날의 일을 잘 기억하고 있었
다. 도냐 에스따니슬라가 정원에서 아벨을 기다리며 오후를 보
내다가 심한 편두통으로 숨이 차 방으로 돌아왔다. 도냐 에스따

니슬라가 아벨에게 로마노가 자신을 얼마나 사랑했는지를 이야기해주려 하자, 아벨은 잠시 산책하다 오겠다고 말하고 나가더니 저녁 식사 시간까지 낙원 길에 나타나지 않았다.

아벨은 도냐 에스따니슬라가 아직 회랑에 있기를 기대하면서 좀도둑처럼 발돋움을 하고 회랑 가까이로 다가갔다. 그러나 귀를 문에 갖다 대도 아무 소리가 나지 않자 불안한 마음에 앞마당으로 들어가려고 집 주위를 한 바퀴 돌아보았다. 그리고 우물 옆에 있는 포도넝쿨 밑으로 다가갔다가 창문 틈을 통해 깜짝 놀랄 광경을 목격하게 되었다.

그는 한 번도 여인들을 몰래 엿볼 기회를 갖지 못했었기에 여인들을 쳐다볼 때면, 으레 놀란 눈을 하였다. 필로메나는 국자로 김이 나는 음식을 젓고 있었고 아게다는 머리를 풀어헤친 채 상기된 얼굴로 나왔다 들어갔다 하고 있었다. 아벨은 심장이 덜컹 내려앉는 느낌이었다. 에스따니슬라가 아플 때면 필로메나가 약 만드는 것을 도와주었기에 그것이 에스따니슬라의 약임을 알아차릴 수 있었다. 그런데 지금, 그의 숙모 할머니가 다시 심장 발작을 일으켰고, 아벨은 그 병의 원인 제공자인 셈이었다.

아벨은 최면에 걸린 듯, 그들을 계속 바라보다가 필로메나가 창문 쪽으로 가까이 다가오자 커튼 쪽으로 움직였다. 그 순간 아벨은 재미있는 영화를 보다가 필름이 끊겨졌을 때와 같은 난

처함을 경험했다.

아벨은 실망감으로 가득한 표정으로 셔츠에 묻은 먼지를 털어내고 문의 손잡이를 밀었다.

필로메나가 부채를 부쳐서 아궁이의 불길을 되살리다가 그가 온 것을 알아차리고는 언짢은 얼굴로 다가왔다.

-여기서 무엇을 찾고 있는 거지?-

아벨은 손을 호주머니에 넣고 짐짓 즐거운 듯 꾸며댔다.

-아무것도요, 그저 아줌마가 뭘 하나 보러 온 거예요.-

-그렇다면 이제 가봐. 할 일이 너무 많아서 너와 노닥거릴 시간이 없으니까.-

-그렇지만 내가 아줌마에게 말하지 않은 것은….-

-그렇다면 마찬가지구먼. 난 내가 일하는 동안 등 뒤에서 한가롭게 노닥거리는 사람이 딱 질색이야. 뿐만 아니라….-

그녀가 덧붙였다.

-아이들이 노는 곳은 부엌이 아니야.-

-전 혼자 있어서 심심해요.-

아벨이 말했다.

-'흑과 백' 신문을 읽는 것도 이젠 진절머리 나요. 아줌마와 잠깐이라도 이야기하고 싶어요.-

그녀는 왼쪽 겨드랑이 사이로 오른 손을 쑤셔 넣고는.

-그렇게 심심하면 전쟁터에나 가거라. 내가 일하는 중이라

고 말했지!-

그녀는 아벨에게서 등을 돌렸다. 상처를 입은 소년은 호주 머니에서 손을 꺼내 반항하듯 팔짱을 끼었다. 잠시 말이 없었다.

-내가 너보고 거기 서 있으랬니?-

필로메나가 갑자기 소리를 질렀다.

아벨은 슬픈 듯이 복도로 난 문을 바라보았다. 반대편에는 도냐 에스따니슬라의 침실로 통하는 사다리가 놓여있었다. 다시 필로메나에게로 몸을 돌리더니, 간청하는 어조로 말했다.

-아줌마 옆에 있게 해 줘요.-

-안돼!-

-아궁이에 부채질 하는 거라도 도와드릴께요.-

-안된다고 하지 않았니?-

조금 전 아벨이 친구들을 따라 가기 위해 테라스로 나갔을 때, 그는 아-벨, 아-벨 하는 희미하고도 고뇌에 찬 목소리를 들었다. 양심의 가책을 느낀 아벨은 숙모 할머니의 방으로 관심이 쏠렸다.

-아게다는?-

그가 물었다.

-엄마랑 같이 있어.-

아벨은 왜 같이 있느냐고 물어보려다 말을 바꾸었다.

-어디에?-

-자기 방에.-

좋아. 운명의 주사위는 던져졌다. 그는 천천히 돌계단을 올라갔다. 앞으로 벌어질 광경을 상상하자 왠지 모를 답답함이 그의 머리를 짓눌러왔다.

도냐 에스따니슬라의 침실 문은 반쯤 열려 있었지만 아벨은 아직 들어갈 결정을 내리지 못하고 복도에 그대로 서 있었다. 램프의 불빛은 나방에게처럼 그에게도 매력적으로 보였다. 그는 방안을 들여다보지 않을 수 없었다.

아벨은 용기를 내 조용히 복도를 가로질러가 문을 두드리지 않고 살짝 들어갔다. 더운 계절이었지만 도냐 에스따니슬라는 목까지 이불을 덮고 누워있었다. 램프의 불빛이 그녀의 얼굴 전체를 비추었는데 불빛에 비친 그녀의 피부는 마치 양피지로 만들어 놓은 것 같았다.

아벨이 예상했던 것과는 반대로 그녀는 아무런 야단도 치지 않았다. 슬픈 표정을 짓고는 학교를 손가락으로 가리키며 피곤한 듯 미소를 지을 뿐이었다.

-뭔가 흥미로운 것을 배웠니?-

그리고 그에게 방에 있으라고 권유하지도 않았다.

***

호기심이란 바보 같은 짓이다…. 나 같은 사람들은 고상한 것을 찾지 평범한 것에는 관심조차 기울이지 않아. 가서 피난민 소년들에게 물어봐. 어쩌면 그 애들이 네가 알고 싶어 하는 것을 말해줄 거야. 나는 천사가 널 우리에게 데려다 주었다고 믿고 싶은데.

호랑나비가 물이 든 대야에 떠있는 치자나무 위에 살짝 내려앉았다. 도냐 에스따니슬라가 황홀한 듯 그것을 바라보았다.

-너 나비의 날개 무늬를 본 적 있니? 목뼈 두 개가 있는 두개골과 거의 똑같아.-

그녀가 말했다.

아벨은 조용히 있다가 물었다.

-아이들이 고양이처럼 이 세상에 나오는 것은 정말일까요?-

숙모 할머니는 귀가 어둔 것은 아니었지만 못들은 척했다. 그녀의 마음에 들지 않는 말은 그저 스쳐 지나가 버렸다. 마치 전혀 듣지 못한 것처럼. 그녀는 평온한 얼굴로 다른 곳을 바라보면서 말머리를 딴 데로 돌렸다.

아벨은 화가 난 듯 반복해서 물어보았다.

-아이들이 고양이가 나는 것과 같은 식으로 태어나는 것이 사실이냐고요?-

에스따니슬라는 무표정하게 웃고는 갑자기 환한 얼굴이 되었다.

-오늘 아침 날씨가 너무 좋지 않니?-

소년이 화가 나서 귀가 먹었냐고 물어보자 그녀는 피난민 소년들에게 물어보라고 대답했다.

-나 같은 사람은 시를 추구하기 위해 이 세상에 태어나서 불결한 것과는 거리가 멀단다.-

그녀는 애끓는 표정으로 아벨을 바라보았지만 아벨은 그녀에게서 등을 돌려버렸다.

그랬다. 아벨은 그녀의 아들들, 그녀가 지어낸 허구의 세계에 대해서 이야기하는 것에 싫증이 나 있었다. 아벨에겐 아무 쓸모도 없는 것이지만 그녀에겐 중요했던 것이다. 그는 적어도 삶으로 충만해 있었고, 세계를 향해서 싸우고 싶은 욕망으로 가득 차 있었지만 그녀는 그렇지 않았다. 왜 이런 여름날 하루 종일 베일을 치고 있는 거지? 왜 거울 속에 있는 자신의 모습을 보기를 두려워하는 거지? 어째서 5분에 한 번씩 자신의 얼굴을 화장으로 뒤집어 씌워 젊음이 돌아오기를 기다리고 있는 거지? 아벨은 꽃으로 뒤덮여 버린 오솔길을 내려오면서 꽃들을 발로 걷어차기 시작했다.

-그래, 내가 원해서 하겠다는데 이 딴 짓을 한다고 누가 감히 말릴 수 있겠어? 그 할머니의 눈물이 이 꽃들을 되살릴 수 있느냐 말이야?-

그날 아침, 아벨은 소년들 사이에 있는 빠블로를 보고 어머

153

니에 대한 기억을 되살렸다. 오래 전 일이다. 전쟁이 터져 배급이 시작될 무렵, 할머니네 아파트에 가서 살게 되었다. 그의 어머니는 위태로울 정도로 살이 찌기 시작했다. 그녀는 쉽게 녹초가 되어 침대에 앉아서 식사를 할 수밖에 없었고 그녀의 아름다움은 눈에 띄게 망가져갔다. 아벨은 놀란 눈으로 그런 변화들을 지켜보고 있었다. 어느 날 배를 가리키며 물어보았다.

－엄마, 이 배 안에 물이 들어있어?－

그러자 아벨의 어머니는 그의 뺨에 키스를 하면서 다음과 같이 말했다.

－동생이란다, 아벨, 아직 태어나지는 않았지만.－

그녀의 말에 야릇한 인상을 받았다. 그는 그때까지 멜론을 많이 먹어서 엄마가 수종을 겪고 있다는 어른들의 말을 믿고 있었기 때문이다. 아벨은 갑자기 자신의 동생이 자신은 여태껏 누려보지 못한 어머니와의 친밀감을 누리고 있다는 생각이 들었다. 그러나 아무리 생각해도 그 문제를 어떻게 생각해야 할지 알 수 없었다. 며칠 뒤, 아벨이 할머니와 삼촌과 함께 어머니의 시체를 확인하기 위해서 갔을 때, 동생에 대한 기억이 뇌리를 스쳐갔다.

지금도 그 모든 기억이 생생하게 남아있다. 그 곳의 분위기는 울적했다. 태양 광선이 비스듬히 스며들어 방안에 온통 희고 검은 줄무늬를 남겨 놓았다. 선풍기는 공기를 휘젓지 않고 단지

고여 있는 공기를 공회전 시킬 뿐이었다. 온 세상이 따분해 보이고 낮은 목소리로 주고받는 대화가 나른하게 느껴졌다. 어머니는 틀림없이 죽었지만 동생은 산 채로 매장되었을 수도 있다는 생각이 들었다. 죽음으로 인해서 경직되고 뒤틀린 어머니의 얼굴을 바라보면서 아벨은 내심 동생의 얼굴이 보고 싶다는 격렬한 욕망에 사로잡혔다. 그러나 아무도 동생을 살려달라고 절규하는 아벨을 이해해주지 못했다. 아벨은 꿈속에서 한 아이와 만났다. 아이는 달걀 속에 들어있는 병아리처럼 거품 후광에 둘러싸인 채 수분이 촉촉이 배어있는 가는 천과 물결을 가로질러와 아벨과 만난다. 이 아이가 바로 아벨이 이 세상에서 가장 좋아하는 그의 동생인 것이다.

어머니에 관해서는 특히, 몇 달 전에 일어난 사건을 기억하고 있다. 아벨은 그 사건으로 상당한 책임감을 느꼈다. 그의 가족은 아파트에서 살고 있었다. 아벨은 안방 바로 옆방에서 잤다. 어느 날 밤, 새벽녘에 아벨은 꿈에서 깨어났다. 어지럽게 중얼거리는 소리에 깨어 보니 그게 바로 옆방에서 나지막하게 들려오는 소리라는 것을 알게 되었다. 그 때, 아벨은 침대에서 살그머니 빠져 나와 열쇠구멍에 귀를 바짝 들이댔다.

그래, 틀림없었다. 어머니 방에서 누군가 나지막한 소리로 그녀와 이야기를 나누고 있었다. 아버지는 난리 통에 자취를 감추었다. 그녀는 남편이 프랑스로 일자리를 구하러 갔다고 동네방네 떠들고 다녔다. 그러나 그 방에 있는 사람은 아버지와 같은 악센트를 썼고 아버지 뻬드로 같은 제스처를 했다. 아벨은 잔뜩 귀를 기울였다. 그는 뻬드로라는 이름을 반복해서 들었다. 조금 뒤, 발자국 소리가 나서 다시 침대로 돌아와 버렸다.

불빛은 계속해서 꺼져있었다. 그러나 침대의 시트 밑에 웅크리고 누워서 문이 삐걱거리는 소리와 두 사람이 가까이서 속삭이는 소리를 구별해내고 있었다. 어머니가 먼저 그에게 키스했고 이어서 그 사람이 키스를 했다. 콧수염이 쓸리는 소리에 그가 아빠인 줄 알았다. 그럼에도 불구하고 아벨은 호기심보다 강한 그 무엇으로 인해 계속 자는 시늉을 했다. 마치 연극상연을 위한 예행연습에서 수많은 관객들이 그의 연기를 보고 있기라도 한 것처럼 말이다. 그는 게임에서 이긴 것처럼 미칠 듯이 기뻐하며 잠자리에 들었다. 다음날, 아벨이 어머니에게 어젯밤 일을 설명해달라고 하자 어머니가 아벨의 뺨을 후려쳤다.

−넌 단지 상상을 했을 뿐이야. 아버지는 프랑스에 있다고. 전쟁이 끝날 때까지 돌아오지 않을 거야.−

아벨은 어머니의 부당한 행위 때문에 화가 났다. 며칠 뒤, 아버지가 국경을 무사히 지났다는 소식을 전해들었을 때 어머니는 소년에게 용서를 빌었지만, 소년은 뺨을 맞은 일과 어머니가 자신을 속인 일을 잊을 수 없었다. 그때의 기억이 갑자기 되살아나자 아벨은 어머니 시체 앞에서 그녀를 위한 기도가 단 한 마디도 생각나지 않았다. 아벨은 추억의 미로에서 현실로 돌아와 필로메나가 유칼리 잎들을 줍는 것을 가만히 바라보았다.

-뭐하세요?-

아벨이 물었다.

그녀는 웅크리고 앉아 있다가 뒤돌아보았다.

-보다시피 지금 일하고 있어.-

아벨은 잡초 꼬투리를 입에 물고 물었다

-도와드려도 되요?-

-무슨 일이라도 있었니?-

필로메나가 물었다.

그녀가 다시 아벨을 쳐다보았는데 이번에는 약간 의심에 찬 눈빛이었다. 태양이 비스듬히 비치는 바람에 그녀의 얼굴이 울퉁불퉁해 보였다.

-아무 일도 없었어요.-

소년이 대답했다.

-그럼 이상한데.-

필로메나의 이마 위로 긴 머리칼이 흘러내렸다. 그녀는 미심쩍은 듯이 덧붙였다.

-전에 그랬던 것처럼 나에게 2레알을 달라고 하려는 건 아니니? 이번만큼은 네게 줄 수 없어.-

-제가 아무것도 원하지 않는다고 말씀 드렸잖아요.-

바람이 불어와 길 가장자리에서 공중으로 금빛 꽃가루 같은 작은 먼지구름이 일어났다. 필로메나는 손을 방패삼아 눈을 가렸다.

-좋아, 너 좋을 대로 해. 나는 반대하지 않을 테니.-

아벨은 서두르지 않고 흩어져있는 나뭇가지들을 줍기 시작했다. 한 손 가득 주웠을 때, 필로메나와 함께 돌아와 피곤한 기색으로 주저앉았다.

-일하고 싶은 마음이 오래가진 않는구나.-

-필로메나….-

-왜?-

-전처럼 같이 앉아서 좀 더 얘기하면 안 될까요?-

아벨은 빠블로가 부추기는 바람에 엉겁결에 고양이에게 돌팔매질 한 것을 그녀가 용서하지 않는다는 것을 눈치 챘다. 아벨이 돌팔매질을 하는 바람에 불쌍한 절름발이 고양이가 눈 하나마저 잃게 되었다고 필로메나가 울먹였던 것이다.

-이야기하라고? 누가 저녁을 준비해야 하는 지 알기나 하니?-

필로메나가 빈정대며 말했다.

-제가 설거지 하는 것을 도와 드릴게요.-

-바보자식!-

아벨이 제안했다.

-설거지는 전부 제가 할게요!-

-못 믿겠는데.-

-제가 맹세할게요.-

필로메나가 한숨을 쉬었다. 그녀 역시 덩굴나무 넝쿨 밑에서 잡담을 나누며 키워 온 소년과의 두텁던 정을 그리워하고 있었다.

-네가 원한다면. 하지만 저녁 식사 준비가 제대로 되지 않는다면, 그건 다 네 책임이다.-

소년은 목청을 가다듬었다.

-저…. 물어보고 싶은 게 있어요….-

그는 이야기를 멈추고 모래를 한 줌 움켜쥐었는데 이내 손가락 사이로 모래가 흘러내렸다.

-도냐 롤라네 고양이가 얼마 전 새끼 고양이를 몇 마리 낳았는데 빠블로가 말하기를 어린애들도….-

망사와 레이스 무늬의 잠자리 한 마리가 여인의 이마에 앉자 그녀는 손바닥으로 잠자리를 날려 보냈다.

-물론 그랬겠지, 물론 그랬을 거야, 내 아들. 그것이 바로 생명의 법칙이고 우린 그것을 부끄러워할 필요가 없어.-

잠시 후 코 막힌 소리로 자신의 모든 이야기를 털어놓았다. 그녀도 여자였기에 콜럼버스와 에두비히스, 그리고 갓난이 빠꼬를 낳은 적이 있었다. 그녀가 살던 곳은 사람들이 이민을 가는 바람에 거의 황폐해져 버렸다. 그래서 모든 여인들은 그곳을 떠나 도시로 나가 살기를 원했다. 여인들은 유모로 일하기 위해 남편을 찾아 산으로 갔다. 그리고 아이를 낳은 뒤 친척들과 함께 그곳을 떠나 즉시 도시로 가서 부잣집에서 유모로 일하게 되었다.

　-그래서 나는 내가 꿈꾸었던 마드리드와 사라고사, 발렌시아와 바르셀로나, 네 군데를 쏘다녔단다. 별처럼 잘생긴 아들들은 모두 전염병에 걸려 죽었지. 나는 그때 아이를 임신하고 있었는데 슬픔의 충격으로 그 애마저 잃어버렸단다. 이 일을 겪은 뒤, 나는 그런 삶을 포기하고 여기서 하녀로 정착하게 된 거야.-

　＊＊＊

　… 똑같다. 어떤 소년은 바보 같은 것을 물어보다가 자기도 모르는 사이에 영혼의 가장 내밀하고 비밀스러운 것까지 폭로해버린다. 다른 사람들이 속으로만 생각하고 있는 것까지 아벨은 모두 한 눈에 알아차렸다. 그는 케케묵은 집안 분위기에 생

기를 불어넣는 존재였다. 가을이 시작되던 어느 날, 환상 속의 작은 성이 갑자기 그 기반부터 무너져 내렸다.

그것은 불쌍한 아벨의 피를 빨아먹은 천사를 닮은 피난민 소년의 잘못에서 비롯되었다. 그의 잘못 때문에 아벨은 다른 아이로 바뀌어 버렸다. 그의 겉모습은 바뀌지 않았지만, 그의 육체는 이미 다른 누구인가에 의해 점령당해 버렸다. 필로메나는 자신의 눈을 믿을 수가 없었다. 어느 날, 아벨이 고무총으로 제비의 둥지를 부숴버렸다. 그리고 여인들과 잡담하는 것을 따분하게 여기고 그녀들 말에는 전혀 관심을 보이지 않았다. 한번은 도냐 에스따니슬라가 그에게 '꺼져버려!'라고 말했지만, 그는 전혀 들은 척도 하지 않았다. 아벨은 빠블로와 함께 오솔길과 떡갈나무 숲을 쏘다니면서 온갖 만행을 저지르고 다녔다.

성탄절 가까운 어느 날, 침실을 정리하다가 문갑 밑에서 옷이 가득 든 짐 가방을 발견했다. 뭔지 모를 불안감에 부엌으로 가는 길에 아벨에게 들러보았다. 그러나 아무리 협박하고 간청을 해도 소년은 대답하려 들지 않았다.

-아줌마가 참견하실 일이 아니에요.-

아벨이 대꾸했다.

-짐 가방은 내 것이고 그것으로 돈을 벌 거예요.-

새해부터 아벨의 생활은 악몽 속에서처럼 엉망진창이 되어

161

갔다. 마치 실 한 올을 끌어당기면 옷 한 벌이 실타래처럼 풀리 듯 아벨에 대한 기억이 얽히고설켜 버렸다.

어느 날 밤 아벨은 저녁 식사 시간에 나타나지 않았다. 불길한 예감이 들어서 필로메나는 짐가방을 찾으려고 침실로 뛰어 올라갔다. 피가 얼굴에서 싹 빠져나가 공중에 붕 떴다가 이내 가라앉는 느낌이었다. 방을 한 번 훑어보는 순간 상황을 짐작할 수 있었다. 방은 완전히 엉망이 되어있었고 어디에도 짐 가방이 보이지 않았다. 그녀는 외치기 시작했다.

–아벨, 아벨!–

그러나 소년은 이미 낙원 길에는 없었다. 아벨이 남기고 간 붉은 잉크로 쓴 쪽지에는 그가 떠난 이유가 적혀 있었다.

그러나 바로 그날 밤, 모두가 잠자리에 들었을 때, 아벨은 다시 돌아왔다. 그는 한마디 말도 없이 침대에 쓰러져 죽은 듯 자고 있었다. 그가 죽을까 두려워서 필로메나는 쪽문들에 빗장을 걸고 새벽까지 문 옆에서 보초를 섰다. 아벨은 초조한 듯 몸부림을 치고 꿈을 꾸면서 큰 소리로 울었다. 공화당의 통치가 끝나갈 무렵, 무시무시한 소식이 전해졌다. 여선생이 타고 있던 트럭이 팔라모스에 도착하려는 찰나 폭탄이 터져서 거기 있던 모든 점령군들이 죽었다는 것이었다. 또 해안 근처에서는 비행기가 날아와 수비대가 탄 배를 침몰시켜 열 일곱 명이 질식사했다. 그러나 이런 소식들이 소년에게 영향을 미치지 못했다. 아벨은 어떤 충고도 듣지 않고 하루의 거의 대부분을 숲에서 학교의 코흘리개들이랑 놀면서 보냈다.

마침내 아벨이 이 세상에서 완전히 사라져버리던 날 아침, 필로메나는 아벨을 찾아보려고 했지만 아게다가 그러지 마라고 만류했다.

-들판이 온통 부랑아들과 군인들로 들끓고 있어. 만약 나가면 어떤 일이 일어날지 몰라.-

필로메나가 외쳤다.

-그를 가게 내버려둬. 때가 되면 다시 돌아 올 테니까.-

그러나 그 마지막 추측은 유감스럽게도 틀리고 말았다.

필로메나는 자신이 본 것을 믿을 수 없었다. 아벨은 지금 죽어있고 그녀는 도저히 그를 소생시킬 수가 없었다.

-아벨, 아벨!-

그녀가 외쳤다.

그녀는 눈에 눈물을 머금은 채 밖으로 뛰어나가려 했다. 그녀는 누가 자신의 손을 잡고 있는지 정확히 알아볼 수가 없었다. 그녀는 그저 딸꾹질과 흐느낌으로 몸을 심하게 떨고 있을 뿐이었다.

책상 뒤에서 페노사 소위가 누군가 남겨놓은 이쑤시개로 손톱을 소제하고 있었다. 시체 옆에서 흐느끼는 여인을 그대로 보고 있자니 입에서 쓴 맛이 느껴졌다. 구역질이 나서 토하고 싶었다. 군인들이 그녀를 복도로 데려 가는 동안 페노사는 별이 새겨져 있는 소매로 이마를 괸 채 그녀를 곁눈질로 바라보았다. 밖에는 햇볕이 한층 강렬해지면서 밝은 광채를 미모사에게 쏟아 붓고 있었다. 노곤하게 졸음이 오자 그는 쉬기 위하여 이층으로 올라가버렸다.

제장

하사는 교차로에 이르러 부하들을 두 개의 부대로 나누었다. 하나는 상사가 이끄는 부대로, 마르띤이 가르쳐준 대로 왼쪽으로 난 오솔길을 따라가고, 다른 한 부대는 하사 자신이 지휘하여 지름길로 들어섰다. 한 시간쯤 뒤에 골짜기에서 다시 만나기로 약속했다. 병사들은 촘촘한 나무 응달에서 벼랑을 따라 내려왔다.

산또스 하사가 이끄는 부대는 어깨에 총을 메고 대열을 지어 걸어갔다. 그들이 행군하는 지름길은 무성한 가지 때문에 진군에 약간의 방해를 받는 정도였지만 길 끝에 다다르자 덤불이 우거져 길은 사라져 버렸다. 개울로 내려가는 오솔길은 점점 가파르게 변했고 늘 푸른 떡갈나무와 관목으로 이루어진 숲은 껍질이 벗겨져있는 코르크 나무숲으로 바뀌어갔다.

165

고요한 적막이 점차 무수한 소리들로 얽혀갔다. 산또스 부대가 교차로에 먼저 도착하자 마을 쪽에서 종소리가 들려왔다.

'저 소리는 우리 부대의 신호다. 방금 마을을 점령한 거야'

산또스는 생각했다. 그러나 유쾌한 종소리는 정오의 권태로움 속으로 조금씩 흡수되어갔다.

전쟁은 그에게 침묵의 의미를 가르쳐주고 있었다. 유탄이 터지는 순간 따라오는 침묵처럼 긴장되고 조심스러운 침묵이었다. 또 다른 침묵은 기다림의 침묵으로 멀리서 들려오는 산들거리는 소리와 띄엄띄엄 이어지는 침묵이 그것이다. 어떤 침묵들은 결국에는 꿈처럼 평화롭고 기운을 북돋우는 침묵이다. 그런데 이런 침묵은 그가 좋아하지 않는 종류의 침묵이었다.

덩굴손과 이끼, 들 고추와 양치류들 사이에서 싸우는 작은 생물들을 생각해본다. 자신을 칭칭 감고 무언가 몰래 정탐하는 듯한 얼굴의 뱀, 모기같이 작은 눈을 가진 작은 고무도마뱀, 굴속에서 겁먹은 얼굴을 한 산토끼, 깃털 꼬리를 단 생명력 강한 다람쥐, 침묵 속에서 움직이지는 않지만 살아 숨쉬는 유충과 곤충의 왕국이 그에게는 귀찮게만 느껴졌다. 그는 모기와 귀뚜라미, 매미, 바퀴벌레 등 적대적인 곤충들을 웅크린 자세로 살펴본다.

계곡에 자리 잡은 거대한 가시관목 숲 때문에 계곡 반대편 경사면으로 오르기가 힘들었다. 산또스는 주위를 살피다가 50

미터 아래로 길이 계속되고 있음을 발견했다. 그 길의 가장자리에는 떡갈나무들이 연이어 심겨져 있었는데 나무 밑에는 끝이 뾰족한 나무껍질과 가시들이 흩어져 있었다. 산또스가 이끄는 부대원들은 명령을 기다리면서 언덕의 가장 높은 곳으로 기어올랐다. 그 곳에서는 나무 숲 위로 계곡의 상당부분이 시야에 들어왔다. 그러나 아이들의 흔적은 발견할 수가 없었다.

여인의 젖가슴처럼 생긴 둥근 언덕에는 포도밭이 넓게 펼쳐져 있었다. 그리고 꼬불꼬불한 산비탈을 따라서 떡갈나무와 소나무 숲이 짙은 초록 망토처럼 마을의 꼭대기에서 평원까지 몇 킬로미터에 걸쳐 뻗어있었다. 숨이 가빠진 하사는 군인들에게 몸을 돌리고 돌아가라고 외쳤다.

길이 굽이진 곳에는 개암나무 숲속에 반쯤 가려진 우물 모양의 개울이 있었다. 거기서 분대는 잠시 쉬기로 했다.

산또스 하사는 소맷자락을 걷어붙이고 무릎을 꿇은 채 물을 마셨다. 그 곳은 그늘지고 선선했다. 개울물에 그의 얼굴이 선명하게 비쳤다. 피부는 온통 주름살투성이에 콧수염은 비뚤게 잘려있었지만 눈은 고양이처럼 빛나고 있었다. 얼굴이 비친 물 속에 손을 담그자 그의 얼굴은 주정뱅이의 환영처럼 허물어져 버렸다.

그들은 개울에서 모래톱이 햇빛을 받으며 펼쳐져 있는 것을 보았다. 봄이면 사탕수수가 자라나는 산비탈을 비스듬히

167

따라서 몇 층으로 된 계단식 밭이 보였다. 밭 사이로 수년 전에 제분소로 사용되다가 파괴되어 방치된 건물이 눈에 띄었다. 그 주위를 둘러보던 하사는 몇 명의 사람이 움직이고 있는 것을 발견했다.

학교에 쌍안경을 두고 오긴 했지만 거리가 멀지 않았기 때문에 제분소 주위에 대 여섯 명의 소년들이 서성대고 있는 것을 육안으로 확인할 수 있었다. 더욱이 그들 중 하나가 붉은 셔츠인지 군복 상의인지를 입고 있어서 그 위치를 쉽게 파악할 수 있었다. 다른 소년들은 자세히 살펴야만 겨우 알아볼 수 있었다. 그들은 곤충처럼 뜰을 부산하게 움직이는 것처럼 보였는데, 실은 빨간 옷을 입은 소년의 지시에 따르고 있었던 것이다.

―야, 저 봐!―

병사들은 하사의 팔이 가리키는 쪽으로 시선을 돌리고 손가락으로 눈언저리를 감싼 채 계곡을 바라보았다. 하나, 둘, 셋. 소년들은 여섯 명을 넘고 있었다. 하사는 까마귀의 비행으로 대충 거리를 어림잡아 보았다.

―800미터, 어쩌면 그 이상이겠는 걸.―

경사가 가파른 내리막이어서 병사들은 빠른 속도로 내려갈 수 있었다. 모두가 날개를 단 듯이 빨랐다. 산또스는 엉덩이와 개머리판이 부딪치는 것을 피하기 위해서 총 띠를 단단히 고정시켰다. 그의 부하들은 한 줄로 서서 그를 따랐다.

168

개울물이 흘러 넘쳐 군화가 진흙탕 속에서 첨벙거렸다. 물의 단조로운 리듬 소리에 병사들은 행군을 하는 듯한 착각에 빠져 기계적으로 보조를 맞추게 되었다. 그들의 머리 위로 새들이 화살처럼 날아다니고 있었고, 계곡에는 새들의 울음소리가 메아리 쳤다.

그들이 강바닥에 도착했을 때, 태양이 구름에 덮여 주위가 어두워지고 바람은 오렌지 빛깔의 흙먼지를 일으키고 있었다. 병사들은 눈을 가리고 앞으로 나아갔다. 그들은 보조를 맞추어 진흙탕 속을 첨벙거렸다. 그리고 경사면을 올라가면서 점차 보폭을 줄여나갔다.

단조롭게 윙윙거리는 트럭소리와 수류탄 터지는 소리가 메아리가 되어 계곡으로 퍼져나갔다. 주위는 쥐 죽은 듯 고요했다. 하늘에 떠 있는 구름은 땅에 꿈틀거리는 그림자를 드리우며 지나가고 있었다. 산기슭 한 가운데서 희미하게 피어오르는 수증기 기둥만이 위협적으로 보였다.

마당에 도착했을 때, 그들 앞으로 풍차가 나타났다. 그러나 어떤 일이 일어났는지를 살펴보기 위해 또 한 번 경사로를 올라가야만 했다. 굴뚝에서는 검은 증기가 피어오르고 가는 불꽃이 문에서 떼어낸 목재를 핥아내고 있었다. 소년들이 불을 붙이고, 사라져 버린 뒤라 어디에서도 그들의 흔적을 찾아볼 수 없었다.

군인들은 제분소에서 50보 가량 떨어진 지점에 멈추어 섰다.

그리고 제분소를 향해 달려들었다. 산또스가 가장 먼저 도착해서 문을 밀었다. 문은 잠겨있었지만 쉽게 열렸다. 내부는 연기 때문에 잘 보이지 않았고 눈에서 눈물이 흘러내렸다. 신비하고 알 수 없는 그 무엇인가가 그를 몽유병자처럼 밖으로 떼밀어내는 것을 어찌할 수 없었다.

　-어, 하사님!-

　연기가 그를 검붉고 짙은 망토처럼 감싸는 바람에 자신이 어디에 있는지조차 알 수 없었다. 그는 더듬거리면서 손으로 벽을 찾고 있었다. 화재가 발생된 곳이 반대편 구석인 듯싶어서 그쪽으로부터 멀어지려고 애를 썼다. 그는 누가 있는지를 물어보려 했지만 연기 때문에 말할 수가 없었다. 그는 눈가리개를 하고 입에 재갈을 문 것 같은 상태에서 벽의 표면을 더듬고 있었다. 그 사이에 동료들은 문에서 그의 이름을 불러댔고 그에게 닥칠지도 모를 위험에 대해서 이야기를 나누었다.

　그의 손이 하얀 물체를 더듬었다. 그것은 사람의 몸뚱이였다. 그는 기뻐서 거의 울 지경이었다. 누군가 연기 속에서 제분소의 맷돌 위에 서 있는 것이었다. 산또스의 아들은 아니었다. 그러나 그 몸뚱이가 에밀리오든 아니든 상관없이 누군가를 찾아냈다는 것 자체가 산또스에게는 큰 기쁨이었고 똑같이 중요한 가치를 지닌 것이었다. 누군가를 찾아냈다는 것만으로도 충분했다. 수많은 생명을 앗아간 전쟁이었지만 산또스는 가장 절망적인 순간 한 생명을 구해낸 것이다.

　　－감사합니다. 신이여!－

　그는 몸뚱이를 일으켜서 팔을 잡으려다가 팔이 묶여있음을 알게 되었다. 얼마 간 매듭을 풀어보려고 애를 썼지만 불가능했다. 아이들이 단단히 묶어두었던 것이다. 그가 용을 쓰는 동안 그 몸뚱이는 다시 맷돌 위로 미끄러져 내려갔다. 그를 어깨 위에 짊어지기 위해서 몸을 움츠렸다. 그러나 산또스 자신이 너무 지친 데다가 상대편의 다리가 곧추 선 자세라서 짊어지기가 힘이 들었다. 산또스가 돌에 몸을 기대자 폐에 모래가 가득 찬 것처럼 무거워 저절로 입이 벌어졌다. 게다가 연기를 빨아들이는 바람에 목구멍이 쾌쾌해지고 정신이 혼미해져 갔다.

　빛과 공기가 있는 밖으로 나가는 것만이 살 길이었다. 자신과 타인의 생명에 대한 강한 애착 때문에 산또스는 짙은 연기 속에서 시체 같은 몸뚱이를 끌어안고 비틀거리면서도 버틸 수 있었다. 문에서 몇 미터도 채 떨어지지 않은 곳에 이르러 산또스는 한걸음도 움직일 수가 없었다. 그는 한걸음 한걸음 맷돌에 어깨를 기대고 몸뚱이를 문 쪽으로 밀어냈다. 거기 문이 있다는 것은 사람들의 소리를 듣고서 짐작했을 뿐이었다. 그는 팔이 뻣뻣해지고 정신이 혼미해지면서 한걸음씩 발걸음을 옮길 때마다 쓰러지려는 것을 가까스로 지탱하고 있었다. 스스로도 그런 상황이 기적이라고 느껴질 정도였다. 그런 상태에서 산또스는

171

누군가와 꽝 부딪히는가 싶더니 손이 나와서 그의 어깨를 움켜잡고 그를 문 쪽으로 끌고 가는 것이었다. 밖으로 나오자 공기를 들이마시고 다시 살아났다. 산또스는 자신을 부드럽게 끌어안는 이들에게 몸을 맡겼다.

**

산또스가 제분소 문을 억지로 열려고 하는 동안 가르시아는 이끼숲 속에 숨어있는 까까머리 소년을 발견했다. 그 소년은 용수철이 튀어 오르듯 사라져버렸다. 그러나 병사들은 소년이 있던 위치를 정확하게 읽어낼 수 있었다.

－어이!－

가르시아는 외쳤다.

가르시아는 전 속력으로 뛰어가 보았지만 밭의 가장자리에 이르러 그를 놓쳐버리고 말았다. 관목 너머로 보이는 풍경은 단조로웠다. 평원은 개울의 모래톱 주위를 꼬불꼬불 굽이치며 펼쳐져 있었다. 앙상한 가지를 드러낸 채 서있는 포플러 나무들은 흡사 전봇대가 일렬로 늘어서 있는 것 같은 모양이었다.

가르시아는 난감한 표정으로 머리를 긁적거렸다. 소년은 마술이라도 부리듯 믿기지 않을 만큼 재빨리 사라져 버렸던 것이다. 가르시아의 계산대로라면 소년은 지금쯤 200미터 이상 떨

172

어져 있는 숲의 꼭대기 중 한 곳에 있을 것이다. 가르시아는 자기 눈이 스스로를 속이고 있다고 생각했다. 그 소년의 얼굴은 위장 페인트로 얼룩져 있었고, 눈은 쌍안경 밑에 감추어져 있었다. 가르시아는 잠시 그의 어머니가 환영에 사로잡혀 있었던 순간이 생각났다.

가르시아의 어머니는 열 살에서 열두 살 정도 되어 보이는 소녀가 머리를 고양이 꼬리로 묶고는 금박이 박혀있는 발레복을 입고 발레용 토우슈즈를 신은 채, 지붕 위로 건너다니면서 하늘로 새를 던져서 별들을 죽이는 환영에 시달렸다. 그녀와 상담했던 의사는 음식을 먹은 뒤 음식에 소금을 뿌려놓으면 환영이 사라지게 될 거라고 했다. 그때 일이 기억나서 가르시아는 24시간 전에 자신이 먹었던 음식을 떠올리려 해보았지만 소용이 없었다.

가르시아가 동료들에게 돌아가려고 발걸음을 돌리는 순간, 그의 왼쪽 진흙 땅 틈새에서 베어져 나간 야생화를 발견했다. 두 걸음 앞으로 나갔을 때 계단식으로 난 능선 사이로 언덕 가장 높은 곳에서 개울의 밑바닥까지 이어져 있는 3미터 깊이의 U자형 도랑을 발견했다. 소년은 남의 눈에 띄지 않게 이 도랑을 따라 도망친 것이 분명했다.

가르시아는 몇 초간 망설이다가 소년을 잡기 위하여 도랑을 따라 내려갔다. 소년은 진흙 위에 발자국을 남겨두었는데 그

173

발자국들이 계곡 아래로 향하고 있었다. 가르시아는 점토질로 된 도랑의 양 벽 사이로 쐐기를 박듯 뛰어올라갔다. 그의 발자국소리는 메아리를 만들면서 자신의 존재를 도망자에게 넌지시 알리고 있었다. 가르시아 역시 간간이 들려오는 메아리 소리를 소년의 발자국 소리라 생각하고 소리 나는 곳으로 거침없이 달려갔다.

오솔길이 너무 굽이져있어서 방향감각조차 잃어버릴 지경이었다. 소년은 여기저기를 헝겊으로 덧대 기운 바지를 입고 초록색 셔츠의 소매를 걷어 올리고 있었다. 소년은 가르시아에게서 일정한 간격을 유지하려고 애를 썼다. 개울에 이르자 왼쪽으로 방향을 틀었는데, 그 곳의 지형은 소년에게는 오히려 더 불리했다. 식물군이 단순하고 드문드문 나 있었기 때문이었다. 사탕수수는 아직 꽃이 피지 않아서 그 사이로 숨기란 힘들었다.

병사는 완력으로 소년을 굴복시킬 수 있다고 생각하고 아무 거리낌 없이 그에게 접근했다. 배낭이 방해가 될 것 같아 먼저 던져버렸다. 그는 운동선수처럼 뛰어가서 쉽사리 소년과의 거리를 좁힐 수 있었다.

계곡 전체가 모래톱으로부터 북쪽을 향해 뻗어있었다. 계곡에서는 학교 건물이 떡갈나무 숲에 반쯤 가린 채 윤곽을 드러냈고, 왼쪽으로는 삼나무가 양쪽으로 늘어서있는 낙원 길이 보였다. 소년이 경사면으로 기어오를 때, 가르시아는 자신이 이겼음

174

을 알아차렸다. 비탈길이 나타나자 도망자는 가까스로 기어오르고 있었다. 소년은 보호 안경이 귀찮게 느껴졌던 모양이다. 소년이 몸을 돌려 가르시아를 힐끗 쳐다보고는 안경을 던져버렸기 때문이다.

오솔길은 학교 근처에 있는 떡갈나무 숲을 향해 나 있었는데, 소년은 거기서 군인의 눈을 속이기 위해 변장하려고 마음먹었다.

그러나 둘 사이의 거리가 30미터도 채 되지 않자 군인은 서두르지 않고도 그를 잡을 수 있을 거라고 확신했다.

그들 사이의 간격이 눈에 띄게 좁혀지자 소년은 초조해져서 걸을 때마다 뒤를 돌아보았다. 가르시아 역시 종종 뒤를 돌아다보았다. 산비탈을 오를 때, 연기에 휩싸인 제분소 위로 솟구치던 불꽃을 보고 불이 얼마나 진행되었는지를 알아보기 위해서였다. 가르시아는 그의 동료들이 무엇을 하고 있는지 알 수가 없었다. 뿐만 아니라 소년을 데리고 동료에게로 가야 할지에 대해서도 의문스러웠다.

―얘, 아가!―

그가 소리쳤다.

―이런 식으로 달리면서 힘을 빼봤자 소용없어. 네가 원하든, 그렇지 않든 숲으로 가기 전에 넌 잡힐 거야.―

소년은 허수아비가 서있는 밭을 지나다가 숨을 헐떡거리며 쫓아오는 가르시아를 향해 몸을 돌리고 쉰 소리로 명령을 내렸다.

　-그 자리에 서! 서지 않으면 얼굴을 갈겨버릴 거야.-

　병사는 악의에 찬 소년의 당찬 어조에 놀라 본의 아니게 서버렸다. 머리털 하나 없는 까까머리는 칼과 용의 문신이 이마까지 메우고 있었다. 얼굴의 나머지 부분은 오렌지 색 그림으로 범벅이 되어 있고, 안경을 벗은 눈은 잔뜩 겁에 질려 있어서 그의 당찬 어조와는 대조를 이루고 있었다.

　-뒤로 가!-

　소년은 물에서 나온 생선처럼 숨을 몰아쉬고 있었고, 그의 몸은 피로로 떨리고 있었다. 가르시아는 그의 말에 따르는 것처럼 제스처를 취하다가 갑자기 팔로 얼굴을 감싸면서 소년에게로 몸을 날렸다.

　돌멩이가 가르시아의 관자놀이를 짓이기는 것 같았다. 그 순간 귀가 떨어져나갔다고 믿겨질 정도였다. 가르시아는 고통으로 몸을 움츠렸지만 소년이 발을 거는 바람에 땅에 쓰러지면서 그를 덮쳤다. 가르시아는 소년이 꼼짝 못하게 배를 깔고 앉아 주먹으로 눌렀다. 소년은 울부짖으며 몸부림치다가 가르시아의 손을 물어뜯으려 했다. 가르시아는 소년이 발을 동동 구르지 못할 때까지 양쪽 뺨을 사정없이 갈겼다.

　급기야 소년은 울음을 터뜨렸고 가르시아는 소년이 눈물을 쏟으면서 울도록 그냥 내버려 두었다. 그는 조심스럽게 자신의 귀를 더듬어 보았다. 돌멩이가 귀에 맞았기 때문에 짙은 핏방울이 그의 카키색 셔츠 목덜미로 흘러내리고 있었다. 순간 가르시아의 가슴은 격렬하게 고동쳤고 평정을 찾기까지 한참을 기다려야 했다.

계곡 반대편에 있는 제분소는 마침내 화염에 휩싸였고 검은 연기 기둥이 자욱하게 솟아오르고 있었다. 그는 자기 동료들 사이에 어떤 움직임이 있음을 알아챘지만 거리가 멀어서 제대로 분간되지 않았다. 그는 상체를 일으키기 전 앞으로 일어날 몇 가지 가능성에 대해 생각해 보았다. 제분소로 돌아가는 길은 오래 걸어야 했기 때문에 시간적인 손실이 컸다. 반면에 학교까지는 거리도 가깝고 장교 앞에서 공치사할 기회도 가질 수 있었다. 그는 후자를 선택하기로 결정하고 일어섰다.

-가자, 앞장 서.-

소년은 잔뜩 화를 내면서 일어섰지만 가르시아가 그의 팔을 잡고 있어서 저항할 수가 없었다.

-이제 바보짓은 하지 마, 네가 도망간 것 빼고는 날 때린 죄밖에 없으니까 지금부터라도 입 다물고 있어.-

길은 숲을 따라서 굽이굽이 구부러져 있었고 그들은 조용히 길을 따라갔다. 그들이 걷는 동안 군인은 기분 전환 삼아서 소년의 신기한 문신을 바라보았다. 붉은 색 용이 이상하게 생긴

177

초록색 물체를 어금니 사이에 넣고 게걸스럽게 먹고 있는 모습이었다. 그리고 눈썹 사이로는 두 개의 칼이 가로놓여 있었다.

소년은 고분고분 걸어가다가 이따금씩 뒤를 돌아보거나 주위를 두리번거렸다.

-아니, 아무도 우리를 따라오지 않아. 네 친구들은 너를 잊었어. 지금쯤 우리 부대 하사가 그 녀석들을 붙잡았을 거야.-

가르시아가 말했다.

소년은 경멸하는 눈빛으로 가르시아를 쏘아보았다. 그의 눈동자는 둥글고 금속처럼 빛나고 있었다.

-개소리, 우리 친구들은 당신네 군인들보다 더 훈련이 잘되어 있죠. 당신들이 그들을 잡으려다간 아마 녹초가 되어버릴 걸요.-

소년이 말했다.

소년이 사나이처럼 당당한 어조로 말하자 가르시아는 흠칫 놀랐다.

-입 다물어.-

가르시아가 명령했다. 그는 무언가 말을 건네고 싶었지만 뭐라고 말해야 할지 몰랐다. 그는 갑자기 복무규정 하나가 떠올랐다.

'상병은 사병들의 직속 상사다'

그러나 그 말을 해주려다 그만두었다. 그것을 반복하는 것은 우스울 뿐만 아니라 그 규정의 문장 끄트머리를 정확히 암기하지 못했기 때문이다.

-몇 살이지?-

가르시아는 타이르는 어조로 물었다

소년은 어깨를 가볍게 올렸다.

-적어도 네 이마에 있는 그 그림들이 무슨 의미를 갖는지 정도는 말해줄 수 있겠지?-

-장군들의 모자에 있는 별과 같은 거예요.-

가르시아는 감히 더 이상 묻지 못했다. 가르시아는 왠지 소년이 자기를 놀리는 것 같아 화가 났다.

-좋아. 네가 전쟁을 원한다면 싸우라고.-

가르시아는 이렇게 말하면서 소년의 팔을 잡고 있던 손에 힘을 가했고 소년은 고통스러운 표정을 지었다.

-더럽고 추잡한 놈.-

소년은 외쳤다.

가르시아는 못들은 체하면서 소년의 눈에 눈물이 가득 고일 때까지 계속해서 힘을 가했다.

-그만해요, 그러니까 아프잖아요!-

가르시아는 갑자기 소년에게 동정을 느꼈다. 가르시아는 점차 손의 압력을 늦추다가 소년의 어깨 위에 다정하게 손을 얹었다.

-손을 얹지 말라니깐, 이 게이야!-

소년은 상상도 못했을 만큼 거칠게 소리쳤다.

소년의 말에 자신의 감정 가장 내밀한 부분에 상처를 입게 된 가르시아는 소년의 뺨을 후려 갈겼다.

-네 놈을 가르치려면 때릴 수밖에 없어.-

소년은 증오에 찬 눈으로 가르시아를 돌아보고는 그에게 침을 뱉으려 했다.

-이 게이야!-

소년의 이 한마디가 가르시아를 격분시켰다.

-뭐라고? 이 악마 같은 놈이!-

가르시아가 소년을 주먹으로 한 대 갈기자 소년은 땅바닥에 내동댕이쳐졌다. 소년은 흙과 문신으로 범벅이 된 얼굴을 땅에 처박고 있다가 가르시아를 향해 다시 욕설을 해대는 것이었다.

병사는 어떻게 해야 할지 몰라 손을 호주머니에 쑤셔 넣었다. 가르시아가 어릴 때, 욕을 하면 아버지가 무서운 벌을 주었던 것이 기억났다. 아버지의 훈계에도 불구하고 가르시아는 바로 이 소년처럼 막무가내로 목이 쉴 때까지 울면서 고집을 부렸다.

아니다. 아무 것도 바뀌지 않았다. 가르시아는 한동안 소년을 쏘아보다가 그의 어깨를 붙잡아 일으켜 세웠다. 행군은 천천히 계속되었다.

노란 미모사 나무들이 떨리는 빛으로 고요한 오솔길을 물들이고 있었다. 몇 미터 밖에서 군인들의 잡담 소리가 들려왔다. 가르시아는 소년을 그들에게 넘겨줄 생각에 활기가 살아나는 것을 느꼈다.

식량 보급을 맡고 있던 상병 한 명이 화분 사이에서 소변을 보기 위해 동료들 틈에서 빠져 나왔다. 용변을 보고 단추를 잠그던 상병은 가르시아와 소년을 발견하고 손으로 메가폰을 만들어 동료에게 이들의 도착을 알렸다.

−어, 이봐, 호세 가르시아가 우리에게 어떤 포로를 데려 왔는지 보라구!−

호기심에 찬 군인들은 막 도착한 이들 주위에 둥그렇게 늘어서서 깜찍한 소년을 바라보고 있었다.

−굉장하군!−

−누구지?−

−네 이름이 뭐냐?−

−어디서 데려왔어?−

소년은 입술을 고집스럽게 다물고 표독스럽게 그들을 노려보고 있었다.

−그래, 네 이름이 뭐지?−

−어디 가면무도회에서 왔니?−

−네 얼굴에 있는 이 그림들은 무슨 뜻이지?−

181

가르시아는 손을 펴 소년의 이빨자국을 보여주었다.

-저 놈이 나를 어떻게 물어뜯었는지 보라구!-

한바탕 웃음이 쏟아졌다.

보급 담당 상병은 혀를 차면서 물었다.

-너는 사람 무는 것을 좋아하니?-

-너 말할 줄 모르니?-

소년이 병사 한 명의 무릎을 찼다. 여드름투성이 군인은 고통으로 찡그리면서 손으로 다리를 움켜잡았다.

-날 찼어, 날….-

그의 말투 때문에 모두 웃었지만 소년은 타오르는 불꽃같은 눈으로 그들을 바라보았다.

-비열한 개자식, 게이!-

별안간 웃음소리가 멈추었다.

-너희들 들었지? 이게 이 아이의 특기야.-

가르시아가 소리쳤다.

병사들이 포로를 둘러싸고 원을 만들었다.

-네가 우리를 모욕해?-

-우리보고 게이라고…?-

-그렇게 말해주니 고마운 걸.-

-이제 이 아이를 내가 길들여 주어야겠군.-

-아이를 내버려둬. 하사가 그 녀석을 따끔하게 혼내 줄 거

야. 난 그 녀석에 대해서 아무것도 알고 싶지 않아. -

가르시아가 명령했다.

무릎을 차인 군인은 손수건으로 다리를 문지르면서 고통스
런 표정으로 목재 벤치에 가서 앉았다.

-뼈가 부러진 것이 분명해. -

군인이 흐느꼈다.

가르시아는 따르는 병사들을 뒤로하고 소년이 걷어차이지
않도록 보호하면서 소년의 어깨를 밀어 학교로 들어갔다.

하사는 낡은 응접실에서 분대장과 토론을 하고 있었다. 소년
은 현관문을 통과하기 전에 가르시아를 발길로 걷어차며 도망
치려 했다. 소년은 우리에 든 짐승처럼 주위에 모여든 사람들을
놀란 눈으로 바라보았다.

-날 놔 주세요. 당신들이 날 죽인다 해도 난 아무 말도 하지
않을 거예요. -

소년은 소파에 늘어져있는 아벨의 시체를 알아보고 아르께
오의 경고를 기억하며 고통스러워했다.

'널 목 졸라 죽일 거야…. 끝까지 저항하는 건 소년들이야.
어떨 때는 몇 시간이나 춤을 추며 기다리기도 하지. 즉석에서
아이들을 죽일 마음이 나지 않으니까….'

소년은 구석으로 뒷걸음쳐 땅에 엎드린 채, 카펫을 주먹으로
치면서 발버둥을 쳤다.

–내가 아니에요. 맹세컨대 제가 아니었어요. 저는 아무 짓도 하지 않았어요. 나를 그냥 내버려 두세요.–

페노사가 동정심을 느껴서 소년을 데려가라고 명령할 때까지 소년은 계속 울부짖고 있었다.

***

낀따나는 탁상 위에 커피 한 잔을 놓았다. 하사가 화염 속에서 구해낸 사람은 낀따나였다. 그는 아직 회복이 덜 된 상태로 말을 더듬을 정도로 힘겨웠지만 가슴에 느끼던 통증과 목구멍의 압박감은 점차 약해져 갔다.

–그 때, 소년들을 실어 나르는 트럭이 징발되었다는 것을 알고 나는 군대가 도착할 때까지 그들을 한데 모아두어야겠다고 생각했어요. 경찰마저 도망가 버려서 제가 그 일을 맡을 수밖에 없었어요.–

낀따나는 한 모금을 마시면서 그을린 눈썹을 치켜 올렸다. 마치 화가가 눈 주위에 수탉의 다리를 그려놓은 것처럼 그의 눈은 거미줄에 걸려 있는 작은 달걀 모양을 하고 있었다.

–부대는 오전 여덟 시까지 떠나지 않았죠. 그렇지만 자정 이전부터 아이들이 학교를 점령했어요. 저는 아이들에게 저녁을 먹은 뒤에 모이라고 명령했어요. 그러자 아이들은 위협적인 태

184

도로 내 사무실로 쳐들어 왔어요. 그들은 온갖 종류의 무기들로 무장했고, 나는 어떻게 해야 할지 몰랐죠. 우두머리의 지시에 따라 소년들은 내 손을 등 뒤로 묶었어요. 그리고 보초로 한 명을 내 곁에 세워두었어요.ᅳ

ᅳ당신이 에밀리오를 마지막으로 본 것이 몇 시였죠?ᅳ

산또스가 물었다.

ᅳ세 시요. 어쩌면 세 시 반인지도 몰라요. 시계가 2시 20분에 멈춰져 있었는데 그 때로부터 그리 오래 지나지 않았어요. 당신 아들은 다른 소년들과 함께 복도에 있었고 그 동안 보초는 내가 재판을 받게 되어있는 방으로 나를 밀어 넣었어요.ᅳ

산또스 하사는 물을 한 모금 마셨다. 그의 아들이 학교에 무사히 살아있었다는 소식을 듣자 생기를 잃고 멍해졌다. 그는 가만히 목소리를 낮춰 아들의 이름을 불렀다.

ᅳ에밀리오, 에밀리오.ᅳ

그러나 그가 살아있다는 것을 확인하는 순간, 그와 마주치는 것이 어쩐지 두려워졌다.

산또스는 아들을 보지 못한 지 3년이나 지나 아이가 얼마나 변했을 지 두려웠던 것이다. 전쟁은 아버지와 아들 사이에 메우기 힘든 깊은 고랑을 만들어놓았던 것이다. 그것을 건너기 위해서는 많은 용기가 필요했다.

ᅳ이런 일이 일어나게 된 데는 우리 모두에게 책임이 있어요.

어느 누구도 그 사실을 잊어서는 안돼요. 평화를 누리기 위해 우리는 매일 투쟁을 해야 합니다.-

산또스는 혼자 상념에 빠져 낀따나의 말을 듣지 못했다.

-뭐라고 하셨죠?-

낀따나는 넋이 나간 사람처럼 호랑나비 한마리가 부엌에 들어가려고 애쓰다가 유리창에 부딪치는 것을 지켜보고 있었다.

-내 생각에는 내가 사형선고를 받았던 것 같아요. 소년들 중 하나가 큰 소리로 판결문을 읽었어요. 그런 뒤에 그들은 다시 나를 다락방으로 데리고 가서 재갈을 물렸죠. 군인들이 학교에서 철수하기를 기다렸다가 그들이 떠나자 소년들이 날 붙잡으려 왔던 거였죠.-

낀따나는 산또스에게 절망적인 시선을 던지며 말했다.

-그래요, 맞아요. 제가 한 말은 믿기 어렵겠지만 모두 사실이랍니다. 짐작컨대 소년들 사이에서도 나를 어떻게 처치할 것인가에 대해서 의견이 엇갈렸던 것 같아요. 몇 명의 소년이 나를 총살시키려 했고 다른 소년들은 나를 죽였다는 증거를 남기고 싶지 않았는지 사고로 죽은 것처럼 꾸미려 했어요.-

-중간에 끼어들어서 정말 죄송해요. 그들이 당신을 숲으로 끌고 갈 때 아벨 소르사노가 있었나요?-

산또스가 물었다.

-기억할 수가 없네요. 있었다면 보았을 텐데. 소년들은 소집

186

단으로 나누어져 있었는데 저와 함께 있던 무리는 여섯이나 여 덟 명 정도였어요. 저는 기관총 소리를 듣고서 당신네들이 온 것을 알았어요. 소년들 역시 낮은 소리로 의논하더니 자기네 우 두머리에게 연락했어요. 전령이 돌아왔을 때, 가솔린 통을 들고 와서 나를 제분소 쪽으로 끌고 갔어요. 그리고 거기에 있던 나 를 당신들이 꺼내준 거예요.—

집 주위를 걸어 다니던 군인들의 군화소리가 잠시 뜸해졌다.

—그렇다면 그날 이후로 아벨을 보지 못했다는 거요?—

—그렇지요. 그를 다시 보지 못했어요.—

낀따나는 말했다.

낀따나는 손바닥을 무릎 위에 올려놓고 물었다.

—그 아이가 이 사건과 무슨 관계가 있죠?—

산또스 하사가 심각한 표정으로 낀따나를 바라보았다. 하사 의 눈에는 슬픔의 그림자가 드리워져 있었다.

—소년들이 아벨을 죽였어요. 어쩌면 에밀리오가 살인자일 수 있죠.—

산또스가 말했다.

낀따나의 이마에 뻗쳐있는 푸른 혈관이 갑자기 부풀어 올 랐다.

—아벨이 죽어요?—

—그래요. 오늘 아침에 그들이 아벨을 총으로 쏘았어요.—

끈따나가 두 손으로 얼굴을 감싸자 산또스는 그가 울고 있다
고 생각했다.

−그럴 리가, 그럴 리가 없어.−

끈따나가 중얼거렸다.

끈따나 교수는 산또스와 이미 오래 전부터 알고 지낸 사이인
것처럼 다정하게 그를 바라보고 있었다.

−그 어느 누구의 죄도 아니야. 어머니와 아버지를 잃은 소년
들에게 이미 어린애다운 천진함이란 더 이상 존재하지 않아. 그
고아들이 여느 아이들과 같을 순 없지.−

−내 아들….−

산또스가 입을 열었다.

−당신 역시 아들만 탓할 수 없어. 소년들은 자신의 나이에
비해 너무 빨리 커 버린 거야. 폐허와 죽음, 총알은 이미 그들의
장난감에 불과해…. 부모들은 이런 변화를 알았어야 했는데. 만
약 그렇지 않으면 아이들을 영원히 잃게 될 거야.−

두 사람은 잠시 말이 없었다. 끈따나는 혼자서 중얼거렸다.

'나는 낙원 길에 살고 있는 어떤 부자를 알아요. 그 아이의
숙모죠. 언젠가 그녀를 방문한 적이 있어요.'

−이미 그녀에게 전했어요.−

하사가 말했다.

−불쌍한 여인이야!−

 낀따나는 탁자 위에 있는 담배 한 개비에 불을 붙이려다 말
고 혐오스러운 듯 담배를 바라보았다.

 ─이제 더 이상 연기를 참을 수가 없을 것 같아.─

 라이터가 손에서 미끄러졌지만 그 둘 중 어느 누구도 몸을
굽혀서 그것을 주우려 하지 않았다.

 ─도냐 에스따니슬라는 미쳤어. 그러나 사람들은 그 이유를
모르지. 그녀에게는 두 명의 아들이 있었는데 그 둘이 모두 젊
어서 죽었다는군.─

 정원에서 들려오는 군인들의 웃음소리가 그들의 대화 뒤에
따라오는 침묵을 깨뜨려 버렸다. 낀따나 교수는 주먹으로 책상
을 쳤다.

 ─둘이라. 이해가 되세요? 지금은 그녀의 조카까지. 아들만으
로도 부족했던 거죠.─

 ***

 도냐 에스따니슬라는 몇 시간 전 광장 사거리에서 찾은 장난
감 바이올린을 가져다 두 아들의 유품이 있는 장롱 선반에 올려
놓았다.

 ***

도냐 에스따니슬라의 두 아들은 젊고 준수한 외모를 갖고 있었다. 그들처럼 뛰어난 인재들은 교수대가 아니면 왕좌를 차지하게 마련이다. 그들은 이미 천형을 선고 받았지만 그의 어머니는 아직 그 사실을 모르고 있었다. 그녀는 아름다움이 얼마나 큰 대가를 치러야 하는지, 그리고 세상은 남과는 다른 순수한 아름다움이라는 특권을 가진 사람들에 대해서 결코 관대하지 않다는 것을 알게 되었다. 다비드의 준수한 외모와 어울리지 않는 그의 불행은 먼 옛날 쿠바의 수도 아바나 시절까지 거슬러 올라간다. 그때부터 30년이 지난 지금도 다비드의 죽음에 대한 기억은 생생하게 살아있다. 그때 엔리께는 아내인 도냐 에스따니슬라에게 대농장을 처분하고 쿠바로 항해하려는 계획을 제안했다.

－우리는 카리브해를 순항하게 될 거야. 앞으로 몇 달간이 일 년 중 가장 멋진 기간이 될 거라고 믿고 있어. 당신과 아이들은 휴식이 필요해. 벨라스께스 가족들은 발보아에 집을 얻어 놓았고, 함께 떠난 동료들도 행복에 젖어 있어.－

도냐 에스따니슬라는 엔리께와 결혼하여 엄청나게 고생을 했다. 그녀는 남편의 무모한 계획에 대해서 굳이 반대하려 들지 않았다. 남편은 그녀의 증조부가 물려준 농장을 부지불식간에 날려버렸다. 에스따니슬라는 남편의 손아귀에서 빠져 나가버리는 재산을 어떻게 지켜내야 할지 몰랐다. 결국 남편은 눈물을 머금고 차압서류에 서명을 해야 했다.

　－갑시다. 포기하는 수밖에 별다른 도리가 없구려.－

　엔리께는 말했다. 그러나 그 사건 이후로도 남편은 중요한 유품이나 재산을 지켜내려는 마음이라곤 전혀 없었다.

　그녀는 어떤 상황에서도 초연할 수 있는 남편을 존경하고 있었다. 심지어 그를 모방하기까지 했다. 그녀는 마음속으로 '내가 왜 이러는 거지? 왜 내가 이런 고통을 겪어야 하는 거야?' 라고 수천 번이나 자문해 보았지만 스스로의 질문에 대답할 수가 없었다. 알 수 없는 어떤 힘이 그녀를 맹목적으로 밀어붙이는 것만 같았다. 그녀는 고지식한 자신을 자책하고 있었다. 이성적으로 행동하는 사람의 눈으로 보면 남편의 행동은 미친 짓이나 다름없었다. 그녀는 아들들이 자기 남편의 무모함을 닮지 않기만을 바랄 뿐이었다. 인생이라는 것을 무방비 상태로 맞을 수는 없는 것이었기에.

　'사람들은 내가 쓸데없이 고생을 사서하면서 호들갑을 떤다고 하지만 나는 고통이 무엇인지를 알았고, 내가 일생을 통해 얻은 소중한 교훈은 아무도 의지할 수 없다는 것이었어.'

　그녀는 남편의 장밋빛 거짓말에 쉽게 속아왔다. 그녀는 이미 자신이 망가져버렸다고 생각하고 너무 쉽게 포기해버린 것이다. 다비드는 애원하는 자세로 그의 작은 손을 그녀에게로 뻗었다.

―아빠 말대로 하세요, 제발, 그러겠다고 해요.―

아들 다비드의 눈물이 그녀의 이성적인 판단을 흐리게 한 것이다. 남편 엔리께는 여행에 많은 돈을 들여가면서 그저 즐길 생각뿐이었다. 그녀는 당시에는 그걸 몰랐다. 그때까지 그녀의 남편에 대한 신뢰는 끝이 없었고, 남편의 무절제한 생활에도 불구하고 그녀만큼은 그를 정직하다고 믿었다. 그의 방탕함은 이미 알려진 바였지만 그녀는 남편의 속임수에서 벗어나지 못하고 있었다.

어느 날, 남편이 수입 제품 거래에 대한 이야기를 한 적이 있었다.

―이익이 많이 남을 만한 사업이 하나 있는데. 예를 들면 기계류 수입 같은 것 말이야.―

그가 말했다. 그녀는 순진하게도 다시 그 말에 속아 넘어갔다. 그녀는 남편이 일을 한다면 그것만으로도 행복할 것 같았다. 그러나 남편 같은 사람이 소득으로 생계를 꾸려가는 데 전념할 거라고 생각한 것 자체가 어처구니없는 일이었다. 그녀는 아버지의 사업이야기를 하며 남편에게 좀 더 적극적인 삶을 살도록 격려했다. 그러나 모든 것은 허사였다. 그는 부인의 말과는 전혀 다른 엉뚱한 방향으로 행동하고 다녔다.

엔리께는 오로지 쾌락에만 관심이 있었다. 그 여행은 무슨 수를 써서라도 막았어야 했다. 그들이 함께 여행 티켓을 사러

갔을 때 엔리께는 흥분을 감추지 못했다. −여보, 이번 여행은 또 한 번의 신혼여행이 될 거야. 우린 다시 시작하는 거야.−

이것은 후일 그녀가 자신의 과거를 되돌아보며 떠올린 말이 었다. 엔리께는 술 마시고 카지노에서 노름하고 돌아와 울면서 그녀에게 용서를 비는 것이 전부였던 사람이다. 아바나에서 보낸 마지막 날 밤, 그녀는 도저히 다비드와 헤어질 수 없었다. 마치 운명처럼 다비드에게 시간이 얼마 남아있지 않다는 것을 직감해서였을까? 그녀는 처음으로 아들과 분리되는 것을 느꼈다. 다비드에 대한 그녀의 사랑은 도덕적인 비판과 저주를 불러일으켰던 남편에 대한 반감에서 비롯된 것이었다.

'그는 사형 집행인이나 다름없어. 그는 나와 다비드에게 어떤 일이 생기든 상관하지 않을 사람이야.'

그녀가 생각했다.

그들은 출발했다. 증기선이 미끄러지듯이 앤틸리스 해변을 달리고 있었고, 작열하는 태양이 배의 후미를 태우다시피 했다. 루이지아나와 멕시코, 중앙아메리카, 그리고 결국은 파나마에까지 이르렀다. 그들이 빌보아에 도착했을 때 마침 카니발 전야로 도시는 온통 연회 준비로 분위기가 한껏 고조되어 있었다. 그들은 택시를 빌려 타고 도시 여기저기를 돌아다녔다. 날이 어두워지자 길을 따라 반딧불들이 환상적인 분위기를 자아내고 있었다.

이 모든 것이 재앙이 다가오고 있음을 암시하고 있었다. 그 날의 더위는 거의 살인적이었다. 술은 목구멍으로 들어가 갈증을 채 삭히지도 못하고 땀구멍으로 나와 버렸다. 태양은 때마침 광장과 거리를 내리비추고 있었다. 더운 공기 기운이 땀에 젖은 얼굴들을 쓰다듬고 있었다. 밤에만 선선한 산들바람이 평온함을 느끼게 해 주었다. 그녀는 한참동안 창틀에 팔꿈치를 괴고 앉아 있었다. 도마뱀이 술에 취한 듯 모자이크 모양의 포장도로를 달려가고 있었다. 환풍기에서는 윙윙거리는 소리가 단조롭게 들려왔고, 더운 김이 땀에 젖은 얼굴에 와 닿고 있었다. 부채꼴 모양으로 하늘을 향해 뻗어있는 야자수는 밑에서 비추는 조명 때문에 꼭 조명탄을 터뜨려놓은 것 같았다. 모기장은 창백한 환영처럼 그녀의 아들이 천진스럽게 잠든 모습을 내려다보고 있었고, 밖에서 외치는 아우성 소리와 잡담소리가 근처에 있는 교회의 느린 종소리와 어우러져 밤의 교향악을 이루고 있었다.

그때 그녀는 신에게 다비드의 생명을 보호해 달라는 기도를 드리고 금속 침대 위로 몸을 구부려 자신의 입술을 아들의 이마에 갖다 댔다. 매일 밤 어머니가 그러셨던 대로 화장수로 뺨을 시원하게 식혀 주었다. 소년은 활기차게 숨을 쉬며 입술에 미소를 지어 보였다. 다비드는 종종 눈을 뜨고 그녀가 깨어있는 모습을 쳐다보기도 하고 그의 작은 손으로 그녀를 쓰다듬어 주기도 했다. 그럴 때면 그녀는 아들에게 이렇게 말하곤 했다.

194

-자거라, 나의 보물! 엄마는 여기 있어, 바로 네 곁에.-

다비드는 나이에 어울리지 않게 조숙했기에 그녀의 가치를 정확하게 평가해주었다. 이때야말로 그녀에게는 사랑이 넘치는 순간이었다. 그녀는 다른 어머니들이 카니발에 참석하기 위해서 그들의 자녀를 버려두고 나오는 것을 알았지만 그들을 따라 할 수가 없었다. 다비드가 자다가 일어나 자신을 찾을 지도 모른다는 생각이 그녀의 발목을 잡았던 것이다. 다비드가 얼마나 여러 번 악몽에서 깨어나 그녀를 애타게 찾을 것인가.

다비드는 "고마워요, 고마워, 엄마"라고 말하곤 했다. 그렇다. 그녀는 다른 어머니들의 마음을 이해해보려고 했지만 도저히 이해가 가지 않았다.

-갑시다. 당신이 밤에 나와 함께 나가니깐 아무 일도 일어나지 않을 거요. 블라스께스 부인도 아이들이 있지만 용케 즐길 줄도 안다오.-

엔리께가 말했다.

그러나 그녀는 남편과 모두들에게 이렇게 말하곤 했다.

-날 그냥 이대로 내버려 두세요. 부탁이에요. 아이가 자는 것을 지켜보는 것이 행복한데 왜 애를 두고 나가겠어요?-

도시가 온통 축제로 열광하고 모든 어머니들이 술을 마시고 춤추는 동안 에스따니슬라는 아이의 침대 곁에서 선한 요정처럼 앉아서 그의 귀에 다정하게 소근거리고 있었다.

엔리께는 그나마 남아있던 도덕적인 자제심마저 완전히 잃어버리고 있었다. 밤마다 나가서 신분이 확실치 않은 여자, 남자 친구들과 어울렸다. 배를 탈 때 그녀는 남편이 이미 알코올 중독자라는 것을 알았지만, 적어도 자신을 배반하리라고는 생각지 못했다. 그러나 결국 남편이 자신을 배반한 것을 알았을 때는 엄청난 환멸을 느꼈다. 그녀는 너무나 순순했기에 다른 사람들의 불결함이 배로 역겹게 느껴졌던 것이다. 그녀는 남자들이 사랑으로 여기는 것이 무엇인지를 알고 있었다. 그녀는 결혼한 지 8년째였다. 그럼에도 불구하고 정절을 지켜오고 있었다. 종종 그녀의 여자 친구들이 그녀에게 자신들의 비밀스러운 관계에 대해 이야기하려고 하면 그녀는 들으려 하지 않았다.

'그래, 그런 일들이 있다는 것을 알고 있지만 그러나 그런 것과는 전혀 무관한 사람들도 있다는 걸 믿고 싶어.'

그러면서 그녀는 친정아버지의 말씀을 가슴 속에 떠올리곤 했다.

'삶이라는 것은 허상에 불과하지. 이런 허상의 세계로 추방된 우리들은 천사들로부터 분리되었지만 허상과 싸우면서 다시 천상으로 올라가는 것이 우리에게 주어진 책임이다.'

어쩌면 그녀가 구식으로 보일지 몰라도 그녀는 아이들이 마법의 힘으로 세상에 태어나게 되었다고 믿기를 더 바라고 있는 것 같았다.

성촉제 이후, 2월의 어느 날 오후였다. 남편은 부인이 잔다고 생각하고 그녀를 남겨둔 채 1시간 먼저 나가버렸다. 그러나 그 한 시간 동안 그녀는 더위 때문에 숨이 막힐 것 같아 잠 들 수 없었다. 그녀는 너무 지쳐서 무언가 시원한 음료를 마시기 위해서 로비로 내려갔다. 전형적인 호텔 바처럼 로비 찬장에는 영어로 쓴 전단지가 붙어있는 술병들이 즐비하게 진열되어 있었고, 아지랑이처럼 피어오르는 무더운 공기 속에서 선풍기가 돌아가고 있었다. 그녀는 한 웨이터에게 다가가 박하시럽을 한 잔 달라고 했다. 현관 쪽에서 마당에 모여 있는 사람들의 웃음소리가 들려왔다. 야자나무 분재가 그녀를 완전히 가려주었기 때문에 다른 사람들의 눈에 띄지 않고 그들을 살필 수 있었다. 그녀는 사람들 틈 사이에서 남편을 발견했다.

야자수 잎이 무성했지만 에스따니슬라는 확실하게 그를 볼 수 있었다. 남편은 린넨으로 만든 최고급 옷을 입고 챙이 넓은 파나마모자를 쓰고 있었다. 등을 안락의자에 깊숙이 파묻은 채 다리를 꼬고 앉아 있었고 팔은 옆 의자의 등받이 쪽으로 뻗고 있었다. 시간이 멈추고 공간이 움직이지 않는 것처럼 느껴졌다. 이 모든 것을 프리즘을 통해서 보는 듯했다. 그의 털 복숭이 하얀 손은 블라스께스 부인의 어깨에 얹혀있고, 그의 다리는 테이블 밑에서 그녀의 다리와 서로 엇갈려 꼬고 있었다. 그들 주위에 있는 사람들은 웃으면서 잡담하고 있었지만 에스따니슬라

197

의 눈길은 남편의 손과 여인의 팔뚝, 그리고 끈끈하고 비열한 두 육체간의 접촉에만 머물러 있었다. 그렇게 얼마나 있었는지 알 수 없었다. 몇 분, 아니 한참이 흘렀는지 모른다. 차가운 음료가 그녀의 손가락 사이에서 방울 져 떨어졌던 것만 기억난다. 계단에는 온통 별들이 깔려있었다. 한 남자가 그녀에게 물었다.

-무슨 일이세요? 뭐, 나쁜 것을 보았나요?-

그러나 그 때 그녀는 이미 몸을 떨면서 현관을 지나가고 있었다. 그녀는 엄청난 속도로 아들에게로 달려가고 있었다. 무언가 평화와 위로가 필요했다. 그녀에겐 아들이 필요했다. 다비드가 있다는 것 자체가 그녀에게는 위로가 되었다. 그녀가 괴로워할 때 아들은 그녀의 얼굴을 문지르며 '엄마 슬퍼요?' 라는 뜻을 몸짓으로 전달했다. 그녀는 눈물을 훔치면서 아니라고는 말했다.

-아무 것도 아니야, 중요한 거 아냐.-

그러면 다비드는 그녀가 아무 일도 없었던 것처럼 시치미를 뗀다는 것을 알고서 그녀의 손을 마주 잡고 속삭였다.

-내가 커서 돈 많이 벌어 엄마와 궁전 같은 집을 짓고 살게요. 그 때쯤이면 아빠는 세상을 떠날 거고 아무도 엄마를 괴롭히지 못할 거예요-

세상이 공허하고 부조리해 보일 때 다비드는 그녀를 사랑해 준 유일한 사람이었다. 그녀는 너무 연약했기 때문에 남편뿐 아니라 다른 사람들에게서도 많은 상처를 받았다.

그녀를 둘러싸고 있던 사람들은 그녀에게 부담을 줄 뿐이었다. 이제 그녀도 지쳐버렸다. 아무것도 바뀐 것은 없었다. 그녀는 누군가의 어깨에 머리를 기대고 말로나마 위로를 받고 싶었던 것이다.

그날 오후, 다비드는 엄마의 손을 놓지 않은 채 물어보았다.

ㅡ아버지가 바람을 피운다는 것이 사실이에요? 나쁜 여자들과 지낸다는 것이 사실인가요?ㅡ

천사는 눈물로 범벅이 된 그녀의 눈을 바라보았다.

ㅡ내 사랑하는 아들아, 네 엄마는 너 말고는 아무도 필요하지 않아.ㅡ

그녀는 잠시 머뭇거렸다.

아들은 아랫마을로 난 작은 길로 엄마를 끌고 갔다. 그녀는 그때의 정겨움을 결코 잊을 수 없었다. 아들은 엄마의 손에 키스를 하기 시작했다.

ㅡ엄마, 전 엄마만을 사랑해요. 아버지는 정말 나쁜 사람이에요.ㅡ

그녀가 아들의 말에 아니라고 강하게 부인했다.

ㅡ아니야, 아들은 부모를 사랑해야 해.ㅡ

다비드는 그녀의 말에 주의를 기울이지 않았다.

ㅡ전 아빠를 사랑하지 않아요. 난 엄마만을 사랑해요.ㅡ

이제 다비드는 어른이 되어있었다. 어떤 거짓말로도 아들을 속일 수는 없었다.

'이 애도 나 같구나, 이 아이 역시 나처럼 불행할 거야.'

그녀는 아들과 함께 어느 더럽고 추악한 거리를 지나가게 되었다. 집 발코니에 화장을 한 여인들과 웃통을 벗고 몸에 기름을 바른 남성들이 음란하게 웃고 있는 모습이 눈에 띄었다. 어떤 이들은 그들이 지나갈 때 상스러운 말로 중얼거렸다. 다비드는 그 말의 뜻을 알고 싶어 했다.

-아무것도 아니야. 나쁜 거야. 신경 쓸 것 없어.-

그러나 그녀의 온몸이 수치심으로 떨리고 있었다. 누구보다 예민했던 그녀의 아들 역시 울음을 감추지 못했다. 두 사람은 길을 잃은 것처럼 울면서 교차로를 통과하여 뛰어갔다. 그 교차로에서 도냐 에스따니슬라와 다비드는 많은 사람들에게 둘러싸였는데, 그들은 도냐 에스따니슬라와 다비드가 자신들이 쓴 마스크를 보고 당황하는 것을 보더니 색종이를 던지며 조롱하고 비웃었다. 그날 그녀는 호텔로 돌아와 앓아누웠다. 블라스께스 부인이 연 무도회에 참석하기 위해서 에스따니슬라를 기다리고 있던 남편은 너무 더워서 그런 것이니 같이 나가자고 간청했다. 그녀는 도덕적, 육체적으로 허물어져버린 느낌이었다. 그녀에게는 저항할 힘마저도 남아있지 않았다. 그녀는 그 누구와도 만나려 하지 않았고 밖으로 나가려고도 하지 않았다. 남편은 자기가 원하는 곳이면 어디든 갈 수 있었다. 블라스께스 부인의 초대에 남편은 흔쾌히 승낙했다. 그러나 에스따니슬라는 아들과 호텔에 머물러 있고 싶었다. 남편이 돌아올 때까지 그에게 완전한 자유를 주고자 한 것이다. 언제고 남편이 집에 오고 싶을 때는 오고, 블라스께스 부인 집에 머물고 싶을 때는 머물게 해 주고 싶었던 것이다. 그리고 블라스께스 부인에게도 같은 자유를 주었다.

그러나 엔리께는 고집을 피웠다. 손에 경련을 일으킬 정도로 간청하고 탄원했다. 남편은 자신의 속임수에 스스로 빠져 헤어나질 못하고 있었다.

-제발! 제발!-

그녀는 순전히 남편을 경멸하는 의미로 그렇게 하겠노라고 말했다. 남편에게 자신이 질투를 느끼고 있다는 생각을 갖게 하려던 의도였지만, 결국은 '예' 라고 대답하고 만 것이다. 비단 끈으로 포장한 향수와 일본식 상자 속에 보관되어 있던 불어로 쓴 수백 장의 연애편지에서 알 수 있듯이 일생을 두고 너무나도 많은 구애를 받았던 그녀로선, 그와 같은 부류의 남자에게 굴복하고 있을 수만은 없었던 것이다. 도냐 에스따니슬라는 이번 기회에 자기가 남편이 생각하는 것처럼 즐길 줄 모르는 여편네가 아니라는 것을 보여주리라 다짐했다.

아이를 어떻게 해야 할 지가 문제로 남았다. 그 악마는 아이를 남겨놓고 가라고 충고했다. '그래 그는 악마였다. 그림자처럼 우리 두 모자를 따라다니면서 성가시게 해 왔으니까. 그는 덫을 놓고 우리를 기다리고 있었다.'

남편의 입에서 나온 말인 즉 이렇다.

─아이는 호텔에 있는 것이 더 좋아. 만약 심심하면 마당에서 놀겠지. 거기서는 아무 일도 일어나지 않을 거야. 당신이 돌아오면 다비드가 깊이 잠들어 있는 것을 보게 될 거야.─

그녀는 아직도 불안에 사로잡혀 있던 자신의 눈빛과 그런 자신을 안정시키려던 남편의 제스처를 잊지 못한다. 남편은 아내의 동의를 얻어내기 위해서 소년에게 장난감을 사주었다. 다비드의 방에서는 아들의 거리낌 없는 웃음소리가 들려왔다.

아들의 웃음소리를 듣는 것이 그때가 마지막이 되리라는 걸 당시로선 꿈도 꾸지 못했다.

'아! 거기서 장면이 멈춰버렸으면 얼마나 좋았을까. 얼마나 여러 번 시간을 되돌리고 싶었던가, 몇 번이나 무도회장을 떠나고 싶었던가.'

그녀는 수천 명의 적들에게 둘러싸여 한 발짝도 움직이지 못한 채 발을 구르고 손을 비틀며 창밖을 내다보는 악몽을 꾸었다. 그녀는 소리를 지르려고 했지만 목소리가 나오지 않았다. 악몽은 그 후에도 여러 번 꾸었지만 늘 같은 장면이 되풀이 되었다. 남편과 그녀는 카니발에 갈 옷을 입고 호텔 주인의 상냥

한 미소를 받으면서 계단을 내려갔다.

−재미있는 시간 보내세요, 부인.−

장갑을 낀 그의 손은 날아가는 비둘기의 날갯짓을 본뜨고 있었다. 현관에 걸어 둔 새장에서 비둘기들이 울고 있었다.

마당에 도착했다. 마당은 넓고 네모 반듯 했으며 붉은 색 돌로 포장되어 있었다. 모퉁이에는 네 개의 큰 야자수가 세워져 있었는데, 그 주위에는 열대지방 덩굴손이 시원스레 그림자를 드리우고 있었다. 다비드는 린넨으로 된 짧은 바지와 줄무늬 셔츠를 입고 있었다. 아버지가 그에게 소리 나는 장난감을 건네주자 아들은 장난감을 공중으로 흔들면서 기뻐했다. 소년 역시 몰랐다. 그리고 에스따니슬라는 이상스레 자신을 드러내려는 마음에 사로잡혀 극중 인물처럼 행동했다. 아들의 저녁 식사를 책임지고 있는 하녀와 만나 음식에 대해서 세부적인 사항을 의논하는 배역을 맡고 있었다. 그녀는 내장을 다 태워버릴 것 같은 야만스런 광기가 솟구쳐 오르는 걸 느꼈다. 그러나 몸짓만으로도, 소리만 질러도 충분히 그런 주문이 풀릴 것만 같았다. 과거는 산산조각이 나버릴 테니까. 예를 들면 '축제가 정지되었다' 는 전보만 오더라도. 그러나 그녀가 연기하고 있는 배역은 그런 데는 전혀 관심을 보이지 않았다. 그녀는 오직 눈 먼 로봇처럼 눈가리개를 한 채 운명의 손이 이끄는 대로 자신을 맡겨 버렸다. 아이의 이마에 키스를 하고

203

손수건으로 잘 있으라는 인사를 하였다. 아! 안돼, 이제 그만, 이제 그만!

그 이후의 일에 대해서는 두서없이 혼란스럽게만 했다. 연속성이 없는 두 장면이 서로 뒤섞여 그림 맞추기 퍼즐 조각 같았다. 마당 중앙에 야자수가 심겨져 있고 그 나무 꼭대기에는 여러 가지 색깔의 끈들이 매달려 춤 장단에 맞추어 꼬였다 풀렸다를 반복했다. 그리고 표범 가죽을 뒤집어 쓴 소년들이 나무의 몸통 주위를 돌면서 춤추고 있었다. 나선형 빵, 손수건과 작은 거울, 나뭇가지를 휘감고 있는 실타래 장식이 바람결에 따라 빗질하듯 이리저리 흔들렸다. 크리올 출신 여성 한 사람이 팔짱을 끼고 귀에 대고 속삭인다.

–술을 마셔요, 춤을 춰요.–

가슴이 다 드러나는 망토를 걸치고 자신의 어깨 위에 올려놓은 아들과 함께 탬버린을 연주하는 어머니도 있었다. 빙글빙글 돌아가며 춤을 추는 댄서들과 흔들어대는 손수건 물결 사이로 작은 모자를 쓴 에스따니슬라의 머리가 떠올랐다. 에스따니슬라는 이글거리는 눈빛과 투박한 얼굴을 한 소작농 출신의 기타 연주자 주위로 많은 무리가 모여 있는 것을 발견하고 그리로 다가갔다. 그는 도마뱀의 꼬리처럼 잘 휘어지는 채찍을 허리춤에 매고 있었다. 머리는 검은 곱슬머리였고 노래하는 동안 새하얀 이가 드러났다.

친구들이여 노래하라, 노래하라
인생은 짧은 것.
난 무엇을 걱정하고 있는 가
즐긴 뒤에나 하자꾸나.
나는 한낱 허깨비에 불과한데
인생은 짧은 것.
걸어가는 그림자인 것을
즐긴 뒤에나 하자 꾸나,
아무 것도 내게 중요하지 않아.

여러 날과 여러 해가 지나도 그 시를 잊을 수 없다. 그 시어
하나하나가 영혼의 가장 깊숙한 곳까지 울려 퍼지고 있었다. 그
녀는 존경 어린 눈길로 가사를 음미해가면서 듣고 있었다. 그녀
는 어떻게 된 영문인지 자신도 모르게 아들의 이름을 부르고 있
었다. 그녀가 춤을 추는 동안 그녀 주변을 뱅뱅 돌던 사람들의
얼굴이 바뀌었다. 무시무시한 가면을 쓰고 있는 사람도 있었고
늙은이의 몸뚱이에 어린이 얼굴을 달고 있는 사람도 있었다. 에
스따니슬라는 채찍을 갖고 있던 남자를 찾아보았지만 헛일이
었다.
　―그는 초대받지 않은 불청객입니다.―
　수위가 그녀에게 알려 주었다.

이름도 목적지도 없는 그는 에스따니슬라의 영혼을 울리는 메시지를 전하기 위해 온 셈이었다. 그리고 그 임무를 완수하고는 홀연히 떠나버렸다. 그는 바람보다 더 가벼운 말을 타고서 자신의 존재를 미궁 속에 남겨둔 채 먼지바람을 일으키면서 떠나가 버렸다.

그녀는 손님들이 가면을 쓰고 춤을 추는 바람에 남편을 찾을 수가 없었다. 그래서 물어보았다.

－엔리께, 당신이세요?－

사악한 남편의 눈은 가면과 얼굴 사이의 좁은 틈새에서 그녀를 비웃고 있었다. 파티에 온 사람 모두가 게임에 동참했다. 인디오 정령사들은 대담하게 그녀의 허리를 감싸 안았다. 사나운 표범 가죽을 뒤집어 쓴 아이들이 그녀에게 색종이 조각을 던졌다. 순간, 그녀는 다비드와 이야기하고픈 열망에 목구멍이 탔다. 그런데 이런 일은 파티와 같은 모임에서 그녀에게 흔히 일어나는 일이었다. 그녀는 자신이 연극배우가 되어 자기가 맡은 배역의 대사를 낭독하고 있다는 느낌을 받았다. 그녀는 3만 마일 정도 거리에 혼자 떨어져 있다는 느낌이 들어 도망가고 싶어졌다. 언젠가, 그녀가 낙원 길에서 파티를 열었을 때였다. 그녀는 파티 도중에 망사와 유리알이 달린 푸른 색 옷을 입고 바람에 펄럭이는 깃발처럼 신발도 신지 않은 채 평원으로 달려가 버렸다. 파티에서 그녀를 본 남편과 동네 사람들은 그녀가 미쳤다

고 생각했다. 그녀는 평범한 사람들에게는 관심이 없고 이례적
인 사람들에게만 관심을 가졌다. 그녀는 엔리께와 함께 사람들
에게 둘러싸여 숨을 쉴 수가 없을 지경이었다. 그날 그녀는 아
들을 포옹해 주고픈 생각에 가슴이 저며 왔다.(사람들은 그녀가
고상하고 세련됐다고 생각했지만, 실상은 소박한 여인이었다.)
파티에 참석한 여인 중에는 어두운 방구석에서 울며 엄마를 찾
는 아이들을 두고 온 엄마들도 있으리라. 그렇지만 이들은 그녀
와 달리 아이들에 연연하지 않고 춤추고 즐기고 있었다. 에스따
니슬라, 그녀는 그런 여인들이 부러웠다. 그러나 도냐 에스따니
슬라는 혈통적으로 그들과 달랐고 무엇보다 다비드에 대한 그
녀의 사랑은 그 어떤 것과의 타협도 허락지 않는 절대적인 것이
었다.

　엔리께가 응접실 한 구석에 있는 것을 발견하고 쫓아가다가
현기증을 느꼈다.

　-갑시다. 12시예요. 아이가 자려면 제가 필요해요.-

　그녀가 말했다.

　그 말들이 목구멍에서 나오자마자 짓밟혀 버렸다. 말들이 일
관성 없이 마구 쏟아져 나와서 이치에 맞게 정리해서 말하기가
어려웠다.

　-이성적이 되라고. 이런 식으로 자리를 뜰 수는 없어. 우
리가 온 지 1시간 밖에 안 됐잖아. 분위기가 서먹서먹해 질

거야.-

 -아이에겐 제가 필요해요.-

 그녀의 몸이 나뭇잎처럼 떨리고 갑자기 한기가 느껴져 입술을 움직일 수가 없었다. 엔리께는 애원하는 태도로 그녀를 바라보았다.

 -제발 조용히 좀 있어줘. 이 시간이면 다비드는 벌써 잠자리에 들었을 거야.-

 어쩌면 그가 이미 아들의 죽음을 알고 그것을 내게 숨기려 했을지도 모른다. 집 주인이 응접실로 나왔다. 엔리께에게는 블라스께스 부인만이 중요한 유일한 사람이었다. 사고가 벌어진 이후 그녀는 세부적인 정황들을 재검토하면서 사건의 공통분모를 찾고자 했다. 그러나 그녀가 도달한 결론은 미리 사건의 실마리를 잡았다 손치더라도 상황이 바뀌지는 않았으리라는 점이다.

 그녀는 온실로 달려갔다. 걸신들린 것처럼 난초와 해바라기, 그리고 다알리아 위로 몸을 굽혔다. 그녀가 머리를 돌렸을 때, 눈은 눈물로 흐려져 있었다. 입술에는 한 이름만이 남아있었다. 다비드. 주문처럼 반복해서 그의 이름을 불렀다. 크리올 사람의 즐거운 가락이 마당에서부터 울려왔다. 초대된 손님들은 웃으면서 색종이를 던졌다. 다른 사람들은 술을 마시고 음식을 게걸스럽게 먹고 있었다. 그러나 그들의 귀에는 '우리는 허깨비에

불과해, 인생은 짧은 것, 걸어 다니는 그림자, 즐긴 뒤 남는 것
은 아무것도 없지' 라는 시구만이 들려왔다.

술을 마시지도 않았지만 술에 취한 느낌이었다. 주위가 모두
마비되는 것 같았다. 현관에서 발자국 소리와 소곤거리는 소리,
의미 없이 내뱉은 목소리가 들려왔다. 쌍을 이룬 남녀가 음악에
맞추어 팽이처럼 빠른 속도로 춤을 추다가 점점 속도를 늦추어
갔다. 음악가들에게 악기를 내려놓으라는 지령이 내려졌다. 유
일하게 흑인 한 명이 기타의 줄을 켜고 있었는데 그 음을 듣자
전기에 감전되는 듯한 느낌을 받았다. 그녀는 떨기 시작했다.
그녀는 심한 갈증을 느끼고는 손을 더듬어 물 컵을 찾았다.

　-제발, 제발.-

그녀가 다가감에 따라 손님들은 뒤로 물러나 조용히 가면과
눈가리개를 벗었다. 그들의 얼굴은 마치 밀랍을 발라놓은 것처
럼 창백했다. 그녀를 바라보고 아무 말도 하지 않았다.

　-오, 기타 소리만이 들리고 더 이상 아무 생각도 할 수가 없
었어. 그들의 공허한 눈동자 속에 비친 나를 바라보았지. 대리
석처럼 창백해진 엔리께를 발견하고 비틀거리면서 그에게로
다가갔어.-

　-아이, 아이는요? 다비드는요?-

내가 물었어.

　-다비드 말이야?-

남편은 내 말뜻을 이해하지 못했다. 여러 색깔의 가면들이 나에게 윙크를 하고 나무 가지들이 아첨 하듯 살랑거렸다. 응접실 한 쪽 구석에서 술 취한 남자의 웃음소리가 들려왔다. 여러 색깔로 장식되어 있는 테이프와 환등 축제의 흔적이 포도 시렁 위에서 흔들리고 있었다. 세상이 온통 소리를 잊어버린 것 같았고 나 역시 혀가 고무로 된 것 같은 느낌이 들었다. 이때, 분위기에 맞지 않게 한 소년이 장난감을 흔들면서 응접실에 들어와 훼방을 놓았다. 그러자 누군가 그 소년의 따귀를 후려 갈겼다. 술잔이 쏟아졌다. 마침내 나는 "다비드"하고 외쳤다. 그러나 때는 이미 늦어 버렸다. 아들은 죽었고 아무도 그를 소생시키지 못했다.

─그의 장례식은 너무나 아름다웠어, 아벨. 그는 마치 잠들어 있는 것 같았어. 만약 사람들이 바늘로 내 목을 찔렀다 하더라도 난 아무 통증도 느끼지 못했을 거야. 나는 사태의 심각성을 깨닫지 못했어. 나는 나를 위로해 주려고 오는 놈들을 경멸했어. 마당의 중간에 밤샘을 위한 임시 숙소를 설치했어. 곡하는 여자가 신음하면서 한 숨을 짓고 있었지. 관례에 따라서 호텔 주인은 소년을 위해 파티를 베풀어주고 사람들은 모두 초대되었단다. 흑인들은 술병을 들이키면서 술 취한 목소리로 소년의 영혼을 달래는 기도문을 읊조렸지. 아이의 몸은 꽃에 뒤덮인 채 마당 가운데 누워있었어. 꽃잎의 바다에 떠 있는 듯 아이의 손

210

과 얼굴만 보였어. 나는 덧없이 이마 주위를 여러 번 돌아가며 키스한 뒤, 진주로 된 관을 그의 이마에 씌웠단다. 다비드의 어깨는 은으로 도금한 판지로 장식되어 있었고 하얀 옷을 입은 여섯 살 난 소년이 손수건을 꼬았다 풀었다 하면서 '신은 죽지 않는다'는 왈츠를 추었지.-

　-다비드 나이 또래의 소년들이 어깨 위에 관을 짊어졌지. 마치 야생화나 새의 장례식 같았단다. 관은 반짝이는 금박으로 만든 깃발과 여러 색깔의 끈, 그리고 크롬으로 도금 된 판지로 장식되어 있었어. 길가에 나온 손님들은 관이 지나갈 떼 꽃을 던져 주었지.-

　도냐 에스따니슬라는 갑자기 이야기를 끊었다. 마치 입술 사이에서 숨이 멎는 것 같았다. 아벨은 오솔길에서 고개를 아래로 떨어트리고 눈을 땅에 고정시킨 채 계속 이야기를 듣고 있었다. 히야신스와 야생초들 사이에서 양귀비의 강렬한 색채가 돋보였다. 삼나무의 뾰족한 가시가 하늘을 향해 뻗어있어서 푸른 하늘과는 좋은 대비를 이루고 있었다. 그리고 마술을 부린 탓인지 풍경 전체가 몽환적인 분위기를 자아냈다. 운구를 맡은 소년들은 어깨에 관을 맨 채, 테라스로 이어지는 오솔길 계단을 내려가고 있었다.

　맨 앞에 선 소년은 다른 소년들에 비해 키가 작았는데, 가는 막대를 흔들면서 균형을 잡거나 뒤따라오는 사람들에게 길을 열어주곤 했다. 동갑내기 작은 소년들의 어깨에 실려 가는 다비드는 동화 속의 소년처럼 하얀 옷을 입고 있었다. 누군가가 다비드의 손가락 사이에 꽃을 꽂아 놓았다. 다른 사람들은 걸음의 보폭을 일정하게 유지하면서 뒤따라오고 있었다.

아벨은 장례식 행렬을 더 잘 보고 싶었다. 아벨은 얼굴 위로 뜨겁게 내리쬐는 8월의 태양빛을 가리기 위해서 손에 든 조개껍질을 차양 삼아 눈 위에 올려놓았는데 이것이 진가를 발휘했다. 운구 행렬은 너무 길어서 지평선을 이루고 있었다. 마지막으로 장례 행렬을 따라오던 소년들은 저 멀리 있는 정원에 누군가 심어놓은 꽃과 관 속의 꽃을 혼동을 할 지경이었다. 누군가 아무 소리도 나지 않는 사탕수수를 피리처럼 불어댔다. 어떤 소년들은 작은 소쿠리에 담긴 꽃을 죽은 아이 위로 계속 던지고 있었는데 그 모습이 마치 미사 때 성수를 뿌려대는 나이 어린 복사(服事) 같았다. 행렬은 멀어져 갔다. 소년들이 겉옷을 바람에 휘날리면서 아벨에게서 등을 돌린 채 멀어져 가고 있었다. "기다려"아벨은 그들을 뒤따라 잡고 싶은 충동을 느꼈다. 꽃비가 오솔길 계단을 덮고 있었다. 아벨은 난쟁이처럼 꽃길을 따라 소년들을 뒤쫓을 수 있었지만, 새들이 와서 그 꽃잎들을 먹어 길을 잃을까 걱정이었다. 그렇게 되면 아벨은 양 팔 사이로 죽은 소년의 시체를 안고 있어야 하지는 않을까.

아벨은 눈을 크게 뜨고 도냐 에스따니슬라에게 미소를 지어 보였다.

　-네가 그를 보았다구?-

　그녀는 아벨의 볼에 손자국이 날 정도로 두 볼을 세게 잡고 자기 곁으로 바싹 잡아당겼다. 그녀는 다음과 같이 이야기했다.

　-나도 그들을 봤어. 이따금씩 그들을 만져볼 수도 있었어. 그렇게 하는 것이 어쩌면 그리 이상할 것도 없어. 우리들 사이의 경계는 지워져 버렸으니까…. 현실이란 너무나 막연한 거야…. 기타를 켜는 사람이 내게 가르쳐주었지. '우리는 더 이상 걸어 다니는 그림자와 같은 허상이 아니야.' -

　그녀는 집과 평원, 바다와 만, 그 모든 것을 다 품고도 남을 만큼 큰 반원을 그렸다.

　-이 모든 것들이 폐허가 되고 내 육체가 야생화 거름이 될 때, 다시 말하자면 야생화의 꽃잎 속에 나의 잃어버렸던 모든 매력이 녹아날 때, 난 새가 되어 이 곳을 날아다닐 거야. 네가 날 찾아준다면 언제든 널 실망시키지 않을게.-

　　***

　… 그녀에게는 로마노라는 또 다른 아들이 있었는데 어릴 적부터 좀 이상했다. 로마노는 마르고 창백하고 감상적이었으며, 수려한 그의 외모는 사람들의 이목을 집중시켰다. 아벨은 수백

장이나 되는 로마노의 사진을 보았다. 마치 아들의 운명을 예감한 어머니가 생전의 아들 모습을 잊지 않으려고 많은 증거들을 남겨놓은 것 같았다. 그는 행복할 운명이었다. 그녀는 아들이 태어나면서부터 뭔가 독특한 삶을 살 것이라는 징조를 발견했다. 어느덧 아들 로마노는 어머니 도냐 에스따니슬라가 의지할 수 있을 만큼 자라 있었다. 그녀는 다른 사람들에게 사랑을 베풀다가 지쳤을 때 로마노의 사랑을 통해 상처를 치유 받고 새 힘을 얻고 싶어 했다.

그녀의 아버지는 너무 일찍 돌아가시는 바람에 그녀에게 버팀목이 되지 못했고 남편 역시 이런 버팀목의 역할을 감당할만한 위인이 되지 못했다. 로마노가 집안의 모든 살림을 책임지고 어머니의 버팀목이 되어주었다면 그녀 역시 편히 쉴 수 있으련만. 몇몇 특별한 사람들만이 아무런 대가도 받지 않고 주는 것에 만족하는 법이다. 그녀가 존경하는 아들 역시 그런 류의 사람이었다. 로마노는 사랑을 설명하려는 것을 거부했다. 그는 계산된 사랑을 이해할 수 없었던 것이다. 로마노가 꽃으로 꾸민 집을 만들기 위해서 아버지의 서류가방을 털었던 일은 두고두고 그녀에게 잊지 못할 충격으로 남았다.

어제 일처럼 그때 일을 생생하게 기억하고 있다. 안개가 자욱이 낀 날 아침, 오렌지 빛깔의 여명이 커튼 사이로 스며들었다. 로마노는 유모와 함께 산책을 나갔고 그녀는 그들을 배웅하기 위해 현관으로 내려갔다가 부엌으로 올라갔다. 그날은 그녀가 영세명을 받은 날로 무엇인가 특별한 음식을 준비해야 했다. 음식에 대한 세부적인 사항을 지시하려던 참에 문에서 초인종 소리가 울렸다. 그녀가 직접 문을 열어주었다. 계단에 유니폼 차림의 한 사내가 커다랗고 하얀 꽃다발을 갖고 서 있었다. 그는 한 쪽 구석에 그녀의 이름과 주소가 적혀 있는 봉투를 내밀었다.

'어머니에게, 로마노 드림.'

에스따니슬라는 남학생의 필체로 쓴 로마노의 편지가 그 어떤 선물보다 아름다워 잊을 수가 없었다. 이후로 다른 더 많은 꽃들이 배달되어서 집은 온통 하얀 칠을 한 정원처럼 변해버렸다. 그리고 모든 카드에서 '로마노'라는 이름이 빛나고 있었다.

그날 남편이 돌아와서는 미친 듯이 화를 냈다. 돈이 없어졌다는 것을 알고 아들을 때리려고 했다. 아내는 눈물에 젖은 눈으로 남편을 말렸다.

-그 아이를 내버려둬요. 제 잘못이에요.-

도냐 에스따니슬라는 아들에게 무척 관대했다. 그녀 역시 로마노 또래의 나이에는 비슷한 짓을 하곤 했다. 그녀의 아버지는 그녀가 어떤 잘못을 저질러도 웃어넘겼다. 그녀는 아들을 이해했다. 그러나 그녀가 현명한 어머니였다면 아들을 몹시 나무랐을 것이다. 그러나 로마노는 달랐다.

엔리께는 그의 아들이 평범하다고 생각하고 있었다. 그에게 다른 소년들처럼 교육을 시키고, 늘어진 머리를 자르고 푸른 교복을 입히고 사립학교에 보내기를 원했다. 그래서 그녀에게 다음과 같이 말하곤 했다.

—여보, 신부님들이 아이들의 교육에 대해선 우리보다 낫지. 로마노는 여기 친구가 하나도 없잖아. 혼자서 지내는 데 익숙해지면 사람을 싫어하게 될 거야. 로마노, 이제 너는 곱슬머리를 자르고 방에 있는 인형 따위는 내다 버려라. 내가 네 나이였을 때 나는 이발을 하고 아이들과 전쟁놀이를 하곤 했단다.—

그러나 그녀가 대꾸했다.

—로마노는 다른 사내아이들과는 달라요 그 아이들이 좋아하는 것을 로마노는 좋아하지 않아요. 만약 당신이 로마노를 다른 아이들의 생활양식에 끼워 맞추려고 한다면 그를 천박하게 만들고 말 거예요. 뿐만 아니라, 아이가 우리와 함께 행복하게 지내는데, 왜 굳이 아이를 우리들에게서 떼어내려고 안달이세요?—

그 마을에서는 서로 선물을 주고받는 습관이 있었다. 그녀는 장난감, 과자, 의상, 색깔 있는 공을 주고 그 대가로 양귀비가지, 바다달팽이, 그리고 심지어는 연애편지를 받기도 했는데 이것은 종교적으로 금지하는 것이었기 때문에, 빌로드로 된 끈으로 포장해서 래커 칠을 한 작은 상자에 보관하였다. 종종 남편

216

이 부인의 사교를 이유로 그녀를 강제로 집밖으로 데리고 나가기도 했다. 그러나 그녀는 자신의 천사가 자신을 이대로 저버리지 않을 거라고 굳게 믿었다. 경망스럽고 허식으로 가득 찬 사람들에게 둘러싸여 있던 그녀는 로마노가 여느 소년과 달리 잠자리에서마저 그녀만 생각하고 있으리라 추측했다. 뿐만 아니라, 그녀는 로마노가 자기에게 용기를 주기 위해서 어쩌면 이 시간에도 그녀를 위해서 편지를 쓰고 있으리라 생각하며 마음의 평안을 삼았다.

도냐 에스따니슬라는 가슴에서 작은 봉투를 꺼내서 아들의 향기를 들이마신 후, 아주 조심스럽게 봉투를 열었다.

'오랜 만에 달을 보니 어머니 생각이 납니다. 그러나 어머니는 달보다 더 아름다우세요. 로마노'

가냘픈 미소가 아벨의 입가에 퍼져 나왔다. 도냐 에스따니슬라는 부드럽고 사랑스러운 눈으로 아벨을 바라보고 있었다. 아벨은 그녀가 자기에게 무슨 말인가 하기를 기다리고 있는 것 같아 서둘러 대답했다.

-너무나 훌륭해요.-

-그렇지?-

정말 그녀는 넋이 나간 것 같아 보였다. 그녀의 손은 다정하게 그를 쓰다듬었다. 아벨 역시 훌륭하기는 마찬가지였다. 왜냐하면 그녀가 말하는 것을 한 마디도 놓치지 않았기 때문이다.

그것은 부인할 수 없는 사실이다. 그녀의 말을 제대로 듣지 않았다면 지금처럼 말하지는 않았을 테니까. 많은 사람들이 그녀를 믿어주는 척 했지만 그녀는 그들을 믿지 않았다.

−당시 우리의 재산은 상당히 많이 줄어들었단다. 엔리께는 일이라곤 도무지 하려 들지 않고 투기 사건에까지 연루되어 상당한 재산적 손실을 보았단다. 유럽에서 전쟁이 일어났을 때, 그는 마르코를 사두었어. 그의 카지노 친구들이 독일이 전쟁에서 반드시 이긴다고 장담했기 때문이야.−

−갈리그폴리에 조금만 투자하면 되. 유럽 전체가 독일의 손아귀에 들어가게 될 거야. 곧 마르코의 시대가 도래할 거라고.−

엔리께는 장담했지만, 상황은 카지노 군인들의 예상을 빗나가고 말았다. 프랑스인들이 원조를 많이 받게 되어 독일은 얻었던 것을 모두 잃게 되었다. 연합군의 화폐는 그 가치가 올라가고 투기꾼들은 마르코의 시세를 떨어뜨려 부자가 되었다. 사람들은 독일 화폐를 버리게 되었다. 그는 고집스럽게 더 많은 마르코를 보관해두었다. 집에는 마르코 화폐로 가득 찼다. 집안의 벽이 온통 무시무시한 독일인 얼굴이 그려져 있는 독일화폐로 도배되고 있었다. 그러나 그녀의 아버지가 정치와 재정에 대해서 그녀에게 특별한 재능이 있다고 말해왔던 것처럼 그녀는 처음부터 이런 사태가 벌어질 것을 예견하고 남편에게 경고했었다. 엔리께가 그녀에게 와서 눈물을 흘리던 날, 그녀는 '나의 가

여운 친구' 라고 부를 뿐 그를 비난하지 않았다.

그녀는 그 때의 광경을 정확하게 기억하고 있었다. 굴뚝에서 불이 훨훨 타오르고 있었다. 벽에 흩어져 있는 신문들, 어머니의 무릎에서 자고 있는 아이. 엔리께는 의자의 팔을 손으로 톡톡 건드리고 있었다. 그의 옆에는 위스키 한 병이 있었는데 그는 일정한 간격을 두고 계속 술을 마셔댔다. 신문은 방금 화폐 가치의 하락을 알렸고 집안은 벌레의 날갯짓 소리가 들릴 정도로 적막했다. 바로 그때, 그녀는 무슨 영문에서인지 갑자기 일어나 앞으로 나왔다. 그녀는 화폐 다발을 넣어둔 상자를 열어 보았다. 한 개 한 개 돈뭉치를 아궁이에 던졌다. 던져진 화폐에서 탁탁 튀는 소리와 찢어지는 소리, 그리고 쥐어짜는 소리가 났다. 아궁이의 불꽃이 다 꺼졌을 때, 방안은 온통 노랗게 밝혀져 있었다. 그녀가 무릎을 꿇고 앉아 불씨를 되살리며 얼마간을 그렇게 있었는지 알 수가 없었다. 일이 모두 끝나자 아이가 잠에서 깨어나 멍하니 그 광경을 바라보고 있었다.

-사랑하는 아들아.-

그녀가 말했다.

그녀는 모든 것이 잿더미로 변한 것을 지켜보고 있었다. 남편은 얼굴을 손으로 가린 채 소파에 깊숙이 앉아있었다. 그녀는 남편을 '불쌍한 친구' 라고만 했다. 그녀는 아들을 안고 방을 나왔다.

그들은 많은 돈을 잃었다. 그러나 그녀는 아들이 그 사실을 아는 것을 원치 않았다. 그 사건이 잘 진척되지 않은 것이 아버지의 어리석음 때문이라는 것을 아들이 안다는 건 생각만 해도 끔찍했다. 그녀는 홀로 십자가의 길을 견디고 싶었다. 그녀는 남편의 수치스런 실패 때문에 남모르는 고통을 당하면서도 아들에게 확신에 가득 찬 얼굴을 보여주기 위해 화장을 하고 있었다. 그녀는 사업이 순풍을 타고 있는 것처럼 꾸며댔다. 아들을 갓난아기 속이듯 속인 것이다. 그러나 그녀는 언젠가 로마노가 자기가 짊어진 모든 문제를 대신 책임져 자신이 더 이상 기를 쓰고 몸부림치지 않아도 될 날이 오리라는 생각에 기뻤다. 그녀는 항상 로마노를 성숙하고 고상한 어른으로 꿈꿔왔다. 그 사이에 그녀는 점차 자포자기 상태에 빠져갔지만 끝까지 아들의 때가 오기를 기다렸다.

로마노가 열다섯 살이 되자, 그녀는 그를 외국으로 유학 보내기로 결정했다. 엔리께는 반대했다. 로마노가 아직 어리고 체류하는 데 비용이 많이 든다고 말했다. 그러나 그녀는 듣지 않았다.

―로마노는 보통 아이와는 달라서 어떤 어려움이 와도 이겨낼 거예요. 벌이 맛을 보지 않고도 꽃의 아름다움으로 꽃가루를 선택하듯이 로마노도 아름다운 것만을 상대하는 애라고요.―

로마노의 행복을 위해서라면 어떠한 장애도 그녀를 막지 못했다. 원거리로부터 날마다 사랑의 편지를 받았다. 외국어로 된 먼 나라의 우표가 찍혀있었다. 로마노는 더할 나위 없이 행복했고, 그녀에게 로마노의 행복만큼 중요한 것은 없었다. 비록 수천 마일 떨어져있었지만 그녀는 남편보다 로마노와 더 가깝게 동행하고 있었다. 왜냐하면 사랑이란 육체적 존재가 지니고 있는 현실적인 한계를 초월하는 것이었기 때문이다.

매년 여름이 오기를 초조하게 기다려왔는데 그것은 여름이 되면 그녀의 아들이 낙원 길로 되돌아오기 때문이다. 로마노는 결국 잃었다가 다시 찾은 탕자가 되어 있었다. 로마노와 그녀에게 그것은 새로운 삶의 시작이었다. 그들은 남의 눈에 띄지 않는 집구석을 찾아다니며 함께 지냈다. 그들은 아게다와 남편에게서 떨어져 지내려고 일정을 바꾸기까지 했다. 저녁을 먹은 뒤 만나 여명이 틀 때까지 깨어 있곤 했다. 로마노는 여행하는 동안 어머니를 얼마나 그리워했는지를 말했다.

―저는 항상 엄마와 함께 있고 싶었어요.―

라고 말하곤 했다. 그녀는 바다 위에 뜬 달빛이 명멸하는 것을 바라보면서 아들의 달콤한 말에 푹 빠져 들고 있었다.

그런 상황을 묘사하기 위해서는 말보다 더 확실하게 의미를 전달할 무언가가 필요하였다. 해변에 있는 등대의 우윳빛 불빛은 만을 환하게 비추면서 돌아가고 있었다. 하늘을 찌를 듯이 솟아있는 삼나무 가시들은 주석으로 된 얇은 동판으로 만들어진 것 같았다. 또한 피뢰침이 바이올린의 구슬픈 곡조를 토해내고 있었다. 두 사람은 삶의 무상함이 갖는 우울한 매력 속에 한껏 빠져 있었다. 예정되어 있던 휴가가 9월 바람에 날아가 버리고는 살풍경한 겨울이 성큼 다가와 있었다. 그러나 그녀는 속으로 말하곤 했다.

'로마노는 태어날 때부터 자신에게 속해있는 것들을 감당하기 위해 돌아오려고 떠날 운명이었어. 축적된 경험이라는 보물은 그에게 더욱 커다란 이로움을 주게 될 거야.'

그녀는 가능한 오랫동안 그의 곁에 머물러 있었다. 그녀는 아들의 매력적인 몸짓을 바라보는 것만으로도 충분했다. 그의 머리칼은 그리스 신화에 나오는 신들처럼 가을바람에 휘날리고 있었고, 그녀는 방에 있는 거울 앞에서 신부처럼 레이스로 장식된 옷을 입고 있었다. 그러나 남편은 그것이 무슨 의미인지를 전혀 이해하지 못했다. 자신의 아들이 지나치게 그녀에게 응석을 부린다고만 생각했다. 그는 화가 났다.

아들이 떠나있던 몇 해 사이에 엔리께의 성격은 엄청나게 변해버렸다. 삶이란 무상한 것이라고 생각하기 시작했다. 그리도 꿈꿔왔던 안락한 삶은 부메랑처럼 돌아와 그를 때리는 것이었다. 그 공허함을 어떻게 채워야 할 지 몰랐다. 그는 온종일 해먹에 누워서 주식을 파운드로 환산하면 얼마나 될 지만을 계산하고 있었다. 종종 주식거래에서 작은 이득을 보기도 했다. 그는 스스로를 변명하려고 하면 할수록 더 화가 났고 부인의 배려가 그를 오히려 격분하게 만들었다. 그는 부인을 파괴하고 자신의 허무 속에 그녀를 소멸시키고 싶어 했다.

그 무렵 그는 자기 소유의 부동산이 인접해있는 해안가에 관광호텔을 신축하기 위해 엄청난 액수의 돈을 투자하고 있었다. 그 호텔의 정면에 펼쳐져 있는 카탈란 해변에 머물기를 원하는 여름 피서객의 수는 매년 증가하고 있었고, 엔리께는 큰 이득을 보게 되리라 자신하고 있었다.

***

그 해변에서는 가장 훌륭한 호텔이 될 것으로 기대됐다. 몇 달 동안 건축자재를 실은 트럭들이 낙원 길과 팔라모스 사이의 15킬로미터 도로를 쉴 새 없이 지나다니고 있었다. 노동자들은 일을 시작했다. 엔리께는 세비야인 건설업자 한 명을 부동산 고문으로 초청하였는데, 그는 챙이 넓은 모자를 쓰고 있었고 풍채는 마르고 왜소했다. 그는 손가락 사이에 갈대로 만든 스틱을 넣어 계속해서 돌리고 있었다. 그의 목소리는 현장 가장 높은 곳에서도 쉽게 알아들을 수 있을 정도로 컸다. 엔리께는 테라스에서 그 건설업자가 원숭이처럼 민첩하게 발판 위로 기어오르는 것을 여러 차례 볼 수 있었다. 그가 발판 위에 올라서서 익살

223

스럽게 지팡이를 흔들어대며 구경하는 사람들에게 말을 건네는 모습은 마치 서커스의 야바위꾼 같았다.

낙원 길은 외국인 무리들에게 침범 당하는 것 같았다. 감독관과 노동자 반장, 그리고 하루 종일 집 주위를 맴돌다가 남편의 지시에 따라 도서관에 모이는 설계사들. 엔리께는 그들 사이에 있을 때마다 기적처럼 다시 젊어지는 것 같았다. 그는 공사가 진척되는 것을 좀더 빨리 보기 위해 날마다 일찍 일어나곤 했다. 부인의 권고대로 은행에서 필요한 대출을 받거나 도면을 꼼꼼하게 살펴보는 데는 신경 쓰지 않고, 미장이 같은 옷차림을 하고 현장에 나타나선 일의 진행만 방해하며 할 일 없이 추억에 잠기곤 했다. 사실 엔리께는 설계도면이 너무 복잡해서 눈이 어지러울 지경이었다. 그는 장담했다.

–두고 봐! 이제 자본가들이 돈을 싸들고 쫓아오는 걸 지켜보게 될 테니.–

그러나 돈을 결제할 기간이 일주일이 지나도록 자본가들은 도착하지 않았다. 예금해 둔 돈이 모두 바닥이 났다. 누군가 독일 유태인에 대해서 말해 주었고 엔리께는 결국 쾰른 행 비행기에 몸을 실었다.

한편, 건설현장의 태업이 사태를 더욱 복잡하게 만들었다. 노동자들은 더디게 일하고 있었다. 작업은 진척되지 않았다. 꽁꽁 얼어붙은 어느 겨울날 오후, 그녀는 테라스에 앉아 다가올 재앙의 심각함을 예상하며 몸을 떨었다. 하늘을 향해 입을 벌린 채 쓰러져 있는 운반차량, 꼴사나운 벽돌더미, 앙상하게 뼈만 남은 철근 콘크리트, 그럼에도 불구하고 노동자들은 임금 지불을 요구하다가 공사를 중단해 버렸다.

3월이 시작되었다. 저녁 6시 15분 전, 해가 지면서 저녁노을이 기초공사 중에 중단되어버린 호텔 건물을 비추었다. 아게다의 팔에 기대어 에스따니슬라는 조용히 폐허가 된 현장을 돌아보았다. 그녀의 전 재산은 무능한 남편 때문에 증발해 버렸다. 그러나 아들 로마노는 아직 그 사실을 모르고 있었다.

－…로마노는 그 때 파리에 있었지. 쿼터 대학의 날인이 찍힌 로마노의 마지막 편지에는 그 해 봄에 돌아오겠다는 내용이 씌어 있었어. 그에게 보낸 편지에 아버지의 잘못된 사업에 대해서는 전혀 언급하지 않았어. 우리는 부동산을 저당 잡혀야만 했지. 이해하겠니? 그 아이가 공부를 끝내려면 아직 1년을 더 기다려야 했기 때문이야. 공부가 끝나기 전에 그 아이를 걱정시키고 싶지 않았단다. 로마노가 도착하기 며칠 전, 낙원 길에 한 이탈리아 여인이 인형을 팔고 다녔어. 길에서 우연히 그녀와 마주쳤을 때 나는 그녀에게 인형을 팔라고 했어. 그녀는 처음에는 이해할 수 없다는 표정을 짓더니 곧 상자 안에 든 것을 보여주기 시작했어. 잠자는 공주를 깨워줄 왕자를 기다리는 동화 속 공주처럼 나의 눈앞에는 이탈리아 고전 연극에 등장하는 인형

들이 나타났어. 아를레낀, 폴리체넬라, 콜롬비나, 피에롯은 머리에 금박이 박힌 왕관을 쓰고 있었어. 그 인형들의 의상은 세심한 주의를 기울인 것처럼 보였어. 아득하게 먼 옛날 어느 지방의 카니발 축제에서나 봄직한 화려하고 광택이 흐르는 옷이었지. 그것 말고도 비단으로 된 눈가리개와 울긋불긋한 색상의 치마, 콜롬비나의 섬세한 목에 걸쳐져 있는 장식용 유리알, 도미노의 손 사이에 끼여 있는 부채. 나머지 상자에는 마법으로부터 풀려나기를 기다리고 있는 기사들, 성직자, 파스텔로 그려져 있는 작은 대주교, 반지와 지팡이, 도금한 고깔모자 등이 있었단다.

새장에 갇혀 있는 새만 봐도 풀어주고 싶어 하던 나는 상자 속에 갇혀있는 인형들도 자유롭게 해 주고 싶었단다. 천으로 만든 로마노의 침대 위에 인형들을 모았는데 아직 풀지 않은 상자가 남아있었어. 이탈리아 여인은 빌로드 끈으로 장식되어 있던 이 마지막 상자를 네게 보여주려 하지 않았단다. 내가 물어보자 그녀는 핑계를 대면서 대답했어.-

-부인의 기호에 맞지 않을 겁니다. 보실 만한 가치가 없습니다.-

-그럼에도 불구하고 난 그것을 풀어보고 싶은 유혹을 뿌리칠 수 없었어. 그것은 검은 통나무에 앉아서 군주의 홀을 휘두르고 있는 아이보리 빛깔의 해골이었어. 나는 그저 그 해골 인

형을 나머지 인형들 사이에 놓아두었단다. 아를레낀의 희고 붉은 얼굴과 폴리치넬라의 빛나는 두건 사이에 놓여있는 해골 인형은 푸른 침대를 배경으로 꼿꼿이 서서 세상을 조롱하며 빈정대고 있었지.

잠시 후 내 선물에 보답이라도 하듯 로마노가 왔어. 그가 낙원 길로 올 때마다 빌리던 자동차에는 어떤 소녀가 타고 있었어. 그 소녀에 대해서 난 그때까지 전혀 들은 바가 없었단다. 끌라우데란 이름을 가진 소녀는 작고 우아하고 민첩했지. 그녀는 영양처럼 우아했단다. 그녀는 소년처럼 머리를 짧게 깎았고 머리칼은 관모처럼 빳빳하게 서 있었어. 선원들이 입는 블라우스에 반쯤 걷어 올린 바지를 입고 있었다. 갑작스레 나타난 그 소녀 때문에 나는 무척 당황했지. 로마노는 그 날까지 한 번도 소녀에 관한 이야기는 한 적이 없었어. 뿐만 아니라, 로마노가 끌라우데에게 너무 잘했기 때문에 난 그녀에게 호감이 가지 않았단다.-

-어머니, 제가 여자 친구 끌라우데를 소개시켜 드릴 게요. 끌라우데는 이번 여름을 함께 보내게 될 거예요.-

-그녀는 웃으면서 나에게 손을 건넸어. 그녀의 푸른 눈은 아침에 솟는 태양처럼 빛나고 있었지. 그녀의 시선은 라이벌에게 건네는 것과 같이 승리의 눈길이었어. 나는 조금도 주저하지 않고 그녀의 뺨에 키스를 하며 '낙원 길에 잘 왔어. 내 아들의 모

227

든 친구들은 곧 나의 친구예요.' 라고 말했어. 나는 그들이 조심성 없이 테라스 쪽으로 멀어져 가는 것을 염려스럽게 바라보고 있었어. 그들은 계단의 손잡이에 기대어 부서져 버린 작은 교회당의 원형지붕, 삼나무와 주목의 미로, 돌멩이와 잡초로 뒤덮여 있는 저수지를 바라보고 있었어. 그때 바다가 요동치고 있었던 게 기억나는 구나. 바람은 한 순간 사라져버리는 거품을 흩뿌리며 푸른 바다 표면에 이따금씩 주름을 그려놓고 있었어. 거대한 공허감이 내 영혼에 엄습해왔단다. 이 모든 것이 내겐 악몽 같았어. 제발 그녀가 사라져 주었으면. 도저히 의욕이 나지 않아 안락의자에 몸을 던졌어. 그렇게 점심 식사 시간까지 멍하니 있었단다. 바로 그날, 나는 끌라우데에게 빼앗긴 사랑을 다시 내게로 쏠리게 하려고 마음먹었어. 로마노가 그녀를 자신의 애정을 받을만한 인물로 보았기 때문에 그녀는 나의 애정 역시 받을만한 사람이 되어야 했어. 로마노는 그녀가 고아라고 했어. 그래서 나는 그녀에게 뭔가 어머니와 같은 존재가 되려고 마음먹었다. 그러나 그런 시도가 부질없다는 것을 금방 깨닫게 되었지. 끌라우데는 매우 냉정하고 이기적이었어. 어떠한 환대도 그녀의 마음을 움직이지 못했지. 오랫동안 나는 그녀에게 나의 애정을 보여주려고 노력했어. 그러나 끌라우데의 냉소는 그녀의 마음을 사로잡으려던 나의 시도를 뿌리부터 잘라버렸지. 그녀의 지나치게 강한 독립심이 그녀를 거의 불사조에 가깝게 만들어 버린 거야. 그녀는 몸 전체로 '나는 그런 아이야, 그러니까 마음에 들지 않거든 당신이 포기하라고.' 라고 선언하고 있는 것 같았단다.-

　-처음에 내가 그녀에 대해서 품었던 사랑 때문에 나도 모르게 그녀를 자꾸 감시하고 간섭하려는 위험한 유혹에 빠져들었지. (그녀는 맨발로 차도를 걸어갔어. 위험하지 않을까? 그녀는 금식으로 사흘을 버티고 있었단다. 아침에는 차 한 모금도 마시지 않았지. 건강에 해롭지는 않을까?) 그러나 끌라우데는 빗방울 소리를 듣고 있는 듯 했어…. 그녀는 내가 하는 말에 전연 관심을 기울이지 않았어. 그녀는 어느 누구보다 냉소적이고 솔직했고 그런 자신을 전혀 숨기려 들지 않았어.-

　-어느 날, 나는 로마노를 통해서 그녀가 동백꽃을 좋아한다는 것을 알게 되었어. 그래서 그녀의 방에 동백꽃 한 광주리를 보내주었지. 내 기억에 그 날이 까르멘 성녀의 전야였던 것 같아. 왜냐하면 그날 동백꽃을 건네준 정원사가 누가 세례명을 받은 것을 축하하는 것인지 물어왔기 때문이야. 그날 아침, 내가 회랑에서 꽃무늬 책상보를 수놓고 있을 때 그 애가 새처럼 노래를 부르면서 계단을 내려오고 있는 소리를 들었어. 그녀는 나를 보자, 이유 없이 멈추어 섰어.-

　-꽃다발을 선물해주신 것에 대해 감사드리는 것이 마땅하다고 봐요. 정말 감사해요. 그렇지만 다음에는 이런 식의 호의는

삼가 해주셨으면 해요.-

그녀가 말했다.

-젊고 상큼한 그 애의 얼굴이 뻔뻔스럽게 나를 쏘아보고 있었어. 순간 나는 피가 거꾸로 치솟는 것 같았지. 그래서 겨우 몇 마디를 더듬거리며 말했어.-

-네가 원한다면 그만 할게. 난 단지 네게 잘 해주고 싶었을 뿐이야.-

-그러나 내 말이 채 끝나기도 전에 끌라우데는 등을 돌려 버렸단다.-

-이해할 수 있겠니, 아벨? 난 그 애한테 사랑을 받기 위해서 나 자신을 희생할 준비가 되어있었어. 그러나 내 모든 노력은 수포로 돌아갔지. 끌라우데의 이기심이 그녀에 대한 온갖 의무감에서 나를 해방시켜 준 셈이지. 그녀는 영혼이 없는 고기 토막에 불과했어. 나의 모든 시도는 인간의 기본적인 양심이 사라지고 외양만 남은 사기 그릇 같은 끌라우데의 미소로 좌절되고 말았단다. 그녀가 온 이후로 위아래가 바뀌었어. 끌라우데는 변덕이 심하고 무모한 아이였지. 어떤 때는 노골적으로 물 한 모금도 입에 대려 하지 않았단다. 먹는다는 것은 혐오스러운 습관이고 배고플 때 아이디어가 떠오른다고 했어. 또 어떤 때는 날씨가 춥고 폐렴에 걸릴 위험이 있는데도 간단한 잠옷 바람으로 오랫동안 테라스를 거닐곤 했단다. 얼굴에 땀이 나는

것을 너무나 두려워해서 어느 곳에 있든지 5분마다 투명한 물 속에 얼굴과 손을 담그고 있었어. 한편, 손이 닿는 곳에 항상 분무기와 확대 거울을 두고 여드름이 얼마나 늘었나 살피고 손톱 자르는 가위로 여드름을 쥐어뜯거나 물어뜯어 피를 내기 일 쑤였지. 또 그녀는 스킨십이나 애무를 무시했어. 마르고 연약한 그 애의 이마에는 항상 반항적으로 솟구쳐있는 머리칼의 일부분이 흘러내려 있었단다. 그녀는 내 아들 조차 간섭할 수 없는 침묵 속에 스스로를 가둬버렸어. 낙화생 씨를 입에 넣고 천천히 씹고 다니는 바람에 집안이 온통 껍질 투성이가 되기도 했지. 또 그녀는 테라스에 있는 해먹에 누워서 손톱을 칠했다가 지웠다가 하면서 많은 시간을 낭비하고 버렸어. 나는 그녀가 자는 모습을 결코 본 적이 없단다. 누군가 자기가 자고 있는 모습을 지켜보는 것, 그러니까 무방비 상태로 있는 것을 남에게 보이는 것을 두려워했던 것 같아. 그녀의 방은 모기가 극성을 부려도 항상 불이 켜진 채로 있었어. 밤에 다른 사람들로부터 자신을 보호해야 한다는 생각에서 항상 깨어있었던 것 같아. 아침이 되면 래커 칠을 한 향수병과 매니큐어를 들고 과수원으로 가서 하루 종일 있으면서 단 일초도 눈을 붙이지 않았어. 가장 심각한 문제는 로마노가 자신의 노력이 쓸모없다는 것을 깨닫기 시작했다는 거야. 그런 좌절감이 그의 성격 형성에 부정적으로 작용했어. 적어도 나의 가장 사소한 바람에도 언제나 배려를 아끼지 않았던 로마노가 날이 갈수록 방황하기 시작했지. 그는 책이나 대화에 흥미를 잃었어. 끌라우데의 마음을 사로잡고 있는 환상의 세계가 현기증처럼 그를 끌어들이고 있었어. 아직 아무도 그것을 느끼지 못했고 로마노 자신 역시 그것을 인식하지 못하고 있었지. 그러나 자식 일에 그토록 예민한 어머니가 그걸 모를 리가 있겠니? 내 뱃속에서 그가 만들어졌으니 내가 그를 만든 것이 아니겠니? 그가 내 자궁 속에 있을 때, 우리는 하나가 아니었냐고?-

-끌라우데는 해가 질 무렵 바람 앞에 몸을 노출시킨 채 양손에 금속 구슬을 쥐고 잤어. 의자의 양 쪽에 움푹하게 파인 용기 두 개를 놓아 두어 자신이 잠드는 순간 용기에 구슬이 떨어지는 소리에 잠을 깰 수 있도록 하기 위해서였지. 끌라우데의 지론은 평균 수면 시간의 천분의 일만 자면 피로를 풀기에는 충분하다는 것이었어. 끌라우데는 이미 로마노에게 자신의 방종을 전염시키고 있었어. 매니큐어와 영화배우들의 사진첩뿐만 아니라 그녀의 바지 호주머니에서 발견된 하얀 생쥐는 나의 계획을 수포로 돌아가게 했지. 당시 나는 로마노의 자질과 능력에 의지할 때가 되었다고 생각했어. 그러나 나는 그런 나의 희망이 좌절될 지도 모른다는 불길한 예감에 휩싸였지. 나는 재빨리 상황을 반전시켜야만 했어. 불행히도 로마노는 끌라우데에게 지나치게 의존하고 있었고 그의 이성은 끌라우데의 어처구니없

는 논리에 놀아나면서 방향감을 잃어버렸어. 어느 날 밤, 잔디 밭에서 시원한 바람을 쐬고 있는 동안 내실에서 로마노가 우는 소리에 나는 자지러지게 놀라며 그 쪽으로 달려갔어. 달빛이 하얗게 테라스를 적시고 문어발처럼 가지를 쭉 펼친 유칼리 그림자가 모래사장까지 뻗어있었어. 나는 미친 여자처럼 정신없이 안쪽 계단을 뛰어오르다가 모래밭에 비친 유칼리 나무의 그림자를 흘깃 쳐다보았지. 그것은 마치 모래밭 위에 깨어져 있는 잉크 병 같았어. 로마노가 침대에 엎드려 있는 것을 발견했어. 이불의 레이스를 입으로 찢고 있었지. 책상에 끌라우데의 편지가 구겨져 있었단다.

'날 용서해줘, 그렇지만 어쩔 수가 없었어. 너와 나는 서로를 이해할 수 없게 만들어진 존재니까.'

난 순간적으로 이불에 있는 얼룩을 발견하게 되었지. 로마노가 정맥을 끊어 피가 콸콸 쏟고 있었어. 나는 미친 듯이 침대 커튼을 찢어 출혈을 막아보려 했어. 로마노는 입술을 깨물고 울고 있었어. 그리고 나란 존재는 안중에도 없었지. 30분이 지난 후 간신히 위기는 넘겼어. 잠시 후, 엔리께가 뛰어가서 의사를 데려왔어. 의사는 로마노에게 수면제를 먹이고 나서 우리에게 그의 상태가 생명에 지장을 줄 정도는 아니라고 일러 주었단다. 의사의 말에 나는 기뻐서 밤새 울었던 기억이 나. 로마노는 생에 대한 새로운 애착을 가진 채 깨어나고 있었어. 그는 결코 낙원 길을 떠나지 않으려 했어. 우리와 함께 거기 있기로 했지. 나의 버팀목이 되어 준 그는 내 모든 짐을 덜어주었던 거야.–

***

아게다가 로마노의 마지막 나날에 대해 아벨에게 말 한 적이 있다. 어느 가을 날 아벨은 아게다의 침실에서 흘러나오는 음악 소리에 반해 그녀 방으로 갔다. 구식 레코드에서 날카로운 멜로디가 흘러나왔다. 아게다는 축음기에서 들려오는 트럼펫 소리에 맞추어 흥얼대고 있었다. 창문은 활짝 열려 있고 산들바람 때문에 숲의 습한 향기가 방 안으로 밀려들었다. 소녀는 무릎까지 내려오는 하얀 옷을 입고 있었는데 허리춤에 끈이 달려 있었다. 등의 한 가운데에는 커다란 나비 모양의 빌로드 매듭이 장식처럼 달려 있었다.

아벨은 한참 동안, 넋을 잃고 그녀를 바라보고 있었다. 유난히 창백하던 아게다는 뺨이 저녁노을처럼 불그스레해 졌다. 그녀는 아벨에게 손짓으로 매듭을 느슨하게 풀어달라고 부탁했다. 그러더니 손가락 끝으로 치맛자락을 붙잡고 춤을 췄다. 얼마나 시간이 흘렀는지 알 수 없었다. 아게다가 얼마나 빨리 돌면서 춤을 췄는지 그녀의 신발이 거의 땅에 닿지 않는 것 같이 보일 정도였다. 녹음기가 중간에서 멈추었을 때, 아벨은 아게다가 두 손으로 얼굴을 가린 채, 슬퍼하는 것을 보고도 별로 놀라지 않았다. 로마노는 아게다를 구원해 줄 유일한 인물이었는데 죽음이 그를 앗아가 버린 것이다…. 2년 전이었다. (얼마나 오래 되었던가!) 그때도 똑같은 멜로디로 춤을 추고 있었다. 9월의 어느 날 오후, 습한 날씨에 비가 부슬부슬 내리고 있었다. 노르스름한 잎사귀들이 가을이 오고 있다는 징조를 알리고 있었다. 바람이 유칼리 껍질로 테라스를 덮어버렸다. 그리고 정원에 있는 돌로 만든 동상에 이끼가 온통 끼여 있었다. 로마노는 끌라우데가 떠난 날부터 응접실 소파에 누운 채 움직이려 하지 않았다. 그는 응접실 소파에서 책을 읽는 시늉만 할 뿐 한 페이지도 넘기지 않았다. 그는 도냐 에스따니슬라의 물음에 기계적으로 대답할 뿐이었다.

  –네, 어머니.–

  –어머니, 고마워요.–

  –저는 괜찮아요. 엄마.–

  그러나 그의 시선은 다른 곳을 응시하고 있었다. 이미 그의 마음은 어머니에게서 떠나 있었던 것이다. 도냐 에스따니슬라는 인형극 무대를 설치하면서 로마노의 관심을 딴 데로 돌리려고 하였다. 로마노가 이전 같으면 돛대를 기어오르는 천덕꾸러기 선원이나 카니발 가면을 보면 어린애처럼 웃곤 했었는데, 그해의 오락행사는 멍하게 바라만 볼 뿐이었다. 방구석에

잊힌 채 방치되어있던 인형들은 이탈리아 연극에 등장하는 유명한 인물들을 본 딴 것들이었다. 로마노는 웃음을 잃은 동화책 속의 왕자처럼 주변의 노력에도 냉담하기만 했다. 요정 옷을 입고 가루를 뒤집어 쓴 어릿광대 마술만이 주문을 깰 수 있을 것 같았다.

아게다는 마스크의 마력에 홀딱 빠져서 자신의 얼굴에 장난을 쳤다. 그녀는 왠지 모르게 변장하고 싶다는 생각이 들었다. 어머니 옷장에는 30년 전 입던 옷들이 가득했다. 할아버지의 밀짚모자, 여러 색깔의 양산들, 검은 가죽의 팔뚝 덮개. 도냐 에스따니슬라는 물건을 사러 마을로 가면 돌아오는데 두 시간이나 소요되었다. 그래서 아무 죄책감 없이 하고 싶은 대로 할 수 있었다. 책장에는 할아버지의 옷이 많이 들어있었다. 바지와 모자, 프록코트, 지팡이가 있었다. 그녀는 린넨으로 만든 재킷과 체크무늬 바지를 골랐다. 거울 앞에서 조심스럽게 자신의 이미지를 바꾸어보려 했다. 변장한 그녀는 뱀이 허물을 벗듯 완전히 다른 사람으로 변화되는 것을 느꼈다. 밀짚모자를 쓴 그녀의 얼굴은 거의 소년의 얼굴이었다. 로마노는 아게다의 모습에서 아련하게 끌라우데를 떠올렸다.

아게다는 손에 지팡이를 들고 회랑으로 향했다. 관자놀이가 심하게 떨리는가 싶더니 심장이 입 속까지 올라왔다 내려갔다 하는 것처럼 느껴졌다. 그녀는 고뇌에 휩싸여 있던 로마노 앞에 나타나서 자신도 모르게 끌라우데의 몸동작과 제스처를 흉내내고 있던 것이었다.

그때, 기적이 일어났다. 로마노가 극도로 창백해진 채, 숯처럼 이글거리는 눈으로 그녀를 바라보고 있었다. 자신보다 더 강한 어떤 본능이 그녀로 하여금 끌라우데의 동작을 흉내 내게 한 것이다. 머리를 뒤로 돌려서 건방지게 턱 끝을 들어 올리고 이맛살을 찌푸렸다. 그녀는 변장을 하면서 보상에 대한 강렬한 욕구를 느꼈다. 그녀는 어떤 대가를 치르더라도 그녀가 그토록 원했던 정상 상태로 돌아가고 싶었다. 아게다는 꿈결처럼 우아하게 축음기를 들고 있었다. 그녀의 육체가 요구하는 바에 따라 (그녀의 세포 하나하나가 이리와! 이리 오라고! 라고 외치는 것 같았다.) 로마노는 그녀의 허리를 감쌌다. 피가 머리로 올라가고 맥박이 빠르게 뛰고 있었다. 그녀에게는 단지 한 가지 희망뿐이었다. 그것은 점점 더 빨리 춤을 추는 것, 그래서 스스로가 누구인지 모를 정도로 춤에 몰입하는 것, 그리고 로마노마저 자신을 잊을 정도로 혼이 나가게 하는 것, 그래서 마지막 절정의 순간 남아있는 한 방울까지 걸러내어 끌라우데가 되는 것이었다.

축음기가 멈추었다. 로마노는 그녀에게서 떨어져 계속 춤추고 있었다. 그의 팔은 허공을 붙들고 있었다. 그때 그녀는 물질에 대한 끈질긴 탐욕, 생존에 대한 집요하고 이기적인 욕망, 변화의 불가능성을 이해할 수 있었다. 지붕과 벽, 가구와 램프가 소용돌이처럼 아게다를 좇아 어머니의 방까지 따라왔는데 그 색깔과 모양이 변화무쌍한 철자 바꾸기 놀이처럼 바뀌었다.

　―나를 버리지 마, 로마노, 이 집에 있어 줘! 너의 도움 없이는 난 항상 소녀일 뿐이야. 나는 노처녀로 늙게 될 거야.―

　―거울 앞에서 한 늙은 여인이 지리멸렬하게 기도문을 반복하고 있었어. 나는 그녀와 내가 공통점이 있을 수 있다는 점이 의아했어. 나는 서른 두 살이었지만 나의 옷, 놀잇감, 그리고 행동은 청소년기 소녀와 다를 바가 없었거든. 나의 어머니는 나에 대해서는 전혀 신경 쓰지 않았지. 여자든 남자든 아무도 나의 문을 노크하며 찾아오지 않았어. 일정한 나이가 되면 몸 깊숙이 있는 수액이 작용하여 육체가 꽃처럼 피어나고 남성들이 길가에서 우리를 바라보게 된다는 말을 들은 적이 있어. 그러나 내게는 그런 일이 일어나지 않았어. 기적처럼 본의 아니게 수액이 정지되었고 나의 꽃가루는 그 어느 누구에게도 매력을 발산하지 못했지. 나는 책과 게임 사이에 고립된 채, 겨울잠을 자고 있었지. 봄은 한 번도 나를 깨우러 오지 않았어. 나는 남편과 아이가 있는 다른 친구들만 같아도 좋겠다는 생각을 했어. 그늘에서 로마노가 끌라우데에게 하는 행동을 몰래 엿보며 생각해 보았어.

　'왜 남자들은 여자들에게 끌리게 되는 것일까?'

'그녀들은 내가 갖고 있지 않은 그 무엇을 가진 걸까?'

바로 그 날, 로마노 역시 나를 버렸어. 나는 내 운명을 인정하고 그것을 받아들이는 수밖에 별다른 방법이 없다는 것을 깨닫게 되었어. 유년기에서 노년기로의 변화가 인생과 남자를 아는 여성이 겪는 청년기에서 노년기로의 변화보다 덜 잔인하리라는 생각이 들었어. 내 방에는 실과 바늘이 있었어. 바로 그날 밤부터, 나는 자수를 놓기 시작했지. 그 생각에 나 자신을 맞추기만 하면 모든 일은 간단해지리라 생각했어. 육체를 가진 존재는 용서를 할 줄 모른다는 사실을 미처 깨닫지 못했어. 그리고 꿈이나 악몽에서 어슴푸레 추측하던 일들이 아주 쉽게 현실이 될 수 있다는 사실도 몰랐어. 그 때 나는 한 번도 해 본 적이 없는 그 무언가를 한다는 것이 두려웠어. 그래서 성녀 마리아에게 더 빨리 늙게 해 달라고 간청했어….-

아게다는 숨이 가쁜 듯 잠시 멈추었고 아벨은 그녀의 얼굴 위로 주름살이 부산하게 그리고 그물처럼 퍼져있는 것을 발견했다.

-그날부터 로마노는 죽은 거나 다름없었어. 9월이 다가왔어. 가지가 찢어진 유칼리는 마치 누더기를 걸친 거대한 체구의 거지같았어. 피뢰침 케이블이 삐걱거리고 빗물이 새는 소리가 단조롭게 들려왔지. 다락방에서는 떨어진 쪽문이 창문을 때리는 소리가 들려왔단다. 새들은 땅에 닿을까 말까 할 정도로

낮게 날고 있어서 새들이 지저귀는 소리가 집 안을 가득 메우고 있었어. 이 모든 것들은 겨울나기가 힘들 거라는 걸 알리는 듯했단다. 우리들 앞에서 애써 마음을 진정시키려던 어머니는 아버지와 내가 물러가자마자 로마노를 쫓아다니며 야단을 쳤어. 그녀는 다비드의 경우와 마찬가지로 마음속에 로마노에 대한 그녀 나름대로의 '상'을 만들어놓았던 거야. 도냐 에스따니슬라는 로마노가 실제 갖고 있지도 않은, 다른 누군가의 용기와 성찰, 철학적인 의지 등 모든 덕성과 자질을 겸비한 '상'을 만들어 놓았던 거야. 그래서 로마노는 그런 가상의 인물 옆에 유령처럼 존재하는 인물에 불과했어. 그래서 그녀는 로마노가 자기와 떨어져 즐길 수 있다는 것과 다른 젊은이들이 가지고 있는 것과 똑같은 욕망을 지니고 있다는 것을 알고서 울었어. 그녀는 오랫동안 진정한 사랑이란 본능적 욕구를 경멸하는 것이라고 하는 남성에 대한 망상적인 이상주의를 품고 있었어. 그래서 끌라우데와 그의 아들과의 관계가 성적인 것이었음을 알고는 이제껏 아들에 대해서 품고 있던 환상에 미치지 못한다는 이유로 그를 호되게 꾸중했지. 어느 날 오후, 나는 침실에서 어머니와 로마노 사이에 엄청나게 심한 언쟁이 벌어지고 있다는 것을 알았어. 끌라우데가 나간 이후 처음으로 로마노는 어머니의 울부짖음을 무시하고 반항을 했지. 나는 사지의 근육이 멈추는 것을 느꼈어. 그가 어머니를 부르는 소리를 들었어. 그

뒤로 마치 회오리바람이 회랑에서 복도까지 건물을 훑어내는
것처럼 모든 문들이 시끄럽게 흔들리기 시작했어. 그의 발걸음
은 마치 나의 두개골을 짓밟는 것처럼 허공을 울리고 있었어.
로마노는 옷장을 휘젓고 방을 온통 뒤집어 놓았단다. 아까 불
었던 것과 같은 회오리바람이 이번에는 이전과 반대방향인 계
단과 복도, 회랑, 그리고 입구로 불어왔지. 몇 달 전, 로마노가
빌려왔던 차가 차고에 그대로 놓여 있었어. 엔진 소리로 집 안
의 모든 유리가 심하게 흔들리더니 차가 움직이는 소리가 났
어. 헤드라이트가 삼나무 숲을 비추고 타이어 밑에서 돌멩이들
이 덜컹거렸어. 저녁을 먹는 동안 아무도 말이 없었어. 이미 오
래 전부터 어머니와 아버지는 한 음절도 서로 말을 주고받지
않았어. 나는 부모님의 불행한 결혼 생활에서 받은 교훈 때문
에 로마노가 끌라우데와 다시 만나게 된다 해도 행복할 수 있
을 거라는 생각이 들었어. 그날 밤 꿈을 꾸었는지는 몰라도 여
러 차례 놀라서 잠에서 깨었어. 그 다음날, 아침이 좀 지날 무
렵 사람들로부터 소식을 전해 들었지. 그들은 로마노의 자동차
가 낙원 길에서 굴러 떨어졌는데 우리에게 그것이 로마노의 차
가 확실한지 확인해 달라고 했어. 차가 다리 가까이에서 20미
터 가량 벼랑 밑으로 떨어져 거북이가 뒤집어진 것처럼 바퀴가
공중으로 향해 있었단다. 우리는 호기심에 가득 찬 군중들에게
둘러싸여 벼랑 밑으로 내려갔어. 아버지도, 어머니도, 나도 울

지 않았어. 우리들의 슬픔은 눈물 저 너머에 있었지. 천으로 덮여 있는 시체를 바라볼 기력조차 없었지. 로마노는 그가 가지고 있던 이태리의 인형들을 차에 매달아 놓았어. 바람이 불어오자 인형들은 마치 연극에 나오는 꼭두각시처럼 흔들리고 있었어. 나는 죽음의 화신인 해골인형을 찾아보았지만 어디서도 발견할 수 없었어.-

***

-도냐 에스따니슬라는 성격이 너무 복잡해서 그녀와 잘 지내려면 완전하게 그녀를 이해해야만 해. 어린 악마 로마노가 저지른 실수라면 자신의 활동 시간을 언제 마감해야 하는지를 몰랐다는 점뿐이다. 그의 성스런 어머니 때문에 값비싼 대가를 지불해야만 했어. 나 역시 로마노를 알고 있지. 비록 지금까지 에스따니슬라는 상상의 이야기로 너의 머리를 가득 채워 주었는지 몰라도 난 그들 사이에 뭐가 문제인지 잘 알고 있단다.-

필로메나가 아벨에게 말했다.

-테라스에서 청량음료를 마시는 동안 부엌에서 그들이 다투는 소리를 들었어. 로마노는 그녀에게 말했어.-

'저는 다른 애들과 똑같은 어린애예요 그들처럼 어리석고 세속적이죠. 전 어머니의 증조부도 아니고 연극배우나 조숙한 여

인도 아니에요.'

　—그때 그들 사이에 욕설이 오가며 말다툼이 벌어졌어. 그녀는 아들이 천재임을 확신시키려 하였고 그는 자신이 평범하다는 것을 확신시키려는 듯했어. 로마노는 '우린 너무나 오랫동안 서로를 속여 왔어요. 문제에 직면하기를 원치 않았죠. 우린 항상 속임수와 환상을 먹어왔어요. 전 엄마가 믿는 것처럼, 내게 믿기를 원하는 것처럼 지적이지 못해요. 전 다른 인간들과 전혀 다른 바가 없다고요.'

　라고 그녀에게 말했어.—

　필로메나가 비록 에스따니슬라의 얼굴을 보지는 못했지만 아들의 증언을 부인하려고 몸부림치는 고집스러운 그녀의 얼굴은 상상할 수 있었다.

　—로마노가 나가 지내던 그 해 겨울, 그녀에게는 어떤 편지도 보내지 않았어. 그녀는 매일 마을로 내려가 우편물을 찾다가 빈손으로 돌아오곤 했지. 밀가루를 뒤집어 쓴 것처럼 창백한 얼굴에 초점 없는 눈을 하고서 마차에 깊숙이 앉아 그렇게 돌아오는 그녀를 바라보는 것은 끔찍한 일이었지. 밤이 되면 고통을 삭이기 위해서 아들에게 긴 편지를 쓰곤 했어. 그녀의 침실에 있는 스탠드는 새벽까지 불이 켜져 있었어.

　결국 5월 말경, 아들은 끌라우데를 데리고 나타났고 어머니는 화가 나서 기절할 지경에 이른 거야. 그녀는 아들이 끌라우데를 사랑하고 그녀와 결혼하려는 것을 알고 질투가 나서 죽을 지경이었어. 그러나 아들이 싫어할까 봐 감히 아무 말도 꺼내지 못했단다. 그럼에도 불구하고 그녀가 어떤 생각을 하고 있는지는 금방 알 수 있었어. 끌라우데가 있다는 사실 하나만으로 신경이 곤두섰던 거야. 그녀는 차양을 내리고 머리에 향수를 적신 손수건을 올려놓고 더운 방안에서 꼼짝 않고 있었던 거야. 어느 날 그녀는 아들이 아버지와 사냥을 떠나고 없는 틈을 타서 끌라우데에게 낙원 길에서 나가달라고 부탁했어. 소녀는 샘에서 머리를 헹구고 있었고 어머니의 권고에 저항하는 기색을 보이지 않았어. 그녀는 어머니에게 한 마디 쏘아 붙였어.

'당신은 로마노를 너무 버릇없이 키웠어요. 만약 무슨 일이 생기면 그건 당신 책임이에요.'

잠시 후 끌라우데가 부엌으로 들어와서는 차도로 통하는 지름길을 가르쳐달라고 했어. 그날 밤, 아들은 자살을 시도했지. 아들이 손목의 정맥을 끊어 의사가 쫓아왔어. 부인은 미치다시피 한 상태로 모든 원인을 끌라우데 탓으로 돌렸지. 그러나 위험인물이 가 버리자 그녀는 기쁨을 감출 수가 없었어. 매일매일 그녀가 멋진 계획을 세우면 아들은 풀이 다 죽어서 한 마디 말도 없이 듣고 있었어. 어떻게 알게 되었는지는 몰라도 로마노가 그의 어머니와 끌라우데 사이에 있었던 일을 알게 될 때까지는 그랬단다. 그날 도냐 에스따니슬라는 아들 앞에서 무릎을 꿇고 자신을 불쌍하게 여기고 함께 있어 달라고 애원했지. 그러나 로마노는 난폭하게 그녀의 팔을 뿌리치고 방으로 올라가서 짐을 챙겨 집을 떠났지. 로마노의 죽음으로 부인은 정신이 나간 거야. 몇 달간은 아무도 만나지 않고 다락방에 숨어 있었어. 자신을 새라고 믿고 펄펄 끓는 옥수수만 먹곤 했지. 그녀는 목소리를 높여서 아들 다비드, 로마노와 대화하곤 했어. 그녀는 중국인에 버금가는 인내심을 발휘해서 아들의 글자체를 완벽하게 모방하도록 연습에 연습을 거듭했지. 그래서 아들의 이름으로 사인을 하여 그의 친구들에게 편지를 보냈어. 친구들에게 로마노 자신은 그의 어머니 곁에서 더할 수 없는 행복을 누리고 있기 때문에 더 이상 끌라우데와 결혼할 생각이 없다고 썼던 거야. 대부분의 친구들이 로마노가 직접 쓴 편지라 생각하고 그에게 답장을 보냈단다.

─전쟁으로 인한 봉쇄에도 불구하고 여전히 친구들이 로마노에게 보낸 편지가 도착하고 있단다.─

필로메나가 말을 맺었다.

***

(꿈과 안개 속에서 희미하게 보이는 무시무시한 얼굴들과 담배나 통조림, 반대편의 정치선전과 마약 밀매로 추적당하

는 사람들, 그리고 암거래에 대한 생각으로 가득 찬 사람들에
대한 이야기 등) 필로메나의 이야기는 이상한 방향으로 돌아
갔다. 필로메나가 그에게 말한 바에 따르면 엔리께는 도덕적
으로나 신체적으로 나무랄 데 없는 사람이었다. 창백하고 마
른 그의 숨소리는 갈수록 걸걸해졌다. 그해 봄에는 도냐 에스
따니슬라가 바르셀로나에서 데려 온 의사들이 치료를 단념해
버렸다.

　-후두암입니다. 기껏해야 두세 달 정도 살 수 있어요.-
의사가 한 말이다.

집안이 온통 임종 준비에 바빴다. 그의 침실을 지날 때 가족
들이 보여준 침묵은 이미 시체 앞에서 경의를 표하는 것과 다름
없었다.

도냐 에스따니슬라는 그날따라 눈에 띄게 불안해했다. 그녀
는 흥분하여 두서없이 지시를 하면서 그녀의 친지나 친구들과
오랜 시간 전화를 했다. 그런 분위기 속에서 폭풍이 휩쓸고 지
나갔다. 때는 여름 중에서도 가장 무더운 날씨였고, 시간이 흘
러감에 따라 열기는 더해만 갔다. 납덩이 같은 태양 아래서 땅
바닥이 바짝 말라갔다. 뜨거운 공기가 엷은 안개구름처럼 테라
스로부터 밀고 들어왔다. 7월 중순에 이르러서야 더위가 더 이
상 계속되지 않게 되었다. 주인어른이 임종하기 사흘 전부터는
도냐 에스따니슬라가 그의 머리맡에서 단 일 분도 떠나지 않고

자리를 지키게 되었다. 그녀는 아무 말 없이 30분마다 가슴에 올려놓은 거즈를 새 것으로 갈아주고 있었다. 그들 사이에 놓여 있는 심연은 수년의 세월과 함께 이미 깊어질 대로 깊어져 있었고 급기야 둘째 아들이 죽은 이후로는 서로 말하는 것조차 피했다. 두 사람은 침묵 속에서 서로의 역할을 이행해왔다. 남편은 아무 것도 불평하지 않았다. 도냐 에스따니슬라는 선한 사마리아 사람처럼 그를 시중들고 있었다.

18일 동안 기승을 부리던 폭풍은 결국 폭력적으로 변해 모든 것을 망가뜨려 놓았다. 도냐 에스따니슬라는 집안을 온통 울음 바다로 만들어 놓고 전화기 앞에서 아우성을 쳤다.

—아가씨, 제발. 여기는 17번지 도냐 에스따니슬라예요. 렌트카 회사로 연결해 주세요. 굉장히 급한 일이에요. 가격은 중요하지 않아요. 내 남편이…. 아가씨, 아가씨!—

아게다는 그녀가 하도 소란을 피워서 전화선이 끊어졌다는 것을 말하려고 하였다. 그러나 그녀는 끈질기게 수화기를 붙들고 서서는 계속 전화번호를 돌리다가 잘못 돌려서 다시 돌리곤 했다.

—교환원, 제 말이 들려요? 당신에게 하는 말을 좀 적어주실 수 있어요? 여기는 16번지, 네, 낙원 길요. 지금 남편이 숨이 넘어가려는 데 남편 친구들에게 연락해서 바르셀로나에서 자동차 몇 대 좀 빌려달라고 전해주실 수 있겠어요? …. 빌릴 수 있

는 한 많이 빌려주세요. 부탁 드려요. 가격은 얼마든지 드린다
고 해 주세요. 뭐라고요? 무슨 선이 끊어졌다고요? 작동을 하
지 않는다고요? 여보세요, 여보세요….-

전화를 다시 거는 그녀의 손가락이 떨리고 있었다. 머리가
헝클어지고, 눈은 빛나고 있었다.

-아가씨, 네 저예요. 오늘 아침에 전화선에 고장이 났나요?
아니요, 안 들려요…. 제가 급한 일이라고 말씀 드렸잖아요….
지금 말할 수 없으면 전보로 칠게요. 엔리께가 죽어가고 있어
요. 절망적인 상황이니 친구들에게 알려주세요. 그래요. 임종으
로 죽-어-가-고-있-어-요. 빨리 오세요. 즉-시-요. 제 말 들
었어요?-

부인은 죽어가는 남편의 방으로 돌아와 그를 나무라기 시작
했다.

-당신은 기사처럼 죽어가는 거야! 언제부터 기사가 당신처
럼 무위도식하며 시간을 보냈지? 언제부터 당신만의 작은 동굴
에서 두더지같이 숨어 지냈지?-

그녀의 외침은 벽과 칸막이를 뚫고 나왔다. 필로메나는 화가
난 남편이 눈물 고인 눈으로 소리를 내보려고 안간힘을 쓰는 광
경을 상상해보았다.

-잘 들어요. 난 모든 인생을 당신을 위해 희생해왔어요. 그
러나 지금 나는 입을 다물고 싶지 않아요. 나는 끝까지 연극을

보느라고 지쳐버렸어요. 내가 당신과 함께 있었던 것은 모두 아이들을 위해서였어요. 그러나 지금은 모두 죽고 없어요. 아무도 내 걸음을 멈추게 할 수 없어요. 당신의 광기와 악덕이 여러 사람들 앞에서 내 체면을 손상시켰어요. 그러니 내 이야기는 세상에 드러나야 해요.—

그 광경은 정말로 광기 그 자체였다. 그녀는 침실의 창문 옆에 버티고 서서 친척들이 오기를 기다리고 있었다. 그녀는 남편의 체면을 떨어뜨리기 위해 그 앞에서 친정아버지의 장례식 이야기를 했다. 바르셀로나 전체가 장례 행렬을 뒤따랐던 아버지의 장례식은 그 화려함에서 견줄 것이 없었다. 부인은 필로메나에게 손님이 한 부대쯤 오기라도 하는 것처럼 방을 모두 정리해 두라고 했다. 부지런히 음료와 양식을 전화로 주문했다. 임종을 맞는 방에는 긴장과 괴로움 때문에 침묵이 짙게 깔려있었다. 준비가 끝나자 도냐 에스따니슬라는 수은 방울처럼 반짝이는 눈으로 지평선을 말없이 바라만 보고 있었다.

그녀의 마지막 재산이 가을바람의 낙엽처럼 날아가는 동안 텅 빈 자동차 운전수들은 7월의 태양 빛에 반짝이는 금속 수레를 가지고 폐허가 된 교회와 버려진 마을을 통과하며 무장한 무리들 사이로 길을 뚫고 왔다. 여정은 온 종일 걸렸다. 차량들은 먼지로 뒤덮인 채 1킬로미터 전방부터 귀가 멀 정도로 시끄럽게 경적을 불어대다가 엔리께가 혼수상태에 빠졌을 때쯤 해서 낙원 길에 들어서기 시작했다.

 ─도냐 에스따니슬라는 냉정한 표정으로 그들을 맞이하러 내려왔어. 나는 현관에서 그녀가 무도회복 중 가장 화려한 것을 입고 자동차가 서 있는 테라스로 내려오는 것을 보았어. 빌로드로 된 치마, 유리알과 망사로 된 베일을 걸치고 텅 빈 차를 응시하며 옆에 서 있던 운전수의 대열을 통과해가는 그녀는 자신의 예언이 얼마나 들어맞는지를 확인하는 것 같았어. 그들은 혼자였어. 세상은 그들을 잊고 있었어. 그녀는 자신을 잊고 있는 세상에 아무런 서운한 감정을 품고 있지 않았지. 그저 자기가 보고 느낀 대로 남편에게 말해주려고 가는 도중에 회랑에서 마주친 아게다로부터 남편이 죽었다는 소식을 전해 들었어.─

 (아게다의 방에서 로마노의 사진을 바라보고 있던 아벨은 도냐 에스따니슬라의 이야기 속에서 어린 로마노가 어떻게 요술 거울에 비친 사람처럼 비틀리고 잡아 늘려진 늙은이로 바뀌어 버렸는지 의아했다. 로마노는 어릴 적에 금발머리에 깨끗한 피부를 하고 있었다. 그때는 죽지 않았으므로 남성적인 면이 아직 나타나기 전이었는지도 모른다. 젊어서 죽지 않은 아이들은 삐걱거리는 계단에서 발돋움을 하거나 텅 빈 피아노의 뚜껑이나 바이올린을 만지작거리는 악몽에 시달리면서 살인자나 대천사로 바뀌게 된다고 했다.)

-그날 밤, 나는 엔리께에게 명복을 빌었어.-
필로메나는 말을 맺었다.

***

아벨의 시체는 홀로 방치되어 있다. 가족이 도착하지 않자
소위는 시체를 아래층으로 옮기고 낡은 야전용 침대 위에 눕히
라고 명령했다. 군인들은 학교를 온통 뒤져 그리스도 수난상을
찾으려 했다. 그러나 그것은 찾지 못하고 호랑 가시나무 가지
두 개를 가지고 임시로 십자가를 만들었다. 그러나 소년의 손이
이미 굳어버려서 그 손가락 사이에 십자가를 끼울 수 없었다.
그래서 십자가를 양귀비 가지 옆에 있는 가슴 위에 올려놓고 영
혼의 안식을 위해 사제가 하는 대로 간단한 기도문을 낭송했다.
소년은 판화 속에 새겨진 작은 성자처럼 가만히 누워있고 보
초를 맡은 군인은 두려움에 가득 찬 눈으로 그를 응시하고 있었
다. 보초병은 아침 전투가 끝난 뒤 술을 많이 마셔서 머리가 프
로펠러처럼 빙빙 돌아가는 것 같았다. 멍청한 눈으로 창문 유리
에 비치는 빛을 바라보고 있었다. 바깥에서 태양은 신기루처럼
아른거렸고 창턱은 반들반들하게 광택이 나고 있었다. 초파리
한 마리가 멈추어있던 공기를 휘저어놓았다. 보초병은 파리가
소년의 몸뚱이 주위를 프로펠러처럼 돌고 있는 것을 보았다. 덥

수룩하게 털이 난 그 파리는 굼뜬 동작으로 단조롭게 윙윙거리며 날아 다녔다. 그러다가 총알이 뚫고 지나간 피 묻은 구멍 위에 살포시 앉았다. 그 광경을 보고 두려움을 느낀 보초병은 애써 파리를 쫓아버렸다.

사기그릇처럼 흰 소년의 얼굴에는 형용할 수 없는 슬픔이 배어있었다. 가슴에 놓인 양귀비 가지는 장난감처럼 부질없어 보였다. 문 한 쪽 옆에 있는 고리에 2미터 이상이나 되는 린넨 커튼이 걸려있었다. 양탄자 위에 무릎을 꿇고 앉아있던 보초병은 린넨 커튼을 수의 삼아 시체를 덮었다. 그러자 게걸스럽게 상처 주위를 맴돌던 파리가 창문 쪽으로 날아갔다.

보초병은 무릎을 꿇고 자신이 한 일을 만족스럽게 바라보았다. 하얀 커튼에 덮여 있는 소년의 몸뚱이는 물건 같았다. 적어도 더 이상 시체에 시선이 쏠리지는 않았다. 보초병은 자세가 불편했는지 바닥에 웅크리고 앉았다. 밖에서 군인들의 목소리와 국민군 트럭의 경적 소리가 들려왔다. 주위에 사는 주민들이 군인들과 이야기를 나누기 위해서 몰려오고 있었고, 수송부대는 남은 배급용 빵을 어린이들에게 나누어주고 있었다. 유일하게 그 방만 생기가 없는 듯 조용했다. 군인은 공허감을 느끼고 있었다. 세상이 온통 군대의 도착을 환영하며 웃고 춤추는데 그는 거기서 홀로 소년의 시체를 지키면서 벌을 받고 있다는 생각이 들었다.

이건 너무나도 부당한 일이었다. 그는 지붕과 벽에 습기가 차서 생긴 비늘모양의 얼룩을 바라보며 멍청하게 그대로 앉아 있었다. 붉은 칠이 되어있는 타원형 틀 속에 염소수염을 한 늙은 기사의 사진이 들어있는데 아이들이 기사의 머리 위에 오렌지 색 연필로 뿔을 그려놓았다. 기사의 표정에서 무언가 악마 같은 면을 발견할 수 있었다. 그래선지 군인은 그 그림을 보다가 언짢은 마음이 들었다. 그는 사진에서 눈을 떼지 못했다. 턱수염의 기사와 굵은 올로 짠 커튼으로 덮여 있는 소년, 그리고 자신 사이에 거미줄 같은 섬세한 끈이 연결되어 있는 것같이 느껴졌다. 마치 과거의 어느 때 그 세 소년이 한 사람의 환생이었던 것 같이.

여자들이 무리 지어 창 쪽으로 다가오더니 손으로 유리창을 가리고 유리창 안쪽을 들여다보았다. 군인은 그녀들을 보고 일어나 미소를 지으며 환영했다. 부랑아처럼 세상으로부터 버림받은 것 같은 순간이라면 그 어떠한 애정 표시도 수용하고 싶으리라. 단 한 순간만이라도 여성들에게 포도주를 건네고 그들과 즐거운 노래를 부르며 하얀 천에 덮인 물건의 존재를 잊어보고 싶었다. 그래서 그는 그녀들이 무엇을 원하고 있는지를 알아채지 못했다.

－군인 아저씨, 누가 죽어있는지 우리에게 좀 보여주실 수 없나요?－

253

그들의 말에 군인의 표정은 갑자기 굳어졌다. 군인은 비틀거리면서 뒤로 물러서다가 야전 침대에 부딪혔다. 그의 무릎 압력으로 침대다리가 앞으로 구부러졌다. 그가 침대다리를 채 펴기도 전에 시체가 양탄자로 굴러 떨어졌다. 시체는 꼭두각시 인형처럼 손발을 뻗치고 이상스럽게 눈을 치켜뜨고 있었다. 머리 주변에는 양귀비 가지가 흩어졌고 시들고 구겨진 꽃잎들이 마치 관처럼 머리에 둘려 있었다. 순간 여인들은 공포에 사로잡힌 채 외마디 비명을 질렀다. 군인은 내장이 뒤집어지는 것을 느끼고 구토를 하려고 방에서 나와 복도로 달려갔다.

제장

차도 가까이에 있는 골짜기에서 '갈리시아인'이라는 별명으로 알려져 있는 거지 한 명이 야영을 하곤 했다. 그는 항상 등에 수많은 배낭과 두건을 지고 다녀서 금방 알아볼 수 있었다. 그는 루고 출신으로 그 근방에서 40년 가까이 배회하다가 쿠바에서 전쟁에 참전했다. 그는 부상으로 군인병원에 입원해 있다가 퇴원한 뒤, 스페인으로 돌아왔다. 그의 모습은 주민들에게 너무 친숙해서 정오에 어김없이 오는 우편 차량이나 마을 교회로부터 울려 나오는 벨소리, 행상인이 계곡을 통과하면서 내는 시끄러운 탬버린 소리처럼 마을 풍경의 일부가 되어버렸다.

그날 아침, 우연한 기회에 그는 놀라운 광경을 목격하게 되었다. 그는 동굴이 있는 언덕에서 밤을 지내게 되었다. 그곳은 여러 갈래로 흘러나온 샘들이 하나의 개울을 이루면서 흘러내

리고 있었다. 거기서 그는 동굴 입구에 웅크리고 앉아 국민군이 도착하기를 기다리고 있었다. 길에서 50야드 정도 떨어진 곳에는 차량과 피난민들이 득실거리고 있었다. 기관총이 불을 뿜는 동안에도 개울물은 평화롭게 계속 흘러가고 있었다. 총알이 나무 사이로 '휙휙' 하는 소리와 함께 날아다녔지만 기껏해야 솔방울 몇 개를 떨어뜨릴 뿐이었다. 새벽부터 새들은 가시 관목들 사이로 날아다니고 조바심이 난 군부대에서는 하얀 빛깔의 가루를 떡갈나무에 뿌리고 있었다.

갈리시아인은 여전히 동굴 입구에서 주머니칼의 날이 잘 서 있는지 살피느라 정신이 팔려 있었다. 그러다 비탈길에서 무언가 움직이는 소리가 나자 그쪽으로 예사롭지 않은 눈길을 보냈다. 구식 자동차의 문이 열린 채 언덕 밑으로 달려오고 있었다. '렌트카' 라고 표시된 하얀 깃발이 바람막이용 덮개 위에 달려 있었다. 차가 골짜기 기슭에 도착했을 때 하마터면 뒤집어질 뻔했지만 가까스로 다시 균형을 잡고 천천히 모래가 깔린 길로 들어섰다. 자동차도 놀란 듯 속도가 줄었다. 갈리시아인은 미심쩍어 하면서 가까이 다가갔다. 그는 자기만의 영역으로 갑작스럽게 끼어든 차량 때문에 겁을 집어먹고 불길한 예감에 사로잡혔다. 모래 둑 때문에 차가 멈추기는 했지만 계속 흔들거렸고 보닛에서 연기가 깃털처럼 솟아오르고 있었다. 잠시 뒤에 진동이 그치더니 차가 완전히 멎었다.

그는 차의 발판을 밟고 서 안을 들여다보았다. 누군가 앞좌석에 타다 만 담배꽁초를 놓아두었다. 차 열쇠는 그대로 꽂힌 채 좌우로 약간씩 흔들리고 있었다. 가예고는 경적을 누르면서 누군가가 대답하기를 기다렸다. 그러나 고요한 골짜기에는 새들의 날갯짓 소리와 멀리서 들려오는 수류탄의 폭발음이 울릴 뿐이었다.

−이 차 누구 거에요?−

그가 물었다. 그의 말은 메아리로 바뀌어 반복되다가 시냇물 소리에 점차 잦아들었다.

−누구 거냐고요!−

역시 대답이 없었다. 새들만 울고 있을 뿐이었다. 그는 동굴로 돌아가 자신의 잡동사니를 모조리 들고 나왔다.

차는 마치 가시 관목으로 화환 장식을 한 것처럼 검은 잎들이 뒤얽혀있는 가지 사이로 삐죽이 나와 있고 바퀴는 산비탈로부터 빽빽이 피어있는 금작화와 라완델 사이에 숨겨져 있었다. 방수처리가 되어있는 고무덮개는 낙엽에 덮여 있고, 다람쥐가 그 위로 깡충깡충 뛰어 다니다가 그를 보고는 도망가 버렸다.

그는 서두르지 않고 되돌아와 차 뒷좌석에 자신의 물건들을 놓았다. 차는 널찍하고 편안했다. 마치 자기가 차의 주인인 것처럼 느껴졌다. 그는 '렌터카'라고 쓴 깃발을 떼어냈다. 차 속에는 적어도 동굴에서 볼 수 있는 쥐나 풍뎅이 같은 벌레는 없었다. 의자 등이 편안하고 부드러워 졸음이 왔다.

그는 반쯤 잠이 든 상태에서 조금씩 평온을 되찾아가면서 바깥 풍경을 바라보았다. 태양은 나뭇잎에 노란 구멍을 뚫어놓았다. 샘에는 소나무와 떡갈나무의 무성한 가지가 비치고 있었다. 그는 졸졸 흐르는 실개천의 물소리와 고요한 새들의 울음소리를 감상하고 있었다. 열 시가 조금 넘어 얼굴에 덕지덕지 그림을 그린 여섯 명의 소년이 가예고가 있는 줄 모르고 지름길을 건너왔다. 산토끼 한 마리가 강둑 중간쯤에 멈춰 서 조용히 차를 응시하고 있었다. 운전을 하고 가던 군인이 골짜기에 이르러 여인의 허리를 감싼 채 입에 키스를 하였다. 그가 웃으며 그녀의 귀에 대고 무언가 속삭이자 여자는 환한 표정을 지으며 남자의 애무에 몸을 맡겼다. 호랑나비 두 마리가 그들 머리 위에서 사랑의 몸싸움을 벌이는 동안 두 연인은 육체의 평안을 만끽하고 있었다.

'사랑을 나누는 데는 시간이 따로 없지. 겨울이 되면 삶이 끝나가는 것 같지만 사람들은 자신이 갖고 있지 않은 것과 줄 수 있는 것을 찾으면서 세상에는 다시 활기가 돌게 되지."가예고가 생각했다.

그는 군인들의 잡담소리에 잠이 깰 때까지 햇빛을 받아 반짝이는 진흙받이를 요람 삼아 잠이 들었다.

대 여섯 명의 군인들이 실개천 옆에 멈추어 서서 대화를 나누고 있었다. 가예고는 그들이 국민군임에 틀림없다고 생각했다.

'맙소사! 숲의 외진 구석에서 아침나절에 무슨 일이 이리도 많이 일어난담?'

그는 금작화 속에 파묻혀있어서 굳이 몸을 일으키지 않고도 노출되지 않고 그들의 움직임을 살필 수 있었다. 군인들은 낮은 장화를 신고 노르웨이산 바지를 입고, 팔뚝을 걷어붙인 채 카키색 스웨터를 입고 있었다. 그들 중 상병으로 보이는 군인이 손에서 손으로 전달되어 온 구멍이 숭숭 난 담배상자를 열었다.

-몇 시지?-

-한 시 반요.-

-산또스가 몇 시에 우리와 만나자고 했지?

-여기서 20분 뒤에.-

-그러면 담배 그만 피우고 돌아가자.-

-그래. 길은 아직 군인으로 꽉 차있어서 건널 엄두가 안 나는 군.-

누군가 낮은 목소리로 한 마디 했지만 가예고는 알아들을 수 없었다.

-그 아이 이름이 뭐야?-

-아벨 소르사노.-

-너 그 애를 보았니?-

－아니. 난 들어가고 싶지 않았어.－

－글쎄 난 아이를 보았는데. 그 불쌍한 것이 아주 잘 생겼더라고. 아이는 바로 여기 관자놀이에 총을 맞았어.－

－정말 이상해…. 아이들이 아이를 살해하다니.－

－그 애는 피난민이 아니라는데.－

－만약 그 아이들 중에 산또스의 아들이 있었다면 그에겐 정말 불행한 일일거야.－

운전대에 기대고 있던 가예고의 팔이 미끄러졌다. 그는 머리를 두들겨 맞은 듯 멍해지는 것을 느꼈다. 잠을 자면서 그가 느꼈던 평온한 감정이 이제는 덫이요, 유령처럼 보였다. 그는 몽유병자처럼 차에서 내렸다. 그는 비틀거리며 군인들에게로 다가갔다.

－지금 무슨 말을 하는 거지?－

그를 발견한 군인들은 놀라서 잡담을 멈추고 그를 쳐다보았다.

－아까부터 당신을 보고 있었어요. 보시다시피 어떻게 시간을 보낼까 얘기하던 참이었죠.－

마침내 상병이 말했다.

처음의 놀란 감정이 가라앉자, 상병은 그가 온 것이 반갑기까지 했다. 거지의 얼굴은 친숙하면서도 동시에 소원해 보였다. 왠지 모르게 자신의 어린 시절이 떠올랐다.

–어떤 전쟁에서 그 메달들을 얻었죠? 할아버지.–

그는 옷깃을 덮고 있는 맥주와 청량음료 뚜껑을 가리켰다. 그러나 늙은이는 그에게 무관심했다.

–아벨 소르사노에게 무슨 일이 일어났지?–

그가 물었다.

노인의 떨리는 목소리에 군인들의 얼굴에 피어나던 웃음은 한 순간에 사라져버렸다.

–그는 암살되었어요. 할아버지. 오늘 아침 우리가 계곡에 도착했을 때, 학교에서 죽어있는 그를 보았어요.–

가예고는 말이 없었지만 숨쉬기가 힘들어 보였다.

–암살이라고?–

–네.

(그의 머리에서 사랑과 죽음의 주제들이 서로 뒤얽혀서 괴이하게 춤추고 있었다. 두 육체의 결합을 통해서 서로를 발견하려던 군인과 어린 아가씨의 얼굴이 막 암살된 소년의 얼굴과 서로 뒤섞였다. 교미를 하는 나비들과 인간들은 죽음을 향해 내몰리는 소용돌이에 불과했다. 술꾼들이 술에 끌리고 나방이 불꽃에 끌리듯 사람들은 죽음에 이끌려 가는 것이다. 어느 날 사랑의 대상이던 것이 한 순간 사랑의 희생제물이 되어버리는 것처럼.

–할아버지는 그 아이를 아세요?–

상병이 물었다.

가예고는 머리를 끄덕였지만 아무 말도 할 수 없었다.

***

그들의 우정은 아침햇살이 내리쬐던 지난여름으로 거슬러 올라간다. 그들의 우정은 일련의 사건들, 예를 들어 박쥐와 흡혈귀가 등장하는 악몽이라든가, 한 경비의 엽총 발사 사건 등의 결과였다. 시간상으로는 태양이 테라스 손잡이 위로 모습을 막 드러낸 오전 7시 15분전이었지만 아벨은 악몽 때문에 잠에서 빨리 깨어나 침대에서 나왔다. 손에 칼을 든 채 오솔길에 버티고 있던 원수들에게 쫓기는 꿈이었다. 낙원 길은 무장한 악당의 공격을 받고 아게다는 악당의 괴수에 의해서 유괴 당했다. 괴수는 코르셋으로 만든 가면이 눈 아래로 미끄러지는 걸 내버려 둔 채, 나무들 사이로 걸쳐져 있는 번쩍이는 넝마 조각들을 헤치고 달려갔다. 그의 머리털은 빛나는 작은 장미로 장식되어 있었고 그의 눈은 간간이 태양빛에 푸르게 반짝거렸다. 그는 영화에서 본 것처럼 유괴범이 오기를 기다리면서 나무줄기 위로 기어오르고 있었다. 그러나 차도에서 들려오는 엽총의 발사소리는 아게다와 자신이 처해있는 극적인 상황을 망각하게 했다. (그녀는 절벽에서 약한 밧줄에 매달려 있고, 그 밑에는 악어 떼들이 우글거리고 있었다. 그녀의 납치범은 고갯길을 통째로 날려버릴 작정으로 다이너마이트 상자의 심지에 불을 붙이고 있었다.)

아벨은 수렵 잡지 표지에 숯으로 그려놓은 사냥꾼 모습을 바라보았다. 수렵 전문가가 쓴 이 책은 사냥꾼의 의상을 그림으로 그려 낱낱이 열거하고 있다.

–이런 옷차림은 수수하면서 동시에 실용적인 것임에 틀림없어. 가죽 재킷에는 계절에 따라 코르덴이나 린넨으로 만든 통이 좁은 바지와 새끼 양 가죽으로 된 각반이 가장 잘 어울려 보인다. 이태리 사냥꾼들은 꿩의 깃털로, 티롤 사람들은 앵무새 깃털로 펠트모자의 끄트머리를 장식하는 것이 격식에 맞는다고 생각할지 몰라도 우리 스페인인은 외국인이 선호하는 사치스러움보다는 고전적이고 수수한 것을 더 선호한다.–

뒷장에는 서로 다른 여러 유형의 총에 대해 설명하고 있는데 아벨은 피로해서 더 이상 보지 않았다.

어느 초여름 밤, 달빛이 모기장 구멍 사이로 스며드는 사이에 아벨은 자기가 사냥꾼이 되는 꿈을 꾸었다. 삽화에서 본 사냥꾼처럼 팔 밑에 엽총을 끼고 있었다. 아벨은 총을 쏘아 덩굴나무에 숨어 있는 메추리 무리가 밖으로 나오도록 유인했다. 그때 도냐 에스따니슬라가 은으로 된 날개 한 짝을 달고 나타나서 그의 귀에 대고 속삭였다.

–모든 것들은 다 허깨비에 불과해. 사랑하는 아벨, 달이 바

다 위에 떠올랐을 때 더 커지는 것 좀 봐! 물에 지팡이를 꽂으면
지팡이가 굴절되어 보이지? 모든 것은 환영이야. 삶과 죽음, 불
멸하고자 하는 욕망…. 네가 태어나기 오래 전 너처럼 다른 사
람들도 자신들이 꿈에 불과하다는 것을 인정하려 들지 않았지
만 결국 그렇게 할 수밖에 없었어. 지금 그들의 육체는 묘지의
관목들을 기름지게 하는 거름이 되어있단다. 너는 어릴 때 죽은
아이들에 대해 뭐라고 하는 지 들어본 적이 있을 거야. 그렇다
면 네게 물어볼게. 나나 아게다나 필로메나처럼 어려서 죽지 않
은 아이들은 어떻게 됐지? 그들의 무덤, 시체, 그리고 묘지는
어디에 있어? 너는 건방지게 고집 피우지 말고 물이 흘러가는
대로 내버려둬. 새 한 마리를 죽이는 것은 허공에 대고 발길질
을 하는 것만큼 무의미한 짓이야. 너는 이제 진정한 사냥꾼을
만나게 될 거야. 그러면 너의 꿈은 창백한 유령처럼 달아나 버
릴 거야.-

　찻길이 굽이진 곳에서 떡갈나무 숲이 시작되는데, 몸을 기울
여 샘물을 바라보고 있으면 물에 비친 나무뿌리와 올챙이 상이
울퉁불퉁한 거울표면에 비친 것처럼 일그러져 있다. 그리고 어
디선가 샘 쪽을 향해 총성이 울렸다. 루세로가 신중한 표정을
지으며 귀를 쫑긋 세우자 아벨은 등고선 쪽으로 발걸음을 재촉
했다. 피난민 소년들이 돌을 손에 쥔 채, 늙은 거지를 추격해왔
다. 거지는 두 주먹을 불끈 쥐고 막대기를 휘두르면서 소년들을

위협하고 있었다. 소년들은 거지의 주위로 퍼져서 프록코트의 옷자락을 잡아당겼다. 아이들 중 한 명이 두건에 묶어둔 물통 하나 빼앗아 친구들 앞에서 우쭐거리며 보여주었다.

　－턱수염의 늙은이다. 턱수염의 늙은이.－

　화가 난 그 노인은 자신의 물통을 찾으려고 소년들에게 욕을 하며 달려들었다. 그러나 소년들은 그의 협박에 별로 신경을 쓰지 않다가 가예고가 무언가 말하려 하자 그의 뒤로 가서 발을 구르면서 야유를 보냈다. 소년들 중에 가장 키가 작은 소년은 허리까지 닿는 셔츠만 입고 있었는데 궁둥이를 거지에게 돌려대고 조롱했다.

　－턱－수－염－의－늙－은－이….－

　거지가 물통을 포기해버린 듯하자 소년들은 길 한가운데 버티고 서서 노래하며 환성을 질러댔다.

　그 늙은이는 자신의 싸구려 물건들을 정리하여 길모퉁이로 가져갔다. 아벨은 거지가 지팡이에 몸을 의지한 채 오솔길로 내려가는 것을 보고는 그를 따르기로 결심했다.

　아벨이 다가갔을 때, 가예고는 샘에 몸을 기울이고 있었다. 태양광선은 무성한 나뭇잎 사이로 체로 치듯 걸러져서 화살같이 샘물을 뚫고 들어가, 바다 속처럼 고요하게 흔들리는 모래 바닥을 비추고 있었다.

　가예고는 아벨의 발걸음 소리에 머리를 돌려 그를 바라보았다. 아벨의 다리 사이에 루세로가 웅크리고 앉아있었다. 아벨은 내성적이고 악의가 없어 보였다. 아벨은 양철 마개와 색색의 리본으로 덮여있는 소매, 고드름 모양의 하얀 수염과 머리에 쓴 빳빳한 중절모를 놀란 눈으로 바라보았다. 거지는 호주머니에서 더러운 수건을 꺼내 조심스럽게 얼굴을 닦더니 안도의 한숨을 내쉬면서 떡갈나무 그루터기에 걸터앉았다.

 -예쁘구나, 넌 그렇게 생각지 않니?-

 한 손가락으로 찻길을 가리키면서 다른 손으로 입 안을 만지작거렸다.

 -자기 할아버지뻘 되는 늙은이를, 더군다나 아무 대가도 없이 조국을 위해서 두 차례나 다친 나를 그런 식으로 쫓아내다니 창피한 줄 알아야 해.-

 그때까지 입술도 떼지 못하던 아벨은 중얼거렸다.

 -저는 그들 가운데 있지 않았어요, 절 믿어주세요. 모퉁이 반대쪽에서 강아지 루세로와 함께 산책하다가 일어난 일을 모두 보았어요.-

 그는 잠시 멈추었다가 자기 아버지가 그런 경우에 자주 사용하던 문장을 기억해냈다.

 -마음 속 깊이 유감스럽게 생각하고 있습니다.-

 거지는 펠트 모자를 벗어서 바지가 찢어져 있는 왼쪽 무릎 위에 올려놓았다.

-널 믿어, 널 믿는다고. 그놈들이 내 아들들이었다면…. 엉덩이에 불이 나도록 두들겨 패줬을 텐데.-

거지가 끈으로 작은 냄비와 자루, 그리고 사냥용 가방을 묶어서 어깨에 걸치고 다니는 바람에 앉으면 몸이 앞으로 구부러졌다. 그는 조심스럽게 그것들을 묶고 있는 밧줄의 매듭을 풀어서 자신의 손이 닿을만한 거리에 두었다.

-내가 어렸을 때는 이런 일은 상상도 할 수 없었단다. 우린 어릴 때부터 웃어른을 공경하도록 교육받았으니까. 그런데 지금은…. 변혁기라…, 나는 현실에 대해서 얼마나 환멸을 느끼는 줄 몰라.-

아벨은 말없이 그를 바라보며 머리를 끄덕일 뿐이었다. 거지가 자신을 소개하지 않았지만 아벨은 필로메나로부터 그에 대해 많은 이야기를 들었기 때문에 그가 가예고임을 금세 알아볼 수 있었다. 아벨이 너무 놀라는 바람에 사냥꾼에 대한 공상을 잊어버렸다.

-정말로 심각한 것은 시간이 지날수록 상황이 더 악화된다는 점이지. 이 망할 놈의 전쟁이 일어나기 전에는 오두막에 문을 걸어 잠그는 불편함 없이 평화롭게 지냈어. 왜냐하면 나처럼 쿠바에서 양키들과 대항해서 싸우고 발명품을 만들면서 정직하게 돈을 버는 사람의 물건은 아무도 훔쳐가지 않는다는 것을 알고 있었기 때문이야.-

-그러나 2년 전부터 세상은 완전히 미쳐 버렸지. 사람들은 나를 경계하여 감시견을 풀어 놓지를 않나, 그 망할 놈의 새끼들이 나를 놀려대질 않나? 오늘, 방금 네가 본 것처럼 어린놈들이 30년 전부터 내가 가지고 다니던 물통을 훔쳐갔어. 나를 처음 본 애들이 물통을 훔쳐갈 거라고 누가 상상이나 했겠니? 넌 너무 어려서 지금 내가 하는 말이 이해되지 않을 게다만. 난 지금 너무 늦었고 할 일도 있어.-

아벨은 가예고가 반 미터 길이에 손가락 두께 정도의 앞이 갈라진 개암나무 회초리를 꺼내는 것을 보았다. 가예고는 떡갈나무 그루터기에서 힘겹게 일어나더니 놀랄 만큼 빠르게 발을 굴리는 것을 보았다.

-내 다리가 자고 있었군.

그는 회초리의 잎사귀 부분이 아래로 가도록 하고 갈라진 끝 부분이 앞을 향하도록 한 뒤, 양 손으로 잡고서 개울을 향해 50보 가량 걸었다.

-아무도 우리를 보지 못하도록 감시해, 얘야.

그는 회초리가 지평선과 평행이 되도록 해서 천천히 걸어갔다. 갈대밭에 도착하자 몸을 돌려서 오던 길을 정확히 되돌아갔다.

침묵 속에서 몇 분이 흘러갔다. 관목 터널을 통해 들어온 빛은 마치 금으로 된 꽃가루를 뿌려놓은 듯 촉촉이 젖어있는 풀 잎사귀들을 노랗게 물들이고 있었다. 셀로판 종이처럼 투명한 날개를 단 잠자리 한 마리가 금작화가 만발해 있는 관목 위로 날아다니고 있었다. 아벨은 잔잔한 물결 위에 비친 자신의 모습을 보고 입김으로 불며 장난을 쳤다. 태양은 점점 더 빛나고 물위로 소용돌이치는 모기구름은 영롱하게 반짝이는 은하수 같았다.

　―기울어져 있니? 말해봐, 기울어져 있어?―

가예고가 갑자기 입을 열었다.

　―기울어져 있냐고요? 뭐가요?―

　―회초리 말이야.―

아벨은 머뭇거리다가 일어섰다.

　―잘 모르겠는데요….―

가예고는 가지를 놓고, 수건으로 이마의 땀을 닦아냈다.

　―또 한 번 실수 한 것 같구나. 너는 그렇게 생각하지 않니?―

　―무슨 말씀을 하시는 건지 도저히 이해가 안가요.―

아벨이 말했다.

　―우! 너는 물 한 사발에 익사할 애로구나.―

그의 말이 장엄하게 아침 공기 속을 맴돌았다.

　―이리와 봐, 내 질문은 그다지 중요하지 않아. 나는 감히 그 질문에 '별 볼 일 없는' 이란 수식어를 붙일 용의도 있어.―

부드럽게 아벨의 손을 잡고 회초리를 넘겨주었다.

　―너 이것이 뭔지 아니?―

269

소년은 고개를 설레설레 흔들었다. 그는 늙은이의 탁월한 능력에 압도당하는 느낌이었다.

-이것은 굉장히 단순하게 만들어진 요술쟁이의 지휘봉 같은 거지. 네가 원한다면 마법의 작대기라고 불러도 좋아.-

-이건 어디에 쓰는 거죠?-

거지는 떡갈나무 그루터기에 다시 앉아 사냥 가방에 회초리를 챙겨 넣었다.

-그 가지들은 보물과 시체, 그리고 샘이 숨겨져 있는 곳을 발견하는 거란다.-

그가 말했다. 그는 소년이 미심쩍어하는 것을 눈치 채고 서둘러 다음과 같이 덧붙였다.

-그러나 사실 말해서 그 가지들이 찾아낼 수 있는 것은 샘의 원천이 어디에 있느냐는 것뿐이야. 그런데 그것조차도 종종 틀린단다. 예를 들어서 30년 전부터 나는 마을의 저수지를 만들 만한 곳을 물색해 왔어. 이것은 선거 이후 왕당파 소속 시장이 구성한 시의회의 결정에 따른 것이었는데 아직까지 한 번도 시행된 적은 없었어. 아무튼 그것을 계기로 그때부터 나는 백 개도 넘는 회초리들을 시험해 보았지. 이번에는 절대 실패하지 않을 거야. 내가 100번도 더 시도해보았으니까. 때때로 사람들은 내가 녹초가 되도록 찾아다니는 것이 쓸 데 없는 짓이라고들 해. 그럴 때면 나도 그들이 옳다고 생각하곤 했어. 그러나 이 시

점에서 그만 둘 수는 없지. 이런 실험을 일생에 한 번 해 본다 하더라도 일단 시작했으니 계속할 수밖에 없어. 나의 유일한 경쟁자가 작년에 죽었지만 아직 경쟁은 끝나지 않았어. 비록 내가 백 번 이상 시도했지만 지금껏 계속해서 찾아다니는 것은 이것이 내 인생을 결정짓는 하나의 원칙이자 유일한 목적이 되어버렸기 때문이지.

하품으로 일장연설을 끝낸 가예고는 가죽 끈을 어깨에 고정시켰다.

-만약 오두막까지 따라오면 우린 아침을 같이 먹을 수 있는데.-

그가 아벨에게 식사를 제안했다.

그러나 소년은 잠들기 전에 장군에게 편지를 써야 한다는 걸 기억해냈다. 그는 마르띤이 그 편지를 검열하기를 원했기에 머리를 가로저었다.

-정말 유감이지만 당장 저에게 중요한 약속이 있어서 가봐야 해요.-

늙은이는 미심쩍게 그를 바라보았다.

-예의상 그렇게 말하는 것 아니니?-

아벨은 주저하지 않고 대답했다.

-정말이예요. 사실이라구요.-

-좋아, 그렇다면 가봐야지. 세상을 살아가면서 약속은 꼭 지

271

켜야지. -

－원하신다면 어느 날이고 다시 만나면 되잖아요. -

소년은 노인의 마음을 상하게 했을까 걱정하면서 얼른 덧붙였다.

－내일 당장도 좋아요. -

가예고는 잠시 생각에 잠겼다.

－내일…. 내일이라…. 난 내일 아침까지 여기 올 수 없어. 난 보통 이 시간이면 샘에 들르지. -

－반드시 할아버지를 보러 올 거예요. 지금은 늦어서 집에서 절 찾고 있을 거예요. -

소년은 약속했다.

아벨은 자신을 따르는 루세로를 앞세우고 오솔길로 돌아갔다. 그는 가는 길에 몇 번이나 늙은이를 돌아다보았다.

－전 처음부터 당신이 좋았어요. 왜냐하면 당신 옆에 있으면 제가 어린애 같지 않았거든요. 당신은 마르띤처럼 저를 동등하게 대해주시고 아주 신나게 해 주셨어요. -

아벨이 나중에 가예고에게 한 말이다.

무더운 8월 동안, 단조롭고 똑같은 일상이 계속되었다. 아벨은 매일 아침 국민군 트럭이 오는 것을 보았지만 기다리던 대답은 듣지 못했다. 어느 날 가예고에게 한 약속이 떠올라 교차로로 가는 대신 샘이 있는 곳으로 갔다. 늙은이는 떡갈나무 그루터기에 웅크리고 앉아 있다가 그를 보고는 기뻐하며 웃었다.

  -대단하구나, 애야, 대단해. 지금 막 너를 기다리고 있었어.-

  그는 4개의 돌멩이 위에 커다란 양철통을 올려놓고 즉석에서 화로를 만들었다. 늙은이는 산토끼 불고기를 그에게 보여주기 위해서 깡통의 뚜껑을 열어 보였다.

  -오늘 아침에 죽었어. 사냥을 안 한지도 오래 되고 해서 총을 들고 나가기로 결심한 거야.-

  그는 도르래와 동선(銅線)으로 만든 이상한 장치가 달린 대나무 막대기를 보여주었다.

  -저 역시 방금 오면서 산토끼를 보았어요.-

  아벨이 말했다.

  -그래?-

  그가 중얼거렸다.

  -집에서 나왔을 때였어요. 토끼는 문에서 한 열 걸음이나 열다섯 걸음 정도 떨어진 곳에 있었어요.-

  -사람에게는 종종 행운이 따르지.-

  -할아버지는요? 토끼를 찾는 데 오래 걸렸나요?-

  가예고는 애매모호한 표정을 지었다.

  -그래, 그…, 내 나이로 봐선….-

  아벨은 그에게 '나이가 어떻게 되세요?'라고 물어보려고 했지만 참았다.

273

-그리 많이 피곤한 것 같지는 않아.-

-아니, 피곤해-

거지는 다시 고쳐 말했다.

깡통의 바깥쪽으로 기름기가 흐르는 육즙이 넘치기 시작했다. 아벨은 짐승의 목 주위에 아직도 털이 남아있는 것을 보았다. 가예고는 아벨의 생각을 알아채기라도 한 듯, 양념이 잘 스며들 때까지 숟가락으로 목 주위에 난 털을 적셔버렸다.

-푹 삶기가 어렵구먼. 이 약한 불로는 삶을 수 없을 것 같아.-

가예고가 말했다.

-땔나무를 더 가져올까요?-

아벨이 물었다.

-고마워, 너는 참 착한 아이로구나.-

아벨은 떡갈나무 숲으로 사라졌다. 그 곳은 아벨이 손바닥 들여다보듯 훤히 알고 있는 곳이라 쉽게 마른 나무 가지들을 찾아낼 수 있었다.

아벨은 마르띤이 나무를 운반할 때 했던 대로 땔감을 어깨에 지고 가예고에게 돌아왔다.

-이 정도면 충분할까요?-

-물론이지, 애야.-

가예고는 깡통을 들어내 바위 위에 올려놓았다. 그리고는 손가락으로 불에 탄 목재들을 밀어내고 아벨이 가져온 나무 가지

274

들을 타다 남은 땔감 위에 얹었다.

아벨은 선인장처럼 피부가 곤두서면서 온 몸에 소름이 끼쳤다.

−불에 데었니?−

거지가 나지막하게 중얼거렸다.

가예고는 마디마디 불거져 나온 자신의 손을 아벨에게로 뻗었다.

−이 손을 봐, 이걸 만져 보라고.−

그가 말했다.

소년은 존경심으로 가득 차 그 손을 만져보았다. 그의 손은 못이 잔뜩 박히고 상처자국으로 뒤덮여 마치 나무껍질 같았다. 늙은이는 자랑스럽게 웃어 보였다.

−소년들의 손은 부드럽고 섬세해서 마치 도롱뇽의 손 같지. 그러나 나중에는 새의 발톱처럼 딱딱해지지.−

장화 한 쪽을 벗고 발꿈치에서 붕대를 제거했다.

−난 이 쪽 발로 타다 남은 장작 위를 아무런 고통 없이 걸어 다닐 수 있어.−

그는 기형이 되어버린 때 묻은 발꿈치를 쭉 뻗었다. 그 발은 맨 발로 걸어 다니는데 단련되어 있었다.

−원하면 만져 봐도 돼. 만져 봐도 다치지는 않을 거야. 약속할게.−

그가 말했다.

아벨은 공손하게 엄지손가락 끝으로 그의 발꿈치를 만져 보았다. 거지의 발가락들이 빙빙 돌면서 원을 그리자 아벨이 깜짝 놀랐다. 어떤 발가락은 앞으로 가고 어떤 것은 뒤로 가서 눈에 보이지 않는 기타 줄을 퉁기듯이 몇 개의 내부 메커니즘에 의해서 움직이는 것 같았다.

–몇 해 전에 '왕의 행진'을 발가락으로 연주했단다. 그러나 지금은 내가 엄청나게 늙어버렸지. 그 망할 류머티즘 같으니라고….–

그는 급하게 숨을 내쉬면서 장화를 다시 신었고 아벨은 그의 장비들을 바라보는 데 정신이 팔려있었다. 그의 사냥용 가방 속에는 속이 텅 빈 정어리 통조림, 나무뿌리, 통나무와 수도꼭지, 마개가 달려 있는 술통 모양의 노란색 병, 네 겹으로 접혀 있는 오래된 신문지, 그리고 개미로 가득 차 있는 유리 플라스크 등 각양각색의 잡다한 것들이 들어있었다.

가예고는 주머니에서 암녹색의 작은 병을 꺼내서 잘 흔든 뒤, 알루미늄 용기에 따랐다.

–물을 주마.–

그가 말했다.

아벨은 당황하여 주위를 두리번거렸다.

–어두운 병이야. 물로 가득 차 있어.–

소년은 병을 그에게 주었다. 늙은이는 어두운 색의 액체와 같은 양의 물을 부어 섞었다. 그는 검지 끝에 액체를 묻혀 맛을 본 뒤 다시 저었다.

-한 모금 먹어볼래?-

-어떤 거요?-

소년이 물었다.

-술. 내가 아침에 손수 준비해두었어.-

아벨은 간신히 한 모금 마셨다.

-아주 좋아요.-

아벨이 말했다.

거지의 눈썹은 악센트 기호 모양으로 치켜 올라갔다. .

-조금 더 마시지 않을래?-

-아니요, 정말 고마웠어요.-

-네 맘대로 해.-

그는 재빨리 컵을 입으로 가져가 입술 주위를 적신 뒤, 한 모금 마셨다.

-만약 내가 사업에 좀 더 신중을 기했더라면 나의 발명품들이 특허를 받았을 텐데. 다른 사람들 같으면 그 정도의 발명품이라면 떼돈을 벌었을 거야. 난 선천적으로 사업과는 거리가 먼가 봐. 어릴 때도 그랬었는데 지금은 너무 늦어서 다른 걸 해 볼 수도 없고. 내가 아이디어를 제공하면 다른 사람들이 그것을 실

행에 옮겨버리지. 일은 내가 하고 대가는 그들이 챙긴 셈이야. 그런 일은 과학자들에게는 항상 있는 일이지. 우리가 사는 이 나라는 눈꼽만큼도 우리를 도우려 하지 않아. ?

그가 한 숨을 쉬었다.

그는 프록코트의 단추를 끄르고 안감을 검사하기 시작했다. 아벨은 온갖 잡동사니로 가득 차 있는 작은 주머니들을 보고 놀랐다. 코르크 마개, 맥주 뚜껑, 유리구슬, 이 빠진 빗, 마른 풀과 씨앗, 그리고 원통. 주머니들은 여러 가지 색깔의 리본으로 봉한 채 안감에 꿰매어져 있었다. 가예고의 점검 과정은 항상 동일했는데 다음의 4단계를 거쳤다. 일단 속에 있는 내용물을 꺼내고 그것을 관찰한다. 다음에는 주머니를 하나하나 살펴본 뒤, 내용물들을 본래 들어있던 주머니 속에 집어넣는 것이었다.

-작은 주머니에 대한 아이디어는 얼마간은 크게 유용했단다.-

가예고가 설명했다.

가예고는 주머니 하나에 엄지손가락과 집게손가락을 넣어서 콘돔을 하나 꺼냈다가 수줍은 듯 다시 집어넣었다.

-그러나 사실상, 주머니가 너무 꽉 차서 더 넣을 수가 없어.-

그는 다른 주머니를 만져보았다.

-내가 그것을 어디에 두었는지 기억이 나질 않는군.-

가예고는 다른 주머니들을 뒤적거려 보았다.

278

-넌 알겠니?-

-뭐를요?-

-주머니가 몇 개나 되는지.-

소년은 얼룩과 훈장으로 가득 차 있는 가예고의 코트를 바라
보고 있었다.

-맞추기 어려울 걸.-

그가 말했다.

-아무 숫자나 한번 말해봐.-

가예고가 고집을 피웠다.

-모르겠는데요….-

-자, 어서….-

-30개.-

아벨이 말했다.

-더 큰데.-

-50.-

-아니.-

-65.-

-가까워지고 있어.-

-76.-

-78.-

거지는 눈을 반짝이며 그를 바라보았다.

-그래. 더도 덜도 아니야.-

-그렇게 많이 준비해 두었어요? 주머니가 너무 많으면 귀찮지 않나요?-

-처음에는 그것들을 구분하기 위해서 다른 실로 가장자리를 표시하려고 했어. 그런데 지금은 익숙해져서 그럴 필요가 없단다.-

-산토끼가 타고 있어요.-

아벨이 말했다.

그는 서두르지 않고 불에서 깡통을 내려놓았다.

양념이 완전히 졸아버리고 토끼털은 검게 타 있었다. 늙은이는 자루에서 2개의 알루미늄 접시를 꺼내 그 중 하나를 소년에게 건넸다.

-먹어 봐!-

-정말 친절하시네요. 그렇지만 집에서 저를 기다리고 있어요. 전 식구들을 걱정시킬 수가 없어요.-

-애, 그런 걱정이랑 말아라. 필요하다면 내가 직접 어머니에게 말씀 드릴게.-

-전 어머니가 없어요.-

아벨이 말했다.

-8개월 전에 이미 돌아가셨어요.-

-그러면, 너의 아버지에게 용서를 구하마.-

늙은이는 금방 말을 바꾸었다.

창백하고 피곤해 보이는 소년의 얼굴을 바라보며 덧붙였다.

-아버지마저 없다고 말하진 않겠지?-

-그분 역시 돌아가셨어요.-

-좋아. 그런 걸 보고 길을 잘 못 들었다고 하는 거야.-

가예고가 소리쳤다.

그는 잠시 말을 끊고 소년을 머리끝에서 발끝까지 훑어보
았다.

-너희 부모님들이 왜 돌아가셨는지 물어봐도 될까?-

-그는 발레아레스 제도에서 배가 가라앉는 바람에 돌아가셨
어요. 어머니는 왜 돌아가셨는지 확실히 몰라요. 저는 할머니와
함께 신원을 확인하러 시체 보관소에 갔었어요.-

아벨은 멍한 표정을 지어 보였다.

-바로 어머니였어요.-

-지금은 누가 너를 돌봐주지?

-할머니가 돌아가셨을 때부터는 도냐 에스따니슬라가 돌봐
주세요. 그녀를 아시는지 모르겠네요. 낙원 길의 지주시래요.-

-그녀를 알고 있어. 얼마 전까지 그녀는 엷은 모자를 쓰고
찻길로 산책을 하곤 했지. 우린 항상 서로 인사를 주고받았어.-

가예고가 대답했다.

-매우 고상한 분이세요. 주위 환경에 비해 그녀가 너무 뛰어

난 것이 불행이었나 봐요. -

소년이 말했다.

늙은이는 뒷머리를 긁적거렸다.

-자신을 소개하는 방식이 재미있는걸. 네가 하는 말을 듣고 있으면 모두가 너를 실제보다 스무 살은 더 먹은 줄로 착각할 거야. -

아벨은 잎사귀 하나를 빨고 있었다.

-나는 전쟁이 우리 모두를 더 빨리 성숙시킨다고 믿고 있지. 요즘 애들은 마술사 따윈 믿지 않아. -

가예고는 아벨을 한참 동안 꼼짝 않고 바라보고 있었다.

-어쩌면 네가 옳을 지도 모르지. 요즘 아이들은 소년이 아니라 늙은이나 다를 바가 없으니까. 내가 네 나이였을 때도 역시 엄마의 치맛자락을 붙잡고 다녔으니까. 자, 이제 잡담은 그만하고 산토끼나 먹어볼까?-

그가 칼을 찾으려고 망태를 거꾸로 뒤집었지만 아무것도 찾을 수 없었다. 그는 걱정하지 않고 소년에게로 다가갔다.

-사람들이 사치스럽게 여기는 것은 이 곳엔 없어. 그러나 스튜는 훌륭해. 먹어봐. 네가 좋아하는 부위를 직접 골라봐라. -

늙은이가 산토끼의 등을 붙잡고 있는 동안, 아벨은 다리 한 쪽을 뿌리 채 뽑아 씹다가 가슴이 두근거려 포기하고 접시에 놓았다.

－식사예절 따위는 필요 없어.－

거지가 말했다.

가예고는 산토끼의 다른 부위를 입으로 가져가 게걸스럽게 먹기 시작했다. 그의 뒤통수에 매달려 있던 허수아비 밀짚모자가 목덜미까지 미끄러졌다.

－자 어서 먹어라.－

나무로 된 포크를 사용해서 접시에 허브 잎과 밤을 올려 놓았다. 아벨은 그때 늙은이가 내장을 깨끗이 씻지 않았음을 알게 되었다.

－전 먹고 싶지 않아요.－

아벨이 푸념 섞인 어조로 말했다.

－먹고 싶지 않다고? 왜 그런지 물어봐도 되겠니?－

아벨은 양념이 덕지덕지 묻어있는 어두운 빛깔의 작은 그릇을 가리켰다.

－이게 뭔지 모르겠어요.－

늙은이는 태연하게 그것을 살펴보았다.

－내가 그것 어떻게 알겠니! 작은 올리브 같은데. 산토끼 맛을 돋우기 위해서 넣은 건데.－

아벨은 그의 설명에 별로 믿음이 가지 않았다. 필로메나가 매일 아침 씻어내는 토끼 내장에는 그런 올리브가 꽉 차있다. 그는 가예고에게 알루미늄 접시를 되돌려주고 몇 초 동안 가만히 타다 남은 숯덩이를 바라보고 있었다.

　-좋아, 네 편할 대로 해. 그렇지만 친구들 사이에서는 그런 얼굴을 하지 마라. 네가 토끼 스튜를 좋아하지 않는 것이 내 탓은 아니니까.-

　늙은이가 말했다.

　그는 아벨의 접시에 있던 토끼 고기를 자기의 그릇에 쏟더니 게걸스럽게 먹어 치웠다.

　곧이어 모래 한 줌을 던져 불씨를 껐다.

　-음식을 안 먹는 건 잘못이야. 텅 빈 배를 가지고 무슨 일을 하겠어.-

　그 순간 그는 잊고 있던 무언가를 찾는 듯 주위를 두리번거리다 배낭에서 푸른색 깡통을 꺼냈다.

　-내 머릿기름이다.-

　그가 설명했다.

　아직 양념이 묻어있는 손가락으로 젤리를 듬뿍 파내어 관자놀이에 나 있는 머리칼이 회록 색을 띨 때까지 발라주었다.

　-내가 직접 민들레와 분가루 무화과의 잎줄기를 섞어서 만들었다. 조금 발라 볼래?-

　아벨은 그의 청을 거절할 수가 없어 고수머리 위에 머릿기름을 약간 부어서 문질렀다.

　-냄새가 아주 상쾌해요.-

아벨이 기름에 대해 평을 했다.

가예고는 장화의 끄트머리에 생긴 얼룩에 기름을 바르고 있었다.

-뿐만 아니라 구두를 닦는 데도 쓸 수 있어. 가져가서 조금만 발라봐라. 세상에서 존경 받기를 원한다면 외모에 신경 써야 한다는 걸 잊지 마.-

그가 말했다.

그는 모자를 깊이 눌러쓰고 주위에 흩어져있는 물건들을 챙겼다.

-깜박하고 잊은 것은 없는지 살펴봐라.-

아벨은 주위를 살펴보았다.

-다 챙긴 것 같은데…, 저 코르크 마개.-

-내게 줘.-

가예고가 명령했다. 가예고는 마개를 주머니에 넣기 전에 잠시 살펴보다가 아벨 쪽으로 몸을 돌렸다.

-내 말좀 들어봐. 우리는 지금까지 일상적인 것들에 대해 수많은 이야기를 나누었는데 왜 네가 나를 만나러 왔는지에 대해선 말하지 않았어.-

그가 말했다.

그의 말에 아벨은 얼굴을 붉혔다. 가예고가 마치 그의 생각을 다 읽고 있는 것 같았기 때문이다.

-당신은 전쟁이 오래 갈 거라고 생각하세요?-

마침내 아벨이 중얼거렸다.

가예고는 배낭에서 쓰다 남은 이쑤시개를 꺼내서 잇몸을 쑤시고 있었다.

-누가 알겠어! 현대전은 극악무도하고 복잡해. 쿠바에서 우리가 양키를 대항해서 싸울 때와는 다르지. 그 때의 전쟁은….-

-그렇지만 벨치떼에서도 매우 격렬하게 싸우고 있어요.-

아벨이 흥분해서 말했다.

그는 가예고가 현재의 중요성을 인식하지 못한 채 과거만 미화시키려 하는 것이 못마땅했다. 아벨은 그에게 1938년도 영웅적인 해가 될 수 있다는 것을 보여주고 싶었다.

-멀리 갈 것도 없이 어제 전투에서만 이 천 명 이상이 죽었대요.-

가예고는 의심스럽다는 듯 고개를 좌우로 흔들어 보였다.

-과장이겠지. 쿠바전쟁 같은 전쟁은 다시는 없을 거야. 그때는….-

아벨은 풀이 죽어 일어섰다.

-저는 싸우고 싶어요. 그때 일어난 일 따위에는 관심도 없어요. 전 이 시대에 태어났지 1800년 대에 태어난 건 아니니까요.-

거지는 끝이 뾰족한 고드름 모양의 턱수염을 잡아 뽑고 있었다.

-그래. 어쩌면 네 말이 맞을 지도 모르지. 너는 젊고 앞으로 살날이 많지. 너는 네 나이를 잊어서는 안 돼. 이렇게 어른들과 같이 살다간 너도 금방 시들어버릴 거니까. 다른 아이들과 어울려라. 내 경험으로도 가르쳐줄 수 없는 많은 것들을 그들에게서 배우게 될 테니까.-

그가 대답했다.

-네. 그렇지만 다른 사람들은요? 에스따니슬라, 필로메나와 아게다에 대해서 어떻게 생각하세요? 전 그들을 더 이상 그렇게 정체된 채로 방치해 둘 수 없어요.-

그는 깃털이 달린 부채로 바람을 일으키면서 말하는 이모를 생각해 보았다.

'우리들의 지평선은 너무나 희미해. 현실은 언제나 명확하지 않아. 세상에는 진실도 거짓도 없어. 우린 구름 속에서 사는 것 같아.'

아게다는 '날 포기하지 말아줘, 제발'이라고 부르짖으며 죽은 오빠의 이미지를 쫓아 빈방들을 돌아다녔다. 푸르스름하고 짙은 공기가 그녀들 주위를 감돌고 있었다. 그들의 목소리가 아벨의 귀에 거품처럼 들려왔다. '너는 끌라우데의 육체적인 모습만으로 그녀를 사랑하는 거니?'

그녀들은 엷은 망사와 레이스로 된 옷을 입고 향수를 갖고 다니면서 비바람으로부터 자신을 보호하려 했다.

'사랑에는 국경도, 나이도 없다….'

라는 말도 단지 말에 불과할 뿐 진주 없는 조개에 불과했다.

그가 눈을 떴을 때, 가예고는 전에 있던 장소에 계속 앉아있었다. 실제로는 몇 분밖에 지나지 않았지만 아벨에겐 몇 년이 지난 것 같았다. 그는 피곤하고 나른해져 자신이 누구인지를 기억해내기 위해 애를 써야 할 지경이었다.

－무슨 일이 일어났어요? 제가 잤나요?－

아벨이 물었다.

늙은이는 머리를 끄덕이면서 지팡이에 몸을 기대 일어섰다.

－집에 가서 뭐 좀 먹어라. 빈속에 잠자는 건 해로워. 허기져서 머리를 환영으로 채우게 되니까.－

넋을 잃고 있는 아벨을 그대로 남겨둔 채 그는 잡동사니를 모두 챙겨서 마을로 걸어갔다. 이처럼 기묘하게 맺어진 그들의 인연은 시간이 흐르면서 더욱 돈독해졌다. 가예고가 예상치 못했을 때 나타난 아벨은 마법을 부리듯 불시에 사라져 버렸다. 그들은 회초리를 가지고 다니면서 함께 숲속에 흩어져 있는 관측소에서 바람과 온도의 변화를 관찰하였다. 10월 늦은 오후, 잎들이 떨어져버린 나뭇가지 사이로 보이는 하늘은 피처럼 붉은 빛을 띠었고 갈 곳 없는 새들이 지저귀는 소리는 겨울의 살벌함을 느끼게 했다. 그러나 소년과 거지는 그러한 변화에 아랑곳하지 않고 측정을 계속했다. 그들은 나란히 걸어가다가 다람쥐와 암 여우를 쫓거나 덫에 걸린 산토끼와 질식한 새들을 수거했다.

어느 날, 아벨이 또 다른 소년과 함께 나타났다. 그때부터 상황은 바뀌어갔다. 빠블로라는 친구는 아벨 같지 않았다. 아벨은 빠블로에게만 온통 신경이 다 쏠려 있는 것 같았다. 그들은 "창문 밑에서 발견된 제비의 몸은 나쁜 징조인가"와 같은 질문도 했지만 일반적으로 "왜 쿠바전쟁이 스페인 전쟁보다 오래갔죠? 탄환을 맞을 때 어떤 기분이죠?" 등등 전쟁에 대해서 많이 물어봤다.

빠블로는 노래를 부르고 아벨은 후렴을 따라 했다. 배가 고파서 핼쑥해 진 아벨의 얼굴을 보고 가예고는 여러 해 동안 잊고 지냈던 한 얼굴을 기억하게 되었다. 그 얼굴의 주인공은 루고에 살고 있던 한 소년으로 바이올린 연주자이자 화가며 수학자였다. 그는 아벨처럼 우아하면서도 동시에 고양이처럼 민첩했다. 그의 눈은 맑았고 눈동자에 회색 점들이 박혀있었다. 그리고 누군가와 인사할 때는 이마에 흘러내리는 고수머리를 뒤로 넘기는 버릇이 있었다.

―여기가 아파요.―

어느 날 소년은 갑자기 앓아눕더니 다음날 죽어버렸다. 그리고 죽은 지 사흘 되던 날 무덤에 묻혔다. 가예고는 도냐 에스따니슬라의 조카가 다음과 같은 이야기를 할 때면 그 소년을 떠올렸다.

－빠블로도 나도 이 계곡에서의 생활이 맞지 않는 것 같아요. 우리는 돈을 모으는 데로 전쟁터로 달려가 우리가 운이 좋은지 나쁜지를 시험해 볼 거예요.－

겨울이 다가오자, 아이들의 방문은 뜸해졌다. 소년들은 다른 생각에 골몰하고 있었던 것이다. 가예고는 두 서너 번, 멀리서 어슴푸레하게 그들을 알아보았다. 그러나 그들은 그에게 손을 흔들어주지도 않고 지나쳐버렸다.

새해가 시작된 지 얼마 되지 않아 가예고는 다시 피난민 소년들로부터 공격을 받게 되었다. 그 때 가예고는 소년들 사이에서 그들처럼 돌멩이를 쥐고 서 있는 아벨을 보고 서글퍼졌다. 가예고는 30분 전에 만난 아벨의 이미지를 떠 올렸다. 아벨의 얼굴에서 싸운 흔적을 발견했다.

소년들이 떡갈나무 숲 쪽으로 난 급류를 건너가고 있었다. 소년들을 추적하기 위해 달려온 군인들이 가예고에게 소년들의 행방에 대해 물었다. 그 때 소년들이 가엾게 느껴진 가예고는 조금도 주저하지 않고 손으로 그들이 간 곳과 정반대되는 방향을 가리켰다.

－저리로 갔소.－

가예고는 차로 돌아와 앞좌석에 앉아 군인들이 아이들과 만날 수 없는 방향으로 줄지어 가는 것을 지켜보고 있었다.

제5장

　로시, 앙헬라와 경비는 오늘 아침에 겪은 재난에 대해서 생각하고 있을 때 아벨의 사망 소식을 전해 듣고 눈시울을 적셨다. 아침 원정은 완전히 실패로 끝났다. 흥분한 여인들은 빨간색과 노란색이 어우러진 깃발을 몸에 감은 채, 위험을 무릅쓰고 차도로 뛰어들었다. 루시아는 손에 '승리의 행진'이란 글자가 적혀있는 전단과 자개로 된 묵주를 들고 있었다. 앙헬라는 길가에서 꽃을 한줌 따다가 행진하는 차량 위로 던졌다.

　－스페인의 군인들이여….－

　루시아가 장광설을 늘어놓았다.

　그러나 그녀의 말은 시끄러운 소음에 파묻혀 알아들을 수 없었다. 중사는 언덕에 흩어져 있는 적군의 거점들을 주시하고 있었다. 중사는 자신의 시선이 미치는 곳까지 온통 동요로 술렁거리고 있다는 것을 확인했다.

　－… 이 장엄한 시간에….－

　루시아는 몸을 앞으로 활처럼 굽히고 양팔을 높이 올려 민중들에게 인사를 했다. 결국 군인들 중의 한 명이 바닥으로 뛰어내렸고 앙헬라는 그의 목에 팔을 감았다. 그러나 군인은 그녀의 허리를 잡아 공중으로 안아 올리더니 배수구로 내동댕이쳤다. 그 군인은 야만적인 환경에서 자란 사람처럼 거칠게 행동했다. 그는 루시아에게 차량 통행을 방해하지 말라고 명령했다.

　－저리 꺼져요, 당신이 차량 진행을 방해하고 있다는 걸 모르겠어요?－

　아니었다. 그녀는 이해하지 못했다. 그녀는 깃발로 온몸을 감고 3킬로그램짜리 깃대를 손에 쥔 채 자신이 지금 악몽을 꾸고 있는 게 틀림없다고 생각했다. 도로를 가득 메운 트럭과 오토바이에 탄 장병들이 그녀에게 손가락질을 하며 비웃고 있었다. 앙헬라는 손으로 메가폰을 만들어 장병들에게 그녀가 알고 있는 한 장군에 대해 물어보았다. 그러나 아무도 그녀의 물음에 대답하지 않았다. 차량들은 점차 빠르게 그녀의 주위를 스쳐가고 걸어가던 군인들은 멈추어 서 그녀들을 조롱하기 시작했다.

　－앵무새 한 쌍이네!－

　－저 모자 꼬락서니 좀 봐!－

　－이 계곡에는 저 여자들보다 더 젊은 애들이 있을까?－

그들은 군인들의 모욕에 화가 나서 돌아가기로 결정했다.

−무식한 놈들.−

−뻔뻔한 것들.−

−교양 없는 것들.−

현관에서 경비가 그녀들을 기다리고 있었는데, 그는 바로 전날부터 그녀 집에서 숨어 지내고 있었다. 그들은 국기를 손에 들고 응접실 탁자 주위에 둘러앉아 자신들이 패배한 것에 대해 수치스러워하며 울먹이고 있었다.

−무식한 놈들, 그래, 그들은 원래 그런 무식한 놈들이었어. 여인네를 그런 식으로 다루다니!−

−만약 우리 아버지가 살아계셨더라면⋯. 누구든 우리에 대해 자기 멋대로 생각하게 내버려 두지 않으셨을 텐데⋯. 우리 아버지는 장교의 위엄을 갖춘 분으로 여왕이 궁에서 벌이는 만찬 석상에까지 초대 되었다오.−

그녀는 경비인 뻬드로에게 돌아앉아 흐느끼는 목소리로 말했다.

−온 세상도 우리들을 알 정도였다니까요. 아버지는 발레아레스의 군 장관이었는데 우리가 관사 앞을 지나칠 때마다 친구인 하사가 우리들을 보좌해주었지.−

루시아가 말했다.

−맞아, 그럴 때가 있었지요! 나처럼 소박한 사람들까지도 존

경을 받았지요. 그에 비하면 지금은…. 계층과 위아래가 모두 없어져 버렸어요.-

경비가 한숨을 쉬었다.

-그랬죠. 정말이에요. 어느 군인이나 할 것 없이 우리의 나이나 성을 무시한 채 모욕하려 들어요.-

앙헬라가 시인했다.

-이제 우리는 어디에 머물러야 할지 모르겠어요. 시간이 지남에 따라 상황이 점차 악화되고 있어요. 사람들은 최소한의 인간성마저 상실해가고 있으니까요.-

-내가 군을 위해 한 일을 기억해 준다면….-

루시아가 속삭였다.

앙헬라는 검붉은 외투를 벗고 경비를 돌아다보았다.

-언니는 전쟁에서 돌아온 군인들을 위해서 큰 음악회를 열어주었어요.-

-나 혼자서 군비 마련을 위한 자선 복권 반 이상을 팔아줬더니 모든 군인들이 내게 다가와 악수를 청했었지.-

앙헬라는 루시아를 쳐다보았다. 루시아는 안색이 어두워지더니 챙이 넓은 모자를 눈까지 깊숙이 눌러썼다.

-상상해 봐. 거리가 온통 그녀 이름이 적혀있는 플래카드로 뒤덮이고 그녀의 대형 사진이 내걸려서 까치발을 해야만 그녀를 겨우 볼 수 있을 정도였다니까.-

뻬드로는 안락의자에 앉아서 조심스럽게 사진을 들여다보았다. 루시아 로시는 하얀 색 옷으로 몸 전체를 감싸고 머리에 망토를 걸치고 있었다. 젊고 우아한 그녀의 모습은 오히려 틀에 박힌 것 같았다. 머리는 모자 속에 싸여있고 타원형의 가냘픈 얼굴을 하고 있었다.

-굉장한데.-

경비는 속삭였다.

앙헬라는 그가 사진을 보는 동안 다가가 질투 섞인 어조로 말했다.

-아무도 그녀인지 모를 거예요.-

사진 속의 젊고 아름다운 여인과 지금의 늙은 노파 사이에 차이가 있다는 것을 확인이라도 하듯 까치발을 하고 사진과 언니를 번갈아 바라보고 있었다.

-비록 지금과는 다르지만 언니는 당시 처녀들 중에서 가장 아름다웠죠. 신문에서는 매일 그녀에게 벌어지는 크고 작은 일들을 빠짐없이 보도할 정도였다. 그러나 그때나 지금이나 언니의 성격은 별로 변하지 않았어요. 언니는 늘 자기 자신만을 생각했고 자기의 자유를 조금도 양보하려 들지 않았으니까.-

-나는 직업이 있었어. 그래서 결혼 때문에 직업을 포기하고 싶지 않았던 거야. 내 음악 교수가 결혼한 여성들은 직업을 갖지 말라고 경고 하는 바람에 결혼을 포기하고 나만의 일에 전념

하기로 결심했던 거야.-

루시아는 말했다.

-루시아는 항상 그랬어. 이미 어릴 적부터 세상일에 초월하
는 법을 배웠지. 언니의 강한 독립심 때문에 불쌍한 어머니가
이성을 잃은 거야. 언니가 가진 그런 기회들은 어느 여성에게나
주어지는 것이 아니었는데 언닌 그걸 몰랐어. 스페인 전체가 언
니에게 성과 요트, 그리고 땅을 주며 발 앞에 엎드린다 해도 언
니는 들으려고도 안 했을 거야. 아! 만약 언니가 그 사람의 말을
들었더라면 상황은 많이 달라졌을 텐데….-

-왜 상황이 달라졌을 거라고 믿는지 이해할 수 없어. 너도
알다시피 내겐 경제적인 문제 따윈 조금도 중요하지 않았어. 만
약 경제적인 것에 관한 얘기라면 난 네가 하는 말을 이해하지
못 하겠는걸.-

루시아가 대답했다.

-내가 무슨 말을 하는 건지 모르겠다고? 오늘 아침에 그런
수모를 당하고서도 내 말뜻을 이해할 수 없는 거야?-

앙헬라가 소리쳤다.

루시아는 무뚝뚝한 목소리로 끼어들었다.

-너는 다리오 꼬스따와 오늘 일이 서로 관련이 있다는 걸 밝
히고 싶은 거니?-

루시아는 위엄 있는 눈빛을 하고 동생을 바라보았다.

-만약 다리오가 거기 있었더라면 그들의 뺨이라도 때렸을 거라는 걸 잘 알고 있을 텐데.-

앙헬라는 경비 쪽으로 몸을 돌린 채 열을 올리며 말했다.

-만약 뻬드로 당신이 그 당시 상황을 알았더라면…. 다리오 는 영락없는 신사 그 자체였어요. 그는 언니에게 홀딱 반해있었 죠. 그는 언니에게 날마다 꽃 광주리를 보내주었어요. 그는 돈 도 많고 잘생기고 각계에서 존경받는 지위에 있는 사람이었어 요. 그런데도 우리 언니는 무슨 변덕에서였는지 그에게 집요하 게 딱지를 놓는 거였어요. 나중에는 크게 후회했지만요.-

그녀는 빈정대며 웃었다.

-내가 그와 헤어진 것을 후회했다고? 웃기지 마. 난 한 번도 내가 한 일을 후회한 적이 없어. 그 이후에도 지금까지 잘 살고 있잖아.-

루시아가 발끈했다.

-지금 그가 나타나더라도 그를 거부할 거라고는 말하진 않 겠지?-

-당연히 그를 거부할 거야. 내가 가진 것만으로도 살기에는 충분해. 어느 누구의 도움도 필요가 없다고.-

-정말 그럴까? 노새만큼이나 고집이 세군. 팔 년이나 지났지 만 하나도 변한 게 없군. 절대로 자기 잘못을 인정하려 들지 않 으니.-

앙헬라가 말했다.

루시아는 단호하게 앙헬라에게 등을 돌리고 콧노래로 이탈리아 오페라를 흥얼거렸다.

-왜 그에게 말하지 않았지? 언니는 자신에게 편한 말만 들으려 하고 진실을 얘기하면 듣지 않으려고 귀를 막아버리지. 그래도 나 때문에 곤란한 상황에 빠진 적은 없잖아.-

여동생은 중얼거렸다.

루시아는 화가 나서 안색이 바뀌더니 휘파람 불기를 멈추고 돌아보았다.

-그건 네가 잘못 생각한 거야. 아버지가 우리 둘에게 돈을 똑같이 나눠 주셨어. 내 것은 네 것과 같았지.-

-언니가 돈을 함부로 낭비하는 것 같아 일부러 돈을 맡기지 않았어. 만약 그 돈을 오로지 나를 위해 썼더라면….-

-넌 내가 학생을 가르치면서 생계를 꾸려 나갔으면 했어. 내 목소리는 스페인 전역에 알려져 있었고 항상 배우려는 학생들이 끊이지 않았지.-

루시아 역시 뻬드로에게 피아노로 덮어두었던 사진들을 보여주었다.

-내겐 성악을 배우는 수백 명의 학생들이 있었어요. 난 선전할 필요가 없었죠. 굳이 몸이 일으키지 않아도 당신 주위에 흩어져 있는 사진을 보면 알 거예요.-

니코틴처럼 노랗게 물든 사진들이 많이 보였다. 거기에는 30년 전에 유행했던 옷을 입은 소녀들이 미소를 머금고 개울과 폭포, 콘크리트 계단과 잔디가 융단처럼 깔려있는 정원을 거닐고 있었다. 팔뚝에는 거품처럼 가냘픈 얇은 비단이 덮여있었다. 진주와 꽃으로 덮여있는 그녀의 가슴. 뻬드로는 눈을 크게 뜨고 한 자씩 읽기 시작했다.

'나의 모든 애정을 담아 루시아 로시에게…, 나의 사랑하는 애인 루시아 로시, …에 대해 진심으로 감사드립니다'

앙헬라는 그의 옆에서 중얼거렸다.

－가련한 애인은 루시아와 함께 살면서 그녀가 학생들에게 레슨하는 것을 상상했죠. 그러나 당신이 알다시피 모든 것은 끝났어요.－

루시아는 그 말이 채 끝나기도 전에 입을 열었다.

－보세요. 벽에 붙어있는 장식 선반에는 아직 사진이 더 많이 있어요. 온통 집 안이 사진으로 가득 차 있고 아직도 상자에 담아둘 수가 없을 정도로 넘쳐나요.－

－아무도 언니에게 사진에 대해 얘기하지 않아, 전 세계는 언니의 아름다운 목소리를 알고 있지만 우린 지금, 현재에 대해서 말해야 하는 거야.－

여동생 앙헬라가 말했다.

루시아는 그녀의 말에 전혀 신경도 쓰지 않고 계속해서 뻬드로에게 사진을 보여주었다.

  ─나는 장병들을 위해 여러 번 노래를 불렀어요. 그들이 내게 얼마나 고마워했는지 몰라요. 정말이지 내가 왜 이렇게 실망 하는지는 다 이유가 있는 거라고요.─

  ─언니는 늘 지나치게 머리를 쓰는 게 문제야. ?

  앙헬라는 경비에게 몸을 돌린 채 말했다.

  ─내가 어떤 면에서는 언니보다 예술적 기질이 더 있었지. 꿈을 꾸고 공상을 하고 아이디어를 짜내고….─

  ─그런 것들이 다 무슨 소용이야…. 내 말이 틀렸는지 한 번 말해 봐.─

  루시아가 빈정거렸다.

  ─언니는 결코 누구에게도 애정을 느껴 본 적이 없어요. 만약 뻬드로 당신이 수 년 전에 그녀를 보았더라면 그녀가 제자들과 떨어져서는 살 수 없을 거라고 믿었을 거예요. 그런데 지금 언니는 그 제자들 얼굴조차 기억하지 못하잖아. 내 말이 틀렸어?─

  ─너무나 당연하지. 전혀 실망하지 않아. 삶이란 그런 거니까. 우리는 그것을 받아들여야만 해.─

  루시아가 말했다.

  ─바로 그 점 때문에 언니를 존경하는 거예요. 모든 상황에 쉽게 적응한다는 거. 이제까지 살아온 것만 생각해서는 현재의

삶을 버텨나가기가 쉽지 않을 거예요. 그런데 언니는 구걸하러
다닌다 해도 자존심에 상처를 받거나 하지는 않을 거예요.-

-앙헬라는 과거만 바라보며 살고 있어요. 이랬더라면, 저랬
더라면, 네가 결혼을 했더라면, 우리가 부자였더라면…. 난 항
상 과거는 죽은 거나 다를 바 없다고 일러주지만….-

루시아가 대답했다.

언쟁은 몇 시간이고 끊임없이 계속될 기세였지만 자매 중 어
느 누구도 끝내려 하지 않았다. 뻬드로는 머리를 아래로 향하고
그들의 말을 듣다가 간간이 시선을 문 쪽으로 돌렸다. 바로 그
때 한 처녀가 달려가는 것이 보였고 그녀로부터 아벨 소르사노
의 죽음을 전해 듣게 되었다.

-죽었다고?-

-예, 살해되었어요.-

그날의 감정적인 동요 때문에 모두가 수 분간 계속 울어댔고
방은 온통 눈물바다가 되어버렸다.

-불쌍한 것!-

-그렇게 어린 것이.-

-무슨 날벼락이람!-

울음소리가 반시간이나 계속되다가 갑자기 멎었다. 그들이
울기 시작할 때 그랬던 것처럼 그렇게 갑작스레 울음을 멈추었
다. 안락함이 그들에게 부끄러움으로 느껴졌는지 감히 시선을

들지 못했다. 그들은 우울하게 미소 짓는 가운데 몇 분간 기도를 드렸다.

　-에스따니슬라에게 조문을 가야지.-

마침내 루시아가 입을 열었다.

　- 불쌍한 여인네가 사지가 잘려나간 느낌일거야.-

　-집도 무서우리만큼 허전할 거야.-

앙헬라가 말했다.

　-그들을 떠나간 세 번째 남자로군.-

　-그녀에겐 두 아들이 있었지.-

뻬드로에게 설명했다.

　- 그리고 그 둘은 죽었어.-

　-이 소년은 고아였죠.-

　경비가 대화를 마무리 지었다.

　-그 소년이 언젠가 내게 부모님이 전쟁 중에 죽었다고 했어요.-

　-전쟁은 아무 유익이 없는 거야.-

　-사람은 죽기 위해서 태어나는 거잖아-

앙헬라가 중얼거렸다.

　-우리 모두는 죽음이라는 관을 통과해야만 해-

　그들은 한숨을 쉬었다. 그러나 침묵이 어색하게 느껴졌던지 그들은 거의 동시에 입을 열었다.

302

-당신은 그의 이모할머니를 아세요?-

-네. 낙원 길에서 그녀를 본 뒤로 항상 그녀에게 인사를 했어요.-

-그 불쌍한 여인네는 정말 복도 없어요. 그렇게 많은 사고를 당하다니….-

-어쨌든.-

루시아가 손수건으로 눈물을 닦으면서 말했다.

-그녀 스스로 불행을 초래했다는 사실을 인정해야 해. 그녀의 교육방식이란 한심하기 그지없었죠….-

-정말 유감스러운 일은.-

앙헬라가 한 숨을 쉬었다.

-광기가 그녀의 머리를 가득 채우는 바람에 그녀가 현실에서 동떨어져 상상 속에서 살아간다는 거죠.-

-로마노에게 그녀가 했던 짓은 더 나빴지. 로마노가 열 살이 될 때까지 여자 옷을 입혀서 다니게 했고 남편이 여자 옷을 벗기려 하자 싸웠지.-

-에스따니슬라는 항상 괴짜였어. 어릴 때 길에서 놀고 있는데 동네 사람들이 그녀에 대해서 험담하는 것을 들었어.-

-그녀가 결혼하기 전에 희극배우들과 함께 도망을 갔었다고 하더군요. 그리고 그녀의 남편이 쿠바의 설탕공장을 그만두고 스페인으로 건너오게 된 것도 그녀 때문이라고 하더라고요.-

루시아가 뻬드로에게 설명해 주었다.

－분명한 사실은 그녀의 사랑은 너무 독단적이어서 남편을 혼란스럽게 했다는 거야. 너 올라노에서 일어났던 일 기억나니?－

그녀의 여동생이 손수건을 주머니에 집어넣고 미소를 지으려 했지만 주름살이 떨렸다.

－난 그녀가 우리에게 그 이야기를 하면서 지은 표정을 잊을 수가 없어.－

앙헬라의 입가에 웃음이 번져나갔다.

－엔리께가 항상 자기와 함께 있었다고 생각하는 거야….－

－그건 정말 나 자신도 뭐라고 설명하기 힘들었어.－

－그 불쌍한 여인은 사실 그다지 아름답지는 않았어.－

－아니, 나중에야 그랬지.－

그들은 행복하고 흥분되어서 웃기 시작했다. 그러다가 갑자기 아벨을 생각했다.

－지금은 그 아이가 당한 일로 인해서…. 그런데 아이들은 왜 그를 죽인 걸까?－

－실제로 그 이유를 아는 사람은 아무도 없을 거야.－

－그 아이는 너무나 매혹적이었어….－

－불쌍한 것.－

－천사와 같았는데.－

304

-정말 천사였다고.-

-자비로운 신이여.-

-신의 우편에 앉기에 가장 어울리는 영혼이여.-

-항상 가장 선한 사람들이 앉는 곳이지.-

그들은 다시 입을 다물고 뻬드로를 지켜보고 있었다. 그러나 뻬드로는 아무 말도 할 수가 없었다. 그의 목구멍에서 한 숨이 터져 나왔다.

-결국 삶이란 그런 거야.-

-내 말이 그 말이야.-

침묵이 흐른다.

-만약 우리가 그녀를 방문한다면?-

-그게 가장 나을 것 같아.-

-그럴까요?-

뻬드로는 머리를 긁적였다.

-그녀와는 친하시죠?-

-그렇다면 좋아요, 우리 함께 나가요.-

그들은 동시에 일어섰지만 아무도 발을 떼지 못했다. 잠시 후에, 루시아가 갑자기 말을 꺼냈다.

-네게 말 못했네. 나 머리가 약간 아파. 그래서 밖에 나가서 견딜 수 있을지 모르겠어.

-못 견딜 것 같아?-

-확실히 모르겠어.-

-그냥 여기 있자.-

-어쩌면 내일….-

-그래, 내일.-

그들은 마치 로봇처럼 자리에 털썩 주저앉았다.

-너 많이 힘드니?-

-뭐가?-

-머리말이야.-

-대단하지 않아. 이제 사라졌어.-

앙헬라는 한 가지 생각이 떠올랐다.

-이봐, 지금 할 수 있는 최선의 방법은 진정제를 먹는 거야.-

그리고는 경비 쪽을 보고 말했다.

-나중에 기회를 봐서 언니랑 조문 할게요….-

***

낙원 길에서 이백 미터 정도 떨어진 곳에서 군인들이 화톳불을 둘러싸고 야영하고 있었다. 해가 지고 숲은 온통 졸졸거리는 개울물 소리로 가득 찼다. 부엌에서 조수들이 배급을 준비하는 동안 군인들은 망토를 입고 이곳저곳을 거닐면서 불꽃이 너울거리는 것을 바라보고 있었다.

살해당한 소년에 대한 이야기가 대화의 주를 이루고 있었다. 모든 군인들이 소년들에 의해서 자행된 무시무시한 사건들에 대해서 이야기를 했다. 그 이야기들은 남들이 하는 말이거나 들은 것이거나 자신들이 직접 목격한 것으로 해가 감에 따라서 기억에서 잊혀질 그런 것들이었다.

　－우리가 가스떼욘에 들어간 날 밤에….－

라고 시작하거나 혹은

　－그가 일하고 있던 마을에서….－

로 시작했다.

곤살레스 하사의 차례가 돌아오자, 며칠 전에 산 펠리우에서 일어난 일을 서둘러 이야기했다. 그러나 그 이야기는 너무 잘 알려진 이야기라 군인들은 듣는 시늉만 하고 있었다.

하사가 묘사하는 풍경은 군인들이 다 기억하고 있어서 굳이 상상할 필요도 없었다. 도시가 함대의 폭격을 받아 항구는 돌부스러기로 된 폐허 그 자체였다. 군인들이 변두리에 도착하자, 마을 주민들이 숨어 있다가 밖으로 나오기 시작했다. 겉보기에 텅 빈 것 같던 마을에서 흥분한 주민들이 몰려 나왔다. 당시는 오랜 전쟁으로 감정적인 동요가 심했기 때문에 군인과 농민, 그리고 남녀를 막론하고 필요하다면 언제든 우애를 쉽게 저버렸다. 소년들은 군용 차량에 오르고 여인들은 기쁘게 군인들과 포옹을 했다.

307

종소리가 즐겁게 울려오는 동안, 곤살레스는 소년이 자기에게서 지갑을 훔쳐간 것을 알고 깜짝 놀랐다. 도둑을 맞은 것이 불과 몇 분전이었다는 걸 알고 삐드로는 자기와 포옹을 했던 사람들을 기억해내려고 애를 썼다. 그의 의심은 갑자기 천사 같은 얼굴에 악마의 눈을 하고 흉악한 미소를 짓던 한 소년에게로 집중되었다. 그 소년은 팔짱을 끼고 칼라를 세운 채, 열광적으로 환호성을 지르며 군인들 사이를 오가고 있었다. 그는 목이 터지라고 외쳐대는 대중들 사이에서 서로 다른 가면을 쓴 채, 이탈리아 배우 프레골리처럼 나타났다 사라지곤 했다.

곤살레스는 그를 붙잡을 수 없어 실망하고 있는데 오십 미터 근방에서 통나무처럼 굵은 팔뚝 사이로 울고 있는 소년을 발견했다. 화가 난 곤살레스는 팔꿈치로 길을 뚫고 들어가 방심하고 있는 소년을 단숨에 습격하려고 했다. 그러나, 그 악동은 "스페인 만세!"를 외치면서 군중 속으로 숨어 버렸다.

중사는 소년을 추격하며 군중 속으로 돌진해 갔다. 소년에게 길을 내주었던 모든 사람들이 열정적으로 그를 포옹하며 길을 막아섰다. 그는 욕을 퍼부으면서 그들로부터 떨어져나갔다. 소년이 그보다 유리한 위치를 점유하고 있었지만 일렁이는 군중의 파도와 난장판 속에서 소년은 그만 지갑을 잃어버렸다. 소년은 광장 콘크리트 계단에서 박수를 치며 환영하는 대중들에게 공중제비를 넘으면서 만세를 부르고는 부서진 항구의 좁은 뒷

골목으로 도망쳤다. 그곳은 사람들이 드물어서 곤살레스가 쉽
게 그를 따라갈 수 있었다. 소년은 곤살레스가 자기를 쫓아오는
것을 알고 몸을 반쯤 돌려서 곤살레스의 팔뚝을 움켜쥐려고 달
려왔다. 소년은 2미터 가량 되는 지점에 멈추어 서서 장난기 어
린 미소를 짓고는 아무 것도 가진 것이 없다는 것을 보여주기라
도 하려는 듯 호주머니를 뒤집어 보였다. 조금 뒤, 소년은 그를
설득시킬 수 없다는 것을 눈치 채고 울음을 터뜨렸다.

소년은 어머니가 너무 위중하고 아버지가 사회주의자의 손
에 죽었다고 말했다. 또한 그의 팔 전체에 난 상처를 보여주면
서 사회주의자들이 부젓가락을 달구어 자신에게 얼마나 잔인
하게 고문을 했는지 말했다. 소년은 국민당의 이념을 굳게 믿고
있었기에 정부군의 국가를 따라 부르지 않았다는 것이다. 소년
은 "이상을 배신하느니 죽겠다"고 했다.

곤살레스는 머리끝에서 발끝까지를 세심하게 조사해보고서
약탈품이 이미 털렸다는 말을 믿게 되었다. 곤살레스가 그를 도
망가지 못하게 포박하여 중심가로 데리고 오는 동안 소년은 곤
살레스에게 애잔한 목소리로 훔친 것을 모두 되돌려주겠노라
약속했다. 만약 곤살레스가 돈을 원한다면 그를 자기편에 끼워
주고 이득도 함께 나누어 주겠노라고 했다. 소년은 어머니의 이
름을 걸고 진지하게 맹세했다.

이것마저 소용이 없다고 판단한 소년은 광대의 애절한 몸짓

으로 부성애를 부추겼다. 그는 곤살레스 앞에서 울음과 웃음을 적절하게 섞어가면서 자신의 결백을 계속 주장했다.

　-난 살아있는 한 그의 얼굴을 잊지 못할 거야.-

　곤살레스가 이야기를 끝맺었다. 소년은 학교에 다니는 다른 피난민 학생들과 마찬가지로 바스크 출신이었고, 문서상으로 이름은 빠블로 마르께스였다.

　　***

　어느 날, 아벨은 그와 다른 아이들 사이를 가로막고 있는 담장을 허물기로 결심했다. 아벨은 여인들의 끊임없는 독백으로 엮어진 낙원 길의 근원적인 고독을 더 이상 견딜 수가 없었다. 에스따니슬라와 아게다, 그리고 필로메나까지 서로 다른 말로 이야기 하는 것 같았다. 그녀들은 아벨만이 초자연적인 영적 자질을 발휘하여 자신들을 도와줄 수 있을 거라고 생각했다.

　-비천한 사람들에게 둘러싸여 살아온 우리들이 너와 같이 순수한 사람들에게 이해 받고 지지 받는다는 것이 어떤 느낌인지 너는 모를 거야.-

　그들은 계속해서 아벨과 함께 살기를 원했고 아벨이 또래 아이들과 어울리며 살아가는 것을 방해했다.

　-이젠 충분해요.-

아벨은 문을 꽝 닫고 나와서 천천히 학교를 향해 걸어갔다. 비록 그들에게 고백하지는 않았지만 도망친 소년들이 그에게는 매혹적으로 보였던 것이다. 그보다 나이는 어렸지만 그들은 어느 누구의 간섭이나 방해도 받지 않고 독립적으로 행동했다. 그들이 사방으로 흩어져서 떡갈나무 숲을 달려가는 것을 보면 그들과 함께 어울리고 싶었다. 그러나 수줍음 때문에 그들에게 다가가 말을 걸 수가 없었던 것이다. 그들과 서로 마주쳤을 때 인사조차 건넬 수 없었다.

아벨이 그들에게 부끄러움을 느끼는 데는 이유가 있었다. 아이들은 다 헤지고 더러운 옷을 입고 있었다. 여름 내내 아이들은 반나에 맨 발로 다녔다. 그들에게는 가난이 대수롭지 않게 여겨졌다. 그들의 움직임은 그 나이 또래에게 어울리는 우아함을 갖추고 있었다. 그들은 생기로 넘쳐 있었다. 아게다가 만들어놓은 올무에 걸려있던 아벨은 소년들과는 다르게 목걸이라도 한 것처럼 스스로가 우스꽝스럽게 보였다. 그들과 섞여서 자신이 그들과 다르다는 것을 잊고 싶었다. 칙칙한 빛깔의 옷이 싫어서 낙원 길에서 나갈 때는 협죽도 사이에 옷을 숨겨놓았다.

아벨은 소년들이 누리는 모든 권리를 허락받기라도 한 듯, 산을 기어오르느라 허리띠는 다 풀어지고 다리는 상처투성이가 되어있는 자신을 상상해보았다. 낙원 길의 오후는 아주 길었다. 아벨은 소년들의 눈에 띄지 않도록 숨어서 그들의 동태를 살피느라 여념이 없었다. 소년들은 작은 무리를 이루어 숲으로 달려갔다. 거기에서 새 둥지에 돌을 던져 떨어뜨렸다. 아벨은 눈에 띄지 않게 거리를 두고 그들을 따라갔다. 그들이 머리를 돌릴 때마다 관목 사이로 몸을 숨겼다가 다시 그들이 지나간 길을 좋아가 소년들을 따라잡았다.

어느 날, 그는 위험을 무릅쓰고 모험을 단행했다. 소년들이 급류가 있는 물웅덩이 가장자리에 있었다. 소년들이 개구리를 붙잡아서 불쏘시개에 얹어 살이 부풀어 오르는 것을 재미있게 보고 있었다. 아벨은 갈대로 된 벽에 몸을 기댄 채 갈대 틈 새로 소년들의 놀이를 지켜보고 있었다. 바로 그때, 몇 개의 손이 그의 어깨를 짓누르고 개울의 물웅덩이를 향해 그를 밀어내는 것이었다. 아벨은 인기척을 듣지 못해서 몸을 피할 시간적인 여유가 없었던 것이다. 상처투성이의 얼굴을 한 갈색 피부의 소년이 그의 가슴을 무릎으로 누르면서 의기양양하게 그를 바라보고 있었다.

-마침내 잡혔군 그래!-

마술이라도 부리듯 갈대 사이에서 벌거벗은 몸에 지렁이처럼 진흙을 잔뜩 칠한 소년들이 나타났다. 어떤 소년들은 못에서 자라는 녹색의 해초를 가발처럼 머리 위에 올려놓고 있었다. 모두 아벨과 싸우자고 외치고 있었다. 아벨은 그제야 그들이 자기를 잡으려고 함정을 놓았다는 것을 알게 되었다.

312

-무엇 때문에 여기서 엿보는 거지?-

상처투성이의 소년이 아벨의 목덜미를 너무 강하게 잡는 바람에 숨을 쉴 수가 없었다.

-넌 일부로라도 그러지 않았다고 변명하려 들지도 않는구나. 며칠전부터 네가 우리를 엿보고 있는 것을 알았어. 넌 우리가 바보 천치인줄 알았어?-

영화 속에서 경찰들이 범인들을 심문할 때 그러는 것처럼 소년은 아벨의 배 위에 앉아서 늑골을 때리기 시작했다.

아벨은 눈에서 눈물이 흘러내리는 것을 느끼자 팔뚝으로 눈물을 닦는 시늉을 했다.

-제발 풀어줘요.-

아벨이 애원했다.

나머지 소년들은 대략 열둘이나 열 셋쯤 되었는데, 이들 역시 가까이 다가와서 악의에 찬 눈으로 아벨을 노려보고 있었다.

두목이 잡고 있던 손을 늦추자 포로는 일어섰다.

-넌 뭘 하고 있던 거지?-

아벨이 대답하려고 했지만 놈들 중의 하나가 낙원 길을 가리키면서 우두머리로 보이는 소년에게 뭔가를 말했다. 그 두 명의 소년들은 목소리를 낮추었다.

-너 정말 저쪽에 보이는 집에서 사니?-

아벨은 고개를 끄덕였다.

-너희들에게 말했잖아? 그는 난봉꾼 자식이야, 그래서 우리를 몰래 엿보았던 거라고.-

한 소년이 소리 지르자 다른 소년들도 일제히 외쳐댔다. 소년들의 얼굴이 처음 아벨을 공격했던 상처투성이 소년에게로 향했다. 우두머리 격인 그 소년은 땅에 침을 뱉고 아벨을 마주보며 말했다.

-넌 우리에게서 무엇을 원하는 거지?-

아벨은 그들에게 '난 너희들 중의 하나가 되고 싶어, 나를 친구로 받아줘' 라고 말하고 싶었다. 그러나 악의로 가득 찬 소년들의 눈빛을 보고 그런 고백을 도저히 할 수 없을 것 같았다. 그는 재빨리 변명거리를 생각해냈다.

-숙모는 내게 개구리를 구해오라고 하셨어.-

그는 침착하게 말했다.

소년들의 얼굴에서 순간 난처한 빛이 감돌았고 아벨은 자신이 이겼다고 느꼈다.

-너희들이 거기 있어서 방해하고 싶지 않았던 거야.-

작은 소년 하나가 불타는 눈빛으로 아벨을 쏘아보았다.

-너희 숙모가 어제 오후에도 참새를 사냥해 오라고 널 보냈던 거야?-

짧은 박수가 있고 우두머리 소년이 다시 아벨의 멱살을 잡았다.

314

-자, 헛소리 그만하고 누가 우리를 감시하라고 보냈는지 말해.-

-아무도 아냐. 방금 내가 말한 대로야.-

아벨이 말했다.

그러나 아벨의 말소리는 소년들의 고함소리에 파묻혀버렸다.

-그를 호되게 때려 줘. 아르께오.-

-고통스럽게 노래하도록 해.-

-이 무당벌레를 좀 가르쳐 주라고.-

소년들의 목소리에 고무되어 아르께오가 아벨의 목을 짓눌렀다.

-자 고백해봐, 어서.-

그때 무언가 예상치 못한 일이 일어났다. 아이들 중 하나가 아르께오의 어깨 위에 손을 얹고 엄한 목소리로 그에게 명령했다.

-야, 이제 그를 풀어줘. 그만했으면 충분해.-

아벨은 적절한 시기에 자신을 지켜주려는 구원자의 얼굴을 보기 위해 고개를 돌렸다. 그는 아르께오 또래의 소년으로 아르께오처럼 용감한 얼굴을 하고 있었다. 다리를 반쯤 걷어 올리고 발은 땅을 단단히 밟고 서 있었다. 아르께오는 누르고 있던 손가락의 압력을 늦추고는 흥을 깬 소년을 바라보았다.

-무슨 악마 같은 짓이야?-

아르께오가 물었다.

그 소년은 대답하기 전 호주머니에 손을 찔러 넣었다.

-이제 충분하다고 말했어. 만약 네가 그 소년과 더 싸우고 싶으면 나와 싸우자. 그러나 그 애는 놔줘.-

그 두 소년이 서로 마주보고 서서 금방이라도 공격할 태세를 취하자 다른 소년들은 그들 주위로 빵 둘러섰다.

-겁쟁이.-

이것은 싸움을 붙이는 직접적인 선동구호로 통했다. 그러나 아르께오는 자신의 우두머리 신분이 위태롭게 되는 상황을 만들고 싶지 않았고, 그의 라이벌 역시 자기와 싸우기를 주저하는 눈치였다. 그래서 서로의 눈을 응시하고 동의라고 하듯 목소리를 낮추었다.

-다시 말하지만 이 애는 스파이야.-

아르께오가 말했다.

-만약 네가 우리의 화가 풀어지기 전에 이 아이를 놔주려 한다면 좋을 대로 해. 하지만 나중에 무슨 일이라도 일어난다면 다 네 책임이야.-

-쳇! 저 신출내기는 마르띤의 친구야. 그리고 우리에겐 아무 짓도 하지 않았어. 난 그를 의심할만한 이유를 찾을 수 없어.-

상대편 소년이 말했다.

태양 빛이 얼굴 전체에 퍼졌다. 그의 피부는 태양 빛을 반사시키고 있었다. 소년은 짙은 색깔의 곱슬머리를 하고 있었고 도둑이나 코미디언처럼 보였다. 그는 가는 눈썹 아래로 야생동물처럼 눈을 번득이며 날카로운 하얀 이빨을 드러내고 있었다.

소년들은 피가 강물로 떠내려가지 않는 것을 보고는 하나 둘 흩어졌고, 동료들은 개구리를 부풀리고 있는 물웅덩이로 돌아갔다. 곧 갈대밭에는 아벨과 그를 두둔하고 나선 소년만이 남게 되었다. 아벨은 그가 호주머니에서 가죽 담배 케이스를 꺼내 손바닥 위에 내용물을 털어내는 것을 지켜보고 있었다.

-너 담배 피니?-

-아니, 괜찮아.-

-이건 허브야. 그렇지만 무엇이든 손에 넣고 보는 거야.-

그 소년은 마르띤이 갖고 있던 성냥과 같은 회사의 성냥에 불을 붙이고는 연기를 깊이 들이마셨다.

-애들이 널 다치게 했니?-

아벨은 고개를 저었다. 그의 몸은 온통 진흙투성이가 되어 소년들에게서 시선을 떼지 않은 채 개울에서 몸을 씻었다.

-아벨, 신경 쓰지 마. 저 놈들은 그저 건달 악당들이야. 일이 끝나면 너를 정성껏 보살펴 줄 거야. 그러나 만일 저 놈들이 너를 정말로 괴롭히면 나에게 즉시 알려.-

그가 말했다.

그것이 그와의 첫 대면이었다. 그때부터 빠블로는 그의 가장 좋은 유일한 친구가 되었다. 매일 오후 낙원 길로 그를 찾아가 가로수 길까지 파충류처럼 미끄러져 내려갔다. 거기 꽃들 사이에서 웅크리고 앉아 세 번, 뻐꾸기 울음소리를 흉내 냈다. 초조하게 신호를 기다리던 아벨은 행복감으로 충만해져 그를 만나러 뛰어나갔다. 자연의 색채와 오후의 청명한 분위기, 산들바람이 빠블로와의 우정으로 인한 것처럼 여겨졌다. 아벨은 빠블로가 우주의 중심이 되고, 모든 것이 그에게서 비롯되는 것처럼 느꼈다. 그를 만나러 가지 않는 날에는 절망감마저 느낄 정도였다. 빠블로가 그의 계획을 털어놓자 그들은 곧 실행에 옮겼다. 그것은 바로 전쟁이었다. 끊임없이 자신들이 쓸모 있는 자가 되어야 한다는 것이 그들의 대화에서의 유일한 주제였고 스스로를 지탱하는 힘이 되었다.

빠블로는 온갖 종류의 장기를 지닌 영리한 소년이었다. 무용가이자 복싱선수며, 곡예사였던 그는 능숙하게 말을 타고 산을 오를 줄 알았고, 꼬리 긴 원숭이처럼 나무를 기어오르는 법도 알았다. 고무줄 총을 가지고 삼십 미터 이상 거리에 있는 참새의 둥지를 망가뜨렸고 칼을 던지는데도 능숙했다. 아벨에게는 그의 옆에 함께 있다는 것 자체가 신비하고 비밀스런 세계로 들어가는 것을 의미했다. 빠블로가 부추기는 바람에 아벨은 포장마차를 보관하고 있는 창고에서 납으로 만든 관을 뽑아왔다. 길 모퉁이에서 유칼리 나무껍질을 가지고 화톳불에 불을 붙이고 알루미늄 용기 안에 관을 꽂았다. 아벨은 연금술의 기적을 지켜 보자는 빠블로의 말에 설득되어 납이 어떻게 녹는지 살펴보았 다. 양철 깡통이 수은처럼 빛나는 액체로 가득 찼고 납은 아무 자취도 없이 사라져버렸다. 그동안 빠블로는 모래밭에서 깡통 을 주어 수직으로 쪼개 틀을 만들고, 그속에 양철 깡통의 내용 물들을 쏟아 부었다. 몇 분 뒤 다시 납이 굳어지고 빠블로는 굳 어진 납을 칼을 사용해서 연필길이 정도로 잘랐다. 그리고 여기 서 만든 12개의 납 조각을 손수건에 올려놓았다.

납은 고무줄 총 총탄으로 가장 접합한 재료였다. 빠블로는 코 뜨개질로 짠 주머니 속에 납으로 된 탄약들을 모았다. 그날 오후에 시험 삼아 고무줄 총으로 창고 추녀에 살고 있는 참새 둥지를 벌집처럼 쑤셔놓았다. 빠블로는 기막힌 조준 실력을 가 지고 있어서 친구 아벨에게 발사 비법을 가르쳐 주었다. 여러 번 실패한 뒤 아벨은 둥지 하나를 망가뜨렸다. 기쁨에 넘쳐서 시멘트 보도 위에 깨져 있는 새알들을 바라보고 있었다. 도냐 에스따니슬라는 그에게 세련된 것을 사랑하라고 주입시키면서 새들을 사랑하도록 가르쳤다. 그러나 빠블로와 함께 있게 되면 서 아벨은 그녀의 가르침 따위는 안중에도 없었다. 세상 모든 것들은 장점과 단점을 갖게 마련이다. 각각의 미덕은 그와 대조 되는 악덕을 내포하고 있다. 거울은 왜곡되고 뒤바뀐 상을 보여 주고 사진의 원판에서 검은 것은 희고 흰 것은 검게 나타난다.

319

똑같은 이야기도 두 개의 뜻을 갖는데 사람들은 자신이 좋아하는 것을 자유롭게 선택하게 된다.

많은 날 동안 길게 주고받은 대화는 거의가 군 입대를 위해 필요한 훈련에 관한 것이었다. 숲 속에 앉아 빠블로와 전쟁에 대한 소식을 읽고 자신들이 징병될 때를 대비해서 계획을 세우기도 했다.

그들의 계획에는 약간의 차이가 있었다. 빠블로가 해군에 애착을 갖는 데 반해서 아벨은 공군이 되기를 희망했다. 결국 그들은 항공모함에서 복무하는 데 동의하게 되었다. 라디오에서 나오는 소식을 듣는 것이 거의 불가능한 밤에는 아벨이 학교까지 가서 뻐꾸기 노래를 흉내 냈다. 그는 "벨치떼가 공화당에 의해서 함락되었다"라든지 "국민군이 가스떼욘에 도착했다"라고 말하곤 했다. 전쟁이 이곳에도 곧 닥치리라는 생각 때문에 그들은 벌써 군인이나 된 것처럼 기뻐 날뛰었다.

아벨은 돌아가는 길에 부대에서 화승총을 훔치는 데 마르띤과의 우정을 이용하려 했다.

─중요한 것은 군인들이 그것을 어디에 보관해 두는가 하는 것과 누가 그것을 지킬 차례인지를 알아내는 거야. ?

빠블로가 말했다.

─만약 마르띤이라면 아무런 위험이 없어.─

아벨은 날마다 돌아가는 길에 마르띤과 잡담을 나누었고, 빠블로와 함께 있을 때는 얼마나 계획이 실행되고 있는지를 알려주었다. 그는 방금 항공편으로 『용병술』이라는 제목이 적힌 책을 받았는데, 빠블로와 함께 한 장 한 장 페이지를 넘겨가며 단번에 읽었다.

-너와 내가 전쟁터로 나가는 날….-

아벨은 늘 이렇게 말하곤 했다.

아직은 확실치 않았지만, 아벨의 친구가 새로운 희망을 불러일으켰다.

-어제 잡지에서 사진을 보았어. 들판이 포탄과 분화구로 뒤덮여있고 철조망에는 화약으로 잘려나간 손이 그을린 채 매달려 있었어.-

빠블로가 설명했다.

때때로 빠블로는 아벨이 숨도 쉬지 않고 얘기하는 동안 괴상한 생각에 잠겨 있곤 했다. 적어도 한 명이라도 죽여보지 않고서는 어른이 될 수 없을 것 같다는 생각이 든 것이다. 4년 전 한 노동자 집단의 노동쟁의에서 빠블로는 처음으로 피를 본다는 것이 어떤 것인지를 알았다. 집 근처에서 허름한 옷을 입은 남자가 머리에 탄환이 박힌 채 쓰러져 있었다. 중년쯤 되어 보이는 여인이 그 옆에서 무릎을 꿇고 앉아 쓰러진 남자의 얼굴에 키스하며 울고 있었다. 생면부지의 한 남자가 주먹을 불끈 쥐고 이 광경을 지켜보다가 나지막한 목소리로 중얼거렸다.

-이 살인자들, 언젠가 모두 갚아줄 날이 반드시 올 것이다. 그 때 우리가 사나이인지, 아이인지 알게 될 것이다.-

빠블로는 그렇게 말하는 사내의 표정을 잊을 수 없었다. 그는 수염이 많고 어깨가 넓고 허리가 꼭 끼는 거구로 남들은 그를 '노새'라고 불렀다. 소년은 그의 가죽 옷과 청바지, 그리고 무릎까지 올라오는 가우초 장화를 보았다. 노새는 자신의 길을 막아 드는 사람을 주저하지 않고 죽일 수 있는 사내 중의 사내였다. 빠블로는 노새를 존경의 눈길로 바라보며 그를 닮고 싶어 했다.

'나도 나이가 들면 2미터 가량의 키에 턱수염도 길러야겠다. 그리고 재킷 호주머니에 총을 넣고 다니면서 원수들에게 불도 뿜어야지….'

빠블로는 생각했다.

여인이 남자의 시체를 붙들고 흐느끼는 동안 빠블로는 그 사나이에게 다가가서 충동적으로 망토를 잡아당겼다.

-저 역시 그를 죽일 거예요. 그리고 당신이 가는 곳이면 어디든지 갈 거예요.-

빠블로는 말했다.

노새는 빠블로를 보고 웃으면서 그의 머리를 쓰다듬었다.

-기다려라, 애야, 기다려. 지금 너는 어린 애에 불과해 그러니 아무도 죽여서는 안 돼. 그러나 네가 여성을 원하게 되고 아

무도 너를 말리지 못하는 날이 되거든 복수할 일이 생길 거야. 그 때는 네게 모욕을 주는 사람을 죽이라고. -

노새가 충고했다.

그로부터 4년이 흐른 지금도 노새의 말들은 화인으로 새긴 글자처럼 빠블로의 기억 속에 새겨져 있었다. 빠블로 마르께스는 피가 용솟음쳐 오르는 성인이 되었고 죽음이 점차로 꽃잎을 피워 바로 그날, 손에 잡힐 만한 크기의 열매로 바뀌어 있었다. 손에 권총을 들고 거리로 나가 범죄를 저지르고 싶었던 빠블로 마르께스는 이제 노새의 말대로 영원히 사내들의 사회에 합류하게 되었다.

그때부터 빠블로의 삶은 완전히 바뀌어 버렸다. 빠블로는 노동자들을 따라 다니면서 담배를 피우기도 하고 그들에게 자신의 계획을 설명해 주기도 했다. 그의 아버지는 권총을 방 안에 있는 작은 탁자 속에 넣고 다녔는데 빠블로는 나갈 때 그 권총을 가지고 나갔다. 빠블로는 노새의 말대로 재킷 호주머니에 권총을 숨기고 다녔는데 그럴 때면 총이 마술을 부리기라도 하듯 그에게 힘이 솟구쳐서 완전히 다른 사람으로 바뀐 것 같았다. 이런 탈선으로 머리가 이상해진 빠블로는 무언가 야만스런 행동을 해야겠다는 결심을 하기까지 이른다. 어느 날 자신의 숙소로 돌아오는 길에 현관에 있던 고양이 위로 포석을 떨어뜨렸다. 고양이가 울부짖는 바람에 주인이 잠에서 깨어나 빠블로에게 살인자라고 부르면서 마당을 가로질러 달려왔다. 빠블로는 처음으로 사람이 된 것 같은 환상에 사로잡혔다.

빠블로는 다른 동료들과 함께 범죄 집단을 구성했는데 집단의 규율은 석고로 만든 마리아 성모상 속에 숨겨져 있었다. 그의 사명은 보통 때에는 소년들 주위로 얼씬거리는 자선가들을 공격하는 것이었다. 전투의 첫 며칠간은 혼란 속에서 도둑질과 약탈을 일삼았다. 근교의 노천에는 3미터 가량의 큰 벽이 있었는데 거기서 의용군들이 포로들을 총살하고 있었다. 오랜 시간 동안 시체들은 부패된 쓰레기 더미 가운데 방치되었고 그 위로 모기떼가 구름처럼 모여들었다. 친지들은 8월의 뜨거운 태양 아래 누워있는 시체들을 자기네 공동묘지로 옮기기 위해서 기다리고 있었다. 빠블로와 그의 무리들은 시체 중에서 얼굴 위에 큰 손수건이 덮여있는 시체 한 구를 발견하고 그 시체를 뒤져 필요한 것들을 약탈했다. 그리고는 죽은 이를 애도하는 척 흐느끼며 그 자리를 떠났다. 10월 초순경 국민군의 폭격이 시작된 어느 날, 빠블로가 집으로 돌아왔을 때 폐허 더미로 변해버린 집에서 아버지와 어머니가 모두 죽어 있는 것을 발견했다. 빠블로는 공포에 질려 그곳에서 도망쳐 나왔다. 며칠 동안은 근방의 노동자들이 살고 있는 지역을 방황하다가 상점에서 물건을 훔치는 통에 경찰에게 붙들렸다. 그리하여 고아 수용소에 들어가게 되고 거기서 프랑스를 거쳐 까딸루냐로 보내졌다.

빠블로의 친구가 그에 대해 한 말에 따르면 이런 재난으로 빠블로는 내성적이고 불신에 가득 찬 소년으로 변해버렸다는 것이다. 학교에서 빠블로는 1년 전 그가 이끌고 다녔던 것과 같은 규모의 패거리를 모았다. 그러나 그는 이런 놀이에 환멸을 느끼고 있었다. 중요한 것은 정말로 전투에 참가하는 것이었다. 이를 위해서 준비가 필요했다. 아벨은 빠블로가 이야기를 하는 동안 심문하는 눈빛으로 그를 바라보며 손가락 사이에 있던 담뱃재를 털어내고 있었다.

-그러면 우린 무엇을 할 수 있는 거지?-

-기다리는 거야.-

빠블로가 대답했다.

-우리에게 필요한 돈을 손에 넣고 준비가 될 때까지 기다려야 해. 그래야만 우리가 이 사악한 계곡에서 떠나 진정한 인간이 되는 거야.-

***

루시아 자매의 집은 낙원 길과 학교 사이에 위치하고 있었다. 아벨과 빠블로는 그 부근을 산책하는 데 익숙해져 있었다. 그러던 어느 날, 아이들이 전쟁에 관한 소식을 읽느라 열중했을 때 그녀들과 마주치게 되었다.

그곳에 고립되어 살고 있는 도냐 에스따니슬라가 그들에게 적대적이었던 것과 대조적으로 두 자매는 그들을 발견하고는 재촉하여 집으로 데려왔다.

–사랑스런 아벨… 여긴 웬일이지? 혹시 우리를 초대하기 위해서야? 너희 가족들은 너무 친절하구나!–

옥양목으로 되어 있는 긴 옷을 입은 두 자매는 아벨에게 몸을 구부려 키스를 해 주었다. 빠블로는 약간 뒤로 물러서 내키지 않는다는 듯 쳐다보고 있었다.

–그리고 다른 소년은? 친구인가? 정말 매력적이구먼. 매력적이야… 거의 다 큰 청년인 걸.–

아벨은 그 친구가 화를 낼까 봐 두려웠다. 그러나 놀랍게도 빠블로는 입이 양 쪽 귀에 걸릴 만큼 싱긋이 웃고 있었다. 빠블로는 루시아가 사다리로 올라갈 수 있도록 부축해주는 친절을 베풀어 그녀들을 완전히 매료시켜버렸다.

–아무렴요, 부인.–

집안에는 맛있는 간식이 그들을 기다리고 있었다. 한 소녀가 아로마 차가 담겨있는 찻잔과 기름을 곁들인 토스트를 담은 쟁반을 갖다 놓았다.

빠블로는 그녀들에게 신경을 쓰는 것처럼 이야기하며, 그들을 뚫어지게 응시하고 간간이 고개를 끄덕여 수긍의 뜻을 표현했다. 그들만 홀로 남게 되자 빠블로는 간략하게 자신의 계획을 털어놓았다.

-이봐! 군대에 있는 것들보다 훨씬 좋은데.-

빠블로가 속삭이며 말했다.

아벨은 빠블로가 손가락으로 가리키는 방향을 눈으로 따라가 보았다. 거기에는 X자 형태로 교차되어 있는 두 개의 훌륭한 카빈총과 사냥에 쓰이는 물건들로 가득 차 있는 진열장이 있었다. 그 둘은 조용히 접근해갔지만 진열장을 열 수는 없었다. 문틀은 철로 만들어져 있고 자물쇠로 잠겨있었다.

그 순간 앙헬라가 과자 한 봉지를 들고 부엌에서 들어왔고 소년들은 놀란 표정으로 그녀를 돌아다보았다. 그러나 그녀는 무슨 까닭에선지 손가락을 입술에 갖다 대고는 그들에게 막대 초콜릿 몇 개를 주었다.

-호주머니에 초콜릿을 넣거라. 빨리 숨기라고…. 만약 언니가 알게 되면….-

그녀가 속삭였다.

그녀는 소년들과 공범으로서의 시선을 주고받더니 아이들의 온화한 표정에서 행복감을 느꼈다. 몇 분 뒤 이번엔 루시아에 의해서 비슷한 장면이 반복되었다. 집에 들어가기 전에 루시아는 그들에게 여동생이 귀가 잘 들리지 않는다는 것을 서둘러 일러주었는데, 그것을 빌미로 그녀는 틈만 나면 동생을 등 뒤에서 비웃었다. 식료품 창고에서 돌아온 루시아의 손에는 비스킷 상자가 들려있었고 그들에게 윙크를 하며 상자를 열어 보였다.

－너희들에게 기꺼이 한 줌씩 주마. 그러나 이건 여동생 꺼야.－

그녀가 속삭였다.

그리고는 큰 소리로 물었다.

－비스킷 몇 개만 아이들에게 줘도 될까? 조금만 줄게, 걱정하지 마….－

앙헬라는 투덜거리면서 고개를 끄덕였다. 남은 시간은 화기애애한 분위기에서 흘러가고 마침내 밤이 되었다. 그들은 다음 날 오후 다시 모이는데 동의했다. 헤어질 무렵 빠블로는 두 독신녀들에게 키스를 하고 아벨에게도 그렇게 하라고 눈짓을 했다. 그들이 예상했던 것처럼 그 키스의 효력은 대단했다. 여인들은 소년들이 시야에서 사라질 때까지 서서 손수건을 흔들어 주었던 것이다.

－이제 알겠니?－

빠블로가 말했다.

－ 우리는 두 여인을 손아귀에 넣은 거라고.－

그의 고양이 눈은 눈물이 고여 있는 듯 빛나고 있었고, 오솔길을 따라 내려가는 동안 기쁨에 넘쳐 깡충깡충 뛰기 시작했다.

－우리가 해 낼 거야, 우리가 해 낼 거라고.－

달빛이 그들로 하여금 환상적인 나라에 온 것 같은 느낌을 주었다. 그들은 소리 높여 한 목소리로 노래를 부르면서 들판을 가로질러갔다. 아벨은 빠블로가 어떤 음모를 갖고 있는지 알고 나자 복사뼈에 날개가 돋쳐서 하늘을 날아올랐다가 수직으로 급강하할 때 느끼는 것 같은 짜릿한 쾌감을 맛보았다.

―그래 우리가 해낼 거라고.―

이것이 아벨과 빠블로가 루시아와 앙헬라 자매들을 처음 방문했던 때의 일이다. 그 후부터 소년들은 정기적으로 그녀들의 집에 드나들었다. 어떤 때는 손닿는 대로 음식을 먹어 치우는 호르디라는 부대의 포병도 함께 참석했는데, 아벨이 그를 알아보았다. 아벨이 마르띤을 따라 관리국 소포를 수거하러 다닐 때, 마르띤으로부터 호르디에 대해서 들은 적이 있었다. 호르디의 가족은 올롯에서 카톨릭교의 성상과 성물 만드는 일에 종사하고 있었는데 전쟁으로 업무가 중단되고 호르디가 그 일의 마지막 계승자가 되어버렸다. 전쟁이 일어난 해에는 연발탄이 그의 몸 아래쪽에 박히는 불운이 따르기도 했는데 그 일로 인해서 남자 구실을 할 수 없게 되었다. 그러나 이런 불행이 두 자매의 눈에는 찬란한 명예로 보였다. 루시아와 앙헬라는 그를 다른 남성들이 갖고 있는 천박한 욕망을 초월한 특별한 인물로 간주하고 그가 없는 데서 그의 명예와 순수함을 잔뜩 추켜세웠다.

다섯 사람이 모이면 특별한 아이디어가 떠오를 때까지 주제를 바꿔가면서 계속해서 쉴 새 없이 잡담을 늘어놓았다. 식량이 부족하던 시기였지만 그 집안에는 항상 음식이 풍족해서 그네들이 모임을 계속하는 데 어렵지 않았다. 빠블로가 종종 그녀들이 배꼽을 잡고 웃을 정도로 재미있는 이야기를 해주었다. 글썽이는 눈을 하고 루시아와 앙헬라는 감탄했다.

-훌륭해!, 훌륭해!-

그리고 재차 빠블로의 머리를 쓰다듬으면서 칭찬했다. 그러나 아벨과 빠블로에게는 이런 야외파티보다 루시아가 그들에게 열쇠를 주고 자유롭게 다락방을 다니도록 허락했을 때가 더 좋아했다. 낙원 길보다 크기는 작았지만 아벨에게는 여기가 더 흥미로웠다. 다락은 방 하나로 구성되어 있었는데 방의 모양이나 그 내용물로 보아 꼭 창고 같았다. 초록색 페인트로 칠해진 네 개의 큰 대들보가 꼭대기에서 중심으로 집중되고 있었다. 중심에서 멀리 떨어질수록 지붕의 기울기에 낮아져 거의 땅에 스칠 만큼 낮게 드리워져 있었다.

앙헬라가 그들에게 말한 바에 따르면 이 방은 몇 년간 니노라고 불리던 한 미친 소년의 것이었다고 했다. 소년의 어머니는 네 번이나 이혼한 이탈리아 백작부인으로 벽 사이에 아들을 가두어 두려고 가옥을 빌렸다. 소년은 음악을 좋아했지만 정신 착란으로 인해 악기들을 부수곤 했다고 한다. 이 악기들은 모두 그의 어머니가 사 주었던 것들이다. 아벨과 뻬드로는 경외심으로 먼지가 자욱이 쌓여 있는 부서진 바이올린과 찢어진 기타,

그리고 현악기를 바라보고 있었다. 어떤 악기라도 소년의 광기로부터 자유로울 수는 없었던 것이다.

방의 한 쪽 구석에는 신기한 장치가 있었다. '헤테로폰'이라고 불리는 이 장치는 작은 바늘구멍이 숭숭 뚫려 있는 금속 디스크로, 이 금속 디스크가 막대 위에서 돌아가면서 약하게 멜로디가 흘러 나왔다.

-베네치아의 카니발이다.-

아벨이 외쳤다.

그의 어머니가 피아놀라로 수십 번 연주했던 노래가 흘러나왔다. 한참 만에 다시 그 노래를 듣고 있자니 아스라한 과거와 다시 만나는 것 같은 기분이 들었다. 장식 선반에 있는 서랍에서 래커 칠을 한 나무로 된 음악상자를 발견 했다. 그것을 열자, 섬세한 종소리로 구성된 이태리 송가의 화음이 울려 나왔다. 깜짝 놀란 빠블로는 손바닥으로 뚜껑을 덮어버렸다.

-어! 파시스트의 찬미가이다.-

그는 깜짝 놀랐다.

아벨은 빠블로 옆에서 그가 주는 담배를 받아 들었다. 바깥이 어두워져서 불을 켜야만 했다. 일본 모자를 본따 만든 램프에서 안정감이 도는 우유 빛이 흘러나왔다. 다락방의 비현실적인 세계가 소년들에게 자기만의 삶을 갖도록 했고 자기들보다 강한 그 무엇인가를 움켜잡도록 부추겼던 것이다.

그들은 거기 그대로 있고 싶었지만 두려워졌다. 격자창 곁문에 동방박사의 장식이 있었다. 빠블로가 아벨에게로 담배를 건네주는 순간 아벨은 한숨을 지으며 자신이 동방박사에 대해 앙심을 품게 된 이유에 대해서 설명했다. 때는 혹독한 추위가 몰아닥친 아벨에게는 마지막 성탄절이었다. 그의 할머니가 죽음을 목전에 두고 있었고 아벨은 하루 종일 무슨 일을 해야 할지 몰라 집을 서성거리고 있었다. 그 때 아벨은 동방박사들에게 장난감과 옷, 그리고 음식물을 갖다 달라고 탄원하면서 긴 편지를 쓰게 되었다. 그의 삼촌들은 할머니를 간호하느라 정신없이 바빠서 소년은 편지를 우체통에 직접 넣었다. 그 당시 소년은 부유해서 원하는 것은 무엇이든지 받는 데 익숙해 있었다. 아벨은 노래를 읊조리면서 집으로 돌아가 조용히 선물이 오기를 기다리고 있었다. 그러나 그해 동방박사들은 그에게 아무런 신경을 쓰지 않았다. 창문에 놓아두었던 구두에는 다음날 비가 스며들었을 뿐 어떤 선물도 들어있지 않았다.

아벨은 혼잣말처럼 중얼거리다 빠블로의 존재를 인식하고 놀랐다.

-그날.-

아벨은 끝을 맺었다.

동방박사도 부모님도 존재하지 않는다는 것을 깨닫게 되었다. 왜냐하면 그들이 자기를 가난에 처하도록 내버려두었기 때문이었다. 빠블로는 머리를 세차게 끄덕이면서 그의 말에 동조했다.

그들이 떠나기 전, 빠블로는 거실 여기저기 흩어져있던 것들을 호주머니에 가득 채우면서 아벨에게도 그렇게 하라고 시켰다.

－기회를 이용하라니까. 아무도 모를 거야.－

무엇인가를 훔치기는 이번이 처음이었다. 아벨은 부끄러워 양 볼이 얼얼해짐을 느꼈다. 그러나 친구가 가장 좋아 보이는 물건들을 호주머니에 집어넣는 것을 보자 갑자기 자신도 이 시험을 통과해야만 한다고 생각했다.

진정한 남자란 약한 자들을 위해 만들어놓은 법을 짓밟아야 하고 필요하면 살인까지도 해야 한다고 생각했던 것이다. 그들은 폭력과 전쟁의 시대에 살고 있었기에 무자비해지지 않으면 쉽게 희생당하게 된다고 여겼다. 빠블로가 하는 대로 아벨은 오페라 쌍안경과 비단으로 된 원통형 허리띠를 주웠다. 무슨 일이든 제멋대로 하다 보면 자기에게 이익이 되기 마련이고, 무엇이든 많이 모으면 모을수록 그만큼 이길 가능성은 높아진다.

방에 있는 카빈총은 계속해서 그들의 주된 목표물이었다. 빠블로는 그의 동료에게 약간의 인내심을 갖고 기다리라고 충고했다. 그들은 새해의 첫날을 이 계곡을 떠나는 날로 정해놓고 전쟁터에 갈 때까지 남은 날들을 표시하기 시작했다. 자기가 해야 할 일들을 노트에 적어놓고 그 일을 하는데 걸리는 시간을 계산해 놓았다.

아벨은 루시아 자매의 집에서 훔쳐온 물건들을 빠블로에게 건네주고 보관하도록 했다. 빠블로에게는 마을을 떠나기 며칠 전 그것들을 시장에 내다팔아서 돈으로 바꾸는 임무가 주어져 있었다. 그들은 학교에 물건들을 숨겨두는 것이 불가능해 보여서 자신들이 잘 알고 있는 폐허가 된 제분소에 숨겨두기로 했다.

이런 계획을 성공적으로 수행하기 위해 두 소년은 늙은 자매들의 비위를 맞추어야 하는 수고스러움을 감내해야 했다. 비록 마음속으로는 루시아의 무서운 고양이들에게 총알을 박고 싶었지만 날마다 고양이들을 애무해주었다. 한번은 아벨이 앙헬라에게 고양이들에게 벼룩이 많다고 알려주었다. 그런데 그녀는 이 고양이들은 한 번도 기생충에 걸려본 적이 없는 깨끗한 놈들인데, 아벨이 고양이들을 애무하다가 벼룩을 옮긴 거라고 주장했다. 아벨은 그녀의 이론을 정설로 받아들일 수밖에 없었다. 그녀가 하는 말을 듣고 있는 동안 아벨은 속에서 분노가 치솟아 오르는 것을 느꼈다. 그때 옆에서 빠블로가 고약한 노인네들과 논리적으로 따진다는 것이 불가능한 일임을 눈짓으로 일러 주었다. 그래서 아벨은 자신의 부주의에 대해 큰 소리로 용서를 빌고 앞으로는 더 깨끗하게 목욕하겠다고 약속했다.

또 어떤 때는 자매 중 한 명이 아벨과 다른 자매와의 애정을 질투해서 아벨에게 자신에 대해서 꼬치꼬치 캐물었다. 아벨은 자매들의 질투심에서 벗어나기 위해 외교적 수완을 발휘할 수밖에 없었다.

-언니와 말하는 것을 종종 지켜보았어. 언니는 분명히 자기가 생각하는 것을 모두 너 같은 철부지들에게 말해 버렸을 거야. 확실히 너는 그녀와 속내를 얘기할 정도로 가깝잖아…. 그녀가 나에 대해서 뭐라고 그러든?-

그녀가 다그쳤다.

아벨은 곧 그녀가 자기를 유도하려고 하는 질문임을 눈치챘다.

-당신에 대해서요? 기억이 안 나요. 아마 말한 적이 없었던 것 같은데요.-

-바보! 넌 농담이나 신소리 한마디 섞지 않고 그녀와 그토록 오래 이야기를 나누었으면서도 내게는 한 마디도 해 주지 않는구나!-

-신소리요?-

-그래, 신소리. 너에게 아무 말도 안 하든?-

순간 아벨은 깜짝 놀란 표정을 지어 보였다.

-아니요.-

335

-예를 들면 내가 바보라거나 성격이 나쁘다거나 하는….-

-기억나는 게 없는데요.-

-너 지금 내게 거짓말하는 거지? 아벨. 난 네 눈에서 그걸 읽을 수 있어.-

소년은 시선을 낮추어 자신의 샌들 끝부분을 바라보고 있었다.

-너 알지? 너의 어머니를 떠올리며 맹세해.-

-예, 맹세해요.-

아벨이 말했다.

-거짓말이야. 난 네가 거짓말을 하고 있다는 걸 알아. 그런 식으로 그녀가 네게 말한 것을 숨기나 본데 그건 너무한 것 아니니?-

아벨은 아무 말도 하지 않았고 여인은 아벨을 향해 앙상하게 뼈만 남은 얼굴을 돌렸다.

-거짓 맹세는 죄야. 그걸 모르니? 남들이 네게 그러라고 가르쳤니? 적어도 학교에서? 그래? 그렇다면 난 네가 어떻게 그렇게 침착할 수 있는지 모르겠구나. 만약 너의 어머니가 살아나서 네 말을 듣는다면…. 내 말 좀 들어봐. 난 널 신사로 만들고 싶어. 착한 사람은 거짓말을 하지 않지. 거짓말은 거리의 소년들이나 하는 짓거리니까…. 너 내게 진실을 말하겠다고 약속할 수 있지?-

336

-네.-

-좋아, 마음에 드는 데. 난 이미 네가 날 좋아한다는 걸 눈치채고 있었어. 그러면 내게 말해봐. 아냐, 모든 것은 아니고. 약간만. 네가 하고 싶은 말만 해.-

-어떤 말을 하면 좋겠어요? -

-하나님 맙소사, 애 기억력이 왜 이래? 우린 지금 언니에 대해 이야기하던 중이잖아!-

-그러나, 제겐 아무 말씀도 없었어요. -

여인은 그만 맥이 풀려 투덜거리면서 그의 옆을 떠났다.

쓸쓸하게 비가 많이 내리던 그해 가을 아벨은 빠블로와 함께 그녀의 집을 뻔질나게 드나들었다. 제분소에 모인 전리품은 점차 늘어갔고 숨길 곳을 더 찾아야 할 판이었다. 집에서 나온 후 매일 밤 오솔길을 내려오면서 보물을 숨겨둔 바위를 들추어 보았다. 도둑질로 장비가 많이 늘어나면서 그들의 임박한 계획에 차질을 초래하는 것 같았다. 그들은 헤어질 때, 군인들처럼 부동자세를 취하고 경례를 했다. 그리고 아벨은 만족하여 휘파람을 부르면서 그의 집이 있는 낙원 길로 향해갔다. 하루가 끝나 친구와 헤어질 때 그리고 그의 침실에 도착했을 때 아벨은 서둘러서 침대 위에 있던 달력의 낱장을 떼어냈다.

***

학교의 여선생에게 무언가 이상한 일이 일어나고 있었다. 항상 명랑하고 시원스런 그녀였지만 그해 초가을부터 육체적·정신적으로 큰 변화를 겪고 있었다. 얼굴은 시들고 행동이 굼떠졌다. 그녀의 입술은 팽팽하고 깡마른 편이었다. 종종 설명을 하다가 멈추고, 그녀 속에서 들려오는 누군가의 소리에 귀를 기울이곤 했다. 그녀의 눈은 멍청해지고 입가로 약간의 침 거품이 새어 나오기도 했다.

몇 명의 소년들이 여러 가지로 추측해 보았지만 여선생은 여전히 베일에 싸인 인물이었다. 눈알 40쌍이 매일 아침에 불러오는 배를 바라보고 있었다. 소년들은 그녀가 무언가 비정상적이라는 것을 냄새 맡은 것이다. 밤에 취침 벨이 울린 뒤, 소년들은 이불 속에서 교활한 뱀처럼 머리를 삐죽이 내놓고 있었다. 신비스러운 시간이었다. 그들은 종양, 과식, 천사, 소년 등 자신들의 별명을 사용해서 목소리를 낮추고 이야기를 꾸며대고 있었다. 모두 그 죄를 마르띤에게로 돌렸다. 그와 도라와의 관계는 이제 어느 누구에게도 비밀이 아니었기 때문이다. 가을날 산책길에서 아벨과 빠블로는 종종 여교사와 마주치곤 했다. 유니폼을 입고 있던 그녀는 눈에 초점을 잃고 여기저기를 미친 듯이 돌아다니고 있었다. '사자(死者)의 날'이 지난 어느 날, 도라는 소년들에게로 다가와서 동행을 청했다. 마르띤은 그때 헤로나와 팔라모스 중간 지점에서 일이 생겨 한 주일에 한 번만 도라를 만나러 올 수 있었다. 그런 이유로 도라는 마르띤과 만나는 날을 제외하고는 자신에게 주어진 시간을 혼자 걸으며 자유롭게 보냈다.

그날 오후 소년들이 낀따나와 함께 사탕 수수밭에 모였을 때, 도라는 그들과 함께 전쟁에 대해서 오랫동안 이야기를 나누었다. 도라는 전쟁이 길어지는 데 대해서 비관적인 시각을 갖고 있었다. 그리고 무기들을 빨리 처분해야 한다고 말했다.

─사람들은 싸우는 데 지쳐 자유롭게 살기를 원하고 있어요.─

그녀가 말했다.

─전쟁이라는 것은 우리에게 자신을 알게 해 준다는 점에서 유용해요. 왜냐하면 전쟁은 어떤 점에서는 우리들을 정화시켜 주기 때문이죠. 그러나 이제는 전쟁이 더 이상 계속될 필요는 없어요. 모든 남녀는 다 집으로 돌아가서 일을 해야 한다고요. 나라가 잘 되려면 열심히 일하는 젊은이들이 필요해요. 다시 국가를 번영시키기 위해서 우리는 엄청난 노력을 해야 해요.─

낀따나는 그녀의 옆에 있었는데 그녀보다는 더 비관론자였다. 그는 젊은이들이 피비린내 나는 혼란스런 분위기 속에서 공부한다면 커서 위대한 시민이 되기는 힘들 거라고 말했다. 그때 여선생은 전쟁을 즐기려는 작자들에 대해 혹독하게 비판했다. 도라가 누구라고 밝히지는 않았지만 두 소년들은 본능적으로 그것이 마르띤임을 눈치 챘다.

그렇게 몇 달이 지나는 동안 그녀의 사랑은 변해갔다. 마르띤은 하루하루 사는 것만 생각하는 반면, 도라는 미래에 대한 계획을 세우고 있었다. 전쟁이 끝나갈 무렵, 마르띤이 그녀와 관계를 가진 사실을 부인하는 바람에 그녀는 화가 났다. 그녀는 뱃속의 아이와 함께 일주일 동안 마르띤이 돌아오기만을 손꼽아 기다렸다. 그녀는 자식에 대한 이야기를 나중에 하려고 했다. 뿐만 아니라 마르띤에게서 장래에 갖고 싶은 직업이나 일, 그리고 공부를 마치는 것에 대한 계획들을 듣고 싶어 했다. 그녀는 종종 공상을 하면서 마음속으로 꾸며놓은 대본대로 대화를 나누었다. 그녀의 대화 속에는 전쟁이 끝나고 그들이 리오하로 돌아올 수 있을 때를 대비하여 마르띤이 세워두었으리라 그녀 스스로 상상하는 야심찬 계획들에 대한 내용이 담겨있었다. 마르띤은 변호사가 되고 그녀는 그의 비서로 일하면서 인생의 동반자로서 수준 높은 삶을 영위해나가는 그런 계획이었다.

마르띤은 말로서 자신을 표현할 줄을 몰랐다. 그는 자신의 욕정을 가라앉히고 그녀를 포옹하기 위해서 계곡으로 돌아왔다. 그녀에게는 말 대신에 팔뚝 사이로 그녀를 꽉 껴안았다. 그녀가 그에게 무언가를 말하려고 입을 열 때마다 격정적인 키스로 입술을 덮어버렸다. 아니다. 마르띤은 도라의 상상과 달리 계획 없이 제멋대로 사는 그런 사람이었다. 그녀를 사랑했던 것도 아니었다. 그는 누군가를 사랑할 줄 몰랐다. 샘 옆의 초원에서 그녀를 껴안고 싶을 뿐이었고, 그는 도라가 아닌 다른 여자와도 그렇게 할 수 있는 사람이었다. 그런 생각이 단도처럼 그녀의 마음속으로 파고들기 시작하던 어느 날, 마르띤에게 그런 생각을 털어놓았다. 마르띤은 도라에게 웃어 보였지만 그녀의 말 따위엔 전혀 관심도 보이지 않았다. 도라는 자신의 패배를 마음 깊이 의식하면서도 비겁하게 그의 애무에 자신의 몸을 맡겨버렸다.

이런 사건이 있은 지 일주일 후, 도라는 두 소년과 함께 해변을 걸었다. 회색빛 오후였다. 그녀의 아름다운 얼굴은 강한 햇빛으로 인해 구릿빛으로 그을렸다. 그녀가 이야기하는 동안, 소년들은 검은 구름이 드리워져 있는 수평선을 바라보고 있었다. 물은 더러운 점액에 뒤덮여 어둡고 탁해 보였다. 물결은 천천히 일어나는 거품 사이로 이따금씩 흐느적거리는 껍질을 드러내며 출몰하는 해파리가 밀려오듯 바위위로 흘러 넘쳤다. 때때로 다른 물결보다 높은 파도가 생선의 등처럼 야생적인 실루엣을 그리며 솟아올랐다. 소년들은 산꼭대기의 변화무쌍한 광경에 시선을 고정시킨 채 그녀의 말에 주의를 기울였다. 바람이 그들을 향해서 미세한 물보라를 던지고 있었다. 그들의 옆에서 금작화 덩굴의 시든 줄기가 춤을 추듯 흔들리고 있었다. 도라가 자신의 이야기를 시작하려는 순간 갈매기들이 바위를 향해서 어지럽게 곤두박질치고 있었다.

　-내가 가르치는 일에 종사하게 된 이유는 삼촌의 가족들이 내게 보여준 교육에 대하여 나와 삼촌이 서로 의견이 달랐기 때문이야. 어머니는 내가 어릴 때, 다른 남자와 살고 있었고 나의 아버지는 내가 여덟 살 되던 해에 돌아가셨어. 그래서 그 때부터 난 삼촌들과 함께 살아야 했고 그들을 부모님처럼 생각하게 되었어. 나는 어린 시절을 똘레도 교외의 별장에서 보냈어. 그리고 바로 거기서 나에게는 그들과 다른 피가 흐르고 있으며 아무리 애를 써도 그들과는 영원히 동화될 수 없는 존재라는 것을 깨닫게 되었어.

　별장에서 그들은 200년 전 선조들이 살던 방식대로 농사를 지으며 살아갔어. 나의 친척들은 곡식을 재배해서 안락한 생활을 영위하고 있었고, 네 명 중 두 명의 사촌들은 마드리드에서 대학교를 다니고 있었어. 나 역시 사촌 로사리오가 그랬던 것처럼 그들과 함께 공부할 수 있었지만, 난 어릴 적부터 공부에 대해 무서운 공포심을 갖고 있었어. 삼촌은 그것이 나의 나쁜 혈통 때문이라고 하면서 나를 완전히 자신들과는 다른 별종으로 취급하셨어. 우리가 살고 있던 넓은 집은 외관상 막사나 수도원처럼 생겼었지. 집의 규모가 너무 커서 새 조차 그 집에 보금자리를 틀려고 하지 않을 만큼 황량했어. 풍채에 걸맞게 그 내부도 숨 막히게 살벌했단다. 집안에는 무시무시하게 생긴 동상들과 초상화가 많이 있었는데 그것들이 벽이나 받침대로부터 걸어 나와 나를 쫓아다니며 괴롭히는 꿈을 종종 꾸곤 했지. 4대에 걸쳐 독신 여인들이 벽 사이에서 고통을 당하며 늙어가고 있어서 집 전체는 그들의 퀴퀴한 냄새와 사라져버린 열정, 그리고 좌절된 희망으로 가득 차있는 것 같았단다.

그래서 난 이런 집 속에 갇혀서 성장하고 늙고 죽어가는 것이 얼마나 두려운 것인지 금방 알게 되었지. 내가 집에 도착했을 때 방 하나가 내게 주어졌어. 나는 손을 가슴에 포갠 채 눈을 하늘로 향하고 누워있는 성인이 그려진 달력을 보면서 잠이 들곤 했지. 이 집안에서 나는 개성을 지닌 존재라기보다는 하나의 이름에 불과했어. 신세대라면 고고학적인 호기심을 가지고 탐색해 봄직한 그런 이름이었어. 나도 초상화 속에서 검은 상복을 입고 있는 고모들처럼 평생을 노처녀로 살다 삶을 마감할지도 모른다고 생각했어.

별장에서의 삶이 어떨지 대충 상상할 수 있었어. 나는 점차 가족들의 관습을 익혀가게 되었어. 처음에 나는 검은 옷을 입고 슬리퍼를 질질 끌면서 중얼거리고 다니는 사촌 고모들에게 나의 계획과 꿈을 이야기해 주는 걸 좋아했지만 그녀들은 내 말에 전혀 흥미를 느끼지 못했지. 그녀들은 내 말에 관심을 가지고 사뭇 놀라기까지 했지만 그 때 뿐이고 곧 그들이 살아왔던 대로 하는 거야. –

―2년 전, 7월 한 달 동안 그 세계는 트럼프로 쌓아 올린 성처럼 전복되고 말았단다. 며칠 전부터 놀라운 소식들이 전해졌어. 궁궐과 교회가 불타고 주민들이 무장을 하고 군대가 쿠데타를 일으켰다는 소문들이 들려왔어. 그 때 나는 스물세 살로 너무 어려 '가족회의'에서 제외되었단다. 옆집에서 문 두드리는 소리가 들려왔어. 나는 겨우 문틈으로 그들의 대화나 계획을 들었지만 그들이 한 말 중에 극히 단편적인 부분 밖에는 기억나지 않아. 그 시기는 품팔이꾼들이 평원에서 추수를 하는 시기였는데 창문을 통해 그들이 하루 종일 행군하는 것을 보고 깜짝 놀랐어. 그들은 챙이 넓은 밀짚모자를 쓰고 태양빛에 바랜 셔츠를 입고 안감을 댄 바지를 종아리까지 걷어 올리고 있었어. 그들의 나이는 정확히 알 수 없었어. 그들은 여름 내내 망토를 뒤집어 쓰고 들판에서 잠자면서 그들의 애인, 아내, 그리고 자식 꿈을 꾸면서 큰 소리로 잠꼬대를 했어. 그들이 결코 행복하거나 낙천적으로 보이지는 않았어. 어깨에 추수를 위한 농기구를 짊어지고 햇빛에 청동 빛깔로 그을린 채 기러기처럼 부채모양으로 흩어져 평원을 지나가는 모습이 마치 장례식 행렬 같았지. 그들은 무슨 일이 일어나고 있는 지 잘 알고 있는 것 같았어. 그들은 나방과 수리부엉이가 들끓는 밤이면 혹성 주위를 돌고 있는 위성처럼 전등을 중심으로 빙 둘러앉았지. 어떤 남자들은 전쟁소식을 그들에게 알려주고 있었어. 나는 그들이 조금도 동요하거나

흥분하는 기색 없이 손가락을 사용해서 서둘러 먹고 마시는 것을 보았지. 19일 밤에는 아무도 자지 않았어. 나 역시 전혀 잠을 잘 수 없었지. 나는 침대에서 반라상태로 누워 모기장 뒤로 피에 주린 모기들에게 둘러싸인 채 열기와 참을성의 한계를 느끼고 있었어. 옆방에서는 사촌들이 낮은 목소리로 계속 이야기하고 있었고 타작마당에 세워둔 등불 때문에 나는 더 이상 잠을 들 수가 없었던 거야. 나는 그들의 말소리를 엿들으려고 발돋움하여 모자이크 식 보도 위를 벗은 발로 걸어가 난간에 팔꿈치를 고이고 있었어. 아침까지 사내들은 거기 있었어. 그들은 어깨에 망토를 걸치고 밀짚모자를 눈까지 푹 눌러쓴 채, 미동도 하지 않고 웅크리고 앉아 있었어.-

도라가 이야기 하는 동안, 구름이 험악해졌다. 그들 앞에 펼쳐진 하늘은 군데군데 황갈색으로 변하고 있었다. 호스로 더러운 벽에 물을 뿌려놓은 것처럼 구름에 뒤섞인 먼지 알갱이들이 멀리 연기 자욱한 수평선까지 펼쳐져 있었다. 도라는 마치 유령에게라도 홀린 듯 계속해서 멍하니 구름을 쳐다보고 있었다.

-새벽여명이 사람들이 자고 있는 붉고 푸른 평원 위로 색채를 드러냈단다. 사람들은 거기서 계속 잠자고 있었어. 뼈만 앙상한 강아지 한 마리가 꼬리를 흔들며 달려오지만 아무도 그것에는 신경을 쓰지 않았어. 나는 침실에서 고모들이 목소리를 낮추어 말다툼하는 것을 듣고 있었어. 내 기억으로 그 때 난 온몸

345

을 떨고 있었던 것 같아. 내가 숨어있는 곳에서는 햇빛 때문에 전등이 필요 없었어. 그래서 진등불이 점점 희미해져 가고 있었지만 어느 누구도 불을 끄려고 하지 않았지. 난 그때 처음으로 동트는 것을 지켜보게 된 거야. 왜 그런지 모르지만 내가 생소한 장소에 와 있는 것 같았어. 창문을 통해서 들어오는 빛이 사물들을 비추고 있었지만 내 기억으로는 방이 너무 어두워서 물건들을 식별할 수가 없었지. 구석에는 어두운 얼룩이 남아있었단다. 반대편 벽에 걸려있는 채색화, 선전용 푸른색 달력. 이 모든 것은 마치 사진 기사가 오기를 기다리는 듯 꼼짝하지 않고 있었어. 남자들이 일하러 가지 않는 것을 확인한 삼촌은 장식끈이 달린 장화를 신고 포석을 깐 계단을 내려왔어. 그의 발자국 소리는 속이 텅 빈 드럼통에 망치질하는 소리처럼 요란스럽게 울려왔어. 그가 몸을 꼿꼿이 세운 채 작업복 차림으로 나가는 것을 보는 순간, 내 심장이 요동쳤던 것이 기억나. 그때 일어난 일은 아직까지도 믿기지 않아. 삼촌은 정원 한복판에 서서 손을 가슴까지 올리고는 "암살자들" 이라고 소리쳤어. 그리고 쓰러지면서 무슨 말인가를 하려 했지만 결국 하지 못했어. 내가 그토록 두려워했던 삼촌은 정원에 쓰러져 몸을 비틀고 있었고, 사람들은 말없이 그의 몸뚱이만을 바라보고 있었단다. 그 때 나는 창문에 턱을 괴고 있었는데 도저히 상황을 파악할 수 없었어. 옆방에서는 무시무시한 외마디 소리가 울려 나왔어. 처음에는 미처 겨를이 없어 보지 못했는데 어디선지 무장한 한 무리의 남자들이 집안으로 들어와 아무 설명도 없이 사촌들을 하나씩 차례로 죽이는 것이었지. 숙모와 여자 사촌들, 그리고 나에게는 신경도 쓰지 않았어. 여자들이 미친 듯이 서로 껴안고 어쩔 줄을 몰라 하는 것을 보고 불현듯 도망치고 싶어졌어.

나는 옷장을 열고 짐 가방을 싸서 마당에 내려놓았어. 숙모는 거기서 죽은 시체들을 감싸 안고 있었고 내가 간다고 얘기했을 때, 쳐다보지도 않으셨단다. 내가 암살자들 사이로 비집고 들어갈 때 그들 역시 내게 아무 말도 하지 않았어. 나는 7월의 뜨거운 태양 아래 평원을 가로질러 뛰기 시작했는데 마치 바람이 나의 등을 떠미는 것 같았단다. 어릴 때부터 나는 쓸모 있는 일을 하기 위해서 태어났다고 믿어왔는데 그때까지는 한 번도 어떤 방식으로든 그것을 증명해보려고 노력한 적이 없었지. 나는 마드리드에서 간호사가 필요하다는 것을 알고서 내 운명을 시험해보려고 그곳으로 갔단다. 전투가 일어난 처음 몇 달 동안 도시는 이상한 사람들로 가득 찼단다. 정신이 나간 사람들이 광장과 거리를 쏘다녔지. 죽은 시체와 포로들, 그리고 그들을 괴롭히는 박해자들이 거리의 일상적인 풍경이 되어버렸고, 모퉁이에서는 어린 아이들이 부끄러운 줄도 모르고 방금 보행자에게서 약탈한 물건들을 팔고 있었어. 유일하게 나를 위로해 주었던 것은 정상적인 인간으로서의 삶이 불가능하게 되었다는 점이었지. 도시에 만연해있는 불안감이 나를 매료시켜 버렸단다. 수개월을 도시에서 생활하는 동안 내가 누구인지 배울 수 있었어. 숨을 곳을 찾기보다 태양에 떨어지는 물방울처럼 군중 속에 용해되고 싶었단다. 나는 남성처럼 보이려고 양복차림으로 다녔고 될 수 있는 대로 지저분해 보이려고 했어. 죽을지도 모른다는 사실을 알면서도 대포로 부서진 거리를 할 일 없이 배회하는 것 또한 즐거운 일이었단다.-

그녀는 멈춰서 두려운 듯, 하늘을 바라보았다. 비가 막 쏟아져 자신의 이야기를 끝내지 못할까 봐 서둘러 말하기 시작했다.

-난 그때 먹지 못해 허약해져 있었어. 12월 중순 어느 날, 나는 똑같은 생각으로 거리에 나섰어. 내 기억으로는 그날, 비가 억수같이 퍼부었던 것 같아. 난 비옷도 입지 못한 채 서둘러 걸어가다가 갑자기 레티로 공원 입구 바로 옆에 붙어 있는 포스터 앞에 멈추어 섰어. 왠지 모르게 그 그림이 나의 관심을 끌었어. 피둥피둥하게 살찐 한 소년이 간호사를 향해서 손을 뻗치고 있었지. 그 그림 밑에는 다음과 같은 내용의 글귀가 실려 있었단다.

'어린이를 보호하는 것은 도시민의 가장 성스러운 의무입니다: 적십자가 당신을 기다립니다.'

비가 맹렬하게 퍼부어 나의 누더기 옷에 스며들었지만 나는 마치 온몸이 마비된 사람처럼 꼼짝 않고 서 있었어. 갑자기 나

의 휴가가 너무 오래 지속되었음을 깨닫게 되었단다. 나의 이기
주의 저 너머에 내가 진정으로 원하던 무언가 남아 있음을 깨닫
게 되었지. 쓸모 있는 사람이 되는 것, 가치 있는 일을 하는 것
이 그것이었어. 그날 오후 응급 센터로 가서 자원봉사자로 등록
했어.-

바람이 전보다 더 강하게 불어와서 그녀가 말을 중단해 버렸
다. 갈매기가 머리 위로 미친 듯이 날아다니고 파도가 격렬하고
무시무시하게 몰려와 거품 이는 바다 표면을 뒤흔들어 놓았다.

-비다, 비가 온다.-

아벨이 소리쳤다.

소년들은 군인들이 이전에 저장 창고로 쓰다 버려둔 움집을
향해 무턱대고 달렸다. 성난 번개가 마그네슘 스트로보처럼 번
쩍거리며 천지를 비추었다. 사탕수수가 헝클어진 갈기를 흔들
어대고 물방울들이 갑자기 생겨난 웅덩이 속으로 익은 과일처
럼 떨어져 내렸다.

소년들은 정신없이 은신처를 향해 달려갔고 도착하고 나서
야 여교수가 그들과 동행하지 않았다는 사실을 알게 되었다. 도
라가 길 중간에 뒤처져 있는 것을 본 소년들이 그녀에게 도로
달려갔다. 도라는 그들에게 손짓하며 더듬더듬 말했다.

-아무 것도 아니야, 아무것도, 정말 아무것도 아냐.-

그들은 어렵사리 그녀를 움막으로 데리고 와서 낙엽으로 바

닥에 침상을 만들어 그녀를 눕혔다. 그녀는 얼굴을 찡그리면서 배를 움켜잡고는 입술을 깨문 채, 멍하니 소년들을 바라보고 있었다.

−선생님, 어디 불편하세요? 많이 아프세요?−

도라는 조용히 경련을 일으키고 있었다. 그녀는 소년들의 말에 주의를 기울이지 않았다. 그녀는 그저 이전처럼 그들을 바라보고 있을 뿐이었다. 그리고 때때로 치마 끝으로 손을 가져갔다.

−아무 것도 아니야, 여자들의 일이야 약간 아플 뿐이야. 조금 쉬면 괜찮을 거야.−

도라가 말했다.

도라는 소년들의 만류를 뿌리치고 그들을 보내버렸다.

***

그 다음날은 새해 바로 전날이었다. 여교사는 짐을 꾸리고 누구에게도 작별 인사를 하지 않고 학교를 떠났다. 저녁 식탁에서 낀따나와 길게 대화를 나누는 중에 그녀는 교사직을 그만두겠다는 비장한 각오를 밝혔다. 도라는 울고 난 사람처럼 눈이 새빨갛게 충혈되어 있었다.

−날 대신해서 아이들에게 작별인사를 전해줘요. 그들을 그

리워하게 될 거라고 말해주세요.-

그녀가 말했다.

동틀 무렵에 낀따나는 문까지 그녀를 배웅했고 그녀에게 손을 내밀자 도라는 땅으로 시선을 돌렸다.

-그래요. 마르띤이 나에 대해서 물을 거예요. 그에게 내가 이렇게 밖에 할 수 없었다는 걸 전해 주세요. 그 이상은 없어요. 그는 이미 내가 말하고자 하는 걸 알고 있을 거예요.-

그녀가 중얼거렸다.

살아있는 그녀를 본 것은 그게 마지막이었다. 그리고 그녀에 대한 기억은 아벨에게서 지워지지 않았다. 푸른빛을 띤 햇빛이 떡갈나무 숲으로 난 오솔길을 비추고 있었다. 녹색 그림자를 드리우는 그녀의 실루엣이 부드러워 보였다. 외투 자락이 그녀의 잘 다듬어진 허리선 주위로 팔랑거리고 있었다. 그녀의 가냘픈 실루엣이 점점 더 작아지면서 모퉁이를 돌아 사라지기 전에 아벨을 향해서 몸을 돌려 손짓하며 인사했다.

그녀가 마을을 떠났다는 소식에 연이어 팔라모스에서 공습으로 그녀가 죽었다는 소식이 들려왔다. 이 소식은 소년들 사이에 엄청난 동요를 불러일으켰다. 무언가 소년들로 하여금 닥쳐온 재앙을 피부로 느끼게 해 주는 계기가 되었다. 전쟁의 위협이 빠른 속도로 다가오는 가운데 사회 법규와 질서가 무너져 내리고 그 속에서 막연하게 퍼져가던 사상의 편린들이 갑자기 현실로 부각되기 시작했다.

여교사의 장례식은 특별한 축제로 바뀌게 되었다. 그녀의 시체를 실은 운구차가 학교에 도착했을 때는 왜 그녀가 학교를 떠나버렸는지에 대한 추측과 소문이 채 가시기도 전이었다. 그녀의 죽음 때문에 학생들은 외로움과 난폭함이라는 상반된 감정을 느끼게 되었다. 낀따나가 각각 관의 양쪽에 큰 양초를 켜자 불꽃이 꼬불꼬불한 심지 주위를 사정없이 타고 올라갔다. 그녀를 부르고 만지고 핀으로 찔러도 소용없는 일이었다. 우상은 떨어졌고 그녀의 죽음이 소년들을 자유롭게 해주었다.

장례 행렬은 관을 따라 8킬로미터를 걸어 묘지에 다다랐다. 소년들은 모두 푸른 해군 유니폼을 입고 묘 구덩이 주위로 둥글게 원을 그리며 조여 왔다. 꽃다발을 들고 장례 행렬의 맨 뒤를 따르던 경비원과 요리사가 관이 묘구덩이에 들어갈 때, 옻칠을 한 관 뚜껑 위로 꽃다발을 던져 넣었다. 묘지기가 첫 번째 삽질을 하는 순간, 여교사는 영원히 속세를 떠나갔다.

돌아가는 발걸음은 더 가벼웠다. 낀따나가 깊은 상념에 잠기는 틈에 소년들은 서로 돌을 던지며 싸우고 있었다. 어떤 소년들은 화환을, 다른 소년들은 장례 용품을 훔쳐서 가져오다가 지쳐 길가에 그냥 내동댕이 쳐버렸다. 아벨과 빠블로는 '대천사' 라 불리는 작은 소년과 함께 급류가 흐르는 오솔길로 길을 잘못 들어서는 바람에 학교에 도착하기도 전에 도마뱀처럼 뻗어버렸다.

대천사는 묘지에서 월계수 가지를 본따 만든 화관을 하나 훔쳐 와서는 그의 고수머리 주위에 동여맸다. 비단 리본에는 죽은 사람 이름의 머리글자와 '네가 누구인지, 내가 누구였는지, 내가 누구인지, 그리고 넌 누가 될 지'라는 문장이 새겨져 있었다. 리본이 귀를 간지럽게 했다. 그의 가슴 위에는 노랗게 빛바랜 죽은 이의 사진을 핀으로 꽂아 놓았다. 소년들이 잡담하는 사이 대천사는 호주머니에서 장례용 리본과 내장을 뺀 도마뱀을 꺼내 가지고 놀았다.

빠블로는 전쟁이 발발한 처음 몇 달 동안 일어난 일을 과장해서 이야기했다. 그때 빠블로는 동료들과 함께 마차를 끌고 다니면서 최근 총살당한 사람들의 몸을 뒤져서 물건을 약탈하고 있었다.

–난 죽은 사람들이 이 세상에서 가장 불쌍한 사람들이라는 것을 알았어. 그래서 난 죽지 않기 위해서는 무슨 짓이든 할 수 있을 것 같았어.–

빠블로가 말했다.

아벨의 마음 속에서 도냐 에스따니슬라의 이야기가 메아리쳐왔다. 중앙아메리카에서 안개처럼 스러져 간 아들에 대한 기억이 꿈속에서 아벨을 괴롭혔다. 로마노와 다비드가 손에

353

손을 잡고 삐걱거리는 에스컬레이터를 타고 내려가고 있었다. 그들은 흐릿한 거울로 되어있는 진열장을 통과했는데 진열장 안은 깊은 바다 속 풍경처럼 꾸며져 있었다. 노랗게 비틀린 촛대는 자세히 들여다보니 해초였다. 그리고 낙원 길에 깔려있는 태피스트리들이 교활한 동물의 굴혈로 바뀌어 버렸다. 아벨은 꿈속에서 본 것들을 기억해가며 자신에게 설명하고 있었다.

금으로 장식된 리본과 꽃으로 뒤덮인 관, 하얀 옷을 입은 채 '신은 결코 죽지 않아' 라는 왈츠를 박자에 맞추어 춤추는 아이들, 은도금을 한 판지로 날개장식을 단 소년과 그 아이의 손가락 사이에 있는 푸른 능소화, 술통 사이에서 교대로 기도를 읊조리는 반나체의 흑인들. 커다란 나선형 샘이 있는 마당에서 흐느끼는 여인들.

빠블로의 이야기에서는 죽음이 무시무시한 인상을 주었지만, 아벨의 이야기에서는 신비로운 면류관처럼 묘사되었다. 아벨의 꿈에 나타난 장례식 수행원들은 거의 결혼식 수행원들과 다름 없었다. 죽은 자와 친지들은 하얀 옷을 입고 길에는 꽃을 흩뿌렸다. 대천사는 신비로운 눈으로 이야기를 듣고 있었고 떠나면서 아벨에게 왈츠의 가사를 아는 지 물었다. 아벨은 고개를 저었다. 대신 아벨은 대천사와 헤어지면서 그에게 사진 한 장을 주었다.

　도라의 죽음은 아벨과 빠블로가 오래 전부터 계획해 왔던 도주 작전을 일시적으로 중단시킬 만큼 큰 사건이었다. 어느 비 오는 날 오후, 그들은 루시아 자매의 집에서 아무런 어려움 없이 기병총을 훔쳐낸다. 빠블로는 수일 전부터 열쇠꾸러미를 어디에 두는지 눈여겨 보아왔다. 독신녀들이 다락방에 그들과 함께 있는 때, 빠블로는 어릿광대짓을 하면서 갑작스럽게 오줌이 마려운 척했다. 빠블로는 계획에 따라 눈 깜짝할 사이에 기병총을 진열장에서 꺼내 정원 꽃밭에 숨겼다. 그는 늙은 여인들에게 상냥한 미소로 작별인사를 하고 훔친 물건들을 들고 은닉처를 향해 달렸다. 거기에서 달빛이 비치는 가운데 아벨에게 무기를 어떻게 다루는지를 가르쳐주었다. 두 개의 기병총은 완벽했고 총에 맞는 탄약만 있으면 될 일이었다. 아벨이 아게다의 라디오를 통해서 얻어낸 전쟁소식은 에브로 전선에서의 정부군의 패배와 국민군의 까달루냐 입성에 관한 것이었다. 아벨은 흥미진진하게 뉴스를 듣다가 한마디도 빠뜨리지 않고 그대로 빠블로에게 전해주었다. 라디오에서는 계속적으로 군인들의 징병을 호소했고 이것을 듣고 있던 필로메나는 곧 소년들이 징병될 것이라고 말했다.

　-만약 우리가 자원하지 않는다면 그들은 강제로 우리를 징병해갈 거야.-

　아벨이 빠블로에게 말했다.

주현절에 계획을 수행하기로 결정했다. 빠블로는 군 트럭에 숨어 타고 헤로나로 가서 훔친 물건들을 팔아 약간의 돈을 손에 넣기로 했다. 그리고 같은 트럭을 타고 돌아온 후에 아벨과 길 교차로에서 합세하기로 했다. 일단 거기서 그 둘은 팔라모스 방 향으로 평원을 가로질러 걸어가기로 했다.

***

무성하게 핀 금작화와 찔레나무, 사보텐이 소년들의 보물이 숨겨져 있는 마른 낙엽 위를 덮고 있었다. 바람과 비로 폐허가 되어버린 제분소까지 쓸려온 낙엽 속에 곤충들과 작은 동물들 의 신비로운 우주가 펼쳐지고 있었다. 가지에 붙어있는 거머리 크기의 불그레한 송충이들과 고치 안에 뭉쳐진 곤충 알들, 기하 학적인 구조로 복잡하게 얽혀있는 거미줄, 그리고 기복 있는 비 탈길 너머 바다가 넓게 펼쳐져 있었다. 그들이 훔쳐온 물건들을 찾는 사이 천천히 땅거미가 내렸다.

−다른 애들이 눈치 챘을까?

빠블로가 웅크리고 앉아 자루의 앞부분을 동여매는 동안 이 빨 사이로 장밋빛 혀끝이 드러났다.

−아니. 그리고 그들이 눈치챘다 해도 헤로나까지 쫓아오진 못할 거야.−

그가 말했다.

-일단 움직이기 시작하면 헤로나까지는 멈추지 않을 테니까.-

일을 끝내자, 바지에서 잎담배 두 개를 꺼냈다.

-필래?

아벨은 아무 말 없이 불을 붙였다. 불꽃은 잠시 친구의 얼굴을 비췄다. 그리고 불이 꺼지자 다시 어둠이 짙게 깔렸다.

-헤로나에 도착해서 붙들리게 되면 어떡하지?-

아벨이 물었다.

빠블로와 헤어질 시간이 가까워오자 아벨의 영혼은 불안으로 가득 차게 되었고, 그 불안을 걷어내기 위해 친구란 존재가 필요했다. 빠블로의 교활한 눈은 마치 불붙은 불꽃처럼 빛나고 있었고, 이리 새끼의 이빨 사이에서 퍼지는 미소는 확신을 심어주는 법을 알고 있었다.

-걱정하지마. 모든 것이 계획대로 될 테니까.-

빠블로가 말했다.

지금 빠블로는 평소에 그랬던 것 보다 더 흥분하고 있었다. 그는 어깨에 멜빵을 메기 전 부두 노동자들이 하는 식으로 손에 침을 뱉었다.

-나는 이 모든 허접한 쓰레기들을 골동품 파는 집으로 가져가 괜찮은 값을 쳐줄 때까지 흥정을 벌일 거야. 값을 쳐주는 것

357

이라면 칠면조 한 마리까지도 팔 거야. 만약 내가 멍텅구리를 상대로 마지막 1뻬쎄따까지 속여 팔지 않으면 내가 번개에 맞아 죽는다, 죽어!-

그들은 해변 쪽으로 가서 말이 다니는 길로 내려갔다. 까마귀 한 무리가 노젓듯 날갯짓을 하면서 날카로운 울음소리를 내는 바람에 소년들은 거의 빈사지경에 이를 지경이었다. 선인장 잎줄기가 윤이 나지 않는 반사광으로 빛을 흡수하고 있었다. 아이들은 천천히 걸어가면서 오십 미터마다 짐을 교대로 졌다.

-넌 학교에서 아무도 우릴 의심하지 않을 거라고 확신하니?-

아벨이 물었다.

벽장의 옷을 치우는 것보다 어렵지 않은 일이라는 것을 알고 있었지만, 자신도 모르게 질문이 나와 버렸다. 마음에 평정을 찾을 필요가 아벨의 의지보다 더 강하게 그를 사로잡았다.

-넌 누가 알았으면 좋겠니?-

빠블로가 반문했다.

아벨은 너무 신경을 써 숨 쉬는 것조차 어려웠다.

-선생님들은 학교를 운영하는 것으로도 일이 많아서 우리 개개인이 하는 일에 대해서 일일이 신경 쓰지 못할 거야.-

-나는 대천사가 무슨 음모라도 꾸미고 있을 것 같아.-

빠블로는 빵 부스러기를 입에 갖다 대고 쥐새끼처럼 질겅질

겅 씹고 있었다.

-좋아. 냄새 맡으라고 그래. 그는 우리에게 해코지할 애는 아니니까.-

아벨은 어깨에 다시 멜빵을 짊어지고 고마워하는 눈빛으로 빠블로를 바라보았다. 그는 자신의 계획을 마음속으로 여러 번 연습해 보았지만 확신이 서지 않았다. 그래서 빠블로가 자신에게 신념을 불어넣어주기를 기대했던 것이다.

-차도에서 널 기다릴게…. 비록 나를 보지 못하더라도 내가 여기서 기다리고 있다고 믿으라고.-

그가 열 번째로 말했다.

달이 은메달처럼 창공을 장식하고 있었다. 외눈박이 수리부엉이가 그들의 머리 위에서 격렬하게 날갯짓을 하면서 날고 있었고 솔부엉이의 불길한 울음소리가 교살당한 사람의 고통스런 단말마를 흉내 내고 있었다.

-이상해. 오늘 밤은 낙원 길에서 자는 마지막 밤인데 여느 밤과 하나도 다르지가 않아.-

갑자기 아벨이 입을 열었다.

내일부터 아벨은 영웅주의의 절정을 만끽하게 될 것이다. 사관생도의 유니폼을 입고 가장 치열한 전쟁터를 가로질러 달려가게 될 것이다. 포탄들이 아벨 주위로 무시무시한 분화구들을 만들면서 평화로운 평원이 달빛 쏟아지는 전쟁터로 바뀌게 될 것이다. 병사들이 그를 보고 부동자세를 취하고 공격을 시작하기 전 그에게 조언을 구하리라. '대장님이 원하는 대로 따르겠습니다'

—이상해? 왜 이상할까?—

빠블로가 물었다.

아벨은 마른 입술에 침을 발랐다.

—모르겠어, 설명하기 어려워. 지금 우리가 항상 그랬던 것처럼 여기에 함께 있다가 내일이면 우리의 꿈이 현실이 된다는 생각이 말야. 이런 변화를 이해하기 힘들게 하는 그 무엇인가가 있어. 날 소리 지르게 하고 깡충깡충 뛰게 하는 무서운 무엇인가가 있다는 생각이 들곤 했어. 그렇지만 지금은 항상 그랬던 것처럼 너무나 평온해. 난 그것을 나 자신에게조차 설명할 수가 없어.—

빠블로의 눈동자가 얼음물 웅덩이처럼 빛나고 있었다. 아벨은 그가 요구하는 것이 무엇인지를 알아채고 떨리는 목소리로 말했다.

—신경 한 다발이 생겨나 내가 여기저기를 달려가려고 한다고 상상해봤어. 그런데 심장은 빠르게 고동치지 않는다는 생각이 들어. 난 이 현상을 내게 밝혀주는 사람이 있었으면 좋겠어. 왜 산다는 것과 상상하는 것 사이에 이렇게 큰 차이가 있어야 하는 건지. 난 그것을 많은 사람들에게 물어보았지만 아무도 내

게 대답해 주지 못했어.-

아벨은 머릿속이 텅 빈 것 같아 중간에 수다를 멈추었다. 계곡의 길은 몸이 반짝거리는 개똥벌레로 분간할 수 있었다. 달 표면은 젖은 모래 위에 비치는 은빛 그림자 같았다. 아벨은 여러 차례 지나다닌 길답게 능숙하게 오솔길을 따라갔다. 이번이 계곡을 건너는 마지막 길이었음에도 불구하고 사물들은 평소처럼 친근한 얼굴 그대로였고 그의 단호한 결심에도 아랑곳하지 않는 것 같았다. 소의 눈망울처럼 둥근 달은 그에게 미소를 짓고 있었고, 수리부엉이의 외마디 소리는 공기를 가득 메우고 있었다. 그리고 방파제의 경계에서는 군인들의 화톳불이 타고 있었다. 그곳 생활은 그날 밤에 있을 사건과 상관없이 여느 때와 같았다. 아벨이 계곡을 벗어났을 때도 아무 일 없었다는 듯이 변화가 없었다.

그들은 야영지 부근에 도달하여 조심스럽게 저장소로 다가갔다. 국민군 트럭에 감시병 하나 없이 원래 있던 자리에 그대로 있었다. 아벨이 길을 감시하는 동안에 빠블로는 짐 꾸러미를 들고 운전석에 올라가 자루들 사이에 자신을 숨겼다. 나중에 다시 한 번 땅에 뛰어내려서 아벨과 만났다.

-몇 시지?-

아벨은 시계를 들여다보았다.

-7 시 15분.-

-이제 지체할 수 없어.-

그들은 별로 중요하지 않은 세부적인 것까지도 계획해 놓았다. 그러나 아벨은 뭔가 물어봐야 하지 않을까 하는 절박한 심정을 느끼게 되었다. 모험을 앞둔 초조함이 그의 자제력을 앞지르기 시작했다. 그때 그의 동료가 담배를 내밀었고 그는 흔쾌히 받았다.

조금 뒤, 아벨의 눈과 마주쳤을 때 빠블로가 급히 덧붙였다.

-어쩌면 같이 담배 피우는 것이 이번이 마지막일지도 몰라.-

빠블로가 몸을 숨기기 좋은 구석에 자리를 잡고 앉자 아벨은 그의 통장이 든 봉투를 그에게 건넸다. 빠블로는 봉투의 중간을 접어 자신의 호주머니에 집어넣었다. 아무도 말을 하지 않은 채 몇 분이 흘렀다.

잠시 후 더 이상 침묵을 견딜 수 없던 빠블로가 광대 짓을 시작했다. 그의 눈은 단추처럼 움직이지 않고 그의 혀는 교수형을 당한 사람의 혀처럼 굳어졌고, 그의 손은 달빛 비치는 풍경을 배경 삼아 나비의 날갯짓을 흉내 냈다.

-너는 이제 끝장났어, 아벨 소르사노, 끝-장-났-다-구.-

그리고 각각의 음절을 발음할 때마다 그의 입은 마치 진주를 간직하고 있는 조개나 보석 상자처럼 열렸다.

-악당 빠블로는 너를 여기에 버려둔 채 돈과 전리품을 챙겨

서 간다. 빠블로는 간다, 가 버린다, 가버려.-

비록 심장에서 한기가 느껴졌지만 아벨은 억지로 웃어 보였다. 어릿광대 빠블로는 도둑질을 위해서, 그리고 게임에서 함정을 파기 위해서 만들어진 민첩한 손가락을 움직였다. 그리고 하얀 눈동자만 보여주면서 선고를 반복했다.

-끝장이야, 내 말 듣고 있니? 끝장이라구.-

아벨은 빠블로가 그런 말을 하는 이유가 도저히 납득되지 않았다. 빠블로는 아벨의 돈과 보석, 우정과 희망을 가져가 버렸다. 악행으로 부자가 되어버린 그가 더 이상 신중할 필요가 없다고 느꼈던 것일까? 연극을 하면서 진실을 고백했던 것일까? 아벨은 눈물이 쏟아질 때까지 웃었다. 악당 빠블로, 어릿광대 빠블로, 좀도둑 빠블로, 가장 착하고 친절하고 유일한 친구였던 소매치기 빠블로의 작은 손가락을 아벨로선 존경하지 않을 수 없었다. 루시아 자매의 모든 물건들이 빠블로의 손가락을 통해서 항상 굶주려 있는 그의 호주머니에 들어가 버렸다. 그는 루시아 자매와 작별인사를 할 때마다 바지 속을 집안에서 훔친 물건으로 가득 채운 채 더할 나위없이 멋진 말로 지껄여대는 것이었다. 여름에 아벨을 만난 이후로 연극을 꾸몄던 것일까? 아벨에게 진실을 이야기하는 것은 이번이 처음이란 말인가? 빠블로는 그의 앞에 앉아 계속해서 루시아와 필로메나, 앙헬라를 익살맞게 흉내 내고 있었다. 그는 아벨의 두려

363

움에는 아랑곳 하지 않고 그를 괴롭히는 촌극을 반복하고 있
었다.

－너의 친구 빠블로는 갔어, 바다로, 산으로, 평원으로 가버
렸어. 가서 다시는 너를 보지 않을 거야. 다시는.－

두 명의 안달루시아 국민군들이 그 때 길을 내려오고 있어서
빠블로는 팬터마임을 중단할 수밖에 없었다. 그들이 헤어질 시
간이 되어 아벨은 눈이 흐릿해지는 것을 느꼈다. 그는 아벨 옆
에서 매복하다 달려 나갈 준비를 하고 있었다. 그의 교활한 눈
동자가 불꽃처럼 빛나고 있었다.

'난 빠블로와 함께 전쟁터로 갈 거야. 내일 빠블로가 날 데리
러 와서 우린 함께 떠나게 될 거야'

아벨은 그렇게 생각하고 있었다. 그러나 이제 큰 소리로 말
할 수가 없었다. 빠블로가 몰래 트럭 쪽으로 기어가는 것을 바
라볼 뿐이었다.

엔진에 시동이 걸리는 순간 빠블로는 차에 기어올랐다. 달빛
이 그의 모습을 비추고 있었다. 그동안 아벨은 낮은 목소리로
간청하고 있었다.

－와! 제발 와 달라구!－

빠블로는 손수건을 흔들어대는 시늉을 하더니, "안녕, 안녕,
아벨."하고 외치고는 가버렸다. 트럭은 속도를 내면서 아벨의
모든 꿈을 실은 채 멀어져 갔다. 빠블로는 무대 앞으로 어두운

커튼이 떨어질 때까지, 혓바닥을 널름거리며 곁눈질로 인사하는 하얀 꼭두각시 인형과 다를 바가 없었다.

***

아벨은 정해진 시간보다 한 시간 일찍 교차로에 도착해서 친구가 오기를 공포감 속에서 기다리고 있었다. 빛은 곧 사라져버리고 그림자가 구석에서 나와 사물의 윤곽을 없애버렸다. 달의 약한 광채가 떠다니는 구름 사이로 스며들어서 찻길의 윤곽이 드러났다. 그러나 달은 시계가 여덟시를 가리키기 전에 위협적으로 다가오는 검은 뭉게구름 뒤로 숨어버렸다. 그와 동시에 가랑비가 내리기 시작했다.

그가 낙원 길을 떠난 뒤 많은 시간이 흘러간 것처럼 외롭고 춥게 느껴졌다. 도망가려 했던 그의 계획을 아무도 모르고 있다는 것이 전날의 24시간 동안 경험했던 소외감의 골을 더 깊게 했다. 몇 달 전에 중요한 결정을 내렸을 때 그는 자기가 세상 사람들에게 인정받고 있는 존재라는 믿음으로 그들에게 자신의 결정을 알리고 있었다. 지금도 역시 "나는 간다. 결코 돌아오지 않을 것이다"라고 말할 수 있을 텐데…. 그러나 자신과 가까운 사람에게 느꼈던 공감대는 이미 사라져 버린 뒤였다. 사람이란 각각 다른 영역에서 살고 있기에 결코 진정한 공감대를 형성할 수 없는 것이다. 각각의 사물은 서로 다른 사람들에게 다른 의미를 갖는다. 그래서 손가락 한 개를 움직이는 간단한 동작에서 어떤 사람은 해를 받기도 하는 것이다. 아벨이 그의 은신처에 있는 동안 자동차들이 빠른 속도로 차도를 지나치고 있었다. 자동차의 헤드라이트가 떡갈나무 숲을 단번에 휩쓸어 가면서 노란 솔방울들을 비춰주고 있었다. 그리고 때때로 약하게 부는 바람에 나무에 매달려있던 빗방울들이 흩어졌다.

여덟시 반쯤 폭우가 강렬하게 빗발쳤다. 마치 공기가 물로 바뀌어 버린 것 같았다. 숲의 관목들은 미친 듯 춤을 추는 무용가들처럼 몸을 비틀고 있었고, 물 흐르는 소리가 너무 심해서 연발총에서 나오는 불꽃처럼 새들에게 공포심을 자아냈다. 구름 사이에서 다시 달이 나타나고 폭풍은 시작될 때 그랬던 것처럼 그렇게 갑자기 멈춰버렸다.

차량들의 소음은 메아리가 되어 교차로에 도착하기 500미터 전부터 울려 퍼졌다. 그토록 기다리던 트럭의 소리를 알아차렸을 때 아벨은 숨이 멎는 것 같았다. 그 소리만큼은 구별할 수 있었다. 천 개의 다른 차량 속에서도 구별할 수 있었으리라. 차도를 벗어나 오솔길로 들어서기 직전에 길이 급경사로 바뀌기 때문에 이 지점에서는 차량이 속도를 늦춘다. 바로 거기서 빠블로를 만나기로 되어 있었다.

아벨은 하수구로 내려가서 라벤더 관목 뒤에 몸을 숨기고 있었다. 차량이 언덕 반대편에 있었다. 잠시 후 커브 길에서 날카로운 브레이크 소리를 들었다. 헤드라이트가 최근에 생긴 물웅덩이 위로 노란 불빛을 비추고 있었다. 시간은 아홉시 정각이었다. 트럭은 한 시간도 늦지 않았다. 아벨은 숨어있던 곳에서 몸을 일으켰지만 차가 멈추었을 때 다시 웅크리고 있어야 했다. 그는 두 명의 안달루시아인이 시동을 걸면서 나누는 대화를 완벽하게 들을 수 있었다. 조명이 앞으로 움직일 때 차도로 뛰어들어 빠블로를 찾으려 했으나 어디서도 그를 찾을 수 없었다.

트럭은 이제 길에서 떠나가고 멀리 불빛을 깜박이며 사라져갔다. 아니었다. 확실한 것은 거기서 아무도 내리지 않았다는 것이다. 아벨은 어릿광대의 얼굴을 하고 웃고 있을 빠블로가 어느 잡초 뒤에서라도 나타나기를 기다리면서 정신없이 오십 미터를 걸어갔다.

'놀랐지 아벨? 넌 내가 널 속였다고 생각했니? 그렇지 않니? 아니야, 이 아가야. 아니야. 이 아가야. 여기 왔잖아, 이렇게 골려주려고 살아서 왔잖아.'

이것은 빠블로가 아벨을 못살게 하려고 던지곤 하던 농담 중 하나였다. 주위를 뚫어지게 둘러보아서 그런지 눈이 아릿하게 저려왔다. 그러나 아벨은 침묵과 마주치는 것이 두려워서 감히 빠블로의 이름을 부르지 못하였다. 그는 차도 한 가운데에 있었고 달빛이 물웅덩이 전체에 내리비쳤다. 아벨은 걸음의 속도를 줄여가면서 걸었다. 처음에는 멍하니 정신이 나간 것처럼 걷다가 나중에는 거의 두려움에 사로잡혀 초조함을 달래려고 걸었다. 그는 가슴 속에 공허감을 심하게 느꼈지만 입술에서 새어 나오는 말들이 그런 공허감을 적셔주시는 못했다.

–빠블로! 빠블로!–

그가 외쳤다.

까마귀 한 무리가 죽음을 예고하듯 까악까악 울면서 어두운 숲을 가로질러 갔다. 아벨은 무릎이 떨려오는 것을 느껴 이정표 위에 앉았다. 그는 여전히 빠블로만 반복해서 불렀지만 이제 희망은 갖지 않았다. 그의 외침이 나무들 위로 메아리칠 때, 어두운 바람의 산들거리는 소리와 신경질적인 새들의 날카로운 소리가 잇따랐다.

그는 울지 않았다. 눈물마저도 말라 버린 것을 느꼈다. 그는 약속 장소에 있었고 빠블로는 거기 나타나지 않았다. 그는 몽유병자처럼 만날 장소로 돌아가서 이전과 같은 장소에서 도로의 전경을 바라보고 있었다.

달은 숲에 새로운 생명력을 불어넣고 있었다. 빗방울들이 섬광처럼 번득이고 있었고 떡갈나무 가지들 사이로 걸쳐있는 덩굴손이 축제 때 쓰이는 발기발기 찢겨진 장식 테이프처럼 바람에 흔들리고 있었다.

아벨은 짐을 옆에 둔 채 넋을 놓고 교차로를 바라보았다. 빠블로가 결코 돌아오지 않으리라는 것을 깨닫고 버림받은 느낌이 들었다. 그는 풀이 죽어 멍청하게 있다가 시계가 11시를 가리키자 천천히 집으로 돌아왔다.

***

한숨과 휴식, 기도와 갈등 사이를 오가며 밤을 지새웠다. 전선이 상해서 전기가 들어오지 않는 바람에 생일 케이크에 남아 있던 초를 켜 두어야만 했다. 식당에서 불꽃이 흔들리는 그림자를 비치고 있었다. 그것은 마치 과일과 꽃이 그려져 있는 벽지 위로 박쥐 한 무리가 날개를 흔들고 있는 것 같았다.

오랫동안 세 사람 중 어느 누구도 말을 하지 않았다. 뻬드로도 루시아도 앙헬라도. 그들은 물을 삼키고 눈물을 살그머니 훔치고 있을 따름이었다. 앙헬라는 탁자 위에 팔꿈치를 기대고 졸린 표정으로 가구들을 살펴볼 뿐이었다. 갑자기 그의 언니에게로 몸을 돌리고 손가락으로 진열장을 가리켰다.

–너 보았니? 사냥용 기병총이 없어졌어. 저기 있는 것은 두 개의 막대기야.–

루시아는 그녀가 가리키는 쪽으로 시선을 따라가다가 놀라움을 드러내는 제스처를 취하더니 눈썹을 찌푸렸다.

　−사실이군.−

그녀가 인정했다.

　−어떻게 된 일이지?−

밖에서 나무 숲 사이로 바람이 불어오자 피뢰침 케이블이 삐걱거리는 소리를 냈다. 한 마리의 끈덕진 수리부엉이가 유리창밖에서 날개를 퍼덕이고 있고, 어떤 이름 모를 밤새가 이상한 울음소리를 내고 있었다. 환희에 찬 교회 종소리가 메아리쳐 왔다.

제6장

아침 전투에서 죽은 군인들의 시체가 이웃사람들이 버린 쓰레기와 근처 공장에서 버린 석고 쓰레기 사이에 배수구를 따라 널브러져 있었다. 시체처리를 맡은 군인은 부족한 잠을 자고 싶다는 강한 욕망을 느끼며 시체들을 매장하기 위해 목사가 도착하기만을 초조하게 기다리고 있었다. 그곳에 온 마을 주민들은 정장을 하고 있었다. 그들은 가죽 재킷을 입고, 눈썹까지 모자를 깊이 눌러쓴 늙은이들과 나프탈린 냄새가 나는 옷을 입고 방금 머리를 감은 여인들이었다. 그들은 모두 호기심에 찬 듯 시체를 빙 둘러서서 목소리를 높여서 말하거나 웃고 있었다.

군인은 트럭 발판에 앉아서 피곤한 기색으로 그 광경을 지켜보고 있었다. 그는 수 분 전부터 동료와 함께 계속해서 시체들의 신원을 확인하고 있었다. 이렇게 무리 지어 있는 군인들은

371

더러운 쓰레기 사이에 있는 회색 덩어리 같았다. 검은 파리 떼들이 시체의 얼굴 주변에 몰려들었지만 누구 하나 애써 쫓아내려 하지 않았다. 그들은 시체 곁에 무릎을 꿇고 앉아서 호주머니 속을 치밀하게 검사하고 있었다. 여단장은 모든 자료들, 편지, 카드와 초상화들을 챙겨서 고무줄로 묶고 숫자로 표시해 두었다.

그 시체 중 하나가 여단장의 마음을 혼란스럽게 했다. 그 시체는 둥근 얼굴에 고자 같은 모습이었고 이목구비는 기름 바다 위에 떠 있는 것처럼 보였다. 뺨과 턱은 불그스름하고 광대뼈가 매끈하게 불거져 있었다. 그리고 입은 무엇인가를 통째로 삼킨 것처럼 반쯤 열려져 있었고 입술 주위를 노란 줄무늬 장수벌레가 맴돌고 있었다.

여단장은 건네받은 기다란 편지에서 호르디라는 이름을 발견했다. 호르디는 갑자기 닥쳐온 죽음에 놀랐던 것 같았다. 그의 놀란 표정에서 죽음이 갑자기 닥쳤다는 것을 알아챌 수 있었다. 죽음을 생각해 볼 겨를도 없이 총알이 호르디의 머리를 뚫고 지나간 것이다.

'꼭 강아지 같군, 불쌍한 놈이야!'

여단장은 생각했다.

장수 벌래가 그의 입 주위를 날아다니는 것을 바라보고 있을 때 브레이크 소리가 여단장의 졸음을 몰아냈다. 새벽 시간의 추

위에도 불구하고, 베르무데스 대령은 셔츠 바람으로 싹싹하게
미소를 지으면서 경례에 답하고 있었다. 짧게 자른 머리칼, 손
잡이 모양의 귀에 근시 안경을 쓴 작은 신출내기 사제가 종종걸
음으로 뛰다시피 하며 장교의 뒤를 따랐다. 수년 만에 사제를
보게 된 주민들은 짧게 환호성을 올렸다. 작은 사제는 그들에게
다가가서 미소를 지으면서 손에 키스를 받았다. 어머니들이 가
슴에 아이들을 안은 채 사제에게 다가가자 사제는 아이들의 머
리를 살찐 손가락으로 쓰다듬어 주었다.

　–아이들은 세례를 받았나요?–

　사제가 물었다.

　여인들은 말없이 머리를 떨어트렸다. 교구의 마지막 사제는
민병대원들이 들이닥치자 지주의 차를 타고 도망가 버리고 성
당은 군인들의 식량창고로 변했다. 주민의 삶은 평상시와 같았
다. 휴가 나온 군인들이 자식을 임신시키고 떠나버리면, 여인들
은 아이들에게 세례 주는 것을 잊어버렸던 것이다.

　–만약 아이들이 세례를 받기 전에 죽는다면 당신들은 아
이들이 하늘나라로 들어가는 것을 막았기 때문에 죄인이 됩
니다.–

　베르무데스 대령이 사제의 등을 살짝 두드리면서 그만하기
를 종용할 때까지 사제는 세례와 관련된 교리를 그 여인들에게
설명해주었다.

−이미 어두워지고 있어요, 사제님….−

사제가 호주머니에서 기도서를 꺼내자 6명의 늙은이들이 모여들었다. 그는 다소 과장된 목소리로 기도문을 읽어 내려갔다. 그리고는 시체를 향해 축도해 주었다.

베르무데스는 멀찍이 떨어져 예배를 드리고 있었다. 그는 여단장이 내미는 문서를 챙겨 넣었다.

−열 넷이야?−

−네, 대령님. 그리고 열여섯 명이 부상당해 병실에 있습니다.−

장교는 차로 되돌아가 시동을 걸었다. 마지막으로 호기심에서 시체 주변에 둘러서 있던 사람들을 한 번 흘낏 바라보았다. 역광을 받은 작은 키의 사제는 성화에 그려진 성인처럼 보였다.

−학교에 도착하자마자 차를 사제에게 보낼 거라고 전해주시오.−

사제를 가리키면서 여단장에게 말했다.

차를 타고 가는 동안 어느새 땅거미가 내렸다. 공기는 어두운 연기에 가득 찬 것처럼 짙고 흔들리는 헤드라이트 불빛이 미동도 않는 나무들을 금빛으로 물들였다.

교차로에서 군의관의 차와 마주치게 되었다. 차가 눈에 띄자, 간호사들이 창문에 나타나서 그에게 손을 흔들며 인사를 했다.

-여기서 함께 식사하시죠?-

베르무데스는 고개를 끄덕이고 그들을 뒤따르기 위해 속도를 냈다.

-일은 어때요?-

베고냐가 차에서 내리기 전 요염한 자태로 팔을 공중으로 뻗었다. 베고냐는 5년 전 적십자에 들어가 3년 내내 전투를 치르는 군인과 함께 지내게 되었다. 거기서 그녀는 여성으로서의 아름다움뿐만 아니라 간호사로서의 노련함으로도 명성이 자자했다. 그녀는 나이에 비해 약간 살이 찐 편이었지만 청년의 민첩함과 우아함을 함께 갖추고 있었다. 베고냐는 민첩한 동작과 스스럼없는 미소, 그리고 장난기 어린 어조로 부대 동료들 사이에서 큰 인기를 누렸다. 그녀는 전쟁 중에 여러 차례 라디오 인터뷰를 했다. 그녀가 하루에 백 명 이상의 환자를 간호하는 것을 본 한 미국의 신문기자가 '군대의 연인'이라는 제목으로 그녀에 관한 기사를 실을 정도였다. 그러나 베고냐는 이런 칭찬을 태연하고 무관심하게 받아들이면서도 '엄마'라는 별명에는 정말 만족해하는 눈치였다.

학교 건물 앞에서 군인들이 화톳불을 피우고 있었다. 그들은 스튜 냄비 주위에 쪼그리고 앉아서 스푼으로 냄비를 천천히 젓고 있었다. 문에 기대고 앉아 노래하던 두 명의 위생병은 대령이 오는 것을 보고 노래를 멈추었다. 잠시 적막이 흐르다가 다시 북풍이 불어왔다. 물결치듯 너울거리는 불꽃은 여러 가지 모습으로 바뀌어가면서 공기를 뒤흔들고 있었다. 베고냐는 대령들 사이에서 부동자세로 선채 옆에 있는 간호사가 건네는 말에 미소를 짓거나 속삭이고 있었다.

전선이 고장 나는 바람에 실내가 어두워 위생병들이 촛대를 들고 그들을 맞이했다.

-너 보았니? 불꽃이 꼭 흐느끼는 영혼들 같아.-

베고냐가 말했다.

그녀는 콧노래를 부르면서 화톳불로 다가가 불꽃에 손을 가까이 갖다 댔다.

-안녕, 마마!-

-안녕, 아들들!-

군인들은 그녀에게 둥근 배급 냄비를 건네주었다.

-이만하면 되나요?…-

-고마워요.-

화로 불빛이 군인들의 얼굴에 그늘을 드리우고 망원경에 비친 상처럼 그들의 눈동자에 거꾸로 비치고 있었다.

-시장해?-

-물론!-

베고냐는 그들에게 활짝 미소를 지어보이고 장교들 무리에 끼었다. 소위는 친구들에 의해 살해된 아벨 소르사노의 죽음에 대해서 단조로운 어조로 계속 이야기하고 있었다. 그 순간 주임상사는 그들에게 다가와 식사가 준비되어 있노라고 알려 주었다.

타원형 식탁 위에 올려놓은 여섯 개의 촛대 때문에 부엌이 밝아졌다. 두 명의 육군 중위들이 낮은 목소리로 지휘관과 잡담을 하고 있다가 대령들이 들어가자 자리에서 일어났다. 그 바람에 군화 뒤축을 차는 소리가 들렸다.

베고냐는 스튜요리를 나누어주면서 페노사가 하는 이야기를 열중해서 듣고 있었다.

-그 때, 마르띤 엘로세기라는 한 군인이….-

간호사는 접시와 입 사이에서 포크를 멈추고 하사에게로 얼굴을 돌렸다.

-마르띤 엘로세기라구?-

그녀가 너무 놀라 목소리가 떨리자 모든 이의 시선이 그녀에게로 쏠렸다. 페노사가 눈을 깜박이며 헛기침을 몇 번하고 대답했다.

-네, 마르띤 엘로세깁니다.-

베고냐는 식탁보 위에 포크를 올려놓고 물었다.

-키가 크고 까무잡잡한 피부로 친구가 붙을 것 같지 않은 얼굴을 하고 있죠.-

-바로 그예요.-

그녀는 갑자기 웃음을 터뜨렸다.

-맙소사!-

그녀가 외쳤다. 이것이 무슨 조화람?

그녀는 그 순간을 묘사하는 데 가장 적합한 형용사를 찾으려는 것처럼 잠시 멈추었지만 이마 위로 떨어지는 머리칼을 뒤로 쓸어 올리는 것으로 만족해야했다.

-스물다섯 살의 청년입니다. 아마 법학생일 거예요.-

페노사가 말했다.

베고냐는 말없이 웃었다.

-이게 무슨 조화람?-

스튜로 입을 가득 채운 중위 하나가 말했다.

-우리에게 질투심이라도 유발 시키려나 본데….-

베고냐는 의기양양하게 남성들을 바라보고 있었다. 그녀가 마마라는 이름으로 불 리게 된 것은 이미 오래 전부터였다. 그녀는 장교들도 다 큰 애들 쯤으로 여겼다.

-마르띤은 나의 첫 애인이었죠.-

그녀가 웃었다.

-그는 나와 같은 거리인 로그로뇨에 살았고 매일 학교로 나를 찾아오곤 했어요.-

그녀는 소위에게로 고개를 돌리더니 장난기 어린 목소리로 질문을 했다.

-당신은 그 악당을 어디에 처박아 두었지요?-

페노사가 난처해 미소를 지어 보였다.

-그는 아마 다른 군인들과 함께 차고에 있을 거요.-

-불쌍한 짐승.-

그녀가 외쳤다.

-이런 추위에….-

대령이 그녀의 의도를 눈치 채고 그녀에게 그만하라는 손짓을 했다.

-보세요. 마마, 먹는 동안이라도 우릴 좀 가만 내버려 두면 안되겠소?-

-좀 기다려 주세요. 조바심 내지 말라고요.-

그러나 베고냐는 전혀 아랑곳하지 않았다. 앞치마를 벗고 그들을 한 번 흘낏 바라보는 것만으로 좌중을 제압해버렸다.

-아니에요, 절 믿어요. 저는 친구가 곤궁에 빠져 있다는 것을 알면서 농담이나 하는 그런 여인네가 아니에요. 그의 소식에 소화불량에라도 걸릴 것 같아요.-

그녀의 말은 너무나 진지했기에 감히 아무도 대항할 엄두를 내지 않았다. 그녀는 자신이 한 말에 만족해하면서 페노사 쪽으로 몸을 돌려 말했다.

-소위님. 저를 그에게로 안내해주시겠어요?-

그녀가 말했다.

페노사는 베고냐가 무엇인가를 요구할 때 그랬던 것처럼 머뭇거렸다 그녀가 열아홉 살 청년 페노사에게 취한 어조는 그를 당혹스럽게 했다. 게다가 페노사는 육군 중위가 베르무데스 대령에게 아침에 자신이 세운 공을 설명해주기를 기다리고 있었기에, 그녀의 개입은 자신의 모든 계획을 무산시켜 버린 셈이었다.

좋아요. 만약 당신이 책임을 진다면⋯.

소위는 투덜거렸다.

위생병이 군인용 횃불을 들고 그들을 따라 나섰다. 차고가 삼십 미터 가량 떨어져 있었고 거기까지 가는 길에는 하얀 미모사 나무가 있는 오솔길을 건너가야만 했다. 문에서 두 명의 군인이 경비를 보고 있다가 페노사를 보고 로봇처럼 받들어총 자세를 취했다.

문을 열어 주겠나?

네, 소위님.

차고는 좁고 긴 방이었고, 하얀 날개를 한 지저분한 박쥐들의 은신처였다. 자루 위에, 텅 빈 목재로 된 상자들 사이에서 열두 명 가량의 포로들이 자고 있었다. 경첩 소리를 듣고 어떤 이들은 몸을 일으켰다. 노란 불빛이 두려움에 사로잡혀 있는 얼굴들을 하나씩 분간해내고 있었다. 다른 군인들은 무릎에 무기를 둔 채 졸고 있다가 방문자들이 들어올 때 가볍게 머리를 쳐들었다.

―마르띤 엘로세기!―

하사관이 소리 질렀다.

바닥에 누워있던 자들 중 하나가 불빛에 눈을 제대로 뜨지 못한 채 내키지 않는다는 듯 천천히 몸을 일으켰다. 마르띤이었다. 그는 구석에서 졸리고 언짢은 표정으로 방금 도착한 무리를 멍하니 바라보았다.

―예, 여기 있습니다.―

그의 친근한 목소리는 베고냐에게는 신의 계시와도 같았다. 마르띤은 그녀와 마지막으로 만난 뒤 많이 수척해져 있었다. 그러나 그의 얼굴 표정은 거의 변하지 않았다.

―당신, 면회야.―

소위는 지쳐서 말했다.

마르띤은 전등 빛에 눈이 어지럽고 초점이 잘 맞지 않아 그녀가 누구인지 분간해 내지 못했지만 베고냐는 가슴이 빠르게 고동치는 것을 느꼈다.

―날 모르겠어?―

그녀는 자기도 모르게 튀어나온 여성스런 목소리에 낯을 붉혔다.

마르띤은 자신의 눈을 믿을 수가 없었다. 마르띤의 얼굴은 화강암처럼 딱딱하게 굳었고 이틀 동안 기른 수염으로 겉늙어

보였다.

　-베고냐, 너니?-

　마르띤이 말을 더듬었다.

　그때, 간호사가 가슴 속 깊이 묻어 두었던 감정이 한꺼번에 밀려 나왔다.

　-이 짐승!-

　그녀가 외쳤다.

　-오, 짐승…!-

＊＊＊

　오후에 계곡을 헤매고 다니던 소년들이 자신들을 찾아 나선 척후병들에게 차례로 넘겨졌다.

　어두워질 무렵 처음 열여섯 명의 소년으로 구성된 원정대가 산또스 하사가 이끄는 군인들에게 붙잡혔다. 그들 가운데 에밀리오가 있었는데 그는 산또스를 보자 살짝 빠져나가려 했지만, 결국 산또스가 눈물이 그득 고인 눈으로 에밀리오의 목덜미를 잡았다. 낀따나 교수의 제보와 함께 에밀리오의 자백 덕분에 아벨 소르사노의 죽음을 둘러싼 마지막 며칠간의 사건 전말이 밝혀졌다.

　빠블로는 피난민 소년들 사이에 깊은 인상을 남겼다. 낀따나가 빠블로를 찾아 인근 마을로 떠나자 학교의 무게중심이 아르께오에게로 옮겨졌다. 라디오와 신문에서 방송되는 정치 선전은 공화파를 지지하던 소년들에게 무질서와 혼동을 야기하였다. 아나운서는 계속해서 주민들에게 경고하였다.

　-조심하시오. 스스로 자신을 지켜야 하오. 배신자들을 고발하는 법을 배우시오, 만약 동료가 당신을 배신한다면 그들을 처벌해야 하오.-

　낀따나의 방 커튼 뒤에 숨어서 방송을 들은 학생은 피뢰침 케이블을 타고 기숙사까지 올라가 입에서 입으로 소식을 전했다. 소년들은 행간에 숨은 뜻을 속속들이 알고 있었다. 그들은 세면장 구석에 처박혀 있는 신문에서조차 신비롭고 예기치 못한 것이나 기적적인 것들을 발견했다. 그들은 처형과 암살, 폭력 등을 생각하면서 침실로 돌아왔고 낮에 선생님의 감시를 피해서 잔인한 놀이를 일삼곤 했다.

　아르께오는 전쟁의 법칙을 그들에게 가르치고 권력을 잡을 준비를 하였다.

　낙원 길의 발코니에서 아벨은 종종 작은 소년들로 이루어진 군대의 모습을 지켜보곤 했다. 그의 친구가 도망한 이후 시간이 천천히 흘러가는 것 같았고 매일 매일이 그에게는 똑같이 느껴졌다. 라디오에서 흘러나오는 소식들도 남자들 세계에서 따돌림을 당한 그에게는 더 이상 흥미롭지 않았다. 그리고 이따금씩 필로메나가 그에게 던지는 질문들에 대해서도 침묵했다.

1월은 그에게 불행하고도 언짢은 달이었다. 소년은 하루의 대부분을 집 주변을 배회하면서 보내고 있었다. 어느 날, 아벨이 고독하게 거닐던 중 몇 주 동안 계곡에 모습을 드러내지 않던 마르띤을 만나게 되었다. 마르띤은 아벨에게 자신을 도라가 묻혀있는 묘지로 데려가 달라고 부탁했다. 아벨은 투덜대지 않고 그의 말대로 했다. 마르띤 역시 버림받은 상태였지만 적어도 그는 도라의 몸뚱이를 확인해볼 수는 있었다. 그는 무덤 옆에 무릎을 꿇고 꽃다발을 갖다 놓았다. 그 순간, 아벨은 도냐 에스따니슬라의 말을 기억해냈다.

-사람이란 죽은 아이들에 대한 기억을 마음 깊이 간직하는 법이다. 그러면 네게 한 번 물어보자꾸나. 죽지 않은 아이들은 어떨까? 그들의 몸뚱이나 알리바이는 어떻게 간직되지?-

아벨은 배신당한 슬픔을 함께 나눌 사람이 없었기에 마르띤보다 더 비참하고 외롭다고 느꼈다. 개울가 상록수 떡갈나무들에 다람쥐들이 들끓고 있었다. 아벨은 가지 사이를 뛰어다니는 다람쥐들을 바라보느라 정신이 팔려있었다. 그는 아게다가 만들어 준 우스꽝스러운 벨벳 상의를 입고 있었지만 이제는 별로 개의치 않았다. 아벨은 그가 죽을 운명에 처해있다는 것을 알게 된 이후, 낙원 길에서 자신을 둘러싸고 있는 모든 것들이 귀찮게만 느껴졌던 것이다. 아벨이 그의 방 벽에 붙어있던 사진들을 찢어버렸을 때 이제까지 자신을 귀찮게 해 온 자료들로부터 자유로워지는 것 같았다. 밤이 되자, 호주머니에 손을 찔러 넣은 채 집으로 돌아가 조용히 필로메나가 그를 위해 준비해 둔 음식을 먹어 치웠다.

낙원 길에서의 삶은 평소와 다를 바 없었다. 도냐 에스따니슬라는 이마 위에 화장수에 적신 손수건을 얹어 놓고 하루 종일 누워 지냈다. 그리고 아게다는 위층에 있는 자신의 방에서 문을 걸어 잠근 채 모험소설과 애정 소설을 읽고 있었다. 날이 갈수록 더 가난해졌다. 필로메나는 전쟁을 비난하는 장광설을 늘어놓고는 무와 밤으로 만든 전골을 앞에 두고 흐느끼고 있었다.

－내 마을 갈리시아에서는 돼지들도 이런 걸 먹으려 하지 않을 거야. 이제 말세가 온 거라고.－

그녀가 신음소리를 냈다.

어느 날 오후, 아벨이 테라스에 떨어져 있는 유칼리 나무껍질들을 줍고 있는데 머리를 짧게 자른 소년들이 까만 코크스 가루를 얼굴에 잔뜩 묻히고 나타났다. 그 중 가장 작은 소년은 좀도둑처럼 교활한 얼굴을 하고 있었는데 아벨에게 말을 걸기 전에 손바닥에 침을 뱉었다.

－네게서 기병총을 가져가려고 왔다. 아벨 소르사노, 넌 빠블로가 학교에서 줄행랑을 친 날 틀림없이 그에게서 총을 받았을 거야. 이제 그 총은 당연히 우리가 가져야 돼.－

그가 말했다.

아벨의 앞에 버티고 서 있는 소년들의 눈동자가 탐욕과 불신으로 번뜩이고 있었다. 아벨은 그의 방에 가서 두 자루의 총을 들고 돌아왔다. 소년들은 그에게서 총을 빼앗아 인사도 없이 학교로 가버렸다.

아벨은 그들이 떠나는 것을 두려운 시선으로 지켜보고 있었다. 소년들의 방문은 씁쓸한 뒷맛을 남겼다. 그들의 육체는 얼마나 아름다운가, 그들의 몸짓은 또 얼마나 우아한가! 그 소년들 옆에 있으면 나이든 사람들은 아름다움과 신비로움이 상실된 자신을 발견하게 될 것이다. 너무나 애절한 사랑이 아벨의 내장을 태워버렸다. 그 소년들과의 사이에 놓여있는 모든 벽을 없애고 그들과 피를 나누며 하나가 되기를 얼마나 바랐던가!

다음날 아벨은 대천사의 방문을 받았는데 그 소년은 '붉은 인디언' 처럼 머리에 펜촉 깃털을 달고 묘지에서 훔쳐온 것으로 보이는 스웨터를 입고 있었다.

—여기 혼자 있으면 지루하지 않아? 자 가자, 학교에서 친구들이 널 기다리고 있어.—

대천사가 손가락으로 길을 가리키자 아벨은 조용히 그를 따라갔다. 학교 근처 숲에서 전쟁놀이를 하던 소년들은 아벨이 나타나도 전혀 놀래는 기색이 없었다. 어느 누구도 그가 도망한 것에 대해서 묻지 않았고 이제껏 아벨과 함께 놀았던 것처럼 그를 놀이에 끼워주었다.

게임은 나무꼭대기까지 기어올라서 가지 사이에 숨어있는 소년들을 찾아내는 것이었다. 아벨 역시 떡갈나무 꼭대기에 숨어있었다. 발견되는 아이는 벌을 받았는데 벌의 정도는 얼마나 빨리 발견되는 가에 따라 평가되었다. 비록 대천사가 아벨을 곧 찾아냈지만 벌을 주겠다는 등의 어떠한 협박도 하지 않았다.

-야, 너, 내려와. 나한테 들켰어.-

대천사가 외쳤다.

아벨은 나무의 몸통을 타고 미끄러져 내려와서는 대천사 앞에 섰다.

-두려워하지 마, 친구들은 네겐 아무 짓도 안 할 거야.-

대천사가 아벨의 귀에 대고 속삭였다. 그는 땅에 떨어져 있는 쓰레기나 마찬가지였다. 그는 소년들로부터 소외되어 있었다.

-왜지? 날 찾아내면….-

아벨이 더듬거렸다.

그러나 소년들은 아벨의 질문에 전혀 관심을 보이지 않았다. 소년들은 아벨을 친구 중 하나로 간주하는 척했지만 정말 꼭 필요한 경우가 아니고선 아무도 그에게 말을 붙이지 않았다. 아벨은 자신의 머리보다 더 딱딱한 벽이 그들과 자기 사이를 분리시키고 있다고 느꼈다.

아벨이 학교에서 느낀 것은 상황이 점차로 무질서해지고 있다는 점이었다. 밀고와 두려움, 그리고 벌이 하루의 일과였고 어느 누구도 감히 낀따나와 마음을 털어놓지 못했다. 아벨은 낙원 길로 가는 도중 딱 한 번 낀따나와 마주쳤다. 아벨은 마지못해 그와 함께 동행 했다. 낀따나는 아벨에게 떠돌아다니는 소문들을 들려주면서 국민군들이 도착할 때까지는 집에서 나오지 말라고 충고했다.

–내 말을 잘 들어라. 너무 늦기 전에 그 아이들 곁을 떠나라. 그들은 잔뜩 흥분해 있어서 어떤 미친 짓이라도 저지를 거야. 부디 네게 아무 일도 일어나지 않기를 바랄 뿐이야.–

낀따나와 헤어질 때, 아벨은 머리가 텅 비고 몸이 공중에 둥둥 떠 있는 것처럼 느껴졌다. 그날 밤, 아벨은 다비드와 로마노의 꿈을 꾸었다. 그들이 실개천을 사이에 두고 몇 미터 떨어진 곳에서 아벨에게 필사적으로 손을 흔들면서 건너오라고 간청했다.

–가자, 결정하라고, 쉬운 거야, 네가 우리와 함께 하면 너는 영원히 늙지 않을 거야.–

아벨이 깨어났을 때 가슴이 격렬하게 고동치고 있었고 이마에는 식은땀이 흘렀다. 잠시 후 시선을 창으로 돌린 그는 외마디를 지르지 않을 수 없었다. 입까지 무시무시한 가면을 덮어 쓴 대천사가 악의에 찬 눈으로 그를 바라보고 있다가 아

벨이 몸을 일으키려 하자 무성한 잎 사이로 재빨리 사라져버
렸다.

오후에 대천사가 마치 아무 일도 없었다는 듯이 아벨을 찾
아왔다. 나머지 소년들은 개울에서 그들이 내려오기를 기다렸
다가 그들이 오자 함께 강바닥으로 내려갔다. 개울가로 가던
도중 대천사는 다비드에 대해서 질문을 했지만 아벨은 너무
지쳐서 대답해 줄 수 없었다. 어쩌면 자신의 운명을 예감하고
있었는지도 모를 일이다. 그는 사물의 내면을 꿰뚫기라도 하
려는 듯 모든 사물들을 꼼짝않고 응시하고 있었다. 개울 쪽으
로 난 사다리를 올라가는 동안에 야릇한 느낌이 엄습해왔다.
모두가 잠복해 있는 것 같았다. 동물과 나무들, 그리고 사람들
까지도. 바다는 물결 하나하나가 마치 돌처럼 굳어져 버린 납
빛의 동판화처럼 보였다. 하늘에는 구름이 위협적으로 몰려와
마치 자기 내면에 숨겨져 있던 희망을 분출해 내려는 것 같았
다. 노랗고 빨간 깃발을 단 비행기가 소년들 머리 위로 날아다
니다가 황토색 운석처럼 포병 중대를 향해 빠른 속도로 돌진
해갔다.

-전쟁이다, 전쟁!-

소년들이 외쳤다.

예기치 못했던 유성의 등장은 파멸을 초래했다. 돌풍이 오솔
길의 소나무들을 뒤흔들어놓고 갑작스럽게 해일이 일어나 바

다를 뒤덮었다. 비행기가 만 위를 선회하면서 폭탄을 떨어뜨리는 것을 보고 아이들은 두려움으로 심상이 멎어버리는 것 같았다. 하나, 둘, 셋, 넷. 거의 동시에 눈송이 모양의 구름들이 치솟아 올랐다가 일몰의 회색 잿빛 속에 녹아들었다.

보루에서 고사포가 발사되었지만 이미 비행기는 높이 올라간 뒤였다. 중대에서는 움집이 불타고 군인들이 상처를 입어 앰뷸런스에 실려 가고 있었다. 소년들이 무슨 일인지 알아보려고 가까이 가던 도중에 마르띤이 운전하던 트럭의 경적 소리를 들었다. 아벨은 그에게 멈추라는 표시를 했다. 그는 다른 소년들로부터 떨어져 나와 있었다. 마르띤의 도착이 아벨에게는 안전벨트였던 셈이다.

―아벨은 이미 자신에게 무슨 일이 일어날지 알고 있었던 거니?―

산또스가 물었다.

에밀리오는 머뭇거렸다. 그는 머리를 숙인 채 대답하면서 놀란 눈으로 그의 아버지를 바라보고 있었다.

―그랬던 것 같아요. 우리들 중 대부분은 오래 전부터 아벨을 의심해왔어요. 낀따나 선생님이 아벨 더러 소년들을 주의하라고 경고했다는 말을 아벨이 직접 대천사에게 해버렸거든요.―

에밀리오가 대답했다.

―그런데 어째서 아벨이 죽는 날 오후에, 아벨이 너희들을 따

라 간 거지?-

　-그건 저도 몰라요. 거기에 대해서는 한 번도 생각해보지 못 했어요.-

　에밀리오는 감히 융단 쪽으로 시선을 돌리지 못하고 사건의 전말을 설명하고 있었다.

　-아벨을 죽이려던 계획은 학교 건물을 군인들이 차지하는 바람에 수차례 연기되었어요. 국민군들의 성채 폭격 이후, 낀 따나의 허락으로 군인들은 학교 아래층을 전부 사용하게 되었 어요. 그것은 아르께오가 계획을 수행하는 데 막대한 지장을 초래하는 것이었죠. 바로 그날, 소년들은 낀따나 교수를 살해 하기로 결정했어요. 오래 전부터 숲을 비밀 무기고로 사용해 온 우리들은 군인들이 물러가면 그들의 무기고를 차지하려고 벼르고 있었어요. 그 동안 우리는 포장마차, 망토, 이불, 낡은 세간 등 배수구 가장자리에 도망자들이 버리고 간 물건들을 주워놓았어요.-

　에밀리오가 말했다.

　어느 날, 소년들은 다리 가까이에서 자동차를 한 대 발견했 다. 그들은 그 차를 잘 기억하고 있었다. 아침에 온 많은 비로 포플러가 심겨져 있는 목장에 강렬한 흙냄새가 풍겼다. 태양이 물에 젖은 풀들 위로 금빛 광선을 비추고 하루살이 흰 개미들 때문에 땅 위에는 하얀 점이 찍혀있는 것 같았다. 자동차는 엔진이 아직 돌아가고 있어서 멀리서 볼 때 기침하는 로봇 같았다. 소년들은 누군가 매복하고 있을까봐 머뭇거리다가 아무도 없다는 것을 확인하고는 차창을 깨뜨리기 시작했다. 트렁크에서 설탕 자루와 오래된 라디오를 찾아냈다. 설탕은 바로 그 자리에서 한 움큼 먹어 치우고 라디오는 개머리판으로 쳐서 부숴 버렸다. 자동차를 한 번 더 훑어보고는 기름을 차에 붓고 불을 질렀다. 불꽃은 하늘로 치솟으면서 맹렬하게 타올랐다. 더운 공기의 움직임이 소년들의 볼에 부딪쳐왔고 넘실거리는 불꽃이 흥에 겨운 듯 높이 올라갔다. 자동차 방화는 소년들에게 처음 있는 일로 그들에게 활력과 자신감을 갖게 해 주었다. 이후에 차량이 더욱 밀리게 되자 소년들은 물건들을 대부분 다 버리고 자동차의 바퀴와 경적, 핸들, 타이어만 들고 숲 속으로 달아났다. 소년 원정대의 일원이었던 에밀리오는 살인 음모에 대해서 이미 알고 있었다. 그가 퇴각하는 군인들과 잡담을 나누다가 돌아오는 길에 숲에서 나는 소리를 분명히 들었다. 에밀리오가 있는 곳은 사방이 훤히 트여있었기 때문에 에밀리오는 들키지 않으려고 바위 뒤에 숨었다.

아르께오는 땅바닥에 앉아 손가락으로 담뱃재를 털고 있었다. 그의 얼굴에 난 상처는 구불구불한 하얀 리본 같았고 침을 뱉을 때 드러나는 이빨은 태양 빛에 빛나고 있었다.

–우린 언제까지 그 애를 내버려둬야 돼? 내년까진가?–

한 소년이 말했다.

옆에 있던 심복은 떡갈나무 밑동을 칼로 찌르면서 장난치고 있었다. 나무껍질 주위를 찔러서 단칼에 나무를 죽일 수 있다고 한 말을 듣고서 심복 소년을 몇 주간을 오로지 숲의 나무들을 죽이는 데 전념하고 있었던 것이다.

-군인들이 갈 때까지 기다리는 것이 더 낫다고 생각해요. 만약 군인들이 알아채기라도 한다면….-

아르께오는 경멸하듯이 픽 웃었다.

-그들이 알아챈들 무슨 상관이야.-

-항상 똑똑한 사람들은 있기 마련이니까.-

-알아내 보라지. 그러라고 하라니까!-

아르께오가 말했다.

그 순간 소년들은 에밀리오가 서있는 것을 발견했다. 심복은 화가 나서 그에게 사납게 달려들었다.

-넌 뭐야, 뭐 잊은 거 있니. 아니면 우리 모두 원숭이로 변하기라도 했니?-

에밀리오는 자기가 뭐라도 잘못 지껄였다간 쥐도 새도 모르게 죽게 된다는 것을 알고 있었다. 에밀리오는 '그들이 하고 싶은 대로 하게 내버려두자. 결국 내 일은 아니니까.' 라고 생각했다. 그는 아무것도 모르는 체 호주머니에 손을 깊숙이 찔러 넣고 멀찍이 물러섰다. 죽음이라는 말이 입에서 입으로 퍼져

나가는 동안 아르께오의 손가락은 아벨 소르사노를 가리키고 있었다.

　-무엇 때문에 그를 죽이려는 거야? 너희들에게 그가 무슨 짓이라도 했던 거니?- 산또스가 물었다.-

　에밀리오는 고개를 저으며 부인했다.

　-아니요, 아무 짓도. 그러나 아르께오는 아벨이 우리와 반대편에 속해있으니까 우리가 자유로워지기 위해서 그를 죽여야 된다고 했어요.-

　아버지가 이해할 수 없다는 표정을 짓자 에밀리오는 서둘러 다음과 같이 덧붙였다.

　-그의 가족은 오래 전부터 지주였고 그는 우리들이 배고파할 때 돈이 많았어요…. 뿐만 아니라, 빠블로와의 사이에 있었던 일을 아벨의 탓으로 돌렸어요. 어제 오후 대장들 간의 비밀 모임이 있었는데 거기서 아벨을 죽이기로 결정이 났던 거예요.-

　회의는 촛불이 하늘거리는 옆 차고에서 열렸다. 얼굴에 계급 훈장을 그려 넣은 여섯 명의 소년들이 목재 상자 주위에 모여 아벨의 처형을 결정했다. 하루 종일 라디오에서 흘러나오는 정부군 방송에서는 소년들에게 절망적인 명령만을 하달했다.

　-사수하라, 자기 집을 모두 참호로 만들어라!-

국민군 비행기가 와서 만을 뒤집어엎고 전진부대가 벌써 팔라모스에 도달했다는 소문이 돌고 있었다. 헤로나 방송은 처음에는 협박에 가까운 침묵으로 일관했는데 전쟁이 진전됨에 따라 아나운서 목소리가 점점 활기를 띠어갔다.

—손에는 정의를 들어라. 원수들의 눈에는 폐허와 시체더미만 보여야 한다.—

잠시 뒤에 사이렌 소리가 들리고 방송이 멈추었다. 소년들의 머릿속은 온통 피비린내 나는 상상으로 가득 찼다. 국화꽃처럼 펼쳐져 있는 붉은 손, 움직이지 않는 눈동자, 시체 더미 위에 흩어져있는 불에 달군 작살.

아르께오는 자기가 직접 아벨을 제거하기로 결정하고 낀따나를 제거할 일은 그의 심복에게 맡겼다.

—내일 새벽에 군인들이 학교에서 떠나면 우리가 이 집의 마지막 주인이 될 거야. 반역자들이 학교에 있다는 것을 아무도 모르게 해야 해. 그 두 마리 새만 제거해버리면 증거는 없어지는 거야.—

아르께오가 명령을 내렸다.

—그 다음에는? 다음에 우린 어떻게 하지?—

소년들 중 하나는 자기가 질문을 해놓고 스스로 한 질문에 두려움을 느끼고는 목이 메었다.

—우리가 정말 하고 싶은 걸 하는 거야. 우리들은 이 학교에

소년 제일의 도시를 세우는 거야.-

아르께오가 대답했다.

돌처럼 굳어진 표정과는 대조적으로 그들의 눈은 칠보세공품같이 빛나고 있었다.

-우리가 자유로워지면 아무에게도 복종하지 않을 거야.-

모인 아이들의 가슴에 아우성치고 싶은 욕망이 파도처럼 치밀어 올랐고 아르께오 자신도 몇 분간 흥분을 가라앉힐 수 없었다. 어느 정도 안정이 되자 심복 소년의 도움으로 연필을 들고 선고문을 써 내려갔다.

'형은 10시에 집행 된다'

이어서 소년들은 돌아가면서 악수를 한 뒤 모임을 끝냈다.

-그 밤 내내 우리들은 낙원 길 테라스에 머물면서 당직을 섰어요. 아르께오는 불이 밝혀져 있는 아벨의 침실을 우리에게 가리켰어요. 아벨의 침실을 제외한 다른 곳들은 어두워 아무도 없는 것 같았어요. 한 시간 반씩 교대로 창문을 지키면서 날이 밝기만을 기다리고 있었죠. 비록 아벨이 창가에 보이지는 않았지만요. 제 생각으로는 그는 이미 우리들이 기다리고 있다는 사실을 알고 있는 것 같았어요.-

에밀리오가 말했다.

-분명한 것은 태양이 솟아올라 아르께오가 아벨을 데리러 갔을 때 그가 침대 위에서 옷을 입고 있었다는 점이에요. 아벨

은 침대 앞에서 손과 얼굴을 씻고 전혀 저항하는 기색 없이 피
뢰침 케이블을 타고 내려왔어요. 우리가 함께 차고에 모여 있는
것을 보고도 전혀 놀라지 않았어요. 대천사만이 조금 당황하는
눈치였어요. 소년들이 아벨과 서로 악수할 때, 대천사의 손에서
종이쪽지 한 장이 떨어졌어요.—

　—신은 결코 죽지 않는다고 쓰인 쪽지였나? 마르띤이 소년의
시체를 발견했을 때 아벨이 그렇게 적은 쪽지를 손에 쥐고 있었
다던데.—

　낀따나가 물었다.

　—그래요. 꼭 그 쪽지가 아니더라도 그 비슷한 내용이었을
거예요. 아벨이 그걸 몰래 읽고는 손에 꼭 쥐었어요. 아벨의
옆에 있던 나는 그의 행동을 다 지켜보았지만 대천사를 곤경
에 빠뜨리게 되는 말을 하고 싶지 않았어요. 8시 반이 넘어서
였던 것 같아요. 우리는 줄을 서서 학교로 향했어요. 다른 학
생들은 현관에서 우리를 기다리고 있었지요. 마지막 군인들
이 탄 트럭이 30분 전에 떠난 뒤라, 우리들이 학교의 새 주인
이 된 거였죠.—

　에밀리오가 말했다.

　다른 소년들이 낀따나를 처형하는 동안 그들은 아벨과 함께
숲으로 가기로 결정했다. 그러나 이미 국민군들은 계곡 부근에
흩어져 있었고 연발탄 섬광이 도로를 쑥대밭으로 만들어놓고

397

있었다. 소년들이 모의를 하는 동안, 아벨은 대천사의 쪽지를 손에 꼭 쥔 채 구석에 가 있었다. 아벨은 시선을 아래로 떨어트린 채, 창백한 얼굴을 하고 있었다.

엄숙한 의식이라도 거행하듯 아벨을 산비탈로 데리고 가서 사형선고문을 낭독했다. 낭독이 끝나자 아르께오는 아벨이 자신에게 건네주었던 기병총을 가지고 3미터 쯤 떨어진 곳에서 아벨의 관자놀이에 총을 발사했다. 아벨은 꼭두각시 인형처럼 쓰러졌고 모든 소년들이 놀라 도망하는 사이에 대천사는 아벨의 팔과 다리를 잡아당겨서 동화 속에 나오는 소년처럼 그의 가슴에 꽃을 뿌렸다.

－바로 그였어요. 마르띤을 발견한 아이가요. 대천사는 마르띤을 죽이려고 수류탄을 던졌어요.－

에밀리오가 속삭이듯이 말했다.

***

베고냐와 마르띤은 군인들을 보고 당황하여 옆방으로 들어갔다. 등받이가 없는 두 개의 의자와 책상 하나가 있는 황량한 방이었다. 베고냐와 마르띤은 마치 오랜 친구들처럼 서로 마주보고 앉아있었다. 촛불이 밝게 비추는 바람에 서로의 시선을 주고받는 것까지 느낄 수 있었다. 창문을 통해 보이는 미모사들은

창백한 유령 같았고 얼마 전 가지치기를 한 바나나 나무들은 기
도하듯 하늘을 향해 가지를 뻗고 있었다.

　-그러면 공부는 다 마쳤니?-

　베고냐가 물었다.

　-아니. 전쟁이 터졌을 때 난 겨우 여섯 과목을 끝낸 뒤였어.
너도 이제 알겠지만 전엔 살기가 훨씬 쉬웠잖아.-

　마르띤이 대답했다.

　-그러면 지금은? 지금은 무엇을 할 생각이니?-

　그녀가 물었다.

　마르띤이 초 끝이 타 들어 가는 것을 물끄러미 바라보았다.

　-모르겠어. 내 나이에 또 다시 법을 공부한다는 것은 어려운
일이지. 게다가 그 직업도 맘에 들지 않고.-

　책상 맞은편에서 베고냐가 7년 전의 바로 그 눈빛으로 마르
띤을 바라보고 있었다. 마르띤은 너무 말이 없어서 코르크 마개
를 뽑듯이 말을 뽑아내야 할 정도였다.

　-무언가 일을 해야 해.-

　그녀가 중얼거렸다.

　마르띤은 입술 사이에 물고 있던 여송연 꽁초에 불을 붙이고
는 하얀 연기를 한 모금 내뱉었다.

　-그래, 나도 알고는 있어. 나는 항상 그랬던 것처럼 애송이
일 뿐이야. 곧 스물여섯 살이 되지만 내가 하고 싶은 것이 무엇

인지 도무지 모르겠단 말이야. 내가 재입대하지 않으면…. 조만
간 하사의 지위에 오를 수도 있는데…. -

마르띤이 조금도 빈정대는 기색 없이 진지하게 말하는 것
을 보고 베고냐는 5년이란 세월이 거꾸로 흐르는 것처럼 느껴
졌다.

평원에는 봄기운이 완연하고 태양은 개천에 그림자를 드리
우고 있었다. 마르띤과 그녀가 산책을 하다 길 가장자리에 있
는 풀밭에 한가로이 누워서 오후를 보내고 있었다. 사과나무
아래서 그들은 용솟음치는 피와 봄기운의 나른함, 그리고 육
체의 신비로움을 알아가고 있었다. 곤충들이 부산하게 움직이
는 가운데 공중으로 꽃가루가 흩날리고 무성한 나무와 갖가지
꽃들이 산들바람에 가슴을 열어젖히고 있었다. 그녀는 당시
스물 둘이었다. 그 무렵 아버지가 돌아가시고 그녀는 자유를
찾았다. 마르띤은 겨우 열아홉 살로 그 해 6월 학사과정을 마
친 참이었다. 그러나 그녀는 모자를 들고 그녀 주위를 파리 떼
처럼 맴도는 관리들보다 마르띤을 더 좋아했다. 이제는 전쟁
덕분에 남자에 대해서 충분히 알게 되었지만 당시만 하더라도
베고냐는 남자에 대한 경험이 없어서 사랑에 빠지는 용서받지
못할 실수를 저지르고 말았다. 그러나 마르띤은 그녀의 손아
귀에서 벗어났다.

-만약 내가 결혼하기 위해서 일해야만 한다면 난 결혼하지

않는 편이 나을 것 같아.-

어느 날 마르띤이 그녀에게 말했다.

마르띤은 휴가철이 끼어있는 8월에 태어났다. 그는 그걸 핑계 삼아 "삼복더위 중에 태어나서 난 항상 지쳐있어." 라고 말하곤 했다. 커다란 체격에도 불구하고 쉽게 지쳐버리는 그의 체질만큼은 변하지 않았다. 그녀 앞에서 미소 짓는 마르띤은 마치 여러 해 동안 물기를 머금은 스펀지처럼 축 늘어져 있었다.

마르띤은 담배 케이스를 찾다가 자기도 모르게 마른 꽃 한 송이를 뺐다. 도라가 어느 날엔가 꺾은 꽃이었다. 꽃은 주름지고 검은 색으로 변해 있었고 마르띤은 그 꽃을 향수에 젖은 눈길로 바라보고 있었다.

-무언가 추억이 있는 게 분명하지? 너를 사랑한 어떤 아름다운 시골처녀가….-

베고냐가 웃으면서 말했다.

마르띤은 어깨를 움츠렸다. 꽃이 너무 말라버려서 앨범 속에 넣어 보관할 수 없었다.

-어휴! 아무런 쓸모가 없어.-

그가 말했다.

그는 그 꽃을 땅에 버렸다.

나중에 베고냐를 보면서 부드럽게 그녀의 손을 잡았다.

−세상 참 좁다. 우리가 이렇게 다시 만나게 되다니. 너무 재미있지 않니?−

그가 말했다.

***

아이의 시체는 땅거미가 질 무렵 병사들의 호위를 받으면서 낙원 길로 옮겨졌다. 필로메나와 아게다가 꽃과 융단으로 장식한 관을 준비해 두고 거실은 예전의 화려했던 날들을 되살리는 듯 한동안 생기가 돌았다. 은촛대의 불빛이 기념품들이 진열되어 있는 벽 위에 자신의 그림자를 투영시키고 있었다. 술 장식이 달린 비단 커튼, 술에 취한 듯 영롱하게 보이는 거울, 얇은 천으로 몸을 휘감은 매력적인 귀부인들과 검은 정장 차림을 한 침울한 표정의 신사들의 초상화가 셀 수없이 많았다. 아벨의 시체는 다음날 묘지로 옮겨져서 장례가 치러지기로 되어 있었다.

한 군인이 도냐 에스따니슬라에게 위로의 말을 전하기 위해 위층으로 올라가는 동안 다른 세 사람은 방과 복도를 오가면서 초상화들을 보고 있었다. 그들은 중위의 명령으로 음식을 한 소쿠리 가져왔다. 커피 병, 설탕 포대, 맥주 깡통 따위였다. 최근 몇 주 동안 먹지 못해서 반쯤 실신 상태에 빠져 있던 필로메나와 아게다, 두 여자들은 기도문 낭독 중간 중간에 부엌으로 가서 빵 쪼가리를 서둘러 먹거나 커피를 한 잔씩 서둘러 마셨다. 눈에는 눈물로, 입은 음식물로 가득 채운 채 곧장 아벨의 관이 있는 곳으로 달려가 명복을 빌었다. 하루 종일 지쳐있던 군인들은 술을 마시면서 원기를 회복했다.

도냐 에스따니슬라는 침대에 누운 채 콜론 화장수의 냄새를 맡고 있었다. 그녀와 함께 자리를 하게 된 군인은 열아홉 살 정도 되어 보였는데, 군에 입대한 지는 불과 몇 주밖에 되지 않았다. 동그란 얼굴에 수염이 나지 않은 뺨에는 홍조가 돌고 있었다. 그는 에스따니슬라와 같은 귀부인을 처음 보았기에 그녀 앞에서 예의 없이 보이지 않으려고 애썼다. 실제로는 시골뜨기처럼 행동해도 별로 문제될 것이 없겠지만, 그에게는 그녀 같은 신분에 있는 사람과 자리를 같이 할 수 있다는 것 자체가 기적이나 다름없었다.

아게다가 소년의 죽음을 어머니에게 알렸을 때 그녀는 전혀 놀란 기색이 없었다. 그녀는 뻣뻣하게 굳어있는 아벨의 시체를 본 뒤, 부축을 받아 방까지 왔다. 방으로 오는 동안 그녀는 자신을 부축해준 군인에게 상냥하게 미소를 지어 보였다.

-나는 나를 이해해주고 지탱해주는 어떤 사람을 만나 보고픈 환상을 갖고 있었어. 그러나 결국 난 항상 혼자서 몸부림칠 수밖에 없다는 걸 알았어. 난, 내 삶을 사랑해왔고 다른 사람들

보다 더 부유하게 살아왔어. 만약 사랑에 대해서 누군가 내게 묻는다면 프로테우스처럼 변하는 가면을 쓰는 거라고 말해 줄 거야. 난 남자들보다도 꽃과 새를 더 사랑하고 나무에 반한 적도 있어. 테라스 밑에서 자라고 있는 편도나무는 그 자체로 나의 운명을 상징하고 있어.

나는 정해진 운명으로부터 벗어나려고 애써왔어. 내겐 무언가 무시무시한 일들만 일어났지. 모든 일들은 번개처럼 순식간에 일어나버렸지. 9월의 어느 불길한 오후를 잘 기억하고 있어. 누군가 장례식에 갈 때나 입는 검은 옷을 내게 입혔지. 거울 속의 내 모습을 바라보고 난 신음하지 않을 수 없었어. 내 속은 텅비어 있는 황무지였어. 그리고 무서운 생각이 뇌리를 스쳤지. 나는 이제 쓸모없는 여자라는.

내 얼굴이 명백하게 그것을 말하고 있었지만, 난 그걸 받아들이고 싶지 않았어. 난 과거의 나로부터 벗어나기 위해 최선을 다했어. 난 내 자신을 꽃과 벌과 나무라고 생각했어. 나를 잊어버림으로써 시간이 흘러가는 것을 피할 수 있었지. 난 비둘기에 둘러싸여서 거대한 새장에 갇힌 포로처럼 다락방에서 생활했지. 비둘기들과 키스하고 애무하며 오랜 시간 대화를 나누었단다. 그래도 단편적인 것만 기억난단다. 밤에 나의 귓전에 울려오는 새들의 날갯짓과 수군거리는 소리는 먼 바람소리처럼 밤마다 귓전에 메아리치고 있었지. 나는 이미 비둘기가 되어 버렸어. 종종 부리로 먹고 날개에 고통을 느끼기도 했으며 깃털이 떨어지는 것을 느끼기도 했단다. 비둘기가 짝을 찾는 소리에 잠이 들기도 했어. 비둘기들은 나의 어깨에 내려앉아서 내게 키스를 하기도 했지. 내 남편은 내가 미쳤다고 말하곤 했어. 그리고 나를 감금시키려는 공작을 부리기도 했지. 그러나 내가 무슨 다른 일을 할 수 있었겠어?

내 주위에 있는 모든 것들이 내게 생명감을 불어넣었어. 물건들은 내게 윙크를 해 보이고 내 등 뒤에서 얼굴을 바꾸기도 했지. 나는 다시 내 두 아들을 볼 수 있었고 그들의 변장한 모습을 보고 원래대로 되돌려 놓으려고 애를 쓰면서 두 아들의 이름을 소리쳐 불러대곤 했어. 어느 날 나는 아들들을 풀밭에서 발견했는데 그들은 나를 수없이 부리로 콕콕 찔러댔어. 그들을 키우던 어린 시절처럼 그들은 장밋빛 얼굴을 한 장난꾸러기들이었어. 그들은 내게 자신들을 만나러 오라고 보채곤 했단다. 매일 아침 테라스에서 그들을 놀래 주겠다는 생각에 그들을 쫓아다니곤 했어. 그러나 봄에는 그들을 보기가 매우 힘들었어. 평원이 양귀비와 금작화로 가득해서 꽃 속에 숨어 있는 그들을 발견하기란 여간 어려운 일이 아니었단다. 바람이 평원의 풀과 소나무 가지들을 헝클어뜨렸어. 세상이 푸르고 천진해 보였고 나는 그들을 찾아 다닐 수밖에 없었던 거야. 난 그들을 찾기 위해서 꽃을 하나하나 뒤지고 다니기도 했어.

난 그들을 불렀어.

　-다비드, 여기 있니? 로메로, 여기 있니?-

　난 아들들의 경망스럽고 덧없는 웃음소리를 듣기도 하고 그들의 발소리가 메아리치는 것을 듣기도 했단다. 비록 그들을 보기는 힘들었지만 그들과 이야기를 나누곤 했어. 겨울에는 편도나무 꽃 사이에서 어렵잖게 그들을 찾을 수 있었어. 난 의자에 앉은 채, 창문을 열어놓고 아들들을 위해서 피아노도 연주해 주었어.

　평온한 가운데 그 시절이 지나갔지. 새해가 시작되면서 시간이 좀 더디게 흘러가는 것 같더니 2월, 3월, 그리고 4월로 접어들면서 화살처럼 빠르게 지나가 다시 봄이 되었어. 다가오는 재앙을 알리는 무언가가 마음 깊숙한 곳에서 고동치고 있었어. 의지가 약했던 나는 드디어 내가 해야 할 일이 무엇인지를 발견하게 되었단다. 그것은 나무를 돌보는 일이었지. 난 편도나무에 우유로 물을 주었어. 왜냐하면 우유의 하얀 빛처럼 순수하게 자라게 하기 위해서였어. 한 번은 내가 상상할 수조차 없는 무시무시한 꿈을 꾸었지. 납빛이 감도는 어느 날, 나는 목이 말라 잠에서 깨어나 몽유병자처럼 창문에 달아놓은 커튼 쪽으로 걸어갔어. 새들이 땅에 닿을 정도로 낮게 날아다니고 침묵은 나무와 풀들을 고요함으로 마비시켜 놓았어. 난 비틀거리면서 아래층으로 내려갔던 게 기억 나. 머리가 무거운 것이 누군가 내게 수

면제를 준 것 같았어. 나를 보호하겠다는 강한 충동이 나를 편 도나무 쪽으로 끌고 갔어. 테라스에 다다랐을 때, 보기도 전에 난 무슨 일이 있어났는지 알 수 있었어. '제발! 제발!' 모든 것들이 다 파괴되어 있었지. 꽃과 나뭇잎들이 죄다 뽑혀 있었어. 소년들이 죽어 있었어. 여기 저기 흩어져 있는 꽃잎과 미동도 하지 않는 몸통, 실성한 듯 헤매는 나비들을 보았어. 그때 정신을 너무 집중한 나머지 몸이 텅 빈 것처럼 느껴졌단다. 난 보이는 것을 믿지 않으려고 거부했어. 그때 "다비드, 로마노"라고 외치는 소리를 들었어. 나는 땅에 무릎을 꿇고 꽃잎들 사이에서 희미하게나마 살아있는 존재를 찾아 나섰지. 아무도 그 나무가 내게 어떤 의미를 갖는지 모르고 있었어. 아무도 보는 사람 없이 혼자 있을 때 온종일 그 나무의 몸통을 껴안고 있었어. 나무의 떨림 하나하나가 나에게는 즐거움, 그 자체였어. 나도 비둘기처럼 가지 위를 스쳐가는 바람의 언어를 이해하게 되었어. 사람들은 왜 내 사랑을 독차지 하고 있던 그 나무를 죽여야만 했을까?

그래, 꽃과 나무들을 죽이는 자들이 있어. 나는 덫에 걸린 새들을 본 적이 있어. 찻길에서 소년을 목 졸라 죽이는 이들이 있는가 하면 어떤 이들은 도끼로 나무를 내려치기도 하지. 살인자들은 자비를 모르는 사람들이야. 젊은이, 그들은 음침한 곳에서 일하고 자신들과 비슷한 무리들과 어울려 시간을 보내지만 모

407

두가 고독할 수밖에 없는 자들이라고. 그러나 그런 자들이 있다는 것을 알기에 자네에게 아무도 믿지 말라고 충고해주는 걸세. 항상 주위를 경계하게. 우리들은 느슨한 밧줄 위에서 사는 거나 다름없네. 우리가 예기치 못한 때에 공격이 다가오는 법이니….

창문으로 스며드는 달빛을 받아 에스따니슬라의 얼굴에서 광채가 나는 것 같았다. 순간 군인은 생전에 꾸어보지 못한 신기한 꿈을 꾸는 기분이 들었다. 도냐 에스따니슬라는 몸을 일으키고 다정하게 그의 손을 잡았다.

—자네는 젊고 다정하니까.—

그녀가 속삭였다.

—그것이 무얼 의미하는지 이해할 거야. 천사처럼 잘 생긴 두 아들을 갖고 있었는데 죽음이 그들을 앗아가 버렸어. 아벨은 그들을 닮았어. 그 애는 그런 운명으로 낙인 찍혀 있었던 거야. 그는 자기 또래 소년들에 비해서 훨씬 조숙했고 나를 진정으로 사랑해주었네.—

그녀가 미소를 띠며 계속해서 이야기했다.

—오! 내겐 아벨에 대한 수백 가지 기억들이 남아있어. 선물, 시, 편지…. 그가 도착한 이후 매일 밤, 그 아이는 자기 전에 내게 와서 키스를 해주었고 항상 나와 함께 있고 싶다고 말하곤 했지. 비록 나는 그에게 "너는 아직 젊고 갈 길이 머니까 나같이 삶의 좌절을 맛본 늙은이와 어울리는 것은 옳지 못해."라고

말은 했지만 그는 내말에는 아랑곳 하지 않고 논리적으로 내 생각과 주장을 무너뜨렸지.

　다시 한 번 그녀는 쿠션에 몸을 기대고 정신없이 목련 향수의 냄새를 맡았다. 밖에서 바람이 세차게 불어와 곁문이 삐걱거리는 소리가 들려왔다. 달빛은 잡초 위를 회색빛으로 물들이고 있었고 엉성하게 갈라져있는 유칼리나무가 하늘 위로 선명하게 윤곽을 드러내고 있었다. 멀리서, 아주 멀리서 기쁨과 환희에 찬 종소리가 요란하게 울려왔다. 도냐 에스따니슬라가 그를 보려고 몸을 돌렸다.

　─이봐 젊은이, 한 번은 오래 전에…─

역자후기

　스페인 내전을 소재로 한 이 소설은 전쟁고아들의 비참한 삶을 통해 인간성이 어디까지 왜곡될 수 있는지를 사실적으로 그려내고 있다. 스페인과 한국, 두 나라는 스페인 내전과 한국전이라는 민족상잔을 통해 인간성이 어디까지 파괴될 수 있는지를 생생하게 목격했던 아픈 시기를 겪었다. 민족상잔의 쓰라림을 다루고 있는 문학 중에서 비단 이 작품(*Duelo en el paraiso*)이 주목받는 이유는 이 작품 속에 등장하고 있는 어린 소년들의 천진함이 전쟁이라는 만행과 어우러져 드러나는 역설적인 효과 때문이다. '아벨'이라는 소년의 이름이 갖는 상징성은 성경 창세기에 나오는 카인과 아벨을 연상시키면서 스페인 내전이

지닌 민족상잔의 의미를 실감나게 표현하고 있다. 스페인 내전은 1936년 공화주의자들이 주축이 된 인민전선을 선택하면서 이들에 반대하는 군부 쿠데타 세력이 반란을 일으킴으로써 1939년 발발하여 3년간 지속되었다. 내전은 시간이 지나면서 히틀러와 무솔리니가 개입하는 국제전 양상으로 변화하여 제2차 세계대전의 실험전쟁으로 바뀌게 되었고, 공화주의자를 중심으로 하는 반파시스트 세력과 전체주의 세력의 대립으로 확대되어간다. 3년간 지속된 내전으로 얼마나 많은 사람들이 희생되었는지 정확히 알 수 없을 정도로 인명피해는 컸고, 전후에 정권을 잡은 프랑코 정권에 반대하는 100만에 가까운 스페인 국민들이 조국을 떠나야만 했다. 이 작품의 배경이 되고 있는 바르셀로나 부근의 한 작은 마을은 공화주의자의 세력이 컸던 만큼, 그들의 패배로 인해서 받은 타격이 컸다. 공화주의자들이 물러난 자리에 전쟁고아들은 자신들만의 '공포의 왕국'을 만들고 거기서 전쟁놀이를 하면서 전쟁이 야기한 잔혹한 역사를 되풀이 한다.

첫 번째 장면에 등장하는 아벨의 죽음은 미궁에 빠진 살인사건을 다루는 한 편의 추리소설처럼 긴장감을 불러일으킨다. 이어지는 마르띤 엘로세기와 산또스 라는 두 군인의 추적은 이성적인 탐정의 날카로운 추리처럼 냉정하다. 아벨과 함께 희생될 뻔했던 낀따나 선생의 증언을 통해 아벨의 죽음을 둘러싼 전쟁 소년들의 음모가 밝혀지면서 전쟁이 순진하고 천진한 소년들을 어디까지 파멸시킬 수 있는지를 보여준다.

　아벨이 의탁하게 된 고모할머니 도냐 에스따니슬라와 그녀의 두 아들간의 모성애는 남편의 배신에서 오는 고통을 자식의 사랑을 통해 보상받으려는 여인의 고독한 몸부림을 보여준다. 남편의 외도를 알면서도 이를 참고 인내해야만 하는 여인의 아픔이 생소하지 않고 친근하게 느껴지는 것은 아들의 사랑을 앗아간 새댁에 대한 시어머니의 질투와 비슷한 감정이기 때문이다. 남부럽지 않게 자라난 에스따니슬라는 우유부단한 성격 탓에 모래성처럼 기울어져가는 가세를 속절없이 지켜보는 수밖에 도리가 없었다. 남편의 외도에 맞설 만큼 강하지 못했던 그녀는 내전의 회오리 한가운데서도 현실을 외면한 채, 죽은 아들의 환상을 쫓아다니며 스스로를 과거 속에 파묻어버렸다. 주위에서는 그녀를 정신이상자로 보았지만 자기 아들이 자신을 애인보다 더 많이 사랑하고 있다는 것을 보여주기 위해 아들의 필체를 연습해 거짓서명까지 해가면서 아들의 친구들에게 편지를 보낸다. 에스따니슬라는 정신이상자라기보다는 끝까지 자존심을 지키려는 강박관념에 사로잡혀 있었다는 것을 보여준다. 스페인 내전을 다루고 있는 소설 속에 에스따니슬라는 뭔가 주제를 흐리는 존재라는 인상을 주지만 역자 후기를 쓰는 순간, 뇌리를 스치는 생각은 작가가 에스따니슬라를 통해 현실을 망각한 채 과거의 망상을 좇는 고독한 스페인의 자화상을 상징적으로 보여주고 있는 게 아닌가 하는 점이다.

아벨이 죽을 수밖에 없었던 이유를 세간에 떠도는 '왕따'의 논리로 설명해보면, 청소년의 심리를 리얼하게 보여주고 있는 이문열의 『우리들의 일그러진 영웅』을 떠올리게 한다. 엄석대 밑에서 그의 비위를 맞추며 안주하려는 친구들처럼 아벨을 죽인 아르께오의 눈치나 살피면서 그의 비호아래 안주하고 있는 전쟁고아들의 심리는 같은 또래로부터 외면당하지 않으려는 소속감에서 기인한다. 이런 현상은 비단 전쟁 속에서만 접할 수 있는 것이 아니라, 사회 집단 어디서나 찾아볼 수 있는 현실 그 자체다. 전체라는 이름으로 가해지는 폭력 앞에 한 개인이 얼마나 철저하게 무너져 내릴 수 있는지, 그리고 그런 폭력은 개인의 잘못된 영웅주의로부터 출발하면서 동시에 그 집단을 이루고 있는 사람들에게도 중대한 책임이 있다는 점을 뚜렷이 보여준다. 아벨은 자신의 존재의미를 찾기 위해 전쟁에 참여하기를 원했고, 아벨을 배신했던 빠블로는 진정한 남성이 되기 위해서 폭력을 휘두를 줄 알아야 한다고 믿고 아벨의 천진함을 이용해서 그를 죽음으로 내몰았다. 아르께오는 자신이 집단의 우두머리가 되고자 동네 아이들을 위협했고 급기야 자신의 힘을 과시하는 방편으로 아벨을 죽인다. 아벨은 자신이 왜 죽어야 하는 지, 왜 자신은 아르께오와 친구가 될 수 없는지도 알지 못한 채, 외롭게 죽어가야 했다. 전쟁고아들은 도덕성을 잃어버린 채 개인의 힘에 굴복하여 현실에 안주하게 되고 그런 자신들이 얼마나 거짓에 가득 찬 것인지를 망각하게 된다. 어쩌면 자신들의 잘못을 알고도 아르께오의 눈 밖에 나서 아벨과 같이 희생될 것이 두려웠는지도 모른다. 오히려 힘을 가진 아르께오에게 힘을 실어주고 그를 통해 조금이나마 자신의 이익을 챙기기 위해 진실과 양심에 눈을 감아버렸는지도 모른다. 전쟁이 왜 일어나야 했는지, 왜 자신의 부모가 죽어야 했는지를 알지 못한 채, 배고픔과 죽음의 공포 속에 내동댕이쳐진 전쟁고아들에게 순진함을 바란다는 것이 지나친 요구인 걸까.

"그의 가족은 오래 전부터 지주였고 그(아벨)는 우리들이 굶주릴 때도 부자였어요…." 아벨을 죽인 이유에 대한 에밀리오의 대답이다. 창세기에 보면, 하나님이 형 가인의 제사는 받지 않고 아우 아벨의 제사를 받는 것에 분개한 가인이 아벨을 죽인다. 그리고 아벨을 찾는 하나님에게 가인은"내가 내 아우를 지키는 자니이까"라고 뻔뻔스럽게 되묻는다. 아르께오가 전쟁으로 인한 배고픔과 부모를 잃은 슬픔이 상처가 되어 부족할 것 없어 보이는 아벨에게 분노를 느낀 것이나, 절대자 여호와가 자신의 아우를 더 사랑하는 데 상처를 받고 가인이 아우 아벨에게 질투를 느꼈다는 점에서 아벨이 자신의 의지와는 상관없이 형제가 가진 마음의 상처 때문에 죽었다는 공통점을 가지고 있다. 인간이 저지른 최초의 살인이 형제 살해였다는 점은 인간의 사악함이 어디까지 이를 수 있는 지를 보여주는 예라 하겠다. 성경에는 가인이 아벨을 죽인 뒤, 여호와는 가인을 만나는 모든 사람에게서 죽임을 면하게 해 주었다고 적혀 있다. 『내가 아벨을 지키는 자입니까』의 마지막 장면에서도 인간 본성에 대한 비관적인 시각보다는 낙관적인 시각을 발견할 수 있다. 산또스는 아벨의 살인사건을 접하면서 자신의 아들이 아벨을 죽인 것이 아닌가, 노심초사하면서도 아들이 무사히 품에 돌아오기를 기다리는 애틋한 부정을 보여준다. 에밀리오의 자백으로 아벨 살인사건의 전말이 밝혀지고 전쟁으로 망가져버린 전쟁고아들의 사악함에 주변의 모든 사람들이 치를 떨지만, 에밀리오를 변함없는 사랑으로 보듬어 안는 산또스의 부성애야 말로 에밀리오의 동심을 회복하고 치료하는 '사랑의 약'이 되리라는 기대와 여운을 갖게 한다.